文学をひらく鍵

ジェンダーから読む日本近現代文学

二宮智之
九内悠水子
中元さおり
大西永昭
有元伸子
〔編〕

鼎書房

文学をひらく鍵——ジェンダーから読む日本近現代文学　目　次

はじめに…5

I　文学×ジェンダー×社会

漱石研究とジェンダー　二宮　智之…15

吉屋信子の行刑制度への抵抗と共感
——少女達の死と「外地」へ向かう男達——　奥村　尚大…30

〈いじめ〉の当事者になるということ——干刈あがた「黄色い髪」論——　秦　光平…50

『僕たちは世界を変えることができない。』論
——二〇〇〇年代ボランティア・サークルとホモソーシャリティ——　萬田　慶太…70

Ⅱ　文学×ジェンダー×宗教

宮沢賢治「〔残丘《モナドノック》の雪の上に〕」稿の生成／試論
——書簡下書群252ａｂｃの読みをとおして——　島田　隆輔…91
禅話としての『春琴抄』——隔絶と超越——　倪　楽飛…109
遠藤周作『聖書のなかの女性たち』論——共苦する神と「母性」——　余　盼盼…129
〈エッセイ〉ジェンダー・南国・日本文学　レオン　ユット　モイ（LEONG YUT MOY）…153

Ⅲ　文学×ジェンダー×身体

谷崎潤一郎「細雪」における妙子像の検討
——「純潔」規範の受容をめぐって——　熊尾　紗耶…159
三島由紀夫「鍵のかかる部屋」論——サディズムをめぐる男と女の攻防——　中元　さおり…178
三島由紀夫「宴のあと」にみる〈老い《エイジング》〉とジェンダー　九内　悠水子…197

トランスジェンダーという交点――寺山修司「毛皮のマリー」読解――　矢吹　文乃…217
村上春樹「眠り」とその漫画アダプテーションにおける女性の身体表象
――「不気味なもの」と性の越境を中心に――　ダルミ・カタリン（DALMI Katalin）…235

Ⅳ　文学×ジェンダー×芸術

花田清輝「かげろう紀行」試論　板倉　大貴…259
失われた唄を求めて
――村上春樹「世界の終りとハードボイルド・ワンダーランド」論――　阿部　翔太…277
戯曲の言葉とジェンダー――永井愛「萩家の三姉妹」論――　有元　伸子…297
ジェンダーはゲーム文学をひらく鍵となりうるか？――遠野遥「浮遊」試論――　大西　永昭…317
おわりに…339
執筆者紹介…345

はじめに

本書の構想が持ち上がったのは、新型コロナウイルスが5類に移行して間もない二〇二三年七月のことであった。約三年間にわたるコロナ禍によってわたしたちは、「明日が今日と同じくやってくる」とは限らない、不確実性の今を生きているのだ、ということに改めて気づかされた。そもそもコロナに限らず、政治情勢、気候変動、技術革新など、あらゆるものが複雑化したこの現代社会は不確実性に満ちている。そのような不確実性のもとで、わたしたちは「オルタナティブな未来」をいかに切り開いていけばよいのか。その手掛かりを人文知に探ろうとする試みが、今、少しずつ始まっている。

ところで、本書は「ジェンダー」をテーマに編集された論文集である。このテーマは新型コロナによる社会変動とは直接的に関係があるわけではなく、編集委員の合議によって決めたものであったが、今になって思えば、アフターコロナの現在にこそふさわしいテーマだったのではあるまいか。「ジェンダー」という観点は、社会を「男と女」という性別二分法によって思考しようとする特性のことを問題にするだけでなく、社会の中に「当然」としてまかり通ってきたものを疑う「視座」としても機能しうる。コロナ禍は、わたしたちが見落としていたもの、見ようとしなかったものを正面から突き付けてきたが、「ジェンダー」の問題を問うこともまた、これまで見過ごされてきた、あるいは見えてこなかった社会の根源的な問題を問うことに繋がるだろう。そしてまさにこのような営為こそ、この不確実性に満ちた社会を生きるわたしたちに必要なものではなかろうか。

日本の近・現代文学研究の中に、「フェミニズム／ジェンダー批評」という観点が登場するのは一九七〇年代後半頃からとされる。欧米で一九六〇年代後半から一九七〇年代前半にかけて起こった「ウーマンリブ」運動を受け一九七〇年代頃より米国で始められた「フェミニズム文学批評」の流れを汲んだものであって、当初は男性作家のテクストに見られる男性中心主義的な思想や表現に対する批判、あるいは父権主義的な社会からの抑圧に抵抗しようとする女性作家たちへの称賛といった色合いが濃かったが、やがて「男」、「女」という二元論にとどまらない多様な読みを切り開くことを目指しながら発展していった。近年は、人種、ジェンダー、セクシュアリティ、階級、ネイションといった様々な要素の交差する社会の権力関係を捉える概念としての「インターセクショナリティー／交差性」に着目したもの、「エイジズム」、「ケア」、「トラウマ」など社会的孤立、個人の尊厳と権利といった問題系との関連を見出そうとするもの、あるいは、人間／非人間(動物、植物、ＡＩ)の関係性やその臨界を問う「ポストヒューマン」の概念や、多様で複数的なジェンダー／セクシュアル・アイデンティティの問題を捉える「クイア理論」を取り込んだものなど、多彩なアプローチが展開されている。いずれも、現代社会を巡る状況を反映した観点であり、文学研究において「ジェンダー」という「視座」が、過去と現在を繋ぎ、そして未来を切り開いていく鍵として有効であることを証明していると言えるだろう。

以下、本書の構成を概観しておきたい。

「Ｉ：文学×ジェンダー×社会」は、それぞれの作家や作品について、それに関わる文学研究の方法や、社会への問題意識からの論考であり、その背景や根底にジェンダーの問題が包含されていることを明らかにしている。ジェンダーの概念で重要とされるのは、性差を生物学的なものではなく、文化的・社会的に構築されたものとして考えることである。性別から生まれる性差が個人的・私的な領域から、社会的・公的な制度や待遇にまで及ぶことに対して、その根拠は身体的・生物学的な違いによるものではなく、〈男／女らしさ〉という文化的・社会的な〈通念〉にすぎないという「発見」だった、ともいえよう。また、言語という営為によって社会や文化が構築されていくという観点に立てば、文学研究においても作品やテクストに内在する〈通念〉を文化的構造として剔出することができよう。Ⅰの論考はそのような試みとしてもなされている。

「漱石研究とジェンダー」では、日本近代文学研究において主要な研究対象としての位置を長らく占めていた夏目漱石の研究史を概観し、作家・作品論へも大きく寄与することとなったジェンダーという観点の方向性と可能性について示唆している。続く「吉屋信子の行刑制度への抵抗と共感―少女達の死と「外地」へ向かう男達―」では、吉屋信子が作家として「女囚」の「更生」の物語を描くことで生じてしまう権力性、行刑制度の中に組み込まれる危険性の中で表現を模索していた姿が指摘されている。「〈いじめ〉の当事者になるということ―干刈あがた「黄色い髪」論―」では、一九八〇年代に社会問題として可視化されるようになった「いじめ」の問題が、学校での子どものみの問題ではなく、厳しい管理教育を行っている学校自体が社会への通過儀礼として機能していること、そこへ〈問題なく通う〉子どもであるために〈問題ない〉「家」であることが母親に強いられていること、などがジェンダーの観点から浮かび上がる。「『僕たちは世界を変えることができない。』論―二〇〇〇年代ボランティア・サークルとホモソーシャリティ―」では、二〇〇〇年代に成立した、あるインターカレッジサークルで生じたホモソーシャリティとホモセクシャルパニックにまつわる現代的な問題が指摘されている。

「Ⅱ：文学×ジェンダー×宗教」だが、そもそも、はるか古代における神に捧げるための言葉を文学の開闢に同定すると、その始原において文学は「宗教」のために行われた、いわば「宗教」に傅くことを本義とした表現形式であったということになる。ならば、近代文学にとっての「宗教」がそこに働く想像力の源泉であったとしてもそれはなんら不思議なことではなく、むしろ「宗教」こそが古来より文学をひらくうえでの鍵であったとさえいえる。その一方で「宗教」における「ジェンダー」は両義的な意味を持ち、我々にアクチュアルな問いを突きつけている。なぜなら「宗教」こそがその規律によってジェンダーの檻に人間を閉じ込める看守であると同時に、時として虐げられる性を慈しみ、力を与える解放者でもあったからである。したがって、「宗教」を描いた文学の中でジェンダーの問題は様々な顔をもってそこに立ち現れることになる。そのことがⅡに集められた論考からも確認できるであろう。

これまで長年に亘り、宮沢賢治の文語詩稿生成の研究に携わってきた論者による「宮沢賢治「〔残丘《モナドノック》の雪の上に〕」稿の生成／試論―書簡下書群252ａｂｃの読みをとおして―」は、その精緻な草稿読解によって信仰に関わる女性の苦しみを抉出している。実証的な生成論の場においてもジェンダーとは無縁ではないことの証左であるだろう。また、フェミニズム批評において谷崎潤一郎ほど論述対象としやすい近代作家もいないだろうが、「禅話としての『春琴抄』―隔絶と超越―」ではそこに禅語という「宗教」の概念を批評タームとして導入することによって単純な谷崎批判の地平から前進しようとしている。さらに「宗教」文学を代表する作家である遠藤周作について「遠藤周作『聖書のなかの女性たち』論―共苦する神と母性―」ではジェンダーを切り口とすることで、これまで看過されがちだった作品に脚光をあて、遠藤研究に新たな一ページをもたらしている。これら各論にはいずれもそのような「宗教」が持つジェンダーに対する両義性を文学が捉えた瞬間が描き出されているといえるだろう。

〈エッセイ〉では、マレーシアから日本に留学して日本近現代文学を学び、その後マレーシアの大学で日本近現代文学の研究と教育に携わっている研究者が、海外からの視点で見据えた日本文学の意義を自身の立脚点も交えた形で提示している。

「Ⅲ：文学×ジェンダー×身体」は、それぞれの作家や作品における身体表象のありように着目し、そこにジェンダーをめぐるさまざまな問題が展開していることを指摘している。ジュディス・バトラーは、ジェンダーの前にセックスが自然化された所与のもの、つまり実体として存在するのではなく、セックスも社会的構築物であり、身体は言説によって構築され、またパフォーマティブな実践の反復によって実体化していくと論じた。バトラー以降、身体はジェンダーの主戦場としてみなされることとなったが、日本近現代文学においても、ジェンダー化された身体がどのように表象されてきたかという問題は、重要な視座を提供してくれる。

「谷崎潤一郎「細雪」における妙子像の検討―「純潔」規範の受容をめぐって―」では、当時の「純潔」をめぐる言説を整理し、四女妙子が恋愛と妊娠を通して、家父長制に抑圧されてきた自らのセクシュアリティを取り戻し、主体性を獲得することを指摘している。「三島由紀夫「鍵のかかる部屋」論―サディズムをめぐる男と女の攻防―」では、同時代の少女殺害事件やサディズム表現との関連を指摘し、男たちが加虐欲を巧妙に正当化していく過程と、母娘で相似形をなす女性身体が男のサディズムを挫くことを明らかにしている。また、「三島由紀夫「宴のあと」にみる〈老い《エイジング》〉とジェンダー」では、女性主人公かづが両性具有的なジェンダー特性を有することで、老境を迎えても積極的な人生を選択していることを論じ、〈老い《エイジング》〉とジェンダーをめぐる問題をいち早く扱った作品であることを指摘している。「トランスジェンダーという交点―寺山修司「毛皮のマリー」読解―」では、ジェンダー規範やジェンダー二元論を内面化しながらも排除され翻弄されるトランスジェンダー当事者の姿が、一九六〇年代に描かれたことを評価している。「村上春樹「眠り」とその漫画アダプテーションにおける女性の身体表象―「不気味なもの」と性の越境を中心に―」では、原作小説とフランスのカラー漫画に翻案された作品を、「不気味なもの」（フロイト）の概念と、ホラーにおける性の越境という二つの観点から比較検討し、女性身体の表象が変容していることを明らかにしている。

「Ⅳ：文学×ジェンダー×芸術」だが、「芸術」とは何か、という根源的な問いは歴史の中で常に人間を眩惑し続けてきたが、現在ほどそれに明快な答えを与えることの困難な時代は無いだろう。多種多様なメディアが生まれ、それぞれのジャンルで野心的な創作活動が試行されている現状において、「芸術」という概念が捉える射程がはたしてどこまでなのかを見定めることは決して容易ではない。しかし、かつて大衆娯楽としかみられていなかった映画をカニュードが第七芸術として既成芸術との差異化を計りつつもそこに「芸術」の地位を付与したように、メディアの進展に伴い「芸術」という語の包含する範囲は拡張を続けてきた。そこでⅣでは音楽や演劇といった、すでに「芸術」として評価の定まったジャンルのみならず、デジタルゲームのような現在進行形でその評価が見定められようとしているものまでを広義の「芸術」として、それらとの関わりの中で文学について論じた論考を集めている。そもそも文学それ自体が「芸術」の中の一ジャンルということを考えれば、あらゆる文学研究は「芸術」論ともいいうるのだが、特に「芸術」諸ジャンルへの自覚的な言及、あるいは「芸術」概念への問いを顕在化させたものをここではその対象とした。「芸術」が人間を媒体して発露される営為である以上、ジェンダーと無関係であろうはずもなく、本章に収めた各論はその濃淡の差こそあれ、どこかでそれと呼応する問題意識を備えている。

各論に目を向けると「花田清輝「かげろう紀行」試論」では、花田清輝における「芸術」概念を、彼の小説を手掛かりに探求している。そこでは歓喜天が両義性を体現する存在として論述の場に召喚されるが、周知のように歓喜天は男女和合を顕す秘仏であり、性の問題と密接に関わっている。それは「芸術」が性と響き合うものであることを象徴してはいないだろうか。性を描き続ける作家としては、今や日本を代表する世界的な小説家として知られる村上春樹がいるが、「失われた唄を求めて─村上春樹「世界の終りとハードボイルド・ワンダーランド」論─」は、村上の作品構造から音楽というテーマを導き出す。村上文学に内在する音楽の探究というテーマから村上の代表作を読み直そうとする意欲的な試みとなっている。音楽同様に紀元前からの歴史を有する「芸術」

ジャンルである演劇を論述対象とする「戯曲の言葉とジェンダー──永井愛「萩家の三姉妹」論──」は、女性劇作家のジェンダーへの問題意識が演劇界という男性社会においてどのように発露されたかを明らかにするだけでなく、その後の演劇界に与えた影響にまで言及している。最後に「ジェンダーはゲーム文学をひらく鍵となりうるか?──遠野遥「浮遊」試論──」はホラーゲームに没頭する登場人物を描いた小説をとりあげ、ゲームに潜在するジェンダーが彼女の生き方をどのように規定しているかを明らかにしている。

以上のように、本書は「ジェンダー」を縦糸に、そしてまた、「社会」、「宗教」、「身体」、「芸術」という視点を横糸に、十六本の論文と一本のエッセイから構成されている。寄せられた論稿を章立てする中にも、様々な気づきがあった。時代の変遷として文学と「ジェンダー」の問題を追っていくのがよいか、それともテーマ別に文学と「ジェンダー」から見えてくるものを整理するほうがよいのか、随分と悩んだ結果、われわれは後者の方を選択した。なぜならば、その方がより鮮明に「ジェンダー」という観点が、文学の内包する様々な問題意識に接続していくものであることを浮かび上がらせる、と考えたからである。

〈文学×ジェンダー×宗教〉、あるいは〈文学×ジェンダー×芸術〉という視点は、これまで社会や文化、身体などと接続することの多かった「ジェンダー」研究に一石を投じることになるだろう。現に本書では、ゲーム小説から草稿に至る多種多様なテクストの新たな読みの可能性を切り開いている。そしてまた、〈文学×ジェンダー×社会〉や〈文学×ジェンダー×身体〉といったテーマに関しても、行刑制度、インカレサークル、老い、といった社会における様々な問題点を炙り出していった。「社会」の視点から「文学」を、「文学」の視点から「社会」を読み解くことができる余地は、未だ多く残っている。

わたしたちが「ジェンダー」を鍵として、「文学」をひらいていこうとしたその軌跡を本書で辿っていただければ幸いである。

二〇二四年十月

二宮　智之
九内　悠水子
中元　さおり
大西　永昭

I　文学×ジェンダー×社会

漱石研究とジェンダー

二宮　智之

はじめに

本稿は「漱石研究とジェンダー」とした。漱石研究においては、既にジェンダーの観点や方法から論じられた研究は数多くある。そもそも、漱石研究においてはジェンダーの観点から論じられる以前から、漱石の作品に描かれている恋愛関係や登場する女性像、あるいは夫婦関係についても詳細に考察されており、その源泉となる漱石自身の恋愛観、女性観、夫婦観などについても作家論の観点から論じられ、作品論とも関連させながら考察が深められてきた。よって、ここではそれら作家・作品論の成果と、ジェンダーの観点からの漱石研究を概観、統合していくことで、ジェンダーの観点が漱石研究にどのような成果をもたらしたかを提示したい。また、ジェンダーの観点からの漱石研究について、新たな視点の可能性について考えたい。

一　作家論に見る漱石の恋愛観、女性観、夫婦観

漱石自身の恋愛と女性観について、恋愛対象となった女性に関する論考では、明治二十四年七月の正岡子規宛の書簡や夏目鏡子の『漱石の思ひ出』(1)にみられる、井上眼科で出会った女、江藤淳の指摘による嫂の登世、小坂晋の指摘による漱石の友人小屋保治の妻となった大塚楠緒子、石川悌二の指摘による養父塩原昌之助の再婚者か

つの連れ子だった日比野れん、などの名前が挙げられている。安藤久美子はこれらの説について「実証的には推論の域を出ない」、「漱石の作品上の〈原体験〉から事実上特定の恋愛を導き出すのは無理があるのではないか。複数の恋が作品に昇華したと考えるほうが自然であるし、作品全体から純化された〈原体験〉を実生活にはめこむのは危険で逆立した通路であろう。(2)」としている。また、女性観に関して中山和子は、漱石の作品に描かれる女性のイメージの一つとして「生と死の境の、他界への通路に佇む、あるいは夢と現実とのあわいに立つ美しい女性」のイメージがあると指摘している。その例として、漱石の作品としては初期にあたる『漾虚集』に収録された作品のうちの「幻影の盾」、「趣味の遺伝」、「一夜」や「夢十夜」の「第一夜」、「永日小品」の「心」などに描かれた女性像を挙げている。一方、後期三部作以降に登場する作中の女性、「彼岸過迄」の千代子や「行人」のお直、「道草」のお住、「明暗」のお延などは、男性と同等の〈他者〉として、個としての男性を相対化する存在として登場しており、それは「男が女を鏡として自身を見出すという漱石の構図(3)」として、一貫したものであると述べている。

漱石自身の結婚と夫婦としての関係性については、伝記的資料などからも様々な逸話がある。結婚までの逸話として有名なのは、見合いの席で鏡子が自分の歯並びが悪いのを強いて隠さないで平気でいることを漱石が気に入り、そのことを兄たち家族に話したことなどであろうか。だが、その後の漱石と鏡子の結婚生活では、熊本での鏡子の流産からくる精神不安や自殺未遂、留学中の手紙のやり取りや、帰国後の漱石の神経衰弱、修善寺の大患などなど、さまざまな出来事があり、その間の夫婦関係も正と負の要素が入り混じったものと考えられる。一方、小宮豊隆や森田草平などの門下生の発言や、漱石の自伝的作品と目された「道草」に描かれた主人公健三の妻、お住の表象などから、鏡子悪妻説が早くに広まった。だが、『漱石の思ひ出』で妻である鏡子の視点から、夫婦関係について述べられたことで、夫である漱石とは別の視点から漱石と鏡子の夫婦関係を考えることが可能となっている。これによって、いわゆる「悪妻説」は相対化させられており、むしろ漱石の「悪夫説」、「悪父説」さえ出かねないような箇所もみられる。かといって、両者の夫婦関係が始終険悪であったかというと、そうともいえない逸話も『漱石の思ひ出』に多々見られる。漱石と鏡子という夫婦の生活におけるさまざまな正の側面と負の側面は、結局は夫婦の当人同士でしかうかがいしれないという一般論に留まるものかもしれない。

二　漱石研究におけるジェンダーの観点

そもそも、漱石研究においてジェンダーの観点から論じられた数多くの研究について詳細に言及するのは困難であるが、粗略ながら概括しておきたい。それはジェンダーの観点から漱石の「作品」がいかに読まれたか、「作者」である漱石にどのようなジェンダー・バイアスがかかっていたかを示すであろうし、また、新たな読みの観点を見出すことにもつながるだろう。

まず、作家夏目漱石とその作品全般と、作品に描かれる女性と男性、そこに見られるジェンダー・バイアスについて、渡邊澄子は「同時代の男性作家の描く女性像、そのような女性を造型する作家の女性観とは隔絶した視線が漱石には見られる」とし、「漱石の創る女性は同時代の男性作家の描く女性に比べて格段に新しく知的主体性を持つ清新な魅力に溢れている。[4]」と述べている。また、漱石の造型する作品内の男性主人公（特に「道草」の健三）と漱石には「社会的・文化的に形成された性差別が内面化されていたのはごく自然で当然と言えるが、彼は自分にかかっているジェンダー・バイアスに気づき、これを剝ぎ取ることで差別から自由になり、そこで初めて『温かい人間の血』の通い合う平和な人間関係が生まれるのではないだろうかという人間平等観を獲得した」とし、「自分の自己本位が大切ならば相手の自己本位も同様に尊重しなければならない、真に平等な人間関係を築くことの大切さ、その至難な業は温かい血の通う《ママ》合う関係をつくるために互いに努力していくしかないだろうという思考にはジェンダー・バイアスに対する問題意識の顕在が鮮烈に見て取れる」としている。漱石研究におけるキーワードのひとつである「自己本位」が男性としての漱石の「自己」、ひいては男性社会における男性同士の「自己」に限られるものではなく、女性との関係性においても「相手の自己本位」を尊重するところまで進んでおり、同時代の男性作家の女性観と比較しても進んだ考えだといえるだろう。

また、ジェンダー・バイアスとしての男性原理と、それに対する漱石の距離やスタンスについて駒尺喜美は、「男性原理の根本は何か。戦いに勝つことである。国と国の間では戦争に勝つこと、個人と個人の間では競い合って人々の上に立つこと、が目標である。漱石はこの男性原理を全て否定した。戦いを否定しただけではなく、その延長線上にある『男らしさ』をも完全に否定した」とし、「男性中心発想に基ずく《ママ》社会の結婚制度、夫が主人である結婚における関係構造は、夫が支配者であり抑圧者であること」を「漱石は見事にそれを提示した[5]」と述べている。結婚が「ジェンダー問題が最も先鋭な形で現れる[6]」ものだとすれば、漱石の作品に描かれる夫婦関係にジェンダー問題が表れることも当然であり、その中で夫としてのジェンダー、夫婦関係における男性の中心性や優位性を浮かび上がらせ、その上でそれらが揺らぐ様子を描いているのが漱石の作品だといえる。坂本育雄は漱石の小説に描かれた男性と女性について、「『旧式』(『道草』)の知識人男性を、新時代の潮流を敏感に直覚的に体得した女性によって批判させている」、「男性への批判を内に抱くこのような女性達を描き得たその創造力の根源には、家父長に象徴される権力への、漱石の生涯を通じての変らない批判と嫌悪があった[7]」と述べており、男性原理や男性中心で構築されている社会と制度に対する漱石の批判と嫌悪をそこに見る。それは同時に、漱石作品に登場する女性が男性原理を批判するという役割を担っているともいえるだろう。

作家としての漱石とその作品について、ジェンダーの観点から考えた際の全般的な評価としては前述で概括を試みたが、一個人として、「夫」として、「父」としての夏目金之助をどう捉えればよいか。それらの考察に漱石の作品を論拠にするのでは、結局「作家・夏目漱石」を論じることになる。とはいえ、小説の中に描かれた「夫」である登場人物や「父」である登場人物も、夏目金之助という個人にあるジェンダー意識の反映であることから逃れられるとは考えにくい。いずれにせよ、伝記資料と作品、そこから生じる作家論との距離に留意して考えるしかないだろう。

現実の夫婦関係の中での夫としての漱石について、花﨑育代は、真の意味で「夫としての漱石」を「鏡子以外の人間が語るのは困難である」とし、「鏡子との関係を記した漱石の断片や周囲の後年の回想などから、夫としての漱石の像を探るのは極めて危険ではある」[8]と述べている。いわゆる漱石の妻鏡子に対する「悪妻」の評価も、鏡子側からの視点を提供する『漱石の思ひ出』を見れば、むしろ「神経衰弱」と「胃弱」の病に苦しむ漱石を支えて家庭を維持し、鏡子自身も出産と育児という大きな負担を背負いながら、弟子たちの出入りの多い中で彼等にも気を配り、場合によっては生活や経済的な支援も引き受けているという「漱石の妻」の姿がうかがえる。漱石が残したノート、雑記類の断片や書簡などからうかがえる夫婦関係は、無論「悪妻」説を裏づけるものとして受け取られるが、そもそも「悪妻とは古い男尊女卑の産物で、男性に都合のいい良妻賢母主義から測定された」[9]ものであるとすれば、「悪妻」説も漱石とその弟子たち「男性」側からのジェンダー観によって形成されているということになるだろう。

父としての漱石についての逸話も、鏡子による『漱石の思ひ出』や次男の伸六による『父・夏目漱石』（一九五六年十一月、文藝春秋新社）などにみることができる。そこには、漱石の英国留学後の「神経衰弱」が原因とみられる離縁騒動や、子どもたちが父親である漱石に恐怖を抱くような生活があったこともわかる。そのような「神経衰弱」の状態は、鏡子によれば、明治四十年頃には一旦収まり、それ以降では「行人」の執筆時、大正二年の正月から六月頃までに起こったとされている。この時期の逸話として、次男で末っ子の伸六についての逸話[10]は、漱石が自らを父親としての立場から、我が子に接しようとする等身大の姿がうかがえる。

この女中を出して了ふ前のことでしたでせう。末の男の子が泣き虫でよく泣きます。それに頭の悪い時には実に怖い人相になるのですから、子供が見たらなほのこと怖いので泣きたてます。すると、守をして居た娘が尻をつねつたのだと言つて、たうとうこれも出して了ひました。

それからこの泣き虫が泣くのを、みんながいぢめるからだと言つて、泣くとは出て来て、いい子だ、いい子だ、御父さんがついてるから大丈夫だよと言つてあやすのです。段々聞いてみると、自分が末子で皆にいぢめられ、其上父からも可愛がられなかつたから、この子も末子でみんなにいぢめられて泣くのだらう。けれどもこの子には、父たる自分がついて居て、みんなから守つてやるとかういふ意味なのです。ところがその泣き虫は、其実夏目の怖い顔を見るとなほ一層泣き立てるのだから世話はありません。

このような「父親」としての漱石について、阿毛久芳は「道草」に描かれた健三の姿から、「我が子を抱く細君のお住に、己の肉体的所有物として自分の生んだ子どもがあるという自負を読み取ることで、その関係の濃密さから疎外される健三が映し出されている。[11]」とする。作品そのままを実生活とするには注意が必要であるが、「道草」で描かれているような母子の結びつきの濃密さから疎外されているのが、夫であり父であるという構図は、一人の「男」としての漱石にも通じるところがあろう。また「硝子戸の中」でみられる、漱石の父に対する認識は、「とくに父からは寧ろ苛酷に取扱かはれたといふ記憶がまだ私の頭に残つてゐる。[12]」といったものであった。このような父子関係の中で成長した(そのような認識をもって成長した)子供であった漱石が父となった時、自分が「父として子供を愛する」イメージを持ち、その行為を自然に行おうとすることが、いかに困難なことだったかも想像に難くない。そこには、「好ましい父親」としてのロールモデルを持てないままに自分自身が「父親」となり、「父親」としての存在と役割に戸惑う、一人の「男」としての夏目金之助の姿を見ることができる。

ただ、一方で『漱石の思ひ出』では、「一体頭さへ悪くない時には、随分の子煩悩で、子供たちが何をしようと、にこ〳〵笑つて見てゐるか、自分も相手になつて遊ぶか、でなければわれるやうな騒動の中に坐つて、すまして一向気にもかゝらないらしく本をよんだりして居たものでした。[13]」とあり、幼くして急死した四女の雛子の死後には「相当にこたへた様子で、随分心のうちでは悲しんでも居たやうでした。子供に逝かれるといふものはいやなもんだなあなどと、何かの拍子につく〴〵思ひつめたやうに言つて居たこともありました。[14]」と、鏡子から見た「父として子供を愛する」漱石の姿も語られている。ここに見るだけでも漱石の「神経衰弱」の影響は、彼自身もともかくながら、一番身近な存在である妻と子供たちに最も激しい形で及ぶものであったことは、既に指摘のあるとおりである。しかし、どの時期、どの年齢の漱石の姿を基準とするかで、漱石の父親としての姿は両極端といっていいほどの様相を示している。ただ、比較するならば、例えば森鷗外のような、名誉や制度、秩序を象徴するものとしての「家」を担う「父」としての意識は、漱石においては比較的希薄であったとは言えるだろう。

三　ジェンダーの観点から見る漱石作品

続いて、漱石の作品とその中で指摘されてきたジェンダーに関わる観点や要素について、提示していきたい。まず、「吾輩は猫である」の十一章では、迷亭が「遠き将来の趨勢を卜すると結婚が不可能の事になる」と結婚の不可能性についての「未来記」を述べる箇所がある。その理由として「個性中心の世」になれば「個人が平等に強く」なり、それぞれが「悉く個性を主張」するのだから、「水と油の様に夫婦の間には截然たるしきり」が生じて、「天下の夫婦はみんな分れる」としている。また「夫は飽迄も夫で、妻はどうしたつて妻」であり「其妻が女学校で行燈袴を穿いて牢乎たる個性を鍛え上げて、束髪姿で乗り込んでくるんだから、とても夫の思ふ通りになる訳がない。又夫の思ひ通りになる様な妻なら妻ぢやない人形だからね。」ともある。(15) 江種満子はこの部分について、「迷亭の予言は見事に的中した」、「人々の孤塁化はますます深刻化するばかりである。(16)」として、近代から現代へと進んだ「個性」と「平等」を異性愛(ないしは別の愛の可能性)と調和させる必要性を述べるも、その可能性については悲観的な見解を示している。

「草枕」では那美の呼称について、高田知波が「観海寺の大徹和尚」「だけが那美を話題にした会話の中で『御那美さん』と固有名で呼んでいる点(17)」に着目し、彼女が「茶店の老媼や孫の源兵衛」からは「嬢様」と呼ばれ、「志保田の家の小女」からは「若い奥様」と呼ばれているのは、「結婚と離婚の両方の経歴を持つ彼女は制度的秩序の中に安定した呼称を得ていない」こと、さらに主人公であり語り手である「余」が「那美」という彼女の名を知った後も、なお「女」と呼ぶことで「長良の乙女」や「オフェリア」といった物語のヒロインのイメージと連鎖させていく作用があると指摘している。「草枕」の那美と同様、個人として、女性としてのアイデンティティを、家・結婚制度の秩序の中で安定させることに収まらない、あるいはそれを周囲からのお膳立てではなく、自らの意思で得ようとして果たせなかった登場人物として、「虞美人草」の藤尾と「三四郎」の美禰子を挙げることもできるだろう。「虞美人草」については「ホモソーシャル空間の中で女性が譲渡されるという図式が驚くほどあからさまにみえる(18)」という指摘もある。藤尾も美禰子もそれまでの家・結婚制度の中に押し込められることをよしとしない自我を持つ「新しい女」として描かれるものの、その生き方は挫折に終わる。彼女たちがそのように描かれた理由としては、この時期の漱石が「新しい女」について否定的だったであろうことも一因であろう。藤尾について「あいつを仕舞に殺すのが一篇の主意である」と漱石が述べたことは有名である。が、一方で教育を受けた「新しい女」たちが、家・結婚制度に拠らずに、どのような姿で精神的、経済的に成立することが可能なのかというモデルがその時期には未だ明確ではなかったことや、「新しい女」についてのイメージが男性からの視線、フィルターを通した否定的なものであったことも指摘されている。[19]自らを「迷羊」と呼びながら、最終的に家・結婚制度の秩序の中に位置づけられることとなる「三四郎」の美禰子とは、まさにその時期の「新しい女」の像が、男性からの視線というノイズなしに、女性自らで確立させることが困難であったことと、そこに生じる「新しい女」の《迷い》そのものであったとも考えられる。

一方、「それから」で描かれる女性の主要人物である三千代について、阿木津英は作中の大部分において「たとえ女学校教育を受け、兄や兄の友人から種々の薫染を受けている新しい時代の女ではあっても、けっして〈新しい女〉であってはならない」、「兄菅沼と代助の間で、また代助と平岡の間で、男同士の情愛の絆を深めるための贈り物としての存在」であると指摘する。[20]ただ、そのような「それから」において、三千代が代助の告白を受け、自らの意志と覚悟を決める姿勢を示すことで、却って代助が戦慄する場面では、「『女は男の所有物である』という小説をつらぬく自明のコードが、ここでは思わず破れかかっている[21]」部分もみられる。また、嫂の梅子は家の制度の枠の中に自らの位置を得ている女性、即ち〈妻〉であり〈母〉であるが、生活者としての実感から代助の論理を批判し、相対化する。このように「それから」に登場する女性は、それ以前の漱石の作品に登場した様な〈新しい女〉ではなくとも、主人公代助の男性としてのジェンダーを揺さぶり、彼が「父や兄に象徴される日本国家・社会・世間の中心から遠く隔たり、周縁にあえて自らを位置せしめる者、すなわち女ジェンダーの偽装者[22]」であることを現前させる存在であるといえる。

そのような文脈で考えれば、「こゝろ」での「奥さん（静）」は、語り手の「私」から「奥さんの理解力に感心した。奥さんの態度が旧式の日本の女らしくないところも私の注意に一種の刺戟を与えた。」とされながらも、夫である「先生」の苦悩を共有する存在としては語られないし、描かれない。むしろ「先生」は「妻には何にも知らせたくない」、「妻が己れの過去に対してもつ記憶を、なるべく純白に保存しておいてやりたいのが私の唯一の希望」として、「私が死んだ後でも、妻が生きている以上は、あなた限りに打ち明けられた私の秘密として、すべてを腹の中にしまっておいて下さい。」と、自分の自殺の理由を遺書に記し「私」にのみ、その「秘密」を打ち明ける。このような「こゝろ」について、千種　キムラ・スティーブンは「漱石は先生とK、そして先生と語り手の青年の関係のみを重視することによって、結局は家父長的な男たちの物語にしてしまった。それで女性の読者は疎外されるのである。」[23]と指摘している。この「女性の読者」の視線としては、水田宗子の「読者は先生に対しても、また、静の不幸を放置したまま先生の物語を進める漱石に対しても、不快の念を抱く」という指摘[24]もあり、また「静」の主体性、他者性、抑圧を受けている存在としての姿も問題となっていた。[25]いずれにせよ、男性としての「先生」の、女性である妻の「静」に対して「己れの過去に対してもつ記憶を、なるべく純白に保存しておいてやりたい」という「唯一の希望」が、「先生」の男性としての〈優しさ〉ではなく、女性である「静」の疎外であるという「こゝろ」受容の推移は、漱石研究と作品の受容に対して、女性側の視点からの〈異議〉申し立てが浸透していった過程を示す好例といえるだろう。

続く「道草」については、既に漱石の夫婦観や男女観に関連して述べた事柄も多い。しかし特に「こゝろ」までの作品との比較でいえば、「道草」では主人公健三とお住の夫婦に子どもが生まれるというところにそれまでの作品と大きな違いがあることは指摘があるとおりである。単に「道草」が漱石本人をモデルにした小説なので実生活と同様に子どもが生まれている、といった以上の象徴的な意味があると考えるべきであろう。小泉浩一郎は「道草」の基本的な作品的な枠組について、「お住の受胎・妊娠・出産そして赤ん坊の成長という一連の女性的にして肉体的なる時間」が「主人公健三をめぐる様々な事件を取り囲む」ものであると指摘している。[26]さらに小泉は「道草」を「何よりも性差の意味を根源から問う世界観小説」だとし、「漱石の文学を男性の文学から人間の文学へと止揚せしめようとする作者における文学的な自己変革の遂行とともに」あり、「〈男性〉の言説」が「〈女性〉の言説」によって「人間の〈言説〉として甦り、再生」する作品であり、子供の誕生が、それを象徴する出来事として物語の最後を飾っているとしている。

「明暗」は未完ではあるが、岩橋邦枝は「漱石は『明暗』で初めて女の内面を描いた。」とし、さらに「他人の考えに頼らず自分を主人公として生きようとする女」として「近代女性の内面を描いた」と評価している。(27)

ここで改めて漱石と漱石文学におけるジェンダーについて、推移の観点を含みつつ整理する。漱石自身の恋愛とその対象となる女性については諸説あるものの、ある特定の女性やその関係性をモデルとして、それを描くことが作品の主題となるような（例えば森田草平の「煤烟」や有島武郎の「或る女」のような）作風や傾向はあまり見られない。むしろ漱石の作品に描かれている「理想の女性像」は、特定の一人の女性ではなく、現実、非現実の様々な理想的な女性像の要素を集約することで成立した、まさに「理想的」な「像」ではないか。「永日小品」の中の小品「心」に描かれている、「自分」を「百年の後まで」「従え」る運命的な女性として登場する女性の顔は、その美しさや容姿が具体的に描写されるのではなく「たった一つ自分のために作り上げられた顔」と「叙述」されることが、その一つの証左といえよう。ただ、作品内で描かれる女性は、そのような理想像としての女性だけではなかった。漱石はいわゆる〈新しい女〉を登場させながらも、〈新しい女〉が進展していくべき、社会的な次の新しいステージを見出せないまま、「結婚・妻・母」の制度に取り込まれる、あるいはその前に屈する形でしか、〈新しい女〉の姿を描かなかった。その後、漱石が描いたのは〈新しい女〉ではないが、男性の言説を相対化する言説を提示することができる女性、そして〈新しい女〉をことさら標榜せずとも、自分自身の個性と自我を備えた女性であった。

小泉浩一郎は漱石の作品に描かれた「自己本位」や個人主義の問題と、ジェンダーとしての〈男性〉と〈女性〉

の言説との関係について、次のように指摘している。(28)

漱石における自己に始まり、自己に終る「自己本位」の立場とは、実は、男性に始まり、男性に終る男性本位の立場と等価である、という視座に立つとき、上記のような漱石の個人主義の淋しさのみならず、『彼岸過迄』『行人』から『道草』へ、ひいては『道草』から『明暗』に至る晩年の漱石の文学的営みの総体迄が、〈男性〉の言説の自己完結的な世界から〈女性〉の言説の世界への解体、融合を経ての〈人間〉の言説の世界への再生のプロセスとして統一化され、趣きを新たにして浮上してくるのである。

漱石研究においては「こゝろ」までの長編小説群と「道草」以降の質的な変化がつとに指摘されてきたが、〈男性〉の言説と〈女性〉の言説とのせめぎ合いと変遷、それを明確にしたジェンダーの観点が、「自我」や「自己本位」といった漱石文学に大きく関わる問いに対する答えを鮮やかに浮かび上がらせたといえるだろう。

おわりに

本稿では、漱石文学と漱石研究におけるジェンダーの観点から、作家として、また個人としての夏目漱石とその作品をどのように捉えることができるのか、あるいはできたのかについて提示してきた。最後に、今後漱石文学をジェンダーの観点で読んでいくことの意義について改めて考えておきたい。

今日までの日本近現代文学研究においてのフェミニズム・ジェンダー研究の方向性として、江種満子は「言葉を通して男性中心に構造化されている」社会の諸制度と、そこから生じる「性差別の構造をますます再生産する」性格に傾きがちな文学テクストの言葉の「仕組みを見究めること」、「女性の主体がきらめく瞬間をあやまたず発見すること」、「性差別を超えた彼方を構想すること」を目指すと述べている。[29]
　さらにフェミニズムからジェンダーへと進展していく中で「〈ジェンダー〉は男性と女性という差異によって構成されており、それゆえ女性ジェンダーと対になって意味を形成していた男性ジェンダーも、もちろん問題に含まれる。男性による女性の抑圧という問題だけでなく、男性自身が〈男らしさ〉の規範によって生きにくい状況に置かれるという問題もある。[30]」とされるようにもなった。そこから漱石文学へと視線を戻すと、漱石文学で展開された〈自我〉や〈個〉の問題は、近代の〈個人〉がそもそも〈男性〉であることを前提としており、その上で展開されていたものだったことは、既に指摘されている。であるならば、それらの〈自我〉や〈個人〉の問題は、実は人間一般ではなく〈男性〉固有のジェンダーとして背負わされていた問題であったという可能性もあるだろう。小森陽一は、漱石の小説に描かれる男たちについて、「明治に入って新たにつくられた、近代的な夫権制社会、学校や軍隊、官僚組織や会社などでつくられたホモソーシャルな関係から、ことごとくドロップアウトしていくように方向づけられ」、「「社会ダーヴィニズム」の枠組で言えば、漱石の男たちは、明らかに「退化」した男たち、ディジェネレイト」でありながら、それを「個性」として「「進化」論的な枠組からの逸脱として排除するのではなく、自らの小説の中心にすえた」と指摘している。[31] だとすれば、漱石文学で描かれていた男性ジェンダーは、前述で例示したような「男性による女性の抑圧という問題だけでなく、男性自身が〈男らしさ〉の規範によって生きにくい状況」の問題こそを描いているのであって、そこに描かれた男性の姿が「ドロップアウト」、「退化」、「逸脱」という言葉で、弱く、価値の低い、人間性を否定される存在として抑圧されることこそが、まさにジェンダー・バイアスからくる問題であり、抑圧であるといえるだろう。
　漱石文学に描かれた男性が、男性であるが故に「生きにくい状況」に陥っているという視点で読みなおしていく余地は、まだあるように思われる。

注
1　夏目鏡子述、松岡譲筆録、『漱石の思ひ出』（岩波書店、一九二九年十月）
2　安藤久美子「作家論事典（恋愛）」（『別冊國文學　夏目漱石事典』学燈社、一九九〇年七月）
3　中山和子「作家論事典（女性像）」（『別冊國文學　夏目漱石事典』学燈社、一九九〇年七月）
4　渡邊澄子「ジェンダーで読む夏目漱石」（『国文学解釈と鑑賞』至文堂、二〇〇五年六月）
5　駒尺喜美「でんぐりがえ史の人・漱石」（『国文学解釈と鑑賞』至文堂、二〇〇五年六月）
6　同4
7　坂本育雄「漱石―生涯を貫くもの」（『国文学解釈と鑑賞』至文堂、二〇〇五年六月）
8　花﨑育代「夫としての漱石」（『国文学解釈と鑑賞』至文堂、二〇〇五年六月）
9　北田幸恵「妻から見た漱石」（『国文学解釈と鑑賞』至文堂、二〇〇五年六月）
10　同1
11　阿毛久芳「父親としての漱石」（『国文学解釈と鑑賞』至文堂、二〇〇五年六月）
12　「漱石全集　第十二巻　小品」（岩波書店、一九九四年十二月）
13　同1
14　同1
15　「漱石全集　第一巻　吾輩は猫である」（岩波書店、一九九三年十二月）
16　江種満子「『吾輩は猫である』―ジェンダー社会の中の「個性」と「平等」」（『国文学解釈と鑑賞』至文堂、二〇〇五年六月）
17　高田知波「「女」と「那美さん」―呼称から「草枕」を読む」（『国文学解釈と鑑賞』至文堂、二〇〇五年六月）
18　米村みゆき「文学の〈材〉とされた憎悪と嫉妬」（『国文学解釈と鑑賞』至文堂、二〇〇五年六月）
19　同18
20　阿木津英「所有された女の精神、またその破れ目―「それから」を読む」（『国文学解釈と鑑賞』至文堂、

二〇〇五年六月）
21　同20
22　同20
23　千種　キムラ・スティーブン「『こゝろ』の世界―男たちの性の争い、知の過信、動けない女」（『国文学解釈と鑑賞』至文堂、二〇〇五年六月）
24　水田宗子「〈他者〉としての妻：先生の自殺と静の不幸」（『漱石研究』第六号、翰林書房、一九九六年五月）
25　押野武志「「静」に声はあるのか―『こゝろ』における抑圧の構造―」（『文学』季刊第3巻・第4号、岩波書店、一九九二年十月）などが挙げられる。
26　小泉浩一郎「『道草』の言説世界―〈性差〉の言説から〈人間〉の言説へ」（『国文学解釈と鑑賞』至文堂、二〇〇五年六月）
27　岩橋邦枝「『明暗』の女たち」（『国文学解釈と鑑賞』至文堂、二〇〇五年六月）
28　同26
29　江種満子・漆田和代編「女が読む日本近代文学　フェミニズム批評の試み」（新曜社、一九九二年三月）
30　飯田祐子・小平麻衣子編「ジェンダー×小説　ガイドブック　日本近現代文学の読み方」（ひつじ書房、二〇二三年五月）
31　小森陽一「漱石を読みなおす」（筑摩書房、一九九五年六月）

吉屋信子の行刑制度への抵抗と共感
――少女達の死と「外地」へ向かう男達――

奥村　尚大

はじめに

一九三三年、吉屋信子は栃木刑務所を見学する。吉屋はそこで得た「魂の病院」としての刑務所という考えを繰り返し作品の中に描いている。こうした行刑との関わりは『月刊刑政』への寄稿などを通じて戦後まで続けられており、吉屋信子の行刑制度への関心は戦前戦後と一貫して持続したものであったと考えられる。本稿はそうした吉屋信子と行刑制度との関わりについて、戦前の作品や言説を中心に分析を行ったものである。

これまで吉屋信子について多数の研究が蓄積されてきた。作家論的に吉屋信子の生涯を追ったものとしては吉武輝子『女人吉屋信子』（文春文庫　一九八六年十一月　初刊：一九八二年十二月　文芸春秋）と田辺聖子『ゆめはるか吉屋信子（上・下）』（朝日文庫　二〇〇二年五月　初刊：一九九九年九月　朝日新聞社）が挙げられる。いずれも刑務所見学については扱われておらず、吉屋信子と行刑制度の関わりについては分析されていない。また、吉屋信子による刑務所参観について黒沢亜里子は「修道院や尼寺、女囚刑務所といった場所は、みずからが〈性〉を封じ、あるいは禁じられる空間であるのに対し、待合や京洛の舞妓の世界は、もう一方の極みとして、みずからの身体を徹底的して〈性〉化することを強いられる職業的な場である。しかし、この両者をひとしく周縁化しているのが当時の社会の過酷なジェンダー／セクシュアリティの文化配置であることに変わりはない(1)」として『私の雑記帳』内で語られたほかの空間とつなげて論じている。また、それらの空間についても「現実そのもののメタファー」として位置づけており、一つのテーマとしての分析が行われていない。

しかしながら、戦前と戦後を通して行刑制度は吉屋信子の関心の対象であり続けたと考えられる。たとえば、戦前においては刑務所見学のルポルタージュを発表しているほか、戦後「不幸の生む罪」を『月刊刑政』誌上に掲載しているなど[2]、繰り返し行刑制度へのコミットを行おうとしていたと考えられる。また、『月刊刑政』に何度か記事を寄稿していることから、そうした行刑にコミットしようとした作家というイメージはある程度流通し、共有されていたと考えられる。彼女が取り上げた多数の空間の一つとしてではなく、行刑制度との関わりを一つの軸として吉屋信子作品を再読することで、吉屋信子に関する研究を拡充することに繋がると考える。また、こうした研究は論者の研究対象とする行刑制度と文学者の関わりという問題と大きく関わるものであると言える。

吉屋信子の行刑の描き方は刑務所内部での体験よりも釈放後に重心がおかれていることが特徴である。償いのモチーフと償いの方法が繰り返し描かれており、罪を犯した人物がどのようにまた社会へと戻っていくのかが模索されていたと考えられる。

ここで、吉屋信子の描いた「赦し」や償いを考えるために、デリダの「赦し」の構造を参照し、分析のための枠組みとしたい。デリダは以下のように述べて、「告白や改悛」によって「赦し」が乞われ、それに対して「赦し」が授けられるという条件付きの「赦し」の形式を、「エコノミー的な商取引」として批判している。

ところで、われわれが一度ならず自問せねばならないのは、ある赦しは、授けられるためには、あるいはただたんに検討されるためにも、乞われねばならないということ、それもそのことが告白や改悛という基盤のうえでなされねばならないということは、はたして真実なのかどうかということである。これは自明のことではない、そして赦しを授ける者の最初の過ちとして排除すらされねばならないことかもしれないのである。すなわち、もし私が私に赦しを乞うために他者が告白し、立ち直り始め、みずからの過ちを変容させ始め、他者自身が過ちからみずからを切り離し始めることを条件として赦しを授けるとしたら、そのとき、私の赦しは、赦しを腐敗させるある計算によって汚染されるがままになり始めてしまうのだ。(3)

重要なのは、吉屋信子の作品や言説において、条件付きの「赦し」の形式が戦時体制へと結びつく形で描かれていたと考えられることである。彼女は罪を償おうとする人物を繰り返し描いていたが、そこには国家に対して奉仕することによって「エコノミー的な商取引」と化した「赦し」が描かれていた。一方で、吉屋はそうした「エコノミー的な商取引」の存在に気づき、そこから抜け出しつつ、国家やシステムの中に組み込まれないような表現を模索していたと考える。

戦時体制への協力に関して、吉屋信子文学の可能性と限界はこれまでも指摘されてきた。たとえば、神谷忠孝は、「吉屋信子のヒューマニズムがコスモポリタンをめざしていることがわかるが、白樺派の武者小路実篤が戦争に加担していった内的構造と共通したものがある。吉屋信子に限らず昭和十年代に戦争に協力した文学者に共通しているのは、日本の戦争がアジアに平和をもたらす「聖戦」であると信じていたことである。相手国からみればあきらかに侵略にあたるのに、こちらの信念を押しつけようとしているわけで、被害者側に身を置いていないのである」とその姿勢を批判している。また、その文体について「戦時下の女性雑誌にみられる美文調が当時の女性読者に戦争を直視することを欺瞞的に隠蔽していたという事実をこそ問題にすべき(4)」と指摘している。久米依子は「結果的に吉屋の文は、頼もしき同胞日本軍に守られようとも、銃後の安息が危うくなりつつある「女性幼児」の被害を書き留め、その言説が開く可能性を考えさせるが、しかし同時に制約の多い戦地報告文が何を語りえず、隠蔽してしまうかという重い問題を抱え込んでもしまっている[5]」と指摘している。また、竹田志保は「その時代のさなかにあって、〈戦争〉を肯定したことを、単なる無知や認識不足だけに還元することはできない。もちろんその根本にある問題性は拭いがたいとしても、「東亜共同体」の認識のなかに、それまでの日本のあり方を乗り越えようとする理想が込められていたように、吉屋信子が描いたこの小説にも、「変革」への「希望」が託されていたことを見落としてはいけないだろう[6]」と限界を指摘しつつも再評価を行っている。以上のように、吉屋の戦時体制に参加しつつ、同時にそれを乗り越えようとする態度は可能性と限界として両義的に扱われてきた。

本稿は、そうした吉屋信子の体制への参加と抵抗の矛盾を行刑制度との関わりを通じて読み直す試みである。刑務所参観の影響を受けている『双鏡[7]』と『新しき日[8]』の二作品を中心に吉屋が描いた行刑制度を分析することを通じて、彼女が行刑制度をどのように見て、どのように影響を受けたのかについて考察を行いたい。

一　福祉と権力のはざまで

吉屋信子が刑務所参観を行ったのは一九三〇年代のことである。その様子は「鉄窓の女囚生活を見る記」(『主婦の友』十七巻七号　一九三三年七月)として作品化されている。吉屋は栃木刑務所所長の藤井藤蔵によって行刑について次のような説明を受けており、そこで用いられた「魂の病院」という表現は、『双鏡』や『新しき日』といった作品や戦後の『月刊刑政』に寄稿した「不幸の生む罪」まで繰り返し用いられることになる。

『そもく刑務所の目的は単に罪ある人間を罰するといふのではありません。罰するのではなく教化するのであります。罪を犯す人間は必ず精神に肉体に欠陥があるのですから、それを罪に従ひ、幾年か世から隔離して、静かに反省させ、精神と肉体を健全に戻し、社会に順応して生きられる完全なる人間として出すのを、大切なる目的といたしてをる次第であります。』

所長は冒頭まづかう口を開かれました。

（やれ嬉しや）と私は思ひました。刑務所、すなはち（魂の病院）だつたのですもの！[9]

藤井藤蔵は行刑の目的について「罰するのではなく教化するのであります」と述べている。こうした刑罰の目的を「教化」におくという思想は教育刑思想と呼ばれ、法学者の小野義秀は一九二二年から一九三三年を「獄務」から「行刑」への転換と教育刑思想の時期」と称し、「教育刑思想が拡がっていった時期」として位置づけている。[10]つまり、吉屋が刑務所見学を行った時期には行刑制度内部には教育刑思想はすでに浸透していたものと思われる。

しかしながら、社会の中に教育刑思想はまだ根付いていなかったようである。行刑に関するオピニオンリーダーである正木亮は以下のように述べ、社会復帰を促し教育刑思想の実践を成功させるために社会からの同情を得ることを求める。

僕は行刑の公明を期待して止まない。釈放後に於ける社会の同情を希望して止まない。しかし、行刑に密行が続く限りその期待と希望とは竟に空想に了るのだ。そこに行刑の社会化の必要が起る[11]

正木は行刑制度内で制度を完結させ、刑務所内の情報を外部に伝えない「密行」を打破することで「社会の同情」を得ることができると考えていた。そして、それによって社会復帰を促すという考えを持っていた。

社会に行刑制度の内実や意義を伝えることによって社会復帰のための素地を作るという考えは正木のみではな

く、行刑制度全体で共有され実践されつつあった。一九二九年七月の全国刑務所長会同において、行刑局長松井和義によって以下のように述べられている。

（前略）学術研究其ノ他正当ノ理由ニ因リ参観ヲ請フ者ニ付テハ力メテ之ヲ許シ其ノ機会ニ於テ行刑ノ一班ヲ知得セシメ行刑ノ社会化ヲ助長セシムコトモ行刑及保護上極メテ緊要ナルコトト思料セラル然レドモ行刑ハ素ヨリ公開スベキモノニアラズ観覧場タラシムベキモノニアラズ其ノ精神ニ背カザルノ注意ヲ要スルモ之ニ抵触セザル限リ可成相当ノ理由アル者ニハ便宜ヲ與ヘ無暗ニ制限ヲ加フルガ如キコトナキ様留意ヲ望ム(12)

松井は「可成相当ノ理由アル者ニハ便宜ヲ與ヘ無暗ニ制限ヲ加フルガ如キコトナキ様留意ヲ望ム」として、刑務所は本来公開するべきものではないという留保つきではあるが、その参観を認めるように訓示している。吉屋信子の刑務所参観はこのような行刑制度の動きの中で行われたものであり、彼女がルポルタージュを書くという行為自体が「行刑の社会化」を目指す行刑制度側の動きに沿うものであったと考えられる。実際、吉屋はルポルタージュ内で刑務所内の様子を以下のように明るいものとして好意的に描いている。

花とそして絵の額！　左手の壁を指されて見れば、ほんとに額が一つかゝつてゐます。三色版の洋画で、湖水の廻りに秋の森の静かな風景画です。（中略）いつたいこゝは監房でせうか？　女学校の寄宿舎でせうか？(13)

吉屋は刑務所を見て、「監房でせうか」と自らのイメージしていた暗い刑務所と実際の明るさの違いに驚いて見せる。こうした刑務所内の風景は彼女に強い印象を与えたらしく『双鏡』では「実景」として作品に描き込まれているると述べられる。

作中の、女囚が機を織るところも、その獄窓の外に、初夏の陽を受けて、深紅の雛芥子の花がほろ、さびしく、微風にちるところも、たしかに、女囚刑務所で見た実景が織り込まれているので、ございます。(14)

教育刑の浸透によって、受刑者に対する情操的な影響を与えることを目的として花や絵画を飾るという実践が行われていたと考えられる。つまり、刑務所内の花や絵画を見て、「監房」の古いイメージとの乖離を見出す吉屋信子の視線は、以下のような同時代の行刑制度の動きに沿うものでもあった。

我国に於いても従来其の実施の例を見ずむしろ生存せる植物さへ除去した非情操的な治獄の歴史すら有する位であつたが現今時代の思潮に応じ収容者の処遇も大に改善を施され幾分の社会的色彩を帯びる迄に至つたのである。

此の期に会し市ヶ谷刑務所に於いては大典記念に小規模ながら運動場の造園化を計画し月余にして竣工を見るに至つた。(15)

また、ルポルタージュ内で「最後に皆様御一緒に、不幸にも罪の十字架を負ふ運命の星を負ひし人生の受難者の、同性の彼女達のために、祈つてあげてくださいませ(16)」と呼びかけ、読者達の受刑者たちへの同情を引き出そうとする。吉屋のルポルタージュは司法省の検閲を受けたことが明かされており、そこからも教育刑論を推し進めていこうとする行刑制度内部の方針との親和性があったことが伺うことができる。

しかしながら、第三節で詳しく論じるが、吉屋が刑務所参観後に繰り返し描いた物語は、罪を犯した少女たちが罪を償い社会復帰することで終わる物語ではなく、最終的に死んでいく物語だった。たとえば、『双鏡』では主人公の霞は最終的に死を選ぶ。また、『新しき日』の佐伯ツルは、被虐待児の保護施設「小羊園」が火事になった際に、子供を助けようとして死亡する。それでは、なぜこのような社会復帰とは真逆とも捉えられる物語が繰り返し描かれたのだろうか。あるいは、なぜ「魂の病院」として肯定的な捉え方を一貫して取りつつ、物語の中では悲劇的な結末を繰り返し描いたのだろうか。それを明らかにするために、はじめに吉屋の描いた「女囚」像について考えたい。

吉屋は「女囚」について「受難者」と繰り返し述べている。そして、彼女達の「受難」についてルポルタージュでは「それにつけても教育の大切なこと――或はその教育を満足に受け得なかつた酷薄な環境といふべきかも知れませんが――その社会組織の欠陥を感じ、もう一つは男性の性的の我儘が、如何に彼女達を苦しめてゐるかを反省して頂きたいと思ひます[17]」と述べている。ここで、重要なのは吉屋信子が女性の犯罪について二つの視点を持っていたと考えられることだ。

吉屋信子の捉えた「受難」とは、教育等の機会の欠乏と男性中心の社会の歪みと言い換えることができる。彼女は前者を改善し得る点で行刑制度を肯定的に捉えつつも、後者によって生み出される女性の犯罪については罰自体が不当なものとして捉えていたと考えられる。事実、戦後になって『幻なりき』において「女が女を殺す事件は、やはり珍らしいのか――女を殺すのはたいてい男ばかりの証拠でもあろうが……。／だが、その妾殺しに裁判官は情状酌量の判定もし、同情論も多い、特別弁護に立つ女史は無罪も唱える……。／（あ、日本も変つた……）比奈は勇敢を膝からすべり落して、じつと考えに沈む。／思えば、十七年前に自分の犯したあの不幸な――心のいつときの半ば狂乱した妄動的な行為の際は――世間は誰も同情してくれなかつた[18]」として罪を社会の中で構築されるものとして描いている。このような二つの視点から、一方で支持しつつも、もう一方では批判的に捉える吉屋の一見矛盾しているような行刑制度への視点が生まれていると考える。

また、重要なのは、悲劇的な結末を描くことで読者からの同情を引き出すことができると考えられることだ。吉屋はルポルタージュ内で「相当に知識や感情を持つての上で、過失の罪で、ここに囚服を着る運命の女性らしいと直覚した時、私はもう彼女を見るのが恐ろしい非礼に思へて居たゝまらなかつたのです[19]」という表現を行っている。注目したいのは、「感情」を「知識」と同じように持つものとして扱っている事だろう。ここで、戦後『ときの声』において述べた一節に注目したい。吉屋は『ときの声』において「濃尾の大震災は、明治以来の教育普及のおかげで民衆に(他人の不幸を黙視出来ない)という目覚めを与える絶好の機会だった。各方面からの応急の救済運動が日本に起きた最初だった[20]」と述べている。吉屋は、「他人の不幸を黙視出来ない」という感情が教育を通じて社会的に構築されるものとして考えていた。これらの言葉から考えて、彼女の中で知識と感情・感受性は結びついたものとして考えられていたと推測され、そうした感情や感受性を知識の教授によって構築するものとして教育制度が存在していたと考えられる。つまり、吉屋信子にとって感情とは社会的に構築されるものとして捉えられていたと考えられる。その意味で、彼女の美文調の文体は同情を引きおこすための一つの戦略でもあったと言える。

二 「外地」と罪

『双鏡』においても『新しき日』においても、前節で述べたような少女の死と対比的に男性たちが罪を償うために「外地」へと向かう物語が語られる。デリダが述べる「赦し」のための「エコノミー的な商取引」を行う場として「外地」が繰り返し登場している。

まゐつた、一言もござらぬ、この上は、貴女の御賢明なる情理尽せる御処置に三拝九拝して、大いに心を改め、これから三人相携へて、満蒙の新天地に赴き、及ばずながら、この過去の小人の罪を償ふだけの決心を持つて、必ずや国家のために尽す仕事をやり遂げる覚悟です、すぐ今夜の汽車で、当分日本に別れを告げて去ります。(21)

以上の引用は『双鏡』における登場人物阿部老人の台詞である。阿部老人は主人公の霞を利用して宇津木家の財産を乗っ取ろうとする人物として登場する。宇津木潮に己の計画を見破られた彼は、自らの罪を「償ふ」ために「満蒙の新天地」へと向かう。

こうした「外地」において「国家のために尽す」ことを通じて罪を「償ふ」という展開は『新しき日』においても描かれる。

曾つて白人宣教師が南方未開の悪疫猖獗の僻地に人生のすべてを埋めつくして原住民を教化せし不屈さを考へ、宗教が文化や政治の基礎を形成する重大なる要素の一なるを感じ、我々日本の今後に大いなる示唆と考へ居り候処、此処に槙氏を見出して、国家のため頼もしき限に存じ候。

南方にて軍隊の後に続くべきものは、政治家、商人にあらず、軍人精神におとらぬ不屈献身の宗教家、教育家との実感は心ある者の等しく申す処にて御座候。(22)

槇伊之吉は教会を拡大するために行っていた罪を告白した後、教会から出て井戸作りをするようになる。その活動で「外地」へと移動し、「南方」で宣教を行うことによって罪が償われている。ここにおいても、「赦し」を得るために国家に対して奉仕する「エコノミー的な商取引」が描かれている。

こうした展開の中で「赦し」の主体あるいは「償ふ」対象は国家へと回収されてしまっている。こうした考えは吉屋信子のみに特有のものではなく、教育刑論の最終的な帰結であったと考えられる。これまでの行刑史に関する研究でも指摘されてきたように、教育刑論は最終的に戦時体制に組み込まれていくことになった。(23) 吉屋の発想は教育刑の持つ危険性を捉えたものであったと考えられる。

吉屋　結局はあゝいふふうにでもして、受刑者達も今までのやうな殻の中に閉ぢ籠つてゐないで、大いに働かなければいけないのだと思ひましたネ。

しかし今までは男の受刑者と女の受刑者とは何か斯う区別がされてゐるのぢやないでせうか。そこへ行くと、男の方はあゝいふ世界にでも働き得る可能性があるのですが、どうも女の方のさういふ分野は男の方に比して狭いやうに思はれます。(24)

大日本少年造船奉公隊を視察した際に行われた座談会において、吉屋は右のように述べる。ここで念頭に置かれているのが、女性には「あゝいふ世界」に働くことができないという社会の構造である。戦時下の行刑制度において、男性は造船奉公隊への参加などのような形の「赦し」の可能性があったのに対し、女性にはそうした「赦し」や社会復帰の道は閉ざされていると吉屋は考えていた。こうした意識が男女の間の「更生」表象の違いを生んだと考えられる。

しかしながら、吉屋が「更生」に好意的であったと考えるのは早計であろう。彼女はむしろ「更生」につきまとう権力の問題を敏感にかぎ取り、その中で制度の持つ機会の均等の機能を活用する道を探っていたと考えられるからである。

わし達の恩、個人の恩ではない、国家にお世話をかけた御恩、陛下の御恩を一生忘れてはいけない――その御恩を思ふなら、今日限り、生涯二度と再び此処へ罪を負うて立ち帰る事のない決心で生きてゆきなさい(25)

（後略）

『双鏡』では繰り返し「国家」の「御恩」や「日本の国のみ恵み」として行刑が語られる。一方で、霞は「所長様皆様の御恩」や「皆様の御恩」と述べ、国家に対しての「御恩」については言及をしない。また、こうした国家権力への組み込みは戦後に書かれた『幻なりき』では「曰く、烈女伝、孝女の記、乃木大将伝記、貞女の鑑、兵士の母、軍国の妻などいう――すでにその頃から日本という国には軍部ファッショの風の吹くお国柄でこんな本が、女囚の心を高めるものとして購入してあったらしい(26)」として批判的に描かれている。こうした描写から吉屋は行刑制度にある程度の意義は認めつつも、「更生」が国家権力の中へ組み込まれることについては違和感を覚えていたと推測される。

三　悲劇的な死という戦略

吉屋信子は、前節で述べたような男性の「更生」と対比的な形で少女の死を繰り返し描いた。吉屋における死の表象については毛利優花による研究があり、「聞き手、さらにはその先の読者の存在が物語の構成において非常に重要な『花物語』において、ふたりの少女の「心中」は共同体の「死」を《ママ》意味するのではないだろうか[27]」と述べられている。死に着目しているという点で重要な研究であるが対象となっている作品が『花物語』の「曼殊沙華」に限られている。吉屋は戦前戦後と繰り返し死のモチーフを描き、戦略的に用いていたと考えられるため、死の表象についての研究をさらに拡充する必要があると考える。

　罪を背負った少女の死は、はじめは問いかけの形で描かれた。『双鏡』において、主人公の霞は船から身を投げ、自ら死を選ぶ。そして、その死について吉屋は以下のように語り、読者達に呼びかける。

――とく早く、我等の前に来られよ。純二――この広告主の名を――天上界にのぼりし、薄幸の美女の魂は、はるけき、み空より、いかなる思ひに読んだであらうか？　いかに、ひとびと……[28]。

　ここで注目したいのは、問いかけの形で呼びかけることで、読者達にその死の意味を解釈させようとしていることである。作品内部での意味付けを行うのではなく、その死の意味を読者達に考えさせることを通じて、悲劇的な死を描こうとしている。重要なのは、問いかけることを通じて、読者が応答を迫られることであろう。『双鏡』の中には前科のために社会から排除された人物も登場しており、ルポルタージュでも述べられているような社会と前科者の関係を描こうとしていたと考えられる。問いかけはこうした登場人物たちに対して、読み手を傍観者ではいられないようにするための戦略の一つであろうと考えられる。

　その後、吉屋の方法はさらに死を意味付けることや物語の中への組み込むことへの違和感を浮き彫りにするようなものに変化する。『新しき日』において、佐伯ツルは一度「更生」し、社会復帰をするが「小羊園」が火事になった際に、子供を助けようとして火災に巻き込まれ死亡する。そして、その死は以下のように伊之吉によって利用されようとする。

「貴女も早速佐伯ツルに就いてたくさん書いて下さい、いくら褒め立ててもいいのです、まつたく彼女の行為は壮烈なる人生の抒情詩ではありませんか！　曾ての不良少女が基督教精神によつて如何に生きたか！　これこそわが教会の権威を天下に示す絶好の機会ですこの時代に我等が世に誇つて伝へ得るすばらしいニュースです」

総務は眼をキラキラさせた。

素子は冷水を浴びせられたやうにぞつとして――言葉もなかつた。(29)

槇伊之吉によって佐伯ツルの死は教会を中心に解釈され、物語の中に組み込まれる。そうした彼女の死を利用するような物語について、主人公の藤川素子はその違和感をあらわにする。

ここで重要なのは佐伯ツルの死が信仰の物語として美化されていることである。「壮烈な人生の抒情詩」として佐伯ツルの死が語り直されている。槇伊之吉が作り上げようとする物語に対して、藤川素子が違和感を覚えることを通じて「更生」の物語が完成することを阻もうとしていると考えられる。佐伯ツルが社会復帰を果たしている一方で、「更生」や信仰といった物語の中に組み込むことに対する拒否を突き付けることに成功していると考える。

ここで、死を解釈し物語の中に組み込むことに対する拒否をつきつけるという戦略について考えたい。

ミランダ・フリッカーは「解釈的不正義(30)」に関して、「アイデンティティの別の側面が抵抗のための資源を提供するかもしれない」として、個人の持つ多様なアイデンティティが生み出す「不協和の感覚」を重要視し、以下のように述べている。

潜在的に権威のあるものがくだらないことがわかると、人々のなかで批判的勇気が湧いてくる。そして、一つの解釈的反抗（rebellion）が別の解釈的反抗を喚起するのだ。そうすると、不協和の感覚は、反抗に欠かせない批判的志向と道徳的・知的勇気の両方の端緒なのだ。私が思うに、このようなことはコンシャスネス・レイジングのメカニズムの一部分となっている。[31]

フリッカーの指摘から考えると、藤川素子が槇伊之吉の語る論理から離れることができたのは「冷水をあびせられたやう」な「不協和の感覚」を得たことが大きい。それでは、どのようなアイデンティティが彼女に解釈資源を与えたのであろうか。

ここで重要なのは藤川素子が佐伯ツルの死の遠因を作り出している事だろう。藤川素子が子供たちに語った「マッチ売りの小娘」の話に影響を受けた子供がマッチに火をつけたことが火災の原因であると作中で明かされる。藤川が槇伊之吉の語る佐伯ツルの死の物語に抗うことができたことの一端として、彼女が佐伯ツルに対してある種の加害性を持ち、それを自覚していたことが考えられる。槇伊之吉が事件に対してあくまでも傍観者として自らを位置づけ、事件の解決に当たろうとしていたのに対し、藤川は自らを加害者の位置に置くことによって、彼女の死を信仰や「更生」の物語に組み込むことを行わずにすんだといえる。

こうした自らを加害者として意識し、語るという方法は吉屋信子の刑務所参観でも行われている。吉屋信子はルポルタージュにおいて、「お詫び」や「無礼な侵入者」「報いさせて貰はう」という言葉を使用し、積極的に自らを「女囚」に対して暴力的に視線を向ける加害者として位置づけようとしていた。こうした語りによって、「赦し」の主体を相手に移譲することで相手から「改悛」や「更生」を求めるのではなく、自らが「女囚」たちの社会復帰のために必要なものを与える存在であろうとしていたと考える。

彼女は繰り返し前科者を登場させ、「更生」の物語を描きながらも読み手に問いかけ、「更生」の物語の中への組み込みを拒み、「償い」を行う者の位置を逆転させるという戦略を通じて、「赦し」の主体をずらし「エコノミー的な商取引」を逆転させようとしていたと言える。

おわりに

以上、吉屋信子と行刑の関わりを軸に分析を行った。吉屋信子は行刑制度にある程度の意義を認めつつも、行刑制度が受刑者や前科者を「更生」を通じて体制や権力へと組み込もうとする危険性に気づき、その矛盾の中で表現を模索していたと考えられる。また、そうした模索の中で、自らを加害者の側に位置づけることで、「更生」の物語の中に組み込むことのないような表現を手に入れようとしていたと考える。

しかしながら、こうした方法では「更生」にまつわる権力性に気づき、それを批判的に描くことができても、具体的な実践が生まれてくることはない。その点で、こうした戦略が具体的なビジョンを持たなかったことが、最終的に戦時体制への協力と繋がっていったように思われるが、それについて考えることは今後の課題であろう。

また、戦後の『安宅家の人々』では、死を物語の中に組み込もうとする人物とそれに対する違和感を捉える人物という構図が描かれている。また、『幻なりき』においては、外地に向かう前科者という表象が男性ではなく女性に変えて反復されている。こうした戦後に引き継がれていった物語のパターンについてもさらに考察する必要があるだろう。また、そうした描写を論じるうえで、吉屋信子と行刑の関わりという軸が有効になると考える。

注
1　黒沢亜里子「解説」(『女性の見た近代21　吉屋信子『私の雑記帳』』ゆまに書房　二〇〇〇年六月)
2　「不幸の生む罪」(『月刊刑政』七十三巻一号　一九六二年一月)
3　ジャック・デリダ(守中高明訳)「赦すこと」(『赦すこと』未来社　二〇一五年七月)
4　神谷忠孝「従軍女性作家」(『社会文学』第十五号　二〇〇一年六月)
5　久米依子「少女小説から従軍記へ」(『少女小説の生成』青弓社　二〇一三年六月　初出:『少年少女のポリティクス』青弓社　二〇〇九年二月)
6　竹田志保「吉屋信子の〈戦争〉――「女の教室」論」(『吉屋信子研究』翰林書房　二〇一八年三月　初出:『人文』十四号　二〇一六年三月)
7　『双鏡』(新潮社　一九三九年六月　初出:『キング』一九三五年一月〜一九三六年十一月)。作品の梗概は以下の通りである。村上霞は奉公先の青年野々宮保に「結婚するから」と唆されて肉体関係を持つ。その後、保の母にそれが知れると、保は責任を霞に押し付けて彼女を家から追い出す。霞は復讐のために放火をするが失敗し、放火未遂の罪で収監される。釈放後、浅草観音前で宇津木という老婆に孫の潮と間違えられる。そこに居合わせた執事の大原から潮の身代わりになることを提案される。霞はその提案を受け、パリに留学中の宇津木潮の身代わりとしての生活を始める。パーティーで野々宮保と再会する。その後、霞は彼と彼の母親に復讐を行う。霞が復讐の前に送った電報を読んだ潮はパリから宇津木家へと帰って来る。大原と阿部老人と槇乃の三人は計画の露呈をおそれ潮を毒殺しようとするが失敗し、彼らは罪を「償ふ」ために「満蒙」へと向かう。一方、駅で霞の母に会っていた潮は自分たちが双子の姉妹であることを明かし、これから二人で生活できることを喜ぶ。しかし、翌朝には置手紙を残して霞は消えている。最終的に語り手によって彼女が海に身を投げたことが明かされる。
8　吉屋信子『新しき日』(『東京日日新聞』『大阪毎日新聞』(一九四二年四月一八日〜八月十六日))。作品の梗概は以下の通り。藤川素子は、百貨店で香水を万引きした少女佐伯ツルを「更生寮」に引き取る。「更生寮」に向かう際、佐伯ツルが、ボルネオ帰りの青年橋爪透の財布をすったことがきっかけとなり、彼と知り合い、やがて求婚を受けるようになるが、社会奉仕活動を優先し断り続けた。一方で、「更生寮」を運営する「聖光教会」の指導者槇伊之吉も藤川素子に恋をしていた。しかし、彼には病身の妻雅代がおり、恋心を隠し続けていた。しかし、雅代はそれに気づいており、死の直前に素子に伊之吉と結婚するように頼む。伊之吉は雅代の遺言を利用して素子に近づこうとするが、素子に意図を悟られて失敗する。日本が英米に宣戦布告したことを知った伊之吉は、自らが教会拡大のために行った罪を告白し、「聖光教会」を去る。その後、透の手紙によって「南方」で井戸作りと宣教をしていることが明かされる。

9　吉屋信子「鉄窓の女囚生活を見る記」（『主婦の友』一七巻七号　一九三三年七月）

10　小野義秀「「獄務」から「行刑」への転換と教育刑思想の時期」（『監獄（刑務所）運営120年の歴史』矯正協会　二〇〇九年五月）

11　正木亮「教育者としての刑務官と行刑の社会化」（『刑政』四十三巻十一号一九三〇年十一月）

12「松井行刑局長訓示」（『刑務所長会同席上ニ於ケル訓示演述注意事項集：明治一七年―一月至昭和七年七月』刑務協会　一九三三年四月）

13　注9に同じ。

14　吉屋信子「作者の感想」（『双鏡』新潮社　一九三九年六月）

15　坂本金吾「刑務所造園の主張とそれの収容者に及ぼす影響」（『刑政』四一巻八号　一九二八年八月）

16　注9に同じ。

17　注9に同じ。また、『双鏡』では「ろくに義務教育も受けられなく、小さい時から法界屋に売られ、辻占売や唄はせて頂戴嬢した、哀れな女の子で過したのが多い彼女らも、そこで文字を知り人の道を説かれて教育されるのだつた」と、刑務所で教育を受ける機会を得ていることについて描いている。

18　吉屋信子『幻なりき』（湊書房　一九五二年七月）

19　注9に同じ

20　吉屋信子「ときの声」（『吉屋信子全集』第十二巻　朝日新聞社　一九七六年一月　初出：『朝日新聞』一九六四年十一月六日～一九六五年四月二十九日）
21　吉屋信子『双鏡』（新潮社　一九三九年六月）
22　吉屋信子「南方通信（三）」（『大阪毎日新聞』一九四二年八月一六日）
23　大谷彬矩は戦前の行刑制度について「明治・大正・昭和戦前期における社会との近接化の諸相」（『刑務所の生活水準と行刑理論』二〇二一年九月　日本評論社）で、安丸良夫による「通俗道徳」の議論を引きつつ、「通俗道徳は民衆思想であり、人々が苦難の時代を乗り越えるために確立した行動原理であった。為政者の側にとっては、自分が直面している困難の原因を為政者に求めず、自らの責任としてかぶってくれる思想であり、都合のよい思想ということになる。（中略）刑務所は、当局自らが通俗道徳を改めて植え付け、為政者にとって都合のよい人間を再生産する場として機能したのではないかと考えられる」と指摘している。また、正木亮が戦時中に「奉公隊員は贖罪感を被害者に向ける代りに専ら尽忠報国の念を全ふすれば足りるという国家的倫理観を完成することに導かれるやうになつたのである」と述べていることから、教育刑の論理を推し進めていくと、究極的には被害者が「贖罪」の中から抹消され、「赦し」の主体が完全に国家へと移動すると考えられる。吉屋信子が繰り返し描いた「外地」への移動は教育刑論の持つ危険性と発想的に繋がるものでもあったと考えられる。
24　「大日本少年造船奉公隊視察」（『月刊刑政』五十六巻六号　一九四三年六月）における吉屋信子の発言。
25　吉屋信子『双鏡』（新潮社　一九三九年六月）
26　吉屋信子『幻なりき』（湊書房　一九五二年七月）
27　毛利優花「吉屋信子『花物語』「曼珠沙華」における死の様相」（『金城日本語日本文化』八十八号　二〇一三年三月）
28　吉屋信子『双鏡』（新潮社　一九三九年六月）
29　吉屋信子「一粒の麦（八）」（『大阪毎日新聞』一九四二年七月十日）

30　ミランダ・フリッカーは「解釈的不正義」について「解釈不正義とは、持続的で広範囲にわたる解釈的周縁化のせいで、ある人の社会的経験の重要な領域が、集団の理解から覆い隠されるという不正義のことである」と定義している。ミランダ・フリッカー（佐藤邦正監訳　飯塚理恵訳）「解釈的不正義」（『認識的不正義』勁草書房　二〇二三年二月）

31　ミランダ・フリッカー（佐藤邦正監訳　飯塚理恵訳）「解釈的不正義」（『認識的不正義』勁草書房　二〇二三年二月）

〈いじめ〉の当事者になるということ
——干刈あがた「黄色い髪」論——

秦　光平

はじめに

日本において、〈いじめ〉は一九八〇年代に社会問題化した。その功績は何よりも、それまで不可視化されていた暴力を可視化した点にあった。〈いじめ〉の枠組みが成立することにより、以前は「子どものけんかにすぎない」と軽んじられてきた問題行動群が、社会を挙げて取り組まれるべき課題として認知されたのである。

しかし、社会問題化から約四〇年を経る現在、〈いじめ〉という言葉の有効性を担保したまま語り続けることの困難はかえって増しつつあるようにも思われる。たとえば、教育社会学者の伊藤茂樹は、次のような問題提起を行なっている。

そこでは、いじめや不登校のある学校（＝現状）と、それらのない学校（当為、規範）が単純に比較され、後者の実現が至上命題とされる。しかし、実際にはその実現には多様な障害があり、いつまでたっても実現されない。そこで、その実現を阻んでいる者を特定し、それに対する道徳的な非難が繰り返されることになる。クレームや議論は、可能な複数の選択肢を提示してその長短を検討するといった形ではなく、「悪者探し」のような様相を帯びる。(1)

〈いじめ〉が困難な課題として浮上すればするほど、学校、親、教育委員会といった「わかりやすい敵」が仮想され、バッシングが繰り返される。しかし、そのことにより「容易に解決することのできるものではないからこそ重要な課題である」といった認識は捨象されてしまうのである。こうした現状が示しているのは、〈いじめ〉を社会問題として可視化する術を得ながらも、その現象への個別的な関わり方は未だうまく掴みきれずにいる「私たち」の姿ではないだろうか。〈いじめ〉に当事者意識をもって当然であるとする規範を外圧として受けとめるだけではなく、そもそも自分はいかにして〈いじめ〉の当事者になっていけるのか、ということもまた思考されていくべきであろう。

そのためには、「〈いじめ〉は人を死に追いやるほどの暴力である」という倫理観によって可能になった問題提起を十分に担保しつつ、その規範へと決して容易には自分自身を同化させることのできない日常感覚について、書かれ／読まれる営為が蓄積されていく必要があるだろう。その作業のひとつとして、〈いじめ〉の社会問題化黎明期にあたる一九八〇年代に書かれた作品を再読する意義は小さいものではないはずである。

以上のような問題意識のもと、本稿では、干刈あがたの長編小説「黄色い髪」（一九八七年）の分析評価を行なう。(2)本作は、一九八七年に『朝日新聞』紙上に連載され、干刈自身「『黄色い髪』の舞台となる東京近郊の霞四中を設定するに当たり、私はここ数年に中学を経験した、あるいは現在通っている友人の子供たちの話や、友人たちの努力で集めた一六冊（九都道県一五中学と、インドネシアのジャカルタ日本人学校）の生徒手帳をもとにして、その日常的な規則などを想定した」(3)と語るなど、同時代の学校空間におけるリアリティが意識的に取り入れられている。社会問題としての〈いじめ〉をいちはやく小説表現に落とし込んだ作品と目することができよう。

こうした事情からか、本作は同時代状況を映す「時代の鏡」のように受容されてきた側面があり、先行研究の関心も〈いじめ〉被害者の「夏実」への分析に集中している。こうした先行研究を補い、より本作への理解を深めるため、本稿では、特に母親の「史子」の物語として本作を再読する。その作業を通し、〈いじめ〉という「新たな社会問題」に当事者として関わっていく方法そのものを模索した作品として本作を再評価していきたい。

一　管理教育と〈いじめ〉

本作の梗概は以下の通りである。

母子家庭で育った中学二年生の夏実が通う中学校は、軍隊式の敬礼や厳しい頭髪・服装検査を生徒に強制する管理教育を実施していた。学校の空気にかねてより息苦しさをおぼえていた夏実であるが、教室で〈いじめ〉の対象になっていた里子を庇ったことを契機として、自分もまた〈いじめ〉を受けるようになってしまう。給食に鉛筆の削り屑を入れられた日を境に、夏実は学校に行くことができなくなる。夏実はオキシドールで髪を脱色し、「黄色い髪」の姿で夜の街をさまよい歩く生活を送るようになる。

生活を荒廃させてゆく夏実の姿を見ながら、母親の史子は、夏実を理解しようと葛藤する。しかし、夏実を思って不登校の原因を問い質した行動が仇となり、親子の断絶は深まってしまう。その中で、史子自身もまた髪を脱色し、夏実とは違って頑固な直毛ではあるものの、同じく「黄色い髪」の姿で夜の街に出る。史子はさまざまな背景をもつ少年少女と知り合い、現代の子どもをめぐる状況について考えを深めていく。

最終的に夏実は家に戻り、史子とも和解し、中学校に通うようになる。高校へは行かず就職する道を選ぶが、具体的な生き方はまだ定まっていない。史子もまた、よく整理しきれない気持ちのままに、「この子はとりあえず私の子です、と強く言いたいような気」（三四七頁）持ちを新たにするのだった。

本作は三人称小説の体裁を取り、学校に馴染むことができず〈いじめ〉の対象となり、不登校になる中学二年生の夏実と、夏実の母であり、夏実を理解しようと葛藤する史子の二者の焦点を往還する形で語られていく。

「はじめに」でも述べたように、本作は発表当時、〈いじめ〉という「新たな社会問題」をいちはやく扱った社会派の小説と目された。それは同時代に発表された論考にある「扱われたのは、学校、登校拒否、いじめ、非行など子供をとりまく問題の最前線のことばかりだ」[4]といった反応にも窺える。本作は、学校の「驚くべき現状」を伝える作品としてセンセーショナルな影響力をもったのである。特に本作は、同時代の学校空間にて実施されていた管理教育への批判意識を示したものとして理解されることが多かった。本作には、軍隊式の敬礼や厳しい頭髪検査が生徒に強要される様が作品序盤から描出されている。この点について与那覇恵子は次のように述べ、作中にて夏実が体験する「イジメや登校拒否」の発端を管理教育に見ている。

> 『黄色い髪』はイジメや登校拒否をテーマにするが、その発端は〈管理する学校〉の姿勢だと小説の冒頭で示される。管理を象徴するのが入学式での国旗に対する挨拶である。（中略）『黄色い髪』には、教師を通して意義と意味を説明できない〈絶対的な権威〉に従う者の姿が浮かび上がってくる。[5]

与那覇は続いて、「その閉塞感が陰湿なイジメを発生させ、あげくの果てに登校拒否の者や自殺者を生み出すという構図は、ある意味で分かりやすい」[6]と述べている。[7]こうした、本作の主題が管理教育への批判意識であるとする理解は、ほとんどの先行研究に共有されていると考えてよい。本作にて扱われた〈いじめ〉や不登校は、管理教育への批判意識の延長線上にある表象として理解されてきたのである。[8]

このような把握は、学校空間の抑圧的な状況が作品序盤から示され、その状況への息苦しさが夏実自身によって語られていくことからも、妥当なものといえる。しかし、本作が意図しているのは、管理教育への批判のさらに先にある表現であると考えるべきではないだろうか。なぜなら、ともに学校／教員への違和を感じつつも決して思いが重なることのない夏実と史子の姿が、本作には早くから示されているからである。

ある日、史子は夏実ともども学校に呼び出される。そこで担任から、学校に刃物を持ってきていた生徒がおり、「何かいじめのようなこと」（三八頁）が起きていた可能性があると告げられる。史子に対しては「ああ、お母様、どうぞお坐り下さい」と促しながら、夏実に対しては「お前には坐れと言っとらん！」と「激しく叱りつけ」（三三頁）る異様な空気の中、同席した「生活指導教師」が「刃物を持ち歩くなんて、犬畜生以下の連中だ」と「吐き捨てるように言った」（三六頁）ことに、史子は激しい違和感をおぼえる。史子は、その違和感を帰り道、夏実と共有しようとするのだが、その思いは次のように、夏実自身によって拒絶されるのである。


「あの先生、自分の生徒を犬畜生以下だなんて……生徒をいとおしいと思わないのかしら……犬畜生呼ばわりするなんて」

史子が思い出して言うと、夏実はしばらく黙っていた。それから、こうつぶやいたのだった。

「先生も、お母さんも、間違ってる……」

どういうことだろうと、つぎの言葉を待った。

「人を犬畜生より下だと言ったり、犬畜生呼ばわりしたと怒ったりするのは、人間は犬畜生より上だと思ってるからよ」（四一頁）

この会話に体現されているのは、管理教育への違和感をともに抱いたとしても、その不信感のみでわかりあうことはできない、という冷徹な眼差しであろう。実際、ここから見ていくように、夏実を理解しようと試みる史子の思いにも拘らず、夏実と史子はいちど決別することとなるのだ。

夏実は、〈いじめ〉の対象となっていた同級生の里子を庇ったことを間接的な要因として、今度は自分が〈いじめ〉を受けるようになってしまう。ある日、給食に鉛筆の削り屑を入れられたことを契機に、学校に行くことができなくなる。夏実は、自身の行き場のない心情を重ね合わせながら「カセットデッキのボタンを押し、音量を最大限にしてから、下着のままベッドに体を投げ出し」（一六三頁）、尾崎豊の「卒業」を聴く。(9)その音量に驚き夏実の部屋に駆け込んだ史子は、夏実と次のようなやりとりを交わす。


「もう私は、良い子じゃないからね！　学校へも行かないから、私のことはあきらめて！」

歌のボリュームに負けないくらいの大声で夏実が叫んだ。

「何を言ってるの！　急にそんなこと言ったってわからないわよ！　あきらめろって言われて、あきらめる親がいるわけないでしょ！」

ここで引きさがってはいけないと思い、史子も負けずに大声を出し、テープを止めようとした。また夏実が史子を突きとばした。史子は夏実にくらいついていった。

「どうしたの！　ねえ、どうしたっていうの！」（一六六頁）

史子の「どうしたの！　ねえ、どうしたっていうの！」という問いかけに、夏実によって答えが与えられることはない。そればかりかこの数日後、気を取り直して学校に行くことを期待する史子に、夏実は「あんたが出ていかないなら、私が出ていくから」（一七五頁）と言葉をぶつける。夏実の不登校の原因を一刻も早く理解しようとする行為自体が、史子にとって、夏実を理解することのできない現実を突きつけられる経験となってゆくのだ。

夏実が家を飛び出したとき、事の次第を「階下の食卓で」「心配そうに見てい」（一七五頁）た夏実の弟である春男と交わした次の会話は、夏実を理解することのできない経験が、史子にとって他の何にも代えがたい苦しみとなっていることを物語っている。


裏口から入ると、春男がいたわるように言った。

「大丈夫だよ」

「そうね」

史子は笑おうとしたが、泣き顔になってしまった。

「でも、お姉ちゃんもかわいそう」

と春男が言ったので、本当に涙が出てきてしまった。（一七五頁）

夏実の背景を理解することは叶わず、その無念は「涙」として表出するしかない。では、この「涙」を史子はいかに自分自身の葛藤として引き受け、清算していくこととなるのか。その流れを辿ることは、史子が夏実の経験した〈いじめ〉の当事者となっていく作品内論理を明らかにするとともに、「はじめに」に示したような、〈いじめ〉問題一般に対し人々はいかにして当事者となりうるのか、という課題を考えることにも直結する営為であろう。次節から考えていきたい。

二　史子の事情

前節にて見た出来事の翌日、史子は、遅くなっても帰宅しない夏実を案じる。その際、夏実との衝突が、取り

> 返しのつかない決別であったのではないかということに思い至る。
> この一年間に何度も、中学生の自殺の新聞記事を読んだような気がする。しかし一つとして、鮮明に思い出せるものはない。昨日までは他人ごとだったのだ。何が原因で、どんなふうに死んだのか。
> 高いところから身を投げる。保子のマンションの廊下。鉄道に跳び込む。旧霞駅の近くの踏切。国道を跨いだ陸橋！
> 史子の鼓動が激しくなった。夫が死んで間もないころ、何で生活を立てたらよいのかもわからず、子供たちを育てていく気力も自信もなくて、夏実と春男の手を引き、夜ふらふらと家を出たことがあった。そして陸橋の上から、国道に行き交う車の群れを見下ろしていた。あの時のことを夏実は覚えているかもしれない。
> （一八二―一八三頁）

この場面で、史子にとって夏実は、自分には感受できない原因により「昨日までは他人ごとだった」死へと引き寄せられてしまうかもしれないような、「わからない」存在へとついに変質するのである。これは、学校に行くことと生きることとが、学校に行かないことと死ぬこととが同義であるかのような同時代のライフコース[10]を体現したものとして従来、主に夏実に即して理解されてきた不登校が、母親の史子にとっても重大な経験であったことを物語っている。

より重要なのは、このように史子が夏実の「わからなさ」を突きつけられるとき、連動して「夫が死んで間もないころ」の記憶が想起されている点である。史子は後に夏実の不登校を認めることとなるが、「あの子はどうなるのだろう。私の育て方がいけなかったのかもしれない。ほかの子がちゃんと行ける学校へ、行けないような子に育ててしまった自分に責任があるのだと思うと、私自身の方が不安で気が狂いそうになる」(二二二頁)と逡巡する。夏実の不登校は、史子にとって母子家庭における母親としての自責を喚起される経験でもあったのである。
史子は日々、〈いじめ〉、体罰、自殺といった、少年少女の関わる事件を扱った新聞記事に「「考えてよ、お母さん。考えてよ、お母さん」と言われているような」「中学生や高校生たちの、夏実の、夏実と同じ年ごろの子たちの、呻き声」(二二五頁)を聞き取りながら読み入るようになる。そして、夏実の同級生の家庭や「市民センター」の教育相談室に話を聞きにいく。しかし、その先々で史子は、自身に向けられる意識無意識の偏見に曝されてしまう。

教育相談の相談員は年輩の品のいい男の人だったが、相談員になるような人は、自分の子供を問題もなく育て上げた人なのだろうか。相談に来るような親を、教育に失敗した者として一段低く見ているような感じだった。子供が自分から学校へ行く気になるまで待つなどと認める親が甘い、そこで親として失敗したのだ、と決めつけられた。小さい時からのしつけが子供を左右する、片親家庭なら母親が父親の厳しさも持つ必要があると。(中略)
「母子家庭には厳しさがないとお思いですか?」と思わず私は言ってしまった。「子供たちは小さい時から、むしろ両親そろったご家庭のお子さんより、生きることの厳しさを体験してきたと思います」
偏見をもった人のいる社会の厳しさも、という言葉をのみ込んで私は席を立った。(二二九頁)

このようにして史子は、不登校の娘をもつ母子家庭の母親である自身に向けられる抑圧的な目線に気づいていくのである。迷いを抱えつつ史子は、夜のドライブインに屯する「彼らがしゃがんでいた場所に同じようにしゃが」（二三九頁）む行動に出る。そこで、数名の少年少女と日常的に会話をするようになり、とくに一人の「髪の茶色い背の高い女の子」（二四三頁）と交流を深める。その少女と共有したのが、結婚にまつわる次のような葛藤だった。

「どうして夜、街へ出るようになったの？」

彼女はしばらく黙っていたが、やがてこう答えた。

「うっとうしいんだよね、母親が。楽しいことなんて何もないけど、子供のために我慢してますって、体じゅうで言ってるみたいで。何も言わないけどさあ、毛穴からぶつぶつぶつぶつ欲求不満が発散して、家じゅうに籠ってるみたいで息苦しくって」

「彼女を見ててさあ」と髪の茶色い女の子は母親のことを言った。「女は結婚したら何も面白いことなんかないし、すぐトシとっちゃうんだから、今のうち遊んでおこうって思ったんだよね。あたし、けっこうモテたから、街へ出れば楽しかったし」

結婚したら面白いことがなさそうだから結婚しないというのではなく、今のうち遊んでおくというのは、やはり結婚はしなければと思っているらしかった。（二四三―二四四頁）

少女は高校生当時、現在は別の女性と結婚している大学生の男性と関係をもち妊娠し、堕胎を強要された経験をもつ。その過去や母親への忌避感にも拘らず、少女は「少しは勉強して、大学ぐらい行かなくちゃ、結婚相手もカスつかんじゃうし」と語る。少女に対し史子は「彼女を傷つけた相手と、結局は彼女も同じ考えを持ち、互いに、いい結婚相手をみつけるのだろうかと、なんだか滑稽な感じもした。それなら、そういう道からはずれかかっている夏実を認められるかといったら、それもできないでいる」との感慨を抱く(二四六頁)。ところが、ある日の夜、タクシーに乗っているとき、道端で騒ぐ少年少女を目にする。仲間から抜ける際の「卒業参り」(二五二頁)で暴行されているのがその少女であることに感づいた史子は、現場に向かい、次のように叫びかけるのである。


裏の空き地には雑草が生え、ところどころに丈の高い草が立ち枯れている。史子は眼をこらして暗い空き地を見回した。このどこかに、あの女の子がいるような気がする。けれど名前も知らない。

「誰かいるの！　いたら返事をして！」

史子は闇にむかって叫んだ。

「おばさんよ！　ドライブインに来るおばさんよ！」

自分のことをそう名乗りながら、なぜか涙が出てきた。かさかさと草の動く気配がして、何か声が聞こえたような気がした。史子はそっちへ寄っていった。(二五三—二五四頁)

このとき史子は、夏実を理解できない存在から、夏実を含めた少年少女の置かれた状況に自分自身に固有の立場から関与していく強い当事者性を有する存在へと変化している。そして少女もまた、この直後に初めて「そんなの(注：いい結婚相手を見つけるために大学に行くことなどは)馬鹿らしいよね。わかってるんだ。何かを経験したら、それまでの自分とは違ってしまうでしょ。今まで知らなかったことがわかってきたりして、考え方も違ってくるよね。それなのに、気がつかない振りしたり。まだ気持ちがはっきりしてるわけじゃないんだけど、ちゃんと自分で働ける仕事を身につけた方がいいって考えたりすることあるんだ」(二五五頁)という思いを告白するのである。ある制度の中にいて、その制度に違和を感じつつも、そこから抜け出すこともできない感覚を共有することを通し、自分とは異なった立場に置かれた他者への連帯が生まれる可能性を、こうして本作は提起するのだ。以上のように、〈いじめ〉を受け不登校になった夏実への「わからなさ」を起点に、自身の母親としての不安定な立場に気づき、その気づきを媒介により広い他者への連帯を志向するようになる、というのが、本作にて史子の辿った足跡なのである。

三　夏実の事情

ここまで、史子がいかにして夏実の経験した〈いじめ〉へと関与していくようになったのか、本文に即して読解してきた。では、このような流れを表現した本作に対し可能な意義づけとはいかなるものであるのか。最後に本節にて、干刈あがた研究と〈いじめ〉研究の双方から検討してみたい。

前節に示した少女との邂逅を経て、史子は夏実に対する自身の関与のあり方を、次のような思想[11]とともに見つけ出すこととなる。

史子はふと思った。親が直接子にしてやれることって少ないのかもしれない。何かしてやろうとすると、立ちはだかってしまうようなところがある。自分が夏実にしてやれることは、夏実と似たような子たちに何かしてやるという、遠まわりなことなのかもしれない、と。（二五六頁）

作者の干刈あがたは、育児について「でも私は、子育てっていうのはなんでもないことではなくて、けっこういろんなことにいちいち気がつきながら、どういうふうに育てようか、何を受け継がせようかとか考える、すごく意識的で思想的な行為だと思うの[12]」と述べている。この発言の通り、干刈は「ウホッホ探検隊」（一九八四年）をはじめとした作品群の中で、結婚制度の内部に置かれた人々の葛藤を描き出すことにより社会構造の陥穽を問い、

より望ましい家庭のあり方を模索してきた。その同時代的意義を天野正子は、「ウホッホ探検隊」およびり東京女子マラソン」（一九八四年）に即し、次のようにまとめている。

都市化が行きつくところまで進み、地域社会が崩壊してむきだしのまま孤立した近代家族が、女性個人では背負いきれない問題をかかえこむとき、自分と同じ状況を生きる女同士の間に、「友愛」と名付けられるにふさわしい感情が生まれる。「友愛」とは、同時代の疎外された状況を共有する個人のありようを「共感」という方法でとらえるときに生まれる感情をさす。そのような感情を媒介にして、女同士のヨコの相互性がどのように深められていくかを追いながら、干刈は「個別の家族に分断されるから結婚後の女に友情はない」という命題が、もはや成り立たないことを明らかにした。おそらく干刈は、その分断された状況のなかにこそ開かれた関係性の回復を確認したかったにちがいない[13]。

天野は干刈の作品群を、一見、孤立した状況に置かれた女性が「同時代の疎外された状況を共有する個人のありようを「共感」という方法でとらえる」ことにより、「その分断された状況のなかにこそ開かれた関係性の回復」を希求していくものと捉えている。この見解をふまえれば、史子が見つけ出した「自分が夏実にしてやれることは、夏実と似たような子たちに何かしてやるという、遠まわりなことなのかもしれない」という思想や、「今は自分は孤独だけれど、もしかしたら自分のような親が、あちこちに点のようにいるのではないだろうか」（二五六頁）という気づきは明らかに、干刈作品全般に通底するテーマとの連続性を有しているといえる。

そして、こうした表現自体、〈いじめ〉の観点からも重要なものである。前節の最初に、〈いじめ〉を受け不登校になった夏実が、史子にとって「わからない」存在へと変質していることを述べた。本作の発表時期は〈いじめ〉の社会問題化黎明期にあたるが、そこでも二種類の「わからなさ」が強調にされることよって、課題の重要性が主張されていたのである。

このようにかつての「いじめる／いじめられる」という行為や関係性は、役割や地位、性格、パーソナリティによってある程度予測可能だったのであり、それゆえ、誰と誰の間で起こりそうか、どのように対処すればよいかといったことが経験的に予測できたのだと思われる。「いじめる／いじめられる」という行為や関係性は、半ば制度化されていたと言ってもよかろう。

こうした状況から「いじめ」という単独の名詞が生まれたことは何を意味するのか。それは、「いじめ」が特定の役割や地位やパーソナリティとは無関係な、予測不可能な現象になったということである。役割や地位やパーソナリティを表す言葉と連接しない単なる「いじめ」は、すべての子どもが加害者にも被害者にもなり得る現象として想定されている。またその中身も、どこまでエスカレートするのか予測できず、最悪の場合は命を失わせるところまで行ってしまう、おそろしいものと想定され、それゆえに重大な問題なのである。[14]

つまり、〈いじめ〉は、「誰が加害者／被害者になるのかが予測できない」ことと「どこまでエスカレートするのかが予測できない」ことというふたつの「わからなさ」が強調されることにより、「誰もが無関係ではないもの」として社会問題化した。[15] 社会問題化黎明期から一貫して、〈いじめ〉という言葉には当事者性の幅を広げる発想が付随していたのである。こうした〈いじめ〉理解は、教室空間に生じた暴力に社会正義を問う観点を持ち込んだ点で、現在に至るまで重要な考え方であるに違いない。しかし実際の場面においては、本来の意義を外れ、〈いじめ〉に対する当事者意識を「もっていて当然のもの」として均質化し、それぞれの文脈に固有の背景への思考を停止させてしまう危険性もあった。

「黄色い髪」が行なったのは、〈いじめ〉の社会問題化に付随していた「わからなさ」を、当事者意識をもつことを当然とする外圧から、他者に連帯するための契機へと転換させる試みであったと捉えることができよう。本作にて提示されているのは、〈いじめ〉、不登校、母子家庭の母親というまったく異なった疎外状況に置かれた女性たちが、それぞれの生きづらさ＝自身の置かれた状況への「わからなさ」そのものを媒介に連帯していくことへの希望なのである。(16)

史子と和解する直前、夏実もまた、原宿の街で出会った「私、どこへも行くとこあらへん。家にはぜったい帰らん」「放してー！　死なしてー！」と叫び、「横断歩道でもないのに、歩道からふらふらと車道へ入っていく」「妙な女の子」（三〇七頁）に対し、次のような行動を取る。

夏実はこの子を、どこか保護してくれるようなところへ連れていってやりたい気がしたが、どこへ連れていけばいいのかわからない。（中略）

「ねえ、うちに行こう。私のうちに」

今ならまだ終電車に間に合う。夏実はぐらぐらしている女の子を引っぱって立たせた。（三一三—三一四頁）

本作にて、史子が獲得したような思想を、夏実自身と直接的に確認し合う様は描かれない。しかし、夏実が「どこか保護してくれるような場所」として自分の家を選ぶこの行動は、学校や家族のあり方を自分に固有の立場から思考してきた史子の思いと共鳴するものであろう。このようにして本作は、異なった立場にいる者同士の連帯を少しずつ広げていくことへの希望を投げかけ続けているのである。

おわりに

以上、干刈あがた「黄色い髪」を、母親である史子の側により焦点化し、読解してきた。〈いじめ〉を受け不登校になった夏実へと、史子が自分自身に固有の立場から関与していくようになる作品内論理を明らかにするとともに、その表現について、〈いじめ〉が社会問題化するときに強調された「わからなさ」を、干刈作品の中で継続的に取り組まれてきた家庭への問題意識を通し、他者に連帯するための契機へと転換する試みであったと意義づけた。こうした点で、本稿は干刈あがた研究、〈いじめ〉研究の双方に新たな視点を付け加えられたはずである。

本作にて夏実は最終的に、「やっぱり戻って、早く中学を卒業して、力いっぱい働きたい。どんな仕事でもいい。そして自分で稼いだお金で、自分の読みたい本を買って、自分のしたい勉強をするんだ。今はそんな気持ちになっている」（二八六頁）という思いを抱き、ふたたび学校に通うようになる。しかし、中学校を卒業後の進路はいまだ「わからない」ままである。その夏実を前に、史子は次のような実感を抱く。

子供が幼かったころ、〈子供は親の私有物ではない〉という言葉に共感したことがあった。その時の気持ちは、子供というものは、どこからか恵みのように与えられたものだから、そのどこか、天というようなものに返すべきものだから、私有してはいけないのだと思ったのだった。けれど今、天より小さな何かに取り込まれそうな子を守るためには、前に立ちはだかって、この子はとりあえず私の子です、と強く言いたいよ

うな気がした。何かよく整理し切れない気持ちのままに。（三四七頁）

何らかの理由により学校制度からはみ出ることを余儀なくされた者にとって、未来の「わからなさ」を不安から希望へと変えていくことはいかに可能なのか。それが可能になるような社会を希求していくために、本作の表現した連帯の試みの意義は、決して小さいものではないはずである。

注1　伊藤茂樹「いじめ・不登校　序論」（広田照幸・監修、伊藤茂樹・編著『リーディングス 日本の教育と社会 第八巻 いじめ・不登校』日本図書センター、二〇〇七年二月、五頁）。なお、「いじめ」は現代日本において一般語として定着しているものの、論中にて述べるような社会問題化に伴う構築性を前景化させる意図により、本稿では山括弧を付す表記とした。

2　本作は『朝日新聞』に一九八七年五月一六日から一一月一七日まで連載され、朝日新聞社より一九八七年一二月に刊行された。その後、朝日文庫に収められ（一九八九年九月）、『干刈あがたの世界 第六巻 黄色い髪』（河出書房新社、一九九九年三月）にも収録された。本稿では、本文引用の際には朝日新聞社版を参照し、引用文の末尾に括弧書きで頁数を示した。

3　干刈あがた「子どもたちが『黄色い髪』を語り始めた」（『朝日ジャーナル』第一五一九号、一九八八年二月、二二六頁）。

4　水田恵「干刈あがたの作品に見る家族像――男と女、そして子供と老人をめぐる関係」（『日本文學誌要』第三九号、一九八八年六月、三〇頁）。

5　与那覇恵子「〈あがた〉の光をつむぐ――干刈あがたの文学世界」（コスモス会・編『干刈あがたの文学世界』鼎書房、二〇〇四年九月、二二六頁）。

6　注5に同じ、二二七頁。

7　管理教育と〈いじめ〉との連続性については内藤朝雄によって論じられており（『〈いじめ学〉の時代』柏書房、二〇〇七年一一月）、社会学的な〈いじめ〉理解においても支持されている考え方といえる。この点で本作は発表当時の一九八〇年代に固有の背景をもとに書かれた作品とも捉えられるが、近年「ブラック校則」の呼称により生徒の服装・頭髪への過剰な介入が問題化されていることに鑑みれば、取り上げられた課題はいまだ「古びていない」と考えるべきであろう。

8　教育学者の寺尾文子、山下一夫は、「男々しさは学校では、管理的で細かい決まりを守らせ、体罰をふるう教師として表れることもある」（「干刈あがたの小説『黄色い髪』が提起する教育の諸問題」『鳴門生徒指導研究』第五号、一九九五年八月、一一七頁）ことへの問題意識を、「その男らしさが、男々しさとして肯定された時、いじめや教師の体罰などの暴力行為として作動する。学校教育が本当の意味で人間教育を行おうとするならば、たとえその方法を女々しいと呼ぶ男の人たちがいたとしても、この男々しさからの訣別を目標にするべきだろう」（同一一六頁）と提起している。このように管理教育と本作を結びつける認識は、社会学者の貴戸理恵が、夏実の「周りのクラスメイトに流されず、教師の権威的な態度にも屈しない、はっきりした自我を持ったユニーク」な側面について「けれども、その夏実のユニークさは、学校では邪魔になるばかりです」と分析していること（『女子読みのススメ』岩波ジュニア新書、二〇一三年九月、二五頁）にも通ずる。

9　本作における尾崎豊「卒業」（一九八五年）の役割については、岩田なつ「『黄色い髪』論――夏実の中の尾崎豊――」（『国文鶴見』第二八号、一九九三年一二月）に詳しい。

10　山本雄二は、「自分の居場所をもとめて家をでた主人公はしかし、ついにそれをみつけることができず、「消去法でいけば死ぬしかない」地点に自分がたっていることに気づくのである」（「学校教育という儀礼――登校拒否現象をてがかりに――」『教育社会学研究』第四九集、一九九一年一〇月、九四頁）と、本作と同時代の不登校との共振を論じている。

11　干刈は、本作以前に中編「ゆっくり東京女子マラソン」（一九八四年）にも〈いじめ〉を描き込んでいる。同作には、〈いじめ〉を受ける弟に「かわいそうに。でも気にするな、ちょっとの間だよ。僕もそういう時あったんだけど、そのうち何でもなくなるから」と声を掛けた兄に対し、弟が「でも、今、僕だもん」と反応する場面がある（福武文庫、一九八六年一月、三二―三三頁）。それと同時に、妻の「ミドリ」が夫に対し、「私、仕事をやめるわ」という決意を「そのかわり長期戦で育児をするの。女の子は自分の能力を生かすことに負い目を感じない女になるように、男の子はそういう女を理解して共に生きる男になるように」（同五一頁）と語る場面もある。同作は、「でも、今、僕なんだよ」という少年の短期的なヴィジョンと、「長期戦で育児をするの」という母親の長期的なヴィジョンとを併存する形で提起した作品といえる。こうした先行作品の存在をふまえるならば、今まさに〈いじめ〉を受け不登校になっている夏実への関与のあり方として、史子が「遠まわりな」思想を獲得するに至る「黄色い髪」を、「ゆっくり東京女子マラソン」の発展形／実践編と捉えることも可能であろう。

12　干刈あがた（インタビュアー：黒川創）「子ども、家族、この時代で『黄色い髪』に触れながら」（『思想の科学』一九八八年七月号、六三頁）。

13　天野正子「中年期の創造力――干刈あがたの世界から」（『岩波講座 現代社会学 第九巻 ライフコースの社会学』岩波書店、一九九六年三月、一三七頁）。

14　伊藤茂樹『「子どもの自殺」の社会学「いじめ自殺」はどう語られてきたのか』（青土社、二〇一四年九月、六〇―六一頁）。

15　こうした観念に論理的な根拠を与えたのが、森田洋司、清永賢二による「いじめの四層構造」理論であった。「いじめの四層構造」理論とは、「被害者」「加害者」に加え、「観衆」や「傍観者」を取り込み、構造的に進行するものであるとして〈いじめ〉を捉えたものである（森田洋司、清永賢二『いじめ――教室の病い』金子書房、一九八六年一月）。この理論により、〈いじめ〉が生じたとき同じ教室空間に身を置いていたからには誰一人として〈いじめ〉に無関係な者はいないとする論理／倫理が形成されたのである。

16　不登校言説について研究する加藤美帆は、一九八〇年代、「「家庭の養育態度」から「学校の管理体制」に批判対象が入れ替わるのに伴って「学校から子どもを守る母親」「居場所としての家庭」という言説が正当性を得ていった」ことについて、「一見したところ「母親犯人論」を批判的に相対化しているようだが、その背後にあった性別役割規範や家族の閉鎖性を、より強めていく側面ももって」おり、「抑圧された母親／子どもの社会的位置を相対化することなく、逆説的に母親や家族を本質化する危険性をもってい」たことを指摘している（『不登校のポリティクス 社会統制と国家・学校・家族』勁草書房、二〇一二年九月、一九〇頁）。母親としての葛藤を中心に様々な立場に置かれた女性の姿を描き込む本作は、こうした同時代の不登校言説とは別種の論理によって母親の当事者性を描き出しているといえる。

付記：本稿は、日本近代文学会二〇二三年度春季大会（二〇二三年六月二五日、於・青山学院大学）での口頭発表に基づいている。発表に際して多くのご教示を下さった方々に感謝を申し上げます。

『僕たちは世界を変えることができない。』論

――二〇〇〇年代ボランティア・サークルとホモソーシャリティ――

萬田　慶太

一　二〇〇〇年代のサークル回想

ある日、うちのサークルにあおぞらを名乗る青年が女の子に連れられてやってきた。僕は部長と二人で話していた。徹夜の酒とサークルの人間関係に僕たちは疲れ切り、憂鬱だった。僕たちはろくに講義に出なかった。だが、僕は文学だけは好きだった。何一つわかっていなかった。このサークルで彼女を作るのは僕には不可能らしいと気づきはじめていた。部長はギャル男だったが、小説サークルのくせにろくに小説を読まない男だった。後輩の女の子があおぞらというサークルにナンパされて青年を部室に連れてきたのである。

もう二〇〇〇年代末頃だった。その青年は「カンボジアに学校を建てませんか?」というビラを渡した。後輩は僕たちに女の子に声をかけたり、泥酔したりするのを止めて、少しは正義のために働けというつもりらしい。例えば、カンボジアに学校を建てるような。こんなすばらしい人たちもいるじゃないかと言いたいらしい。僕たちはサークルのもめごとにも、ガミガミと怒鳴り、金儲けを狙う不道徳な大人たちに飽き飽きしていた。

部長は何も知識がないようだったが、サークル内サークルはダメだと言った。僕はそれなりに左翼運動に詳しかったので、青年と話をした。それで納得して、サークルとしての協力はできないが、信用できると思った。財布から親の金である五千円を取り出して、カンパをさせろと言った。青年は住所がいるのでカンパは受け取れな

いと言った。青年は言った。

「サークルにお金が集まるのは結局、クラブに来たら芸能人と会えるからですよ。」

「それでもいいよ。」

「日共ですよ。納得してはいますが、僕らにもノルマがあるんです。」

「ノルマに協力させてよ。」

「サークル内の女の子をめぐるもめ事なんて僕らもいくらでもあるんです。ごめんなさい。」

以上が、二〇〇〇年代末期の僕とあおぞらの接触であった。

二　はじめに

『僕たちは世界を変えることはできない。』はまず、葉田甲太によって小説として自費出版された(パレード、二〇〇八年三月)。次に小学館から版を改めて出版された(小学館、二〇一〇年一月)。同小説は深作健太監督『僕たちは世界を変えることはできない。But, We wanna build a school in Cambodia.』(東映、二〇一一年九月)として映画化される。小説版はサークル運動記録の出版であり、横書きのmixiブログかケータイ小説のような体裁をとっている。

小説版のあらすじは以下である。医大の二年生になった葉田は、150万円集めれば、カンボジアに小学校が建つという広告を見かける。葉田は浴びるように酒を飲み、女の子とコンパする日々に嫌気がさしていた。サークルを結成した葉田は、友人とクラブでナンパして女の子の連絡先を集め、募金活動をする。ある日、葉田は解剖学のテストに失敗し、教授に今、目の前にある献体こそが真のボランティアであると諭される。葉田たちはカンボジアに視察に行き、通訳のブティーさんと出会う。地雷の被害にあった人の病院、ゴミ山、エイズ病棟、ポルポト派の博物館を見学する。葉田たちはイベントを開き、サッカーW杯を応援しながら、パッション屋良を呼ぶ。ある日、葉田はかおりからインドネシアのために何もできなかったと涙声の電話を受ける。しかし、その後、葉田はデリヘルを呼び、ボランティアをしている自分の善悪とは何か考える。資金が貯まり、カンボジアに小学校を建てる。エイズ病棟で出会った女性は亡くなっていた。葉田は小学校の開校式であいさつをするのだった。

映画版は部分的に異なり、丁寧に再構成されている。映画はまず、コータ役の向井理が畑を必死で耕しているシーンからはじまる。コータをはじめとしたサークル員もカンボジアの景色と比べて、茶髪が目立つ。映画ではカンボジアの小学生から医者になりたいという手紙をコータが受け取る。ナンパで集めた女の子たちがサークル内でタバコを吸うシーンも際立つ。そして、彼女たちはサークルの状況が悪くなると勝手に離脱する。コータがデリヘルを呼ぶきっかけもサークル内の三角関係が発覚し、かおりに振られたためである。コータは小学校には行かず、お父さんの仕事を手伝うという小学生を見て、畑に駆け出す。ブティーさんは「コータ！夢と現実違います！」と言う。周囲の大人が小学生が学校に行くことを許可する。そして、コータは開校式でBLUE HEARTSの「青空」を歌う。

『僕たちは世界を変えることはできない。』の小説と映画は実際に二〇〇〇年代に行われた、医大を中心にしたサークル運動をテーマとしている。小学館版の著者紹介によれば、葉田甲太は一九八四年生まれであり、あおぞらというサークルを立ち上げた。葉田は「東京を中心に23大学54人の大学生メンバーと共に、カンボジアに小学校を建て」た。葉田はその後も医師として勤務するかたわら、ボランティア活動を続ける。エイズ病棟を扱った『それでも運命にイエスという。』（小学館、二〇一一年十月）と運動後の自身をめぐる『僕たちはヒーローになれなかった。』（あさ出版、二〇一九年十一月）を葉田は出版している。

まず、本論はあおぞらがカンボジアに小学校を建てるという崇高な目的だから、その行為も肯定されると言うものではない。むしろ、インターカレッジ・ボランティア・サークルのホモソーシャリティを指摘するものである。

二〇〇〇年代以降のサークルの先行研究は昨今盛況である。大きなものにまず、古市憲寿『希望難民ご一行様ピースボートと「承認の共同体」幻想』（光文社、二〇一〇年八月）がある。冷笑的とも言われたこの評論だが、ピースボートに参与観察した結果を理論社会学的に論じる。古市はまず、津村記久子『ポトスライムの舟』（講談社、二〇〇九年二月）を引用し、若者が労働矛盾からの逃避により夢や自分探しを海外支援ＮＰＯに見出す態度を発見した。ピースボートの目的はべ平連以来のものであったが、参加者に自覚はなく、抽象的な行為として成立していた。古市は、ピースボートが若者の夢探しへのクールダウンになり得るとして、「若者をあきらめさせ」るための、承認の共同体性を評価する。

一方で、『希望難民ご一行様』の本田由紀の「解説」においては、「若者をあきらめさせろ」と言うものの、誰かが社会改革に取り組まなければならない以上、あきらめさせることには疑問が残ると批判されている。古市の用いた理論社会学は内在的に運動に先取りされていた。

杉田俊介は昨今、『非モテの品格　男にとって「弱さ」とは何か』（集英社、二〇一六年十二月）や『マジョリティ男性にとってまっとうさとは何か　#Me Tooに加われない男たち』（集英社、二〇二一年九月）において、男性学的な課題に挑んでいる。杉田は#Me Too運動の盛り上がりを背景として、非正規労働者の多くを占める弱者男性を議論する。ジェンダーの運動はもはやセレブのためのイコンと化していた。杉田は多くの非正規労働者男性はホモソーシャルとミソジニーに支配されており、#Me Too運動に参加するよりもその加害者にしかなり得ないと言う。杉田はその解決手段をケアの哲学に見出す。江藤淳の『成熟と喪失』（河出書房新社、一九六七年六月）を受け継ぎ、杉田は弱者男性から降りる方法として、障害者児童や息子をケアしていた時に自らも安らぎを感じた体験を論じる。しかし、それは未熟児である息子に乳首を銜えさせた加害性から生じていた。杉田は加害者でしかあり得ない男性性を脱構築することを通じて、弱者男性運動を変容させようとしていると言えよう。

荒木優太は、『サークル有害論』（集英社、二〇二三年六月）において、杉田を批判する形で、男性学のいかがわしい出自を明らかにしている。男性学はそもそもベトナム戦争以降、アメリカでマッチョな父親像が失墜したことからキリスト教保守派によって生まれた。ただ荒木もまた、姫野カオルコ『彼女は頭が悪いから』（文藝春秋社、二〇一八年七月）を引用し、サークルのホモソーシャリティや有毒性を指摘する。荒木は小集団の有毒性を認めつつも、それは男女同数性を主張するジェンダーにも見られ、地方や格差なども含めた複合差別的な観点を析出しようとした。このホモソーシャリティとサークルの歴史は、荒木によれば戦後サークルから連綿と続いていると言う。

以上が二〇〇〇年代から二〇二〇年代においての、左翼サークルをめぐる評論である。[1] 本論の目的はあおぞらのサークル記録である『僕たちは世界を救うことはできない。』の小説版と映画版の分析を通じて、二〇〇〇年代の一つのサークル運動のホモソーシャリティを分析することである。また、本論では小説をテクストであると同時にホモソーシャリティを解体するカミングアウトであり、かつ認識論と読み解くことになる。男性学の見地から難問とされてきたサークルのホモソーシャリティはある程度、この作業によって批判される。運動論的にもあおぞらのサークル活動を客観的にまなざし、変容させる行為となる。

次節である第三節ではまず、『僕たちは世界を変えることはできない。』の分析を通じて、そのマルクス主義革命を否定する運動のあり方について論じる。二〇〇〇年代においては、政治政体の変革を目的とする運動は終わりを迎えていた。ここで彼らの運動方法であるナンパを論じ、抱えていた善悪の葛藤についても論じる。

第四節においては、そのような状況でサークル員となったギャル男やギャルを論じ、姫野カオルコや佐川恭一の小説を参照しつつ、批判する。二〇〇〇年代サークルのホモソーシャリティは必然的に男性や女性の神経症を引き起こす結果となった。神経症により起こった事態であるホモセクシャルパニックについて作品から論じる。結論の第五節においては、これらのホモセクシャルパニックにおいて、セジウィックを引用しながら、その解決手段としてのカミングアウトと認識論的切断を論じたい。

三　近代マルクス主義運動の否定と社会学的な悪の肯定

二〇〇〇年代、既に政治政体の変革を目的とした近代マルクス主義運動は否定されていた。ハーバーマスの『公共性の構造転換』（細谷貞雄訳、未来社、一九七三年一月、原著一九六二年）以降、ヨーロッパ民主主義は東側を否定し、その本質をサークルにおける討議に見出した。マルクス主義運動は、西側諸国の政治変革のための組織から、NPOやNGOとして政府と協力しながら、社会貢献を目指す性質のものとなる。『僕たちは世界を変えることはできない。』という変化を否定するタイトルは、暴力革命の否定と公的政府への協力を意味した。

一方で、日本共産党とカンボジアの関係はポルポト派が健在の時期まで遡る。戦後、フランスはベトナム、ラオス、カンボジアの三国をインドシナ連邦という形で支配していた。カンボジアの国王シアヌークがクーデターを起こし、権力を握る。その後、第一次インドシナ紛争でベトナムとフランスが争い、カンボジアも独立を認められる。その後、ロンノル政権がクーデターを起こす。シアヌークは政権打倒の統一戦線を共産勢力に呼びかけ、内戦に発展する。ベトナム戦争がはじまり、カンボジアにも米軍が侵入する。ポルポト派は中国と連絡を取り、毛沢東思想の影響を受けていた。ポルポト派は内戦の結果、独裁政権を樹立し、虐殺と農村への強制移住政策を行なった。ベトナム戦争が終結した後、ベトナムは国境紛争からカンボジアに侵入し、ポルポト政権を打倒した。人民法廷が開かれるが、ポルポト派はジャングルに逃れた。その後も長く内戦が続くが、ポルポト派は二〇〇〇年代に壊滅し、国際裁判に進展することになった。（山田寛『ポル・ポト〈革命〉史』講談社、二〇一五年七月参照。）

日本共産党は、ポルポト政権を一貫して批判してきたと声明している。不破哲三は公明党から「カンボジアのポル・ポト体制とどうちがうのか」と批判されたと言う。その頃、政界では「「救援センター」をつくるとか、ポル・ポト政権支援の「国際会議」をひらく」等の活動が盛んだったと言う。「ポル・ポト政権の背景に中国がいることをみんな知っていますから、各党が〝われもわれも〟とこの運動に参加し、日本共産党を除く全会派が応援団の仲間入りをし」たが、「非人道ぶりを告発したのは、日本共産党だけ」と言う。（「現代史のなかで日本共産党を考える」『しんぶん赤旗』一九九九年七月二五日）昨今の報告によれば、ポルポト派への中国の影響力も限定的だったことが知られている。ここで二〇〇〇年代の日本共産党は、中国共産党に対抗する形で、先進国の合法民主主義政党として、マルクス主義の暗部であるポルポト派の否定を導き出している。

この発言とは裏腹に、資料を丹念に見ていくと、日本共産党もまたポルポト派に協力した時期があることがわかる。理論機関誌である『前衛』には、カンボジア関連の記事が散見する。「星野力中央委員長にきく」（『前衛』一九七〇年八月）においては、カンボジアの革命勢力と接触したことを報告し、ポルポト派の「解放区」の広がりを評価している。三浦一夫「カンボジア完全解放の意義」（『前衛』一九七五年六月）では、ポルポト派がロンノル政権を打倒したことは、「アメリカ帝国主義」に対する「人民の側の全面的勝利」だと言う。

ただ、確かに坂本秀典「今日のカンボジア」（『前衛』一九七八年十一月）では批判に梶を切っており、「依然その多くが未知の国」であり、「解放区」への強制移住と「大量の殺戮がおこなわれている」ことを報告する。坂本秀典「ポル・ポト政権の急速な崩壊の真相」（『前衛』一九七九年三月）においては、ベトナムの侵略という見方を否定し、「自由抑圧、人間性蹂躙、社会進歩および文明そのものまで否定するような政策」を報告する。(2)

『前衛』一九七九年十一月号には「世界の中のインドシナ」と題し、ポルポト政権崩壊後のカンボジア情勢が討論され、「カンボジア人民革命法廷での起訴状」として、ポルポト派の裁判資料が掲載された。

　このような新左翼運動までのベトナム戦争とインドシナ問題をめぐる展開があった。二〇〇〇年代のサークル運動はべ平連までの後進国支援の流れを汲みながら、暴力革命を否定する必要があった。[3]あおぞらは悪名高いインターカレッジサークルを行なうことになる。都市圏の複数の大学にサークル員を置く方法であった。カンボジアに小学校を建てることを決めた葉田は、クラブイベントを行なうサークルの結成を提案する。葉田は「あのスーパーフリーみたいなやつだよ！」と言う。「スーパーフリー」とは早稲田大学を中心としたインターカレッジイベントサークルで、集団強姦事件を起こしていた。

　新左翼運動を否定し、ＮＰＯ運動に変容させた以上、大学や資本主義の力を利用することになる。理論社会学はキリスト教や家父長制、マルクス主義、構造主義などの社会の解釈を否定した。それらは、社会的諸矛盾を処理する社会的装置に過ぎない。理論社会学における参与観察だけが真に社会を分析する手段となる。そしてまた、社会学者の分析も社会に組み込まれ、機能することになる。それらのトートロジーをあらかじめ組み込んだ分析のみ社会を分析できる。そして、社会構造の最終分析は、階級制の完全な解体を可能とし、これまで右左翼が提唱したのではない無血の革命、富の完全な再分配をもたらす。そのためには、この社会の矛盾を、言わば悪の存在を肯定する必要があった。悪の存在の肯定が『僕たちは世界を変えることはできない。』というタイトルの意味だった。

　一九九〇年代に日本で理論社会学を提唱した宮台真司は、家父長制解体の参与観察としてナンパを採用した。宮台は『制服少女たちの選択』（講談社、一九九四年十一月）において、新左翼世代的な都市空間の論理の否定として、ブルセラが生み出されたことをインタービューから分析した。『援交から天皇へ』（朝日文庫、二〇〇二年十一月）においては、郊外に建てられたポストモダン建築がテレクラナンパの待ち合わせ場所になるとし、新左翼世代の意味性の喪失を指摘した。このような理論社会学的な背景をあおぞらはサークル運動の方法として組み込むことになる。関東圏、関西圏は郊外にも大学を抱え込んでいた。インターカレッジサークルを結成するということは、郊外の女子大生も包括することを意味した。

実は小説版『僕たちは世界を変えることができない。』自体も男子学生向けのモテ本に形式的に類似している。男子学生に大学デビューとナンパを勧め、都市圏でモテようとする自己啓発本はこの時期乱発された。これらは冗談めかして、男子学生に女性に積極的になることを呼びかける。葉田自身も「自己啓発の本を読んだり」する読書圏の人間である。(4)

ナンパを勧める自己啓発本はジェンダー平等ではなく、現実的な資本主義恋愛を主張する。自己啓発本では科学的根拠に乏しいものの、人間の経験則に基づいた会話テクニックや女性の遺伝学的競争性が教唆される。二〇〇〇年代のボランティア・サークルは理想を掲げるのではなく、現実から諸力を借りてくる必要があった。葉田たちは積極的にナンパを行なう。

葉田は初回の募金のためのナンパで「5人に1人ぐらいは僕にアドレスを教えてくれた」と言う。そして、「僕にメールアドレスを教えてくれた女の子、本当にありがとう。もうメールは送りませんし、迷惑はかけません。」と利用したことを正直に謝罪する。葉田はその後も「集客方法　とにかくナンパ」と記述し、ナンパの技術を磨く。葉田は「ギャルでもいい人はいる」と感想を記し、何度も人間の善悪について記述することになる。

葉田は話を聞いてくれたギャルを「いい人」と言う一方で、国際協力機構の職員がカンボジアのホテルの文句を言うのを聞き、「きっとボランティアをしているからって」、「いい人ばかりっていうのは幻想だよ」と言う。葉田は「女の子も好きだし、AVもエロゲームも好き」であり、「現に僕はボランティアをするけど、たまにポイ捨てだってするし、風俗だってたまに行く(お金がないからおばちゃんが多いけど)。それと同じように、ボランティアをしている人でも嫌な人はいっぱいいる。」と言う。ボランティア活動のさなかにおいても絶対的な善悪は固定されない。

映画版『僕たちは世界を変えることができない。』の小学校開校のシーンでは、BLUE HEARTSの「青空」（メルダック、一九八八年十一月）をコータたちは歌う。

ブラウン管の向う側／カッコつけた騎兵隊が／インディアンを／撃ち倒した
ピカピカに光った銃で／出来れば僕の憂鬱を／撃ち倒して／くれればよかったのに

あおぞらの運動目的はこの歌詞に集約されている。二〇世紀ハリウッドで一世を風靡し、日本でも人気を博した西部劇は、人種差別的だと批判されていた。西部劇は明確に政治的悪とされる。だが、その映像的な快楽は無意識的に人々の抑圧を解き放つ政治象徴でもあったはずだ。あおぞらの運動においては善悪は屈折した形で表現されていた。現実に根ざし、矛盾を抱えたサークルがどのような事態を引き起こしていったのか、次節で詳しく検討しよう。

四　郊外型大学とギャルとギャル男たちの神経症

関東圏、関西圏のインターカレッジサークルは必然的に郊外への注視を生むことは先にふれた。あおぞらもまた、大学外への注視を生み出していく。このようなインターカレッジサークルが成員としたのが、ギャル男と女子大生たちであった。ギャル男はギャルに影響を受け、ギャルメイクをした男性である。映画版においても、資本主義世界の茶髪の青年や女性が目立つ。ただ最初、サークル員は地方出身でナンパに不慣れであった。最初から「ギャル男」と名指しされるのは、成功する二回目のイベントを企画する米田(映画版では本田)である。本田は金髪でピアスとネックレスをしており、東都大学の経済学部の所属であり、クラブでのナンパに慣れていた。

ギャル男は日本独自のファッショントライブとして誕生した。ギャル男について詳細に論じた評論が千葉雅也「あなたにギャル男を愛していないとは言わせない」(『思想地図β 第三巻』二〇一二年七月)である。新左翼世代の意味喪失から生まれた都市圏と郊外は、二〇〇〇年代までに必然的に資本主義を享受するオタクと援助交際するギャルを生み出した。オタク的感性は現実ではなく、観念的に物語から意味を備給する。オタクは男性優位の物語から作られたホモソーシャルな強制的異性愛規範である。このようなオタクに対し、ギャル男は現実のギャルとの関係性から身体改造の生成変化を楽しむ、「べつのしかた」の郊外の神経症であると千葉は論じる。千葉はギャル男をある種のゲイとして論じた。ギャル男はガラパゴス的現象としてメディアに取り上げられる。一九九〇年代は日本がバブルの残り香を謳歌しつつ、世界にメディア発信できた最後の時代である。一九九〇年代を生きた者であれば、強制的異性愛以前は「ギャル男を愛していた」ことを発見するはずである。

インターカレッジサークルはギャル男たちのホモソーシャルな絆と女性サークル員の排除を特徴とする。小説版『僕たちは世界を変えることができない。』においては、男性のサークル員しか登場しない。映画版においてもインドネシア支援をするかおりが女性登場人物として再構成されたのみである。映画版において、二回目のイベントで集客に成功したコータは、カンボジアの現状を語り、「僕たちには何もありません」と言い、パンツ一枚の半裸になる。それを本田他のサークル員たち三人も取り囲み、観客の前で半裸になる。男たちのホモソーシャルな絆は裸体によって十全に表現されているように見える。

このような、ギャル男や男子学生たちの性欲にさらされた女性たちは神経症的になっていった。彼女たちは交際を解消する際にSNSに情報を男性に晒された。マッチョな価値観を持つギャル男たちは、男性性の加害にも無自覚であった。

インターカレッジサークルに対する最も強烈なジェンダーからの批判は、姫野カオルコ『彼女は頭が悪いから』（文藝春秋社、二〇一八年七月）である。姫野は実在の強制わいせつ事件を題材とし、東京大学のサークルが女子大生に対して、飲み会で暴行を振るう状況を小説化した。女子大生は動画を撮られ、SNSを通じて男性間で共有されていた。サークルのホモソーシャルは、女性に最悪の被害をもたらす。東大生たちは頭がよいことを鼻にかけており、強制わいせつも支配欲の満足のためであった。郊外の女子大生たちははじめから、東大のインターカレッジサークルに搾取の対象とされていた。

このようなジェンダーからのサークルの問題点は、映画版『僕たちは世界を変えることができない。』においては表象されていない。女性サークル員たちは女性嫌悪的に表象されることになる。ナンパで集められた女性たちは、ボランティアを深く考えていない。焦った本田は勝手にしゃべってばかりいるギャルたちに「みんな聞いて」と言い、ノルマ制を提案する。ギャルたちは「はあ?」と猛烈に反発する。中には就活実績を目的とする者もいた。『僕たちは世界を変えることができない。』というタイトルには、凡百のボランティア・サークルが夢を叶えられず、失敗することも意味されている。目標の資金を集めきれず、最後にお菓子を配ることでお茶を濁すという状況があった。映画ではギャルたちはサークルに愛想を尽かし、勝手に部屋を出ていく。ギャルたちはタバコをふかし、利己主義的で快楽主義的に表象されている。

男性側からはサークルにおける女性嫌悪が語られる傾向にあった。二〇〇〇年代においては、真しやかにサークルを女性関係によって崩壊させるサークルクラッシャーの存在がささやかれていた。インターカレッジサークルに大学に所属していない郊外の女子大生が自ら入り込む。ホモソーシャルと女性嫌悪の結果であるサークルクラッシャーの言説の代表は、佐川恭一「ブス・マリアグラッツィアの生涯」（『サークルクラッシャー麻紀』破滅派、二

○一五年七月)に描かれている。ダレノガレ朱美はなぜ自身の美貌によって京大のサークルをクラッシュさせたのか聞かれて、「みんな一緒なんて世界、退屈で全員自殺するっての。あんただって、頭良くてそんだけ偉くなったんでしょ?」「努力とかいうなよ?」「それが才能ってもんなんだよ。」と叫ぶ。マルクス主義やキリスト教、メリトクラシーのような平等主義的価値観を捨て、現実主義に根ざした時、待っていたのは過剰競争であった。佐川は「根強い「顔面偏差値至上主義」は、あの進学校の偏差値至上主義とかわらぬいびつな価値観」なのだと言う。ホモソーシャルな純粋性を否定した時、利己的な女性や競争的なギャル男が入り込む余地があった。女性もまた、自身の魅力を利用してちやほやされようと全く思わないわけではないだろう。

結果として、女性は神経症になり、男性もまたホモソーシャルな純粋性を否定され、過剰な男性間の競争から神経症になっていく。マッチョな価値観を持つギャル男たちでさえ、サークルの神経症からは逃れることができなかった。

ホモソーシャルは女性とオープンリーゲイの排除を前提とする。ヘテロ男性同士は純粋な連続体を構成し、不純なものとして他のジェンダーを排除する。男性同士が純粋性の対象とするものは様々である。話題であるとか、インテリであるとかないとか、ハンサムであるとか、女性をめぐって競合関係に陥っていない等である。ヘテロ男性のホモソーシャルもまた、グラデーションを持っている。男性同士の競合関係は沈潜するが、完全に否定されない。一旦、この純粋性の交換から外れれば、ヘテロ男性であってもホモソーシャルから排除されることになる。私見だが、ゲイの中でもファッションや女装するゲイかどうか、倒錯の度合いで純粋性が構成される。最終的にホモソーシャルはエイズでない者の連帯の意味であり、それを解体しようとする倒錯は、エイズ発症者の存在を招く。ホモソーシャル連続体から排除されたゲイや競合関係に陥ったヘテロ男性は、クローゼットとして振る舞うことになる。クローゼットはカミングアウトの周辺にオープンリーゲイを嫌悪する言説と認識を構成する。

結果として、ゲイや女性への嫌悪が招くのは、ホモセクシャルパニックであり、エイズパニックであった。インターカレッジサークルのホモソーシャリティによる神経症は、ゲイは表象されていないが、グラデーションのあるホモセクシャルパニックの一種と読み解くことができる。

映画版『僕たちは世界を変えることができない。』においては、ギャル男である本田はホモソーシャリティを撹乱していくように見える。本田はインドネシアを支援するかおりを巡って、コータと競合関係に陥る。本田はコータにとってサークルの問題点であった。サークルと協力関係にあった社長が不正取引で捕まり、2chで「スーパー○リーの系列じゃね？」と批判され、本田は怒りを露わにする。設置していた募金箱には大きく、「偽善者」と落書きされる。このような状況で本田はかおりと付き合っていることをコータに深夜のファミレスで告白する。カンボジア視察の途中で腹を下し、成田空港まで迎えにきてもらったことがきっかけで、本田はかおりと付き合っていた。

かおりを好きであったコータのホモソーシャルな紐帯は傷つくことになる。サークル発案者であるコータの身にもホモセクシャルパニックが起きる。そして、コータの男性性は最悪の加害をもたらすことになる。コータは、カンボジアを支援できるであろう、なけなしのバイト代を使って、デリヘルを呼ぶことになるのである。

五　結論——ホモセクシャルパニックの解決とカミングアウト

小説版『僕たちは世界を変えることができない。』においては、葉田がデリヘルを呼ぶ場面は以下のように描かれる。

葉田はある日、かおりから「私は現地の人に何もできなかった」と涙声の電話を受ける。「僕はかおりちゃんから電話がかかってきた時何をしていたか？　正直に言うと、AVを見ながら僕は自宅でオナニーをしていた。」と葉田は横書きのタイポグラフィ太字で告白する。葉田は「すべてがどうでもよくな」り、デリヘルを頼み、「性欲に従って、行動」する。葉田はデリヘル嬢の「おっぱいをもみながら本当に泣け」たと太字で言う。葉田はデリヘル嬢に泣きつく。デリヘル嬢は二時間ずっとそばにいた後、出ていく。

この小説の場面を一つのテクストとして読み解きたい。葉田がデリヘルを呼んだことを描くことは自らの矛盾を告白し、クローゼットを解体するカミングアウトである。カミングアウトはその受け手が存在する。この小説を出版以前に活動記録としてmixiあるいはメールマガジンに投稿されたものとして想定したい。つまり、このテクストはサークルのホモソーシャリティへのカミングアウトである。

葉田はかおりやギャル男である米田(映画版では本田)に向けて、自身の男性性の有害性を告発した。クローゼットであることを辞め、サークルのホモソーシャルの純粋性を毀損させた。葉田は何度も神戸の自身の母親に向けて、エイズ病棟の死者に向けて、死んだ嬰児に向けて、語りかける形で小説を書いている。カミングアウトの受け手はそれらの複数の他者へと拡散していく。あるいは映画版のコータはこのサークルの現状や神経症をデリヘル嬢に泣きながら語ったかもしれない。テクストは善悪も含めた世界の認識であり、同時にカミングアウトであり、語り手と受け手のメッセージの交換である。(5)

イブ・セジウィックは『クローゼットの認識論』(外岡尚美訳、青土社、一九九九年七月、原著一九九〇年)において、プルーストの『失われた時を求めて』の語り手は「クローゼットの中のホモセクシュアル」であり、受け手に「母親の位置にいる女性」を想定した、「カム・アウトしないカミング・アウトの物語」であると言う。

セジウィックはオープンリーゲイの口唇や言葉遊びの性的解釈にまつわるホモセクシャルパニックを指摘する。その解決の鍵はプルーストの「真実効果」にあり、セジウィックは人間の願望に対する「瞑想的」なプルーストを読んだ「数年間」があったと言う。そして、「私は今、エロティックなあるいは職業上の危機にある友人に、あるいはさらに言えば、個人的な悲嘆にくれている友人に、しゃっくりで困っている人にティースプーン一杯の砂糖（素早く飲み込まなければならない）を勧めるのと同じ、落ち着いた自信を持って「プルースト」を処方することができる。」と言う。

セジウィックはプルーストのクローゼットとカミングアウトの周辺に反反本質主義的なパフォーマティヴなジェンダー構築と認識が行なわれていると言う。ホモセクシャルパニックを解決するために、ホモソーシャルの中で他者の認識を歪ませ、仮構の純粋性を構成する発言を認識論的に切断する必要がある。

映画版においては、コータはかおりのことが好きである形に再構成されている。映画版はセミドキュメンタリーの形式を取り、向井理にカンボジアロケを敢行させる。(6) 映画版は冒頭で「ある大学生にほんとうにあったあるものがたり」と強調する。そして、通訳のブティーさんは本物のブティーさんとしか思えない。しかし、デリヘルを呼ぶ場面には、カメラが入り込むとも思えず、虚構であることが明らかである。にもかかわらず、コータを取り巻くサークル状況は、小説版より真実めいている。

この映画版の翻案にクローゼットのカミングアウト周辺に築かれた「真実効果」を見たい。映画版では、ホモソーシャルのカミングアウトが反反真実の形で、パフォーマンスされているのだ。そして、映画の語りは、コータが汗をかいてカンボジアの農地を自分で耕して、青空を見上げるシーンに挟まれる。まるではじめから酒でもコンパでもなく、ナンパでもなく、そうすべきだったかのように。(7)

カミングアウトそのものにはまだホモソーシャルな認識を更新する効果はない。告解自体はキリスト教下でも権力と協力関係にあった。カミングアウトは読者によって解釈されてはじめてパフォーマンスとなる。本論は研究という観点から、葉田の言説を解体し、認識の更改を迫り、これからの運動を変容させるために書かれている。葉田がたとえカミングアウトしようとも、彼を許すことはない。カミングアウトは否定形の二重の記号であり、救われないという形でしか救われることはない。それは映画運動体の中にのみ存在する真実なのである。全てのホモソーシャルな発話を切断し、反反真実のジェンダーを認識した時、人は自身のみの強迫観念にこだわり続け、自身にカミングアウトし、納得させる方法を探し続けるワンマンアーミーとなる。それはリブ運動的なゲイ・アイデンティティではないかもしれない。だが、それで人間としての同一性は回復する。

このような結論が現状のポリティカルコレクトネスに満ちたジェンダースタディーズに受け入れられるとは思えない。また、若い世代に対しても、このカミングアウト行為は勧められず、自己利益を確保してほしいと思う。もちろん自己と他者の事実を都合良くねじ曲げてSNS発信することは慎まれるべきだ。ホモソーシャルを構成する男性は加害性を自覚すべきであり、女性やゲイの個人情報を動画やSNSで拡散することは単純に犯罪である。ホモセクシャルパニックを招くアウティングとカミングアウトは原理的に区別がつかない。また、逆に事実でもないのに弱い立場の人間にカミングアウトを要求しつづけることも差別である。そして、二〇〇〇年代からカミングアウト自体が、ゲイの犯罪行為に対する情状酌量の要請手段として行なわれた。

あおぞらは新左翼世代的な政治変革の否定とナンパによる悪の取り込みを目的としていた。インターカレッジサークルは必然的にクローゼット周辺のホモソーシャルとホモセクシャルパニックを引き起こす。ホモソーシャリティを解体するために、小説版と映画版はカミングアウトと運動体の認識という措置をとった。カミングアウトの是非は政治化された現在のジェンダースタディーズでは判断できない。ただ、そのようなヴァルネラビリティに満ちたあり方と、セクシャリティという分野が必然的に人を傷つけうるという認識の核によってのみ、人は他者と共存できるのである。

注1　小峰ひずみ『平成転向論　SHIELDs 鷲田清一　谷川雁』（講談社、二〇二二年六月）においては、SHIELDsと

地方が問題とされた。SHIELDsも同様の女性問題はあったはずだが、評論の主題とはされていない。

2 「インドシナ三国訪問」（『前衛』一九七九年九月号）には、野坂参三らが「カンボジア救国民族統一戦線」と会談したとある。この時のポルポト政権と野坂らの接触は不明である。

3 もちろん、このような日本共産党の古いカンボジア理解にはあおぞらは批判的である。葉田は「与党の人民党はベトナムに、フンシンペックはフランスに、サム・ランシーはアメリカに支持され、国の歳入の半分以上を外国からの支援に頼り、いったいどこに独立なんてあるのだろうか」と現代のカンボジアを批判している。（『僕たちは世界を変えることができない。』パレード、二〇〇八年三月）

4 『僕たちはヒーローになれなかった。』（あさ出版、二〇一九年十一月）

5 葉田はこの後も、まだ認識論的に間違っている。葉田は『僕たちはヒーローになれなかった。』（あさ出版、二〇一九年十一月）において、全国で講演し、「有名人になったみたいだった。ただただ調子に乗っていた。」と反省する。結論として、葉田はヒーローではなく、「現地の方々がヒーロー」だと言う。SHIELDsもだが、東京の運動家は大人の指図に従っているのに芸能人のように他者に接する。一方で葉田の小説は小説の体をなしておらず、読むに堪えない。小説に打ち込むことが善悪の観点からボランティアに劣るとは思えない。サークル運動をすることは、コネで有名人になり、日本国内の無名の他者を見下すことだったのだろうか。葉田は男性性の加害性を表現するのをやめ、ホモソーシャル構造の中で「ヒーロー」といった女性が喜ぶような抽象的な美辞麗句を発話し、認識を歪めている。目標を提示したり妥協したり、逆にいかにもいまどきの若者であることを表象して脂ぎった大人にすり寄って利用されるのもやめるべきだ。

6 葉田は何度も映画と自身は別だと否定する。映画は「本当の自分ではなく、美化された、過大評価された虚構の自分を見られているよう」に感じている。（『僕たちはヒーローになれなかった。』あさ出版、二〇一九年十一月）

7 『僕たちはヒーローになれなかった。』（あさ出版、二〇一九年十一月）において、葉田は医師として与那国島で勤務したことを報告する。葉田は学生運動ではなく、勤勉に労働することになった。

Ⅱ　文学×ジェンダー×宗教

宮沢賢治「〔残丘《モナドノック》の雪の上に〕」稿の生成／試論

——書簡下書群252ａｂｃの読みをとおして——

島田　隆輔

一　生成の過程

一九三三（昭８）年八月一五日に集成した定稿詩集『文語詩稿五十篇』におさめた「〔残丘《モナドノック》の雪の上に〕」稿は、『新校本宮澤賢治全集』によってひけば[1]、次のとおり無題詩稿である。

①残丘《モナドノック》の雪の上に、　　二すじ《ママ》うかぶ雲ありて、
誰かは知らねサラアなる、　　女《ひと》のおもひをうつしたる。
②信をだになほ装へる、　　よりよき生のこのねがひを、
なにとてきみはさとり得ぬと、　しばしうらみて消えにけり。

ここにみえる「女《ひと》」の実相に、本文生成の過程とそこにかかわる書簡下書群とを読みとくことによって、せまってみたい。

まず定稿にいたる過程には、次表にしめすように、地層をかさねるごとく、口語稿をふくめて六本の草稿がかかわっていた（「・」はなし、「↓」は変更の推敲。「ウ」は用紙ウラ、「オ」は用紙オモテ、「カ」は重ね書き。「→←」は範囲）。

稿	題名	用紙[2]	形成時期（推定）[3]	備考
一	・	詩ノート	二七（昭2）年	→
二	休息	赤罫紙	二八（昭3）年〜	北上河岸、羅須地人協
三	・	既赤罫紙	〜三〇（昭5）年か	会自耕地からの光景
四	・	黄罫紙	三〇年〜三一（昭6）年	← →
五	山嶺の雲↓雲	四ウ	三一年〜三二（昭7）年	豊沢の実家、病
六	・	四オにカ	三二年後半〜三三年	床の心象風景
定	・	定稿紙	三三年六月〜	←

一〜四が『春と修羅第三集』一〇三九番（二七、四、一八、）の逐次稿、五がその番号日付を喪失した補遺稿。そして六は文語詩化稿で㊢印（定稿に写すべし、の意とみる）を付与されている。なお四・五・六稿は同一用紙での展開であり、なかでも五稿の形成には、起稿本文を数種の筆具により順に手入れするという普通の仕方に対して、「書いてはただちに削って書き直す、といったことを重ねながら進み、後半部は、上下や左右の余白に、導線で接

続を示しつつ記入している」(『新校本』第四巻校異)という、特異な実態がある。

それを仲立ちにみると、四稿最終的手入れ→五稿→六稿　とむかう、その連絡が詩想的にも時間的にも緊密であったらしいことを感じさせる。それは、三一年以降の出来事だったろうと推測する。

二　詩層の変容

四稿手入れ以後の緊密さは、それまでの過程との対照からうかがえないだろうか。

まず詩の場は「残丘《モナドノック》」(侵食作用からとり残された山)からひらいてゆくが、それが実は宗教的に崇拝されてきた山「早池峯」(四稿)なのであり、信仰ということの、象徴的な場所なのだといえる。つまり、詩想の枠組みが信仰の問題であることを、この詩の場に誘導しているとみえる。

そうした山上にうかぶ雲をのぞむ表現に注目し、追跡をしてみよう(以下［・↓］は追加・新設、［↓(削)］は削除、なお推敲を取捨したところもある)。

・東へ翔けるうるんだ雲のかたまりを見れば／ショー[4]の階級に属する／そのうつくしい女の考が／夢のやうに
　ぼんやり／伝はってくる　(一稿)
・その峯に翔ける／うるんだ白い雲のかたまりに／俸給生活者《サラー》に属する　［そのうつくしい↓(削)］女《ひと》［・↓たち］
　の考へが／なにかぼんやり／映ってゐる　(二稿)
・その峯に翔ける／うるんだ［白い↓(削)］雲のかたまりに／俸給生活者《サラー》に属する女《ひと》たちの／なにかふしぎなか
　んがへが／ぼんやりとしてうつってゐる　(三稿)
・そのいたゞきに二すじ《ママ》翔ける／うるんだ雲のかたまりに／［俸給生活者《サラー》↓サラー］に属する［人↓女《ひと》］たち

の／なにかふしぎなかんがへが／ぼんやりとしてうつってゐる　（四稿）

・そのいたゞきに二すじ《ママ》翔ける／うるんだ雲のかたまりに／［あの聖女の↓(削)］基督教徒だといふあの女の／なにかふしぎなかんがへが／ぼんやりとしてうつってゐる　（四稿の最終的手入れ）

・白くうるんだ二すじ《ママ》の雲が／そのいたゞきを擦めてゐる／雲はぼんやりふしぎなものをうつしてゐる／誰かサラーに属する女が／いまあの雲を見てゐるのだ　（五稿の最終形態）

・二すじ《ママ》［うるむ↓うかぶ］雲ありて、誰かは知らねサラーなる、ひとのおもひをうつしたる　（六稿）

ここには、四稿以前の主題としては「休息」（二稿題）系の詩層から、四稿の最終手入れ以後の主題となった「雲」（五稿題）系の詩層へと、ずれが生じているといえないか。

次に、人物に注意してみると、「女」（一稿）↓「女《ひと》↓女《ひと》たち」（二稿）↓「女《ひと》たち」（三稿）↓「人たち↓女《ひと》たち」（四稿）と不特定多数にむかって拡散する状態から、四稿の最終的手入れにおいては、

［あの聖女の↓(削)］基督教徒だといふあの女の　（【A】）

と、より具体的なひとりの女性像を焦点化するに転じ、その後瓏化をまとめあわせて、「誰かサラーに属する女《ひと》」（五稿）↓「誰かは知らねサラーなる、ひと」（六稿）と単一化して、ある人物像に焦点をむすんでゆくようにみえる。

またその変転は、人物の「おもひ」について、「夢のやうにぼんやり／伝はってくる」（一稿）↓「なにかぼんやり／映ってゐる」（二稿）↓「なにかふしぎなかんがへが／ぼんやりとしてうつってゐる」（三、四稿）としたところ

にみえる、語り手の受動的な態度に対し、四稿の最終的手入れには、

畢竟かくれてゐた［・↓こっちの］感じを／その雲をたよりに読むのである

とする追加があり、語り手の、心象への能動的な自覚が表明されることから、四稿の段階で断層があるといえそうである。さらには、三、四稿で「なにかふしぎなかんがへ」と曖昧に受けとるしかなかったところが、やはり四稿最終の追加的手入れでは、

それは信仰と［譎↓削］奸詐との／ふしぎな復《ママ》合体とも見え　（【B】）

と、能動的に解釈してみせ、そのうえで五稿ではさらにふかまって、

信仰と譎詐との混合体が／時に白玉を擬ひ得る／その混合体はたゞ／よりよい生活《くらし》を考へる……（【C】、「譎」は女偏）

と増幅させていった、その先に、

信仰をさへ装はねばならぬ／よりよい生のこのねがひを／どうしてひとは悟らないかと／をはりにぼんやり
うらみながら／雲のおもひは消えうせる　（【D】）

とする、詩想の変容を明確にした最終の追加本文がみえてくるのである。それは、文語化六稿がふまえてゆくもの（【´D】、後掲六節参照）だった。

三　誰かは知らねサラアなる、女《ひと》

さて、定稿にしめされた「女《ひと》」とは誰なのか、それが四稿の手入れ詩句【A】の「［あの聖女の→削］基督教徒だといふあの女の」によって、小学校訓導でありキリスト者だった高瀬露に収束してゆくようである。

その略年譜は、山根知子の調査をふまえつつ関係事項の追加をしてみると、(5)

一九〇一（明34）年　一二月二九日花巻町向井小路にうまれる。

一四（大3）年　四月岩手県立花巻高等女学校入学。この年度一年間、賢治の妹トシと学校生活をともにする。

一八（大7）年　三月卒業。

二〇（大9）年　七月尋常小学校本科正教員免許状取得。

二一（大10）年　九月二九日花巻浸礼教会において受洗。

二三（大12）年　九月二一日稗貫郡湯口村宝閑尋常小学校訓導となる。

二四（大13～
二五（大14）年　宝閑小学校を会場とした農事講演会や、花巻高等女学校藤原嘉藤治主宰の音楽愛好者の集いによって、賢治をしる

二六（大15）年　秋頃羅須地人協会の賢治をはじめてたずねる。「あなたが根子へ二度目においでになったとき私が「もし私が今の条件で一身を投げ出してゐるのでなかったらあなたと結婚したかも知れないけれども」と申しあげたのが重々私の無考でした」（後年の賢治書簡252c下書二(6)）とあり、

以後、訪問かさね好意をつのらせてゆくか。

二七(昭2)年　六月九日付ハガキに[2]「先生ハ「女一人デ来テハイケマセン」ト云ハレタノデ(中略)アトハオ伺ヒ出来ナイデセウネ」。

〔二八(昭3)～二九(昭4)年の動向については不詳〕

三二(昭7)年　三月三一日付で上閉伊郡遠野の上郷尋常高等小学校へ転任となる。

四月一一日遠野鍋倉神社神職の小笠原牧夫に嫁す。バプティスト教会に転籍するも、教会からは遠のいてゆく。

三四(昭9)年　四月二一日付で上閉伊郡松崎尋常高等小学校の訓導に補される。

四〇(昭15)年　八月盛岡で宮澤賢治の会がひらかれ、出席。

五一(昭26)年　三月二五日遠野カトリック教会で受洗、洗礼名モニカ。

となる。羅須地人協会時代の交流は、二七年六月前後の出来事を契機として次第に遠ざかっていったとおもわれる。それなのに数年もたったこの段階で、なぜこうもはっきりと高瀬の存在が浮上してきたのか。それを解きあかす手がかりになるのが、書簡252下書群a bc の存在であろう。

『新校本』第十五巻が「〔日付不明〕小笠原露あて」として、「昭和四年末ごろから五年はじめ」(校異142ページ)とみて二九年一二月以後に配置、そのうえでc 群の順序決定は「字句・字体・用箋・筆記具のいずれの観点からも困難」(校異147ページ)、またa～c は「すべてかなり短い時期に連続して書かれた」(校異148ページ)とみる。だが書簡下書群の始発に位置するa 下書一には「こんどは場所と方法を全く変へてもう一度やってみたい(略)いつまでもうちの世話にばかりなっても居られませんから」と、再起へのつよい意欲があることから「五年はじめ」をさらにくだるともみえる。またc 群を整理してみると、その内容に段階がうかがえるので(私見では7段階)、やりとりもまた年をまたいで、やや長期にわたっているとみられないか。
そこで、校異（141ページ～）を参照しつつ、その過程を推理してみれば、

時期	高瀬露の推定書簡（内容）	賢治の返信下書
三〇年	1信（法華信者として面会の求め）	a 二・三・五・六・四・一
秋頃か	2信（偽りをわび縁談の悩み訴え）	b
三一年	3信（賢治への想いを告白か）	・（無視）、または返信拒絶か
夏頃か	4信～（写真を同封すること三度に	・↓c 二か
←	およぶか＊）	（＊c 一の解釈から。四節参照）
秋頃	7信～（謝罪しキリスト者が神官に	c 八↓十二・十五・十四・十三↓一
三二年	嫁す悩みの訴え）	
初頃に	9信～（ふかまる苦悩を吐露か）	c 三・四↓九・十一・十
かけて	終信（結婚に踏みきると決断か）	c 十六

というふうであったろうか（下書の数字は『新校本』校異による、順序は島田）。

四　書簡下書群をよむ（前半）

とにかくも、ふたりの交流のあらたな始まりは高瀬露発の手紙だった。対して、

・前から会ひたいと仰ってゐられたのがあなただっとこと《ママ》もやっとわかりました。（略）何分左の肺がつぶれて

ゐますのでまだあまり高声もできませず殊に寝てゐて人に会ひたくない　（a下書三）

・法華をご信仰なやうですがどうかおしまひまで通して進まれるやう祈りあげます。お題目を離さずなさるのがまづ第一と存じます。　（a下書五）

などと返信をしている。内容は、表むき法華信者としてお会いしたいというものかと推理される。だが熱心なキリスト者だったのを理解していた賢治の「法華をご信仰なやうですが」との口ぶりには、偽りを見ぬいたうえでの警戒心もにじむようだ。協会時代に「もし私がいまの条件で一身を投げ出してゐるのでなかったらあなたと結婚したかもしれないけれども」（c下書一）と失言したこともあったからである。

再会をもとめてきた実際の理由は、時間をおいて、第2信によりひとまずあかされたようである。遠野の鍋倉神社[8]（のち南部神社）神官をつとめる小笠原牧夫との縁談の悩みだった。

どの南部様か招介《ママ》下すった先がどなたか判りませんがご事情を伺ったところで何とも私には決し兼ねます。全部をご両親にお話なすって進退をお決めになるのが一番と存じますがいかゞでせうか。　（b下書）

と、賢治は応信する。当たり障りのない、むしろ突きはなすような感じさえするものだ。これで交流が切断されるのを案じた高瀬は、悩みの底にある、協会時代以来断ちきれぬ賢治への想いをつたえたのではないか（何度か、たたみかけるように）。しかし三一年二月から東北砕石工場技師になろうとする賢治から、たぶん返信はなかったろう。

この膠着状態に焦りもあったのだろうか。「あなたが夏から三べんも写真をおよこしになったことです」（c下書一)と後に賢治があかしている、想いを託して自分の写真を送付するという、大胆な挙にでたようである(三一年の夏だったと推察する)。「夏から」とは夏から秋にかけてということとみれば、四稿の「[あの聖女の→削]基督教徒だといふあの女の」(【A】)とする最終的な手入れはそれへの反応だったとみえ、「それは信仰と[譎→削]奸詐との/ふしぎな復《ママ》合体とも見え」(【B】)としたやはり追加的な手入れにも、信仰をいつわり「奸詐」(わるだくみ)をいだいてちかづいた、とみた嫌悪がうかがえそうである。というのも、これらは三一年秋の『雨ニモマケズ手帳』にみえる、

聖女のさましてちかづけるもの/たくらみすべてならずとて/いまわが像に釘うつとも/乞ひて弟子の礼をとれる/いま名の故に足をもて/われに土[9]をば送るとも/わがとり来しは/たゞひとすじ《ママ》のみちなれや

(「10・24」、29〜31ページ)

との感情的な記述にも重ねうるのである。もちろん返信は気持ちをおさえて、

その他の点でも私はどうも買ひ被られてゐます。品行の点でも自分一人だと思ってゐたときはいろいろな事がありました。慶吾さんにきいてごらんなさい。それがいま女の人から手紙さへ貰ひたくないといふのはたゞたゞ父母への遠慮です。これぐらゐの苦痛を忍ばせこれ位の犠牲を家中に払はせながらまだ心配の種を播く(いくら間違ひでも)といふことは弱ってゐる私にはできないのです。

(c下書二)

といったもので、実際に投函された手紙は彼女をたしなめつつ説得する長文になったであろう。

五　書簡下書群をよむ（後半）

高瀬露は、法華信者をいつわったのを謝罪したうえで、キリスト者として神道家に嫁す苦しみを吐露し、賢治はあらためて向かいあおうとしたようである。それが、

婚約のお方に完全な諒解をお求めになってご結婚なさいまし。どんな事があっても信仰は断じてお棄てにならぬやうに。いまに科学がわれわれの信仰に届いて来ます。もひとつはより低い段階の信仰に陥らないことです。（c下書一）

であろう。ここで「われわれの信仰」といっているのは、キリスト者高瀬、法華信者賢治それぞれの信仰、の意味にとれる。おのおの信仰をすてることなく、よりたかい信仰をまなざし、苦悩をこえてすすんでゆこう、との賢治の呼びかけである。おそらくそれをうけた五稿の次の書きこみは、四稿にみえていた手入れ【B】とは、似て非なり、というべきものであった。

【B】段階が「信仰と奸詐との／ふしぎな復合体《ママ》」と疑心、嫌悪の尾をひいた否定的なものだったのに対し、三二年にかけて展開するとみる五稿段階の【C】では「信仰と譎詐との混合体」としながらも「譎詐」（いつわり）というきびしい語を有しながら、それは「たゞ／よりよい生活《くらし》を考へる」ためなのだとして、「白玉」（真珠、価値あるもの）にもなぞらえ得るととらえられている。つまり、肯定的なまなざしにささえられているといえるのではなかろうか。これは、あの協会活動をささえた『農民芸術概論綱要』[10]の思想に発したものといえる、

たゞひとつどうしても棄てられない問題はたとへば宇宙意志といふやうなものがあって(略)所謂信仰と科学とのいづれによって行くべきかといふ場合私はどうしても前者だといふのです。(略)すなはち宇宙には実に多くの意識の段階がありその最終のものはあらゆる迷誤をはなれてあらゆる生物を究竟の幸福にいたらしめやうとしているといふまあ中学生の考へるやうな点です。(c下書四)

という、人それぞれの信じる宗教を包摂しつつ、それらを超越して「あらゆる生物を究竟の幸福」へいたらせる「宇宙意志」の存在を視座においた信仰観、そこにむかってみちびいてゆくことになる。この啓示を高瀬が受けいれたのではなかったか。というのも、

われわれの発願が到底一生や二生にできることでないのですから(以下、なし)

とした断片的なc下書十一がある。「われわれの発願」というところに、あらたな信仰観をいま共有した、との了解がふくまれているといえようからである(傍点は島田)。

さらに、ふたりのやりとりの最後に位置づけるものにc下書十六があり、そこには、

まことの道は一つで、そこを正しく進むものはその道(法)自身です。みんないっしょにまことの道を行くときはそこには一つの大きな道があるばかりです。しかもその中でめいめいがめいめいの個性によって明るく楽しくその道を表現することを拒みません。生きた菩薩になりなさい。独身結婚は便宜の問題です。一生や二生でこの事はできません。さればこそ信ずるものはどこまでも一諸《ママ》に進まなければなりません。手紙も

書かず話もしない。それでも一諸《ママ》に進んでゐるのだといふ強さでなければ情ない次第になります。

とある。「まことの道／一つの大きな道」すなわち「宇宙意志」とは、信仰はもちろん、結婚の有無や男女の別など、実にさまざまな個人の次元《レベル》をふみ超えて、さらなる高みへの昇華をもたらすということだろう。そして「一生や二生でこの事はできません」と、射程をとおく見すえて、「信ずるものはどこまでも一諸《ママ》に進まなければなりません。手紙も書かず話もしない。それでも一諸《ママ》に進んでゐるのだといふ強さでなければ情ない次第にな」ると、あるいは孤立無援なともいえる生き方を指示している。

「手紙も書かず話もしない」など、高瀬を遠ざけるための身勝手な言い分だとはもう受けとってはなるまい。先に「どんな事があっても信仰は断じてお棄てにならぬやうに」（c下書一）と釘をさし、また「その最終のものはあらゆる迷誤をはなれてあらゆる生物を究竟の幸福にいたらしめやうとしている」「宇宙意志」の存在をかかげる、「われわれの発願」を堅持するためには必然の、それは修行にもひとしいことだからである。

けれども、賢治のこのようなきびしい要求に、高瀬露はたえられるのだろうか。

六　信をだになほ装へる

三二年の春、高瀬は遠野の上郷小学校に転任するとともに、「サラアなる、女《ひと》」として四月一一日結婚、早池峰を北にあおぐ暮らしを営みはじめてゆく。略年譜には「四月一一日遠野鍋倉神社神職の小笠原牧夫に嫁す。バプティスト教会に転籍したが、教会からは遠のいてゆく」としたが、家が主体であり絶対的なものだったあの時代、社家に嫁せばもうほどなく異教徒の集会への出席はむずかしいのが現実であったろう。

そのような彼女の動静を、あるいは風聞として、あるいはおなじ小学校勤務だった教え子の沢里武治[11]がよせる近況からでも、秋頃にはもう知りえたのではなかろうか（ただし、三二年の沢里は勤務形態不明ながら、四月から師範学校専攻科（音楽）にまなんでいる。盛岡への行き帰りの途上、賢治訪問のこともあったろうか）。

そのようなかでおこなわれたであろう、最終的とみえる五稿の追加本文では「信仰をさへ装はねばならぬ／よりよい生のこのねがひを／どうしてひとは悟らないかと／をはりにぼんやりうらみながら／雲のおもひは消えうせる」（【D】）と、「奸詐／譎詐」などの語をもちいることもない。「われわれの発願」を秘めて、結婚した高瀬のありよう、その「おもひ」を心象上にとらえようとしたとみられる。

文語化六稿がこれをほぼ受けいれて展開するのは、三三年にかけてのことである。前連を「モナドノックの雪の上に、／二すじうるむ《うかぶ》雲ありて、／誰かは知らねサラーなる、／ひとのおもひをうつしたゆる」とし、後連本文には（数字は島田による本文の行数）、

5　信をだになほ装へる
　　信仰　崇神　　だに
6　よりよき生のこのねがひを、　と
　　なほしも
7　なにとてきみはさとり得ぬや　きみはひとにはあらぬにや
　　なにとて　　　　　　　じかし
8　ややにうらみて消えにけり
　　しばしうらみて消えにけり

（【D】、自筆稿による）

といった推敲現場がみえる。特に手入れの「崇神」に注目しよう。「神」はキリスト教のそれでなく、ここは、

神道を崇敬する、意であろう。社家に嫁した者の生き方とみると、これをみる人が「モナドノック」を北上高地の残丘、早池峰かと推測できたなら、それをのぞむ神社も「サラーなる」女性も特定へみちびいてゆくだろう。そのうえに祭神への崇敬を偽装していることまでもが露見してしまう、危険な手入れだといえる。

定稿は、前連では瓏化していた「ひと」を「女《ひと》」へと一歩具象化しつつも、後連は「崇神」案を撤回し、かく落ちついた。

> 信をだになほ装へる、　よりよき生のこのねがひを、
> なにとてきみはさとり得ぬと、しばしうらみて消えにけり。

まず、「よりよき生」は利己的なことでなく、「信仰を神道に偽装してでも、嫁したひとや家の生活（評価）がよりよくなるように」と読みとるべきなのだろう。賢治は、

> 生きた菩薩におなりなさい。　（c 下書十六）

と助言してもいたからである。[12] するとここには、キリスト教を切断する覚悟さえもつことがおもわれてくる。つまり、高瀬露は今やそこまで追いつめられ、精神的に危機的な情況におちいっているのではないか。けれども、どうすることもならぬ賢治は、早池峰の空にうかぶ雲を見つめる、いや見つめられていたのかもしれない。それほどに、彼女の苦悩をまざまざとその心象に見さだめようとした、ということになる。

七　なにとてきみはさとり得ぬ

賢治は、早池峰を望みみるたび気がかりだったにちがいない。あの「手紙も書かず話もしない。それでも一諸《ママ》に進んでゐるのだといふ強さでなければ情ない次第になります」と、「われわれの発願」を堅持してゆくための約束を、遠野に嫁してからの高瀬露は守りとおしているようだからである（結婚後、小笠原姓となってからの発信事実はみえていない）。

けれども、「次第に教会から遠のいてゆく」情況に追いつめられるだろうことは、賢治にも容易に想像できたであろう。また「どんな事があっても信仰は断じてお棄てにならぬやうに。（略）もひとつはより低い段階の信仰に陥らないこと」とする戒めをあたえたこと、それがどれほど彼女に精神的な縛りをもたらしているか、よくわかっていたはずなのである。だが励ましの便りをだしたりなど、手をさし伸べれば、周囲の誤解をまねきかねず、遠野にたずねることはなおさら、死病をおうた身にはその力もなかった。そのようにただ懸念をしつづけていたありようも、おもわれてくる。

あるいは、四稿最終手入れ以降は、キリスト教会にかよわなくなった、そのことをしってからの場の構築であったのかもしれない。早池峰の空にぽっかりうかんだ雲をみつめて、その心象に「女《ひと》のおもひ」として映しだされたのは、教会をはなれたその気持ちが「信をだになほ装へる、よりよき生のこのねがひ」なのだと、賢治は想いさだめようとした。「なにとてきみはさとり得ぬ」と詰めよられることばで締めくくったのも、恨み言のかたちをとっているが、あの「宇宙意志」への「われわれの発願」によってかろうじて耐えつづけている呻きなのであり、そのような切実な訴えを小笠原（高瀬）露のいまにみつめている。

しかもそれをひたすら受容するほかない。こうして彼女の沈黙の心を「女《ひと》のおもひ」としてとき明かし、寄りそいながら、これからもともにあろうとする祈りを、語り手賢治はこめているのではないだろうか。「女《ひと》のおもひ」に一般化された定稿は、きわめて個人的な体験に発していたのである。(13)

おわりに

小笠原露は、賢治没後の四〇（昭15）年九月、宮澤賢治の会発行の『イーハトーヴオ』第10号に、「遠野に於ける賢治の集ひの際の感歌」を寄稿した。そのなかに、

女子のゆくべき道を説きませるみ師の面影忘られなくに

の歌がみえる。協会時代の記憶にもかさねて今なお「われわれの発願」を秘めた敬愛の念をにじませているようにもみえる。そして遠野に嫁しておよそ二十年、夫とも死別したのち、洗礼名モニカとしてキリスト者に立ちかえってゆく。「どんな事があっても信仰は断じてお棄てにならぬやうに」という賢治の言葉がよみがえる。

そこには、それぞれの信心を大切にしつつ「宇宙意志」という高次の信仰への発願をともにして「一諸《ママ》に進んで」ゆく。あの協会時代に行きちがいになった男女の界も超越した同志としてあるといってよいのではないか。

注1　以下、宮沢賢治のテクストは『新校本宮澤賢治全集』（筑摩書房）による。
2　詩ノートは『第三集』の原集に相当。赤罫紙は28行罫。この黄罫紙は24行罫。定稿紙は赤罫で26行罫。
3　詩ノートはその日付から二七年から二八年にかけてとみる。赤罫紙は二八年から、黄罫紙は三〇年から、定稿紙は三三年六月頃から使用（『新校本』第十六巻上「詩草稿通観」による）。
4　不明、高瀬露に焦点化する以前の心象。原子郎「人を率いる「将」か「相」、聖なる意の「聖」、あるいはサラー（俸給生活者）の階級との類推から「商」も考えられなくはない」（『定本宮澤賢治語彙辞典』筑摩書房、二〇一三

年）、信時哲郎「小学校の訓導をしていたことから、その「小」を取った」（『宮沢賢治「文語詩稿五十篇」評釈』朝文社、二〇一〇年）。showを演じる者すなわち歌妓や芸妓なども想定しうるか。

5　山根知子「高瀬露略年譜」（中四国宮沢賢治研究会発表資料二〇〇八年三月）。

6　中略した文面「ノデガツカリシマシタ。私ハイ、オ婆サンナノニ先生ニ信ジテイタヾケナカツタヤウデ一寸マゴツキマシタ」（高橋慶吾宛、小倉豊文『宮沢賢治「雨ニモマケズ手帳」研究』筑摩書房、一九九六年）。

7　第十五巻書簡本文としての掲示は「下書」と添記するが本稿はａ・ｃに下書一と表示。校異分をふくむとａが6本、ｂが1本、ｃが16本。

8　一八八二（明15）年祭神に遠野南部家歴代を斎祠、九五（明28）年郷社。「鍋倉さま」と崇敬されていたが四四（昭19）年南部神社と改号。

9　手帳の現状は、「われに土を」の右に「わが墓に」とある。

10　二六年夏頃成立か。たとえば序論に「自我の意識は個人から集団社会宇宙と次第に進化する／（略）／正しく強く生きるとは銀河系を自らの中に意識してこれに応じて行くことである／われらは世界のまことの幸福を索ねよう　求道すでに道である。」とあった。

11　旧姓高橋。二五（大14）年花巻農学校入学、二八年岩手県立師範学校入学。二九年四月上郷尋常高等小学校訓導、三〇年沢里栄子と婚姻、沢里姓。音楽をとおして交流はつづいていた。

12　『農民芸術概論綱要』に先だち、二六年三月一日の岩手国民高等学校の講義で「道を求める其の事に我等は既に正しい道を見出した、仏教で云ふ菩薩行より外に仕方あるまい」との一節があった（伊藤清一『講演筆記帖』、『新校本』第十六巻上）。

13　書簡下書き群により賢治がわの視点で組みたててみた。小笠原（高瀬）露がわの資料がとぼしく、その探索に力をつくしてゆく必要を痛感する。

禅話としての『春琴抄』
――隔絶と超越――

倪　楽飛

はじめに

谷崎潤一郎に対するフェミニズムの視点からの批判は決して難しいことではなかろう。『春琴抄』(『中央公論』一九三三年六月)を、彼の女性蔑視を示す一例として、あるいは日本近代社会における女性の抑圧状況を明らかにする歴史的資料として捉えることも一理あると考えられよう。少なくとも、研究業績至上主義が支配する今日の中国学界においては、批判性が何よりも重宝される研究論文が数多く存在する。この種の、ある程度の理論的高さを持つとされそうな論文は短期間で量産され得るだけでなく、論者自身にある種の優越感を提供することすらできるかもしれない――自分は文壇の巨匠ではないしなりそうもないが、人格面では谷崎潤一郎より優れているのだ、と。

無論、女性の物化や男性中心主義といった問題において、谷崎もその時代も決して無罪とは言えない。だが、安易に「サディズム」「畸形の愛」「悪魔主義」「女性崇拝」あるいは「似非女性崇拝」といったレッテルを貼って『春琴抄』を論ずることは、この作品の最も重要且つ繊細な部分を見逃してしまうことになるだろう。谷崎の筆致は、単なる表層的な分析ではとらえきれない深さを秘めており、その作品の奥行きを感じ取るためには、より精緻な読解が求められよう。

興味深いのは、この「昭和文壇随一の傑作」と喧伝されてきた作品が、同時代の評価においてもなぜか曖昧で、歯切れの悪いところがどうしても払拭できない点である。正宗白鳥は「聖人出づると雖も、一語を挿むこと能はざるべしと云つた感に打たれた」と嘆息しつつも、「明日の日は、私もかういふ文学を唾棄するかも知れない[1]」とも述べている。小林秀雄はその年（一九三三年）五月の評論で「特に心を動かされたでもなし、深く考へさせられたといふのでもない[2]」と語りながらも、同年十二月の「文芸批評と作品」では「今年の最高傑作は何かと聞かれ『春琴抄』だと言下に答へて、へんな気持ちになつてゐるくらいがいいんぢゃないか」と述べている。また、川端康成は『新潮』（一九三三年七月）の「文芸時評」で「『春琴抄』はただ嘆息するばかりの名作で、言葉がない」と——「筆不精」とまではいえないが——非常に文字を惜しむように書いている。

おそらく正宗白鳥が同じ評論で述べた、「読後は狐に憑まれてゐたかと思はれる感じがした」という表現が一番適しているかもしれない。『春琴抄』は確かに特異な魅力を持ち、読者を強く引き付けるものの、いざ説明してみようとしたら、なかなかその魅力を言葉にできない。春琴と佐助の恋物語に深く感動しつつも、どこか隔絶感があり、二人の世界に完全に没入することはできない。勿論、この隔絶感——あるいは閉塞感——は、谷崎潤一郎が『陰翳礼讃』で述べた美学意識と無関係ではない（この点については、多くの先行研究でも論じられている[3]）。しかし、ある語り手が（事実上）佐助の書いた『鵙屋春琴伝』と鳴沢てる女の回想を下敷きに春琴と佐助の物語を構築する、という谷崎がこの作品に選んだ叙法も、意図的に読者と主人公の二人の間に距離を置いているように感じられる。

まるでこの作品の構造に対応しているように、春琴と佐助の墓は自分たちの家族墓地ではなく、「大阪にはちょっと珍しい樹木の繁った場所で」、「ささやかな空き地に」建てられている。「今日の大阪は検校（佐助）が在りし日の俤をとどめぬまでに変わってしまったがこの二つの墓石のみは今も浅からぬ師弟の契りを語り合っているように見える」。時代が変わっても、春琴と佐助の伝説だけが永遠の時空に封じ込められて、後世の人がしのぶままに任せているようである。

「しのぶ」という言葉が果たして適切だろうか。春琴と佐助の物語はむしろ人々に謎を投げかけているように感じる。これが谷崎潤一郎の狙いだったかどうかは不明だが、「佐助が自ら眼を突いた話を天竜寺の峩山和尚が聞いて、転瞬の間に内外を断じ醜を美に回した禅機を賞し達人の所為に庶幾しと云ったと云うが読者諸賢は首肯せらるるや否や」、という最後の一文は、間違いなく全文に大きな謎を残した。「内外を断じ醜を美に回した」という表現は一見簡単そうに見えるが、その難解さこそ「禅」が「禅」である所以であろう。作者は人物の心理描写を一切示さず、いくつか重要な出来事の真相（例えば春琴の第一子の実父や春琴を傷つけた真犯人など）も隠している。読者は登場人物の言動の背後に潜む因果・因縁を自ら悟らなければならない。確かにこれは「不立文字教外別伝」という禅の原則に合致していると言えよう。こう考えると、『春琴抄』が読者に隔絶感を与えるのは、ある意味で我々読者に「禅機」がまだ到来していないからかもしれない。だとすれば、現在執筆中のこの拙い論文を、「未聞法者」である筆者が無謀にも挑戦してみた「禅問答」として読んで頂ければ幸いです。

一　視覚と聴覚との不釣り合い

真っ先にぶつかる隔絶感は、視覚の遮断というよりも、視覚と聴覚の分裂から生じるものだろう。春琴は九歳の時に失明し（原因は諸説あり）、それ以来、他者を見ることができない存在となり、「見返す」ことで他者による「客体化」に対抗することもできなくなった。しかし、この状況で最も問題となるのは主体性の喪失ではなく、自己認識の失墜、つまりアイデンティティーの逸脱にある。

テキストには「（春琴は）わたしの琴や三味線を褒める人があるのはわたしというものを知らないからだ。眼さえ見えたら自分は決して音曲の方へは行かなかったのにと常に検校に述懐した」とあり、語り手は佐助が春琴を崇拝するあまり「彼女を偉くするために重大な意味を持たせた」と補足している。しかし、ここで問題なのは春琴の傲慢さや佐助の誇張ではない。てる女の話によれば、春琴の舞踊と琴の技芸は同等であり、彼女が「自分のほんとうの天分は舞にあった」と語るのは、自身を「舞人」として認識していることを示している。

勿論、「舞人」も他者に「観られる」存在であるが、どのような形で観られるのかを自ら決定する主体性を持っている。つまり、舞踊を通じて自己をコントロールし、その技芸を披露することで他者の「観る」方法に影響を与え、それによってアイデンティティーを強化することが、春琴には可能だったはずである。舞という「観る」行為に直接作用する技芸に比べて、琴は人々が「聴く」行為に専念することを要求する。確かに、広義に解釈すれば、演奏技能の評価も「観る」こと——あるいは「鑑賞」——と見なすことができる。しかし、春琴の場合、人々の関心は彼女の美貌に集中し、琴の技芸がどれほど優れていても、まるで二の次となってしまうのである。言い換えれば、美貌の呪縛にとらわれた春琴は、純粋に「奏者」（芸能者）として評価されることができず、三味線の深い造詣によって相応しい自己同一性を確立することもできないのである。

『春琴抄』のテキストから、読者は春琴が非凡な琴芸を持っている印象を受けるかもしれないが、物語の中では、春琴の琴芸はその卓越した技術にもかかわらず、あまり重視されていないようである。「鳴沢てる女はいう、お弟子さんは少うござりましたが、お師匠さんの御器量が目あてで習いに来られるお人もおりました、素人衆は大概そんなのが多かったようでござりますと」。春琴は美貌と独身であること、裕福な家の娘という背景で多くの若者を惹きつけるが、「琴・三味線の達者」としての評価は、彼女の女性としての魅力にあまり影響を与えていないのである。春琴が雲雀を愛でる場面も、彼女の能力と実際の評価の不均衡を象徴的に表現している。

「女師匠（春琴）が命ずると女中が籠の戸を開ける。雲雀は嬉々としてツンツン啼きながら高く高く昇って行き、姿を霞の中に没する。女師匠は見えぬ眼を上げて鳥影を追いつつ、やがて雲の間から啼きしきる声が落ちて来るのを一心に聴き惚れている。時には同好の人々がめいめい自慢の雲雀を持ち寄って競技に興じていることもある。そういう折に隣近所の人々も自分たちの家の物干しに上って雲雀の声を聴かせてもらうが、中には雲雀よりも別嬪の女師匠の顔を見たがる手合もある。町内の若い衆などは年中見馴れているはずだが、物好きな痴漢はいつの世にも絶えないもので、雲雀の声が聞えるとそれ女師匠が拝めるぞとばかり急いで屋根へ上って行った」（傍線は引用者による。以下同）。

雲雀の優劣はそれなりの基準で評価されるが、春琴の場合、彼女が飼っている雲雀がどれほど優れていても、人々が注目するのは彼女の美貌である。「平素佐助に手を曳かれて出稽古に赴く時は黙々としてむずかしい表情をしているのに、雲雀を揚げる時は晴れやかに微笑んだり物を云ったりする様子なので美貌が生き生きと見えた」。この描写は、多くの人々が春琴をその琴の才能や能力で公平に評価せず、彼女が「観られる」客体としての運命から逃れられないことを暗示しているのではないだろうか。

「運命」といえば、物語の背景にある社会状況に触れざるを得ないが、本論文ではこの点については割愛することにしよう。実は、谷崎潤一郎は既にその時代の女性に対する不公平を鋭く見抜き、「老芸人」と三味線の名匠豊沢団平の口を借りて、それを表現している。「団平が若い頃にかつて春琴の演奏を聞き、あわれこの人男子と生れて太棹を弾きたらんには天晴れの名人たらんものをと嘆じたという。団平の意、太棹は三絃芸術の極致にして、しかも男子にあらざればついに奥義を究むる能わず。たまたま春琴の天禀をもって女子に生れたのを惜しんだのであろうか。そもそもまた春琴の三絃が男性的であったのに感じたのであろうか。前掲の老芸人の話では、春琴の三味線を蔭で聞いていると、音締が冴えていて男が弾いているように思えた。音色も単に美しいのみではなく、変化に富み、時には沈痛な深みのある音を出したという。いかさま女子には珍しい妙手であったらしい」。

二　師匠としての春琴

　春琴はその卓越した実力にもかかわらず、作品の中で彼女が公の場で演奏したり、聴衆を驚嘆させたりする描写は驚くほど少ない。師匠の春松検校が生前によく春琴と合奏し、彼女に高音部を歌わせたことが簡単に触れられているだけで、春琴がその才能を人前で披露する場面はほかにはほとんどない。テキスト中にある通り、「(春琴は)音曲の道に精魂を打ち込んだとはいうものの、生計の心配をする身分ではないから、最初はそれを職業にしようというほどの考えはなかったであろう」と、春琴は演奏者よりも、むしろ三味線師匠としての姿がより濃厚に描かれており、彼女自身も、厳格な師匠としての顔を人に示すことをより望んでいるように見える。

　春琴の必要以上の厳しさについて、作者は、「この方の師匠は大概盲人の検校であったから不具者の常として片意地な人が多く勢い過酷に走った傾きがないでもあるまい」と彼女の性格的な面から解釈しており、「あるいは云う〔…〕女だてらに男の弟子を打ったり殴ったりしたという春琴のごときは他に類が少いこれをもって思うに幾分嗜虐性の傾向があったのではないか稽古に事寄せて一種変態な性欲的快味を享楽していたのではないかと」。しかし、直ちに次のように補足してもいる、「自分は検校に愛せられていたのでかつて己れの肉体に痛棒を喫したことはないが、日頃の師匠の流儀を知り、師たる者はあのようにするのが本来であると幼心に合点して、遊戯の際に早くも検校の真似をするに至ったのは自然の数であり、それが昂じて習い性となったのであろう」と。

　春琴の「変態な性欲」や「嗜虐性」にしがみついて分析し、そこから谷崎潤一郎の性癖を論じることは、確かに一興ではあるが、『春琴抄』の人物像を理解するにはどれだけ役に立つのかは頗る疑問に思う。一方で、作者は、春琴の師匠である春松検校の昔の話を含む多くの「逸話」を列挙し、「昔は遊芸を仕込むにも火の出るような凄まじい稽古をつけ、往々にして弟子に体刑を加えることがあった」と証明している。これにより、春琴が弟子たちに行った体罰が文化や伝統の中で合理化されるのであろう。さらに、前述したように、春琴は幼い頃から春松のもとでその流儀を学んできたため、総角《あげまき》の若年で師匠となった時は「すべて春松検校がその内弟子を遇する様を真似厳重に師弟の礼を執らせた」のである。これは、他の人々には単なる「学校ごっこ」に見えるかもしれないが、春琴にとって、厳格な体罰を以て弟子を督促することこそが師匠として当然の姿だったのである。

周りの人たちが春琴に佐助を罵ったり打ったりするのをやめさせようとした時、春琴は毅然とした態度で「汝等妾を少女と侮りあえて芸道の神聖を冒さんとするや。たとい幼少なりとていやしくも人に教うる以上師たる者には師の道あり。妾が佐助に技を授くるはもとより一時の児戯にあらず。佐助は生来音曲を好めども丁稚の身として立派なる検校にも就く能わず独習するが不憫さに、未熟ながらも妾が代りて師匠となりいかにもして彼が望みを達せしめんと欲する也。汝等が知る所に非ず疾くこの場を去るべし」と言った。その尊厳や権威に満ちた言葉を前にして、春琴の厳格さを「嗜虐性[4]」と結び付けるべきだと果たして誰が如何なる立場や理由で主張できるだろうか。

重要なのは、春琴の厳格さと佐助の惰弱(あるいは春琴に対する寛容さ)がその後、本当に嗜虐傾向(サディズム)と被虐傾向(マゾヒズム)に変わったかどうかではなく、なぜ二人が共に「師の道」の貫徹に無比の真摯さで執着し、特に二人の間の「師弟の礼」において、少しも手を抜かなかったのかという点である。

まずは春琴から観てみよう。前述の通り、春琴の琴曲に対する卓越した才能が如何に高くとも、それで相応の社会的評価(地位)や自己同一性を獲得することはできない。「俊敏で早熟の上に」「第六感の神経が研ぎ澄まされ」、且つ非常に誇り高い春琴が、自分が常に他人に観られる(鑑賞される)対象であることに耐えられるだろうか。彼女が「佐助に対して突然かかる温情を示し」、ほぼ自ら三味線を教えることを提案したのが「周囲の者がそう仕向けたのであるともいう」が、語り手は続けて「下手におだてるとツムジを曲げる春琴であるから、必ずしも周囲の仕向けに乗せられたのではないかも知れぬ。さすがに彼女もこの時に至って佐助を憎からず思うようになり、心の奥底に春水の湧く出づるものがあったのかも知れぬ」と補足している。つまり、「師となる」ことについては、春琴自身の意志が決定的な役割を果たしたのである。確かに、十一歳の少女が「師匠」としての意味を完全に理解することはとうていできず、ただ春松検校のもとで見聞きした「師の道」を模倣するだけであろう。しかし同時に、琴を教える師匠を演じることで、春琴は琴芸と容姿の二つの面で鑑賞される完全なる客体の位置から解放され、逆に他人を鑑賞し、更には他人の琴芸を「支配」する主体となることができるのである。この模倣によって得られた主体性——単に似非主体性に過ぎないかもしれないが——は、春琴の自己同一性に関する心理的要求を満たし、その上で彼女に別の社会的関係を構築する可能性を感じさせたことであろう。そして、二、三年後には、「教える方も教えられる方も次第に遊戯の域を脱して真剣になり」、かつて模倣された行動も自然に内面化され、「師となる」ことは春琴が他者に「観られる」ことに対抗し、自らの社会的地位を確保する手段となった。

テキスト中には「春琴の稽古振りが鞭撻の域を通り越して往々意地の悪い折檻に発展し嗜虐的色彩をまで帯びるに至ったのは、幾分か名人意識も手伝っていたのであろう。すなわち、それを世間も許し、門弟も覚悟していたので、そうすればするほど名人になったような気がし、だんだん図に乗ってついに自分を制しきれなくなったのである」とも書かれている。この「名人意識」とは勿論春琴の傲慢さを意味しているが、その傲慢さの背後には、春琴が自分の社会的地位に敏感であり、他者から得られるべき承認や尊重を強く渇望していたことがあるのではないだろうか。実際、春琴は「師匠」としての社会的地位に非常に執着しており、それ以外の社会関係——主従関係・恋人関係・夫婦関係、更には親子関係——に対しては、ほとんど冷淡さないしは軽蔑を抱いていたのである。というのは、それが春琴が幼少期からの体験の中で、唯一彼女自身が主体的に構築し、コントロールできる関係だったからである。他の如何なる関係も、「師弟関係」[5]の純粋さを攪乱する可能性があったのだ。

三　「師弟の礼」による攻防

一方で、春琴が（最初は確かに「師弟ゲーム」の形であったとはいえ）自ら進んで佐助と師弟関係を結んだのは、佐助の真意を感じ取ったからに違いない。佐助自身が『春琴伝』において次のように説明している。「時に春琴は佐助が志を憐み、汝の熱心に賞でて以後は妾が教えて取らせん、汝余暇あらば常に妾を師と頼みて稽古を励むべしと云い、春琴の父安左衛門もついにこれを許しければ、佐助は天にも昇る心地して丁稚の業務に服する傍ら、日々一定の時間を限り指南を仰ぐこととはなりぬ」と。所謂「酔翁の意は酒にあらず」ということで、佐助の熱心さや琴を学ぶことが許された後の喜びは、もっぱら琴や曲にあるのではなく、その根源は春琴にあるのだ。『春琴伝』における佐助の記述は――語り手が指摘したように――客観性の面では決して信憑性が高いとは言えない。が、佐助が抱いている春琴との同化願望は明白である。春琴と同化したいと願っているからこそ、春琴の姿を美化ないしは神話化したのである。佐助による「春琴像」は、他人の目には「春琴」の歪曲としか映らないかもしれない。しかし、客観性を失ったとしても、その春琴像は必ず（佐助にとっての）「真実」を備えていないと果たして誰が言い切れるだろうか。ここで重要なのは、いかにして春琴に対する佐助の「塑造」を排除して「本当の春琴」を再現するかということではない。客観的な「現実の春琴」は『春琴抄』の読解には何の意味もない。重要なのは、佐助の同化願望が春琴にとって何を意味し、彼女が何故佐助の渇望に応えたのかという点であろう。

この点は、春琴の一つ目の遭難とその後の性格上の変化を通してヒントを見て取ることができよう。元々春琴は「愛嬌に富み人あたりが良かった」が、「失明以来気むずかしく陰鬱になり晴れやかな声を出すことや笑うことが少く口が重くなっていた」。用を足す時には佐助が前もってそれを察知しなければならず、「暑いね」と言ったら、「暑うございますな」と返事するだけではいけなくて、佐助はすぐ団扇で扇いでやらなければならない。語り手の説明では、「もともと我が儘なお嬢様育ちのところへ盲人に特有な意地悪さも加わって片時も佐助に油断する暇を与えなかった」ということである。だが、もしかしたら我々は春琴の性格の歪んだ面ばかり見ているのかもしれない――あるいは語り手が意図的に春琴のわがままで生意気な一面を強調しようとしているのかもしれない。春琴の立場から考えてみると、盲人となった彼女が生活のあらゆる面で他者の理解を切実に必要としているという心理的な側面が見落とされている可能性も十分にあるのではないだろうか。

前にも述べたように、失明ということは春琴が完全に「観られる」対象となるが、「観られる」ことには必ずしも「理解される」ことが伴うわけではない。春琴は自分が他者に理解されているかどうかを目で「観る」ことで確認することもできなければ、特定の「視線」を他者に投げかけて相手に影響を与え、具体的な行動に誘導することもできない。つまり、春琴は他者の視線――「凝視」とでもいおうか――に対抗することが完全にできず、ただ他者が理解してくれるのをひたすら待つしかないのだ。彼女はまるでミシェル・フーコーが『監獄の誕生』で描いた「パノプティコン」に置かれているかのように、常に他者からの全方位的な凝視にさらされ、それによって支配されているのである。

佐助の優しく寄り添う性格は、まるで牢屋生活を送っている春琴にとって、多少なりとも支配から脱出する出口となるものであろう。他の人々が――意図的であるかどうかに関わらず――「凝視」を通して春琴を支配しているのに対して、佐助の「観る」行為はむしろ、春琴を支配することを拒絶しているかのように見える。春琴が最初に自分の奉仕者に佐助を選んだのは、彼が「誰よりもおとなしゅうていらんこと云えへん」からである。これは単に佐助の謙遜さに関する一般的な説明ではなく、他者――特に春琴――を批評しない、すなわち「凝視」によって優劣を品評することで他者を支配しようとしない、という佐助の温柔敦厚の人柄に対する高い評価でもある。作者が春琴の言葉で佐助を評価することで、この時の春琴はすでにその特有の鋭さで、佐助が意識的に二人の関係において支配的な位置に立たないようにしていることを察知していたことを暗に示しているだろう。

佐助がこっそりと三味線を独学していることを知った時、春琴は自分に近づき、「同化」したいという佐助の強烈な願望を確かに感じ取ったに違いない。ここでの「同化」というのは必ずしも性欲や恋愛に繋がるものではなく、特定の他者の世界に入り込み、同じ立場に立ち、ともに苦しんだり喜んだりしたいという渇望を意味している。しかし、春琴の「名人意識」、すなわち彼女のわがままで自己中心的な性格——無論、大阪の封建的上流社会の習俗も根強く影響している——が、佐助の気持ちを察したところで、豪族の令嬢としての態度を改めて、淑やかで思いやりのある女性として振る舞うことを許さなかったのである。むしろ、佐助の存在は、彼女に、全方位から「凝視」されることによる苦悶や不満を無制限に発散する機会を与えたのである。佐助が春琴の意向に逆らうことなく、彼女のわがままを放縦していたのは、他でもなく、佐助が春琴の置かれた状況を十分に理解していたからであろう。春琴がもっぱら佐助に無理難題を言い、また琴芸の厳しい指導を行うことで、他者の視覚による支配から一時的に逃れ、支配者の位置に立つことができるのである。この意味で、春琴がやがて「内面の悪い方」になったことに関して、佐助は確かに春琴との共犯関係にあったと言えよう。

さて、「師の道」に関する問題に戻り、二人が「師弟の礼」を厳守する理由について、前よりも理解が深まってきたと思われる。実際、春琴は全ての門弟に対して一律に厳しい体罰を行っていたわけではない。「余分の付け届けを持って行くと、さしも稽古の厳重な彼女も、その日一日はその子に対して顔色を和らげ、心にもない褒め言葉を吐いたりする」という例外があり、また「親の身代を鼻にかけ、どこへ行っても若旦那で通るのをよい事にして威張る癖があり、同門の子弟を店の番頭手代並みに心得見下す風があった」という弟子利太郎に対して、「春琴も心中面白くなかったけれども、そこは例の付け届けを十分にたっぷり薬を利かしてあるので断りもならず、精々如才なく扱っていた」という。しかし、利太郎がとうとう無礼を極め、「遊里の悪洒落」で春琴の堪忍袋の緒を切らせた時、彼女は「にわかに態度を改めてピシピシと教え」、「無遠慮な怒罵」を飛ばし、遂には「『阿呆』と云いさま撥をもって」利太郎を打ち、その眉間の皮を破った。

こう見ると、「師弟の礼」は、春琴が意図的に堅守する原則というよりも、彼女が自他関係をコントロールし、自尊心と誇りを守り、「男性凝視」(6)に対抗するための手段に過ぎないことが明らかになった。しかし、春琴はあまりにも慎重に行動したりや謙虚さを装ったりする世間の「人情」を知らず、あちこちで敵を作り、ついには悲劇を招き、自らを世界から完全に孤立させてしまったのである。

春琴が主張する「師弟の礼」は、佐助との間においてのみ終始一貫して貫かれていたのである。佐助は、たとえ春琴から「琴台」の号を得て、自分も門弟を取って教えるようになっても、弟子たちに自分のことを「お師匠さん」と呼ばせず、「佐助さん」としか呼ばせなかった。佐助の心の中では、「師匠」という呼び方に相応しいのは春琴ただ一人であり、誰かが自分を「師匠」と呼ぶことで、春琴との師弟関係が乱れ、破壊されることを恐れていたのであろう。春琴と較べて、師匠──特に「厳師」──であることは、佐助にとってはさほど重要ではない。春琴に師事しながらも、佐助は常に温和で周りの人に親切であり、謙虚で忠実な性格を保ち、春琴の厳格で苛烈な「師の道」を受け継ぐことはなかった。厳密に言えば、春琴のそれとはまるで違った佐助の授業方式は、遊芸界ではほぼ異端であり、「不肖」の烙印を押されてもおかしくなかったのである。

では、「師の道」は佐助にとって何を意味しているのだろうか。それはおそらく、春琴ただ一人に対する百パーセントの忠誠と尊敬にほかならないだろう。佐助は、春琴が「師となる」ことや「師である」ことで他者の「凝視」による客体化からくる巨大な不安に対抗しようとしていることを完全に理解し、また、女性としての春琴がその芸能者としての能力に相応しい社会的評価を得られなかったことを誰よりも分かっている。だからこそ、少年時代から知天命の年に至るまで、彼はずっと春琴が定めた「師弟の礼」──勿論、「主従の礼」も自然にその中に融け込んではいるが――を忠実に守り続け、春琴が亡くなった後も守り抜いたのである。それは彼自身のためではなく、春琴の心底に潜んでいた「理解される」ことへの渇望を満たすためだったのだ。春琴にとって、佐助だけが百パーセントの門弟であり、佐助にとって、春琴は常に百パーセントの師匠であったのだ。「師弟関係」は、二人がこの牢獄のような世界に対抗するための真の「黙契」だったのだろう。

四　「陰翳」を通して「観念」へ

「黙契」について、藤村猛[7]によれば、一九七〇年代後半から八〇年代にかけて、「春琴を傷つけた真犯人」をめぐる論争が日本の学界で起こった。「佐助犯人説」「真相不在説」「犯人外部説」等の解釈が次々と登場し、非常に賑やかな議論が繰り広げられた。「黙契説（春琴自害説）」もその一つである。これらの解釈は『春琴抄』の読解の可能性を豊かにするものであるが、藤村猛が同論文で指摘したように、「「この論争―「春琴抄」論争―は、作品の構成や作品の主題、また主人公たちの内面上の必然性などを考えると、いささか袋小路に入った感がある」のだ。

実際、語り手も様々な可能性を推測しているが（佐助か春琴、または二人が共に手を下した可能性はさすがに考慮されなかったし、「実は語り手である私こそ真犯人だ」と告白するわけでもなかった）、最終的には「早晩春琴に必ず誰かが手を下さなければ済まない状態にあった」という結論に達している。作者が（語り手の推測を通して）意図的に様々な仮説を提示して真相を曖昧にしたこと自体、「真犯人が誰なのかはさほど重要ではない」ということを示しているのではないだろうか。「犯人」の存在は面白さを増す劇的要素として機能しているにすぎず、春琴が美貌を失うことの本質は明らかに、年月が経つとともに肉体的美しさは結局失われてしまうという普遍的事実にあるのだ。重要なのは、「犯人」の正体を探るよりも、その後、佐助が自分の目を潰したことが二人にとって何を意味し、このことによって、二人の関係にどのような変化が生じたか、という点だろう。

既に論証してきたように、春琴(と佐助)は「師である」ことや「師弟の礼」を通じて、他者の全方位的な凝視の下で完全に支配される地位に陥ることをある程度防いでいる。しかし、それだけでは封建的男権社会における客体化という状況から完全に解放されることはできない。春琴は依然として、籠の中の鶯の如く、たとえ「天鼓」と称されながらも、常に鑑賞されることを余儀なくされている。しかも春琴は、籠の中だけでなく、籠の中のさらなる暗闇と陰翳の中に閉じ込められているのである。佐助は、いくら春琴を細心に奉仕しても、春琴にとっては畢竟、籠の外にいるもう一人の凝視者に過ぎない。彼は百パーセントの忠誠を以て「師弟の礼」を守り通すことで、春琴の孤独を少し和らげることはできるが、健全な目を持つ限り、春琴が常にいる陰翳の中に踏み込むことは不可能であろう。

一方で、春琴はその美貌が原因で、より多くの人――特に男性――による凝視を耐えなければならないが、逆説的に、美貌は彼女が他者の凝視に直面する自信の源でもある。春琴は佐助に対してはほとんど恋や愛を表すことがなかったし、「佐助と夫婦らしく見られるのを厭う」とまで言っているが、それは彼女の矜持から来たものであり、決して彼女の本心とは考えられない。顔が傷つけられた後、「しかるに養生の効あって負傷も追い追い快方に赴いた頃、一日病室に佐助がただ一人侍坐していると、佐助お前はこの顔を見たであろうのと突如春琴が思い余ったように尋ねた〔…〕余人はともかくお前にだけはこの顔を見られねばならぬと勝気な春琴も意地が挫けたか、ついぞないことに涙を流し、繃帯の上からしきりに両眼を押し拭」った。他者の凝視に対抗する勇気を与えてきた最も重要な資源が失われてしまったとは言え、他の人々は実はどうでもよかった。しかし、佐助がこの顔を見たらどうなるだろう。春琴が何よりも心配で嫌がったのは、佐助まで失ってしまうことだったのだ。

したがって、佐助が自ら両眼を潰したことが、春琴にとってどれだけ慰めになっただろうか。視覚を放棄することで、現実における容貌の美醜はもはや意味を持たなくなり、それはまた、佐助が自ら「凝視者」としての権利と立場を放棄し、春琴が常にいた暗闇と陰翳の中に入り込むことを意味するのである。春琴が「佐助、それはほんとうか」と一言を発し、「長い間黙然と沈思していた」時、その沈黙はまさに、春琴が最後のプライドや不安を棄て、彼を自分の世界に受け入れたという無言の回答に違いなかろう。「今まで肉体の交渉はありながら師弟の差別に隔てられていた心と心とが初めてひしと抱き合い一つに流れて行くのを感じた〔…〕佐助は今こそ外界の眼を失った代わりに内界の眼が開けたのを知りああこれが本当にお師匠様の住んでいらっしゃる世界なのだ、これでようやくお師匠様と同じ世界に住むことが出来たと思った」。

中国の著名な翻訳家である林少華が「微博」(中国版「X」)で次のようなコメントを残している。「日本の美意識には二つの極端がある。一つは三島の『金閣寺』―美しすぎるから、それを破壊しなければならない。もう一つは谷崎の『春琴抄』――美しすぎるから、自分自身を破壊しなければならない[8]」と。英知に満ちた表現ではあるが、まるで佐助が心の中の「美」を永遠に封じ込めるために自らの目を潰したかのような印象を与えるところには些か疑問を感じる。確かに、この解釈にも一理ある。語り手も「佐助は現実の春琴をもって観念の春琴を喚び起こす媒介としたのであるから、対等の関係になることを避けて主従の礼儀を守ったのみならず、前よりも一層己れを卑下し奉公の誠を尽くして少しでも早く春琴が不幸を忘れ去り昔の自信を取り戻すように努め」たと述べている。おそらく多くの人が「春琴をもって観念の春琴を喚び起こす媒介とした」という部分にだけ注目し、春琴の自信を取り戻そうとする佐助の意図を見過ごしてしまったために、彼の「尽力」を単に自己満足に過ぎないと考えたのだろう。

しかし、西野厚志の考察[9]によれば、谷崎潤一郎が使用した「観念」という言葉は、当時彼が愛読していたプラトンの「イデア」に由来する。「イデア」とは、現実世界の背後にある究極的・根源的な真理や本質を指し、したがって「観念の春琴」は、佐助が自らの欲望や美意識で作りあげた主観的な「春琴像」ではなく、物質的世界を超えた「イデア界」に客観的に存在する「完全なる春琴」なのだ。だからこそ、佐助は「眼が潰れると眼あきの時に見えなかったいろいろのものが見えてくる。お師匠様のお顔なぞもその美しさが沁々と見えてきたのは目しいになってからである。その外、手足の柔かさ、肌のつやつやしさ、お声の綺麗さもほんとうによく分るようになり、眼あきの時分にこんなにまでと感じなかったのがどうしてだろうかと不思議に思われた」と語るのであろう。

佐助は美に対する自分の憧れのために春琴を自己満足の材料に物化したのだろうか。そのようなことは断固あり得ない。彼は現実の春琴を通して、超越界・イデア界に存在する絶対的な理想としての春琴を観ているのである。「観念の春琴を見詰めること」が佐助を現実の春琴から遠ざけるのだろうか。それも決してあり得ないことだろう。それどころか、佐助は「観念の春琴を見詰める」ことで、春琴が現実の苦しみと不幸を超越するための手助けをしていたのである。まさにゲーテが言ったように、「現在の姿を見て接すれば、人は現在のままだろう。人のあるべき姿を見て接すれば、あるべき姿に成長していくだろう」と。佐助もそうしているのではないだろうか。だからこそ、盲目後の春琴は逆に、技芸が「かつて夢想だもしなかった三昧境」に達したのだ。

「てる女はしばしば春琴が無聊の時を消すために独りで絃を弄んでいるのを聞いた。またその傍に佐助が恍惚として項を垂れ、一心に耳を傾けている光景を見た。そして多くの弟子共は奥の間から洩れる精妙な撥の音を訝しみ、あの三味線には仕掛けがしてあるのではないかなどと呟いたという。」春琴だけでなく、盲目の佐助もまた、俗世の人々にはとうてい届かない「イデア界」に飛翔していったのだろう。春琴がその生涯の心血を注いだ代表作『春鶯囀』を奏でると、「天鼓も嬉々として咽喉を鳴らし声を絞り絃の音色と技を競った」という。そして、春琴が世を去った後、「佐助は春鶯囀を弾きつつどこへ魂を馳せたであろう。触覚の世界を媒介として観念の春琴を視詰めることに慣らされた彼は聴覚によってその欠陥を充たしたのであろうか」。二人は宛も二羽の鶯のように、時間と空間を越えて、生と死を越えて、そして現実の牢獄を越えて、一緒に「イデアの世界」へと帰り、そこで自由に羽ばたいているのであろう。

おわりに

ここまで来て、『春琴抄』における「禅意」をどのように「参悟」すべきかが垣間見えてきたのではないだろうか。大乗仏教の核心概念の一つである「禅」は、現実の超越と存在の真理に対する悟りを意味する。佐助が自らの目を潰したことは、表面的には彼が春琴とともに陰翳の牢獄に閉じ込められたように見えるが、実際には技芸と感情の両面において、彼らはともに「観念・イデア」という「無限」に近い境地に昇華したのである——これこそ「内外を断じ」たことの真意だろう。視覚を放棄することは、無常なる物質存在への執着を放棄することでもあり、解脱とまでは言えなくとも、解脱への道を辿るようになったと言えよう。

しかし、峩山和尚は断言しているわけではなく、その言葉に解釈の余地を残している。「禅機」はあくまで「悟り」への契機に過ぎず、「悟り」そのものではないからである。佐助は「色相」に対する視覚（聴覚もそうであるが）の束縛から解き放されたが、「観念の春琴」が別の意味での「色相」とならないと果たして言い切れるだろうか。また、佐助が『春鶯囀』や『春琴伝』を通して「観念の春琴」を追憶することも、究極的に突き詰めていくと、やはり「執着」の域を脱していないのではないだろうか。

それにしても、佐助の失明を境に、彼ら二人が俗世の人々とは異なる境地に至ったことは確かである。このことは、語り手の位置や態度からも垣間見ることができる。谷崎は「春琴抄後語」[10]で、「『春琴抄』の狙いは何よりも「本当らしい感じ」＝リアリティの演出にあった」と述べている[11]。確かに、谷崎は「春琴佐助物語」の全貌を読者に直接見せることなく、一人の比較的冷静な語り手がわずかな資料で二人の物語を構築する形で、『春琴抄』に伝記的な特色を持たせたのである。特に注目すべきは、語り手が佐助による『鵙屋春琴伝』を比較的否定的に読んでいることである。この語り手は、まるで佐助が偽りの春琴像を作りあげたのだと読者に示唆しているかのように、テキストのあちこちで『春琴伝』に対するマイナス的な意味が仄めかされたコメントを残している。例えば「晩年の検校の記憶の中に存していた彼女の姿もこの程度にぼやけたものではなかったであろうか。それとも次第にうすれ去る記憶を空想で補って行くうちにこれとは全然異なった一人の別な貴い女人を作りあげていたであろうか」といった具合である。また、春琴が遭難した後、佐助が春琴の傷を「白壁の微瑕に過ぎず」と描写しているのに対し、語り手は「佐助は衷情を思いやれば事の真相を発くのに忍びないけれどもこの前後の伝の叙述は故意に曲筆しているものと見るほかはない」と、ほぼ酷評と言えるほど厳しく指摘している。これらの箇所からの印象を受けたのかも知れないが、佐助が自己満足のために「春琴像」を作りあげ、ないしはでっち上げたのだと考える研究者も少なからずいる。[12]しかし、こういう考えは、谷崎が故意に仕掛けた罠に陥ったのかもしれない。佐助が『春琴伝』を編んだのは、春琴の三回忌の時である。つまり、それは二人が「観念・イデアの境地」に達した後のことである。『春琴伝』に描かれた「春琴」は、佐助が物質の次元を超越した「内心の眼」で過去を再体験した上で新たに獲得した「完全なる春琴」の理想像である。それと較べて、語り手が現実の春琴を客観的に還元しようとする試みこそ、俗世の妄念に過ぎないのであろう。

谷崎がこういう俗世の語り手「私」を設定し、[13]彼に春琴に関する資料を整理させ、彼の考えや考察に基づいて『春琴抄』を構成したのは、全文の一部しか示されていない佐助の『春琴伝』との対比を意図したのかもしれない。この対比こそが、本論の冒頭で述べた「隔絶感」を生み出す重要な要素であると考えられる。ここに至って、この「隔絶感」の根源的には、やはり「超越感」もしくは「禅意」があることがわかってきた。谷崎がこういう対比を通して『春琴抄』に「超越感」や「禅意」をもたらそうとした背景は、彼自身のその時期に実生活で経験したことや文壇での遭遇に深く関係するに違いないだろう。この課題については、また別の機会に譲りたいと思う。

注

1 「文芸時評」（『中央公論』一九三三年七月）

2 「文芸月評Ⅱ」（『報知新聞』一九三三年五月三〇日）

3 清水智史「「雲間」を仰望する—谷崎潤一郎「春琴抄」における閉塞と開放—」（『日本近代文学』二〇二三年五月）

4 蔡二勤《谷崎润一郎的〝女性崇拜〟思想与〈春琴抄〉》（《平顶山学院学报》二〇〇五年五月）

5 これが語り手がテキストの後半で春琴と佐助の二人が「肉体の交渉ありながら師弟の差別に隔てられていた」といった所以でもあろう。

6 Male gaze。イギリスの映画理論家ローラ・マルヴィ（Laura Mulvey）が一九七五年の論文「視覚的快楽と物語映画」（Visual Pleasure and Narrative Cinema. Screen. 16（3）: 6-18.）で提唱した概念で、映画やメディアが男性視点で女性を客体化する視線を指す。

7 「谷崎潤一郎『春琴抄』論—その光と影のダイナミズム—」（『近代文学試論』一九九六年一二月）。あるいは永栄啓伸の論著『谷崎潤一郎論—伏流する物語』（双文社、一九九二年六月）でこの論争の詳細を確認することができる。

8 二〇一八年二月二五日付きのコメントである。URL：https://www.weibo.com/linshaohua。最終確認日は二〇二四年八月三一日。

9 「明視と盲目、あるいは視覚の二種の混乱について—谷崎潤一郎のプラトン受容とその映画的表現—」（『日本近代文学』二〇一三年五月）

10 『改造』一九三六年六月

11　五味渕典嗣「漸近と交錯─「春琴抄後語」をめぐる言説配置─」（『大妻国文』二〇一二年三月）

12　三枝香奈子「谷崎潤一郎「春琴抄」論─語り手による歪曲化された春琴像─」（『フェリス女学院大学日文大学院紀要』二〇〇一年三月）

13　テキスト中でこの語り手は自分の書いた「私の見た大阪及び大阪人」という随筆に言及している。面白いことに、谷崎は実際に一九三二年二月から四月までの『中央公論』に同名の随筆を発表していた。したがって、この語り手「私」が谷崎潤一郎本人だと断定するのは性急にすぎるが、少なくとも谷崎のある種の分身か投影と見なすことができよう。

遠藤周作『聖書のなかの女性たち』論
――共苦する神と「母性」――

余　盼盼

はじめに

遠藤周作初期作品に当たるエッセイ集『聖書のなかの女性たち』は一九五八年四月から翌年五月にかけて「婦人画報」に連載され、一九六〇年十二月に角川書店から刊行された。本作の連載開始より三ヶ月前、遠藤は、フランスでの修行と勉強を終えて帰国した井上洋治神父（一九二七～二〇一四）と再会を果たす。二人は、「日本人とキリスト教」という共通の課題を背負い、「次世代の人々の踏み石とな」るという決意を共有するに至る。それにより、遠藤の創作方針は、西欧キリスト教の一神論と日本の汎神論的精神風土との距離感に焦点を当てるような姿勢から、井上が訴えたように、日本人の心情でキリスト教を捉え直す方向へと転換していったのである(1)。上記の経緯を踏まえれば、『聖書のなかの女性たち』は、遠藤の文学的生涯における最も重要な転換点の一つだといってても過言ではない(2)。ただし、女性用情報誌での連載ということもあり、一般向けの比較的気軽な読み物となっている。そのためか、これまでの遠藤研究では、単独で論じられることは少ない(3)。他作品におけるキリスト像(4)もしくは女性表象(5)を論じる際に補助線として言及されるのみである。しかし、後述するように、遠藤文学における宗教とジェンダーの絡み合いの原風景が潜んでいる重要な作品だと本稿では考える(6)。

題名の通り、本作は『聖書』、主として『新約聖書』に登場する女性の物語を題材にしている。全部で十六章からなり、聖母マリアを含め、キリストを取り囲む九人の女性人物が取り上げられている。男性ではなく、女性の立場からキリストのイメージを浮き彫りにするというアプローチに、[7] 本作のオリジナリティがある。なぜなら、『聖書』の登場人物は圧倒的に男性が多く、女性の声はほとんど埋もれているからである。では、女性の物語を通してどのようなキリスト像が発見され、語られるのか、そしてそれを如何に評価すべきかということが問われなければならない。

先行研究では、本作は、教会の伝統的な聖書理解に即した作者の素朴な信仰から生まれた作品とされる。そしてまた、『沈黙』（一九六六）や『死海のほとり』（一九七三）といったのちの作品で集中的に描かれているキリスト像の「母胎」（人間の弱さへの共感や、「母性」的な神など）がすでに作中に窺えるという指摘もなされてきた。[8] このように従来の研究では、本作のキリスト像を遠藤文学内での比較検討で捉えることが多い。[9] そこで本稿では、より客観的に遠藤の思想を捉えるために、遠藤のキリスト観を歴史的・相対的な文脈に置き、同時代の神学者・思想家と比較することで新たな評価を試みたい。

右記のことを踏まえ、本作におけるキリスト像を「共感共苦性」と「母性」という二つの側面から解明する。具体的な手続きとして、まず、「共苦する神」としてのキリスト像をテキストから抽出する。その上で、二十世紀の神学的な文脈においてその意味を捉え直してみる。さらに後半では、テキストに描かれる聖母マリアのイメージを考察し、キリストとマリアが重なり合うことによって示現される神の「母性」という遠藤の主張を、フェミニスト神学[10]の視点で再評価する。そして、神の「男性性」と「女性性」という問題に関するフェミニスト神学の議論を参照しつつ、遠藤の描くキリスト像に「母性」が絡み合うことにどのような意味があるのかについて論じてみたい。これらの作業を通して、初期遠藤文学における宗教とジェンダーの交差点を浮き彫りにすることが本稿のねらいである。

一　共感共苦のキリスト

巻頭のエッセイ「聖書のなかの女性たち」では、本書の執筆意図が説明されている。『聖書』を「遠い国の古い昔の話」や「時代離れのした寓話」と考えているかもしれない女性の読者が、「いつか人生の悦びと一緒に悲哀や苦しみをどうしても味わわねばならなくなった時」に『聖書』を読む「手引き」として、そこに登場する色々な女性像を「小説風」に描くというものである。(11)

それらの女性像を、作者は「人間的な、非常に人間な」(「聖書のなかの女性たち」、十二頁)ものとして捉え、一つのテーマで繋げようとしている。つまり、「布教するキリストの一行につき従った女性の大部分はみな、過去において人間的な苦悩や哀しみを味わいつくした女性たちだった」(「聖母マリアⅣ」、九六頁)。キリストが「その生涯の間、好んで出会ったのは、幸福な豊かな女ではなく、むしろ人々や世間から軽蔑されたり見捨てられたりした女、淫売婦、罪の女、病にくるしむ女」(同、九四頁)ということが繰り返し強調されている。

例えば、十二年も出血の止まらない病を患っていた女性とキリストが対面するシーンは次のように描写されている。

> 彼は感じたのです。たった今、自分の衣に怯えたように触れた誰かの指。その指にはそのせつない哀しみと悶えと苦悩とがこもっていた。その指は自分に必死でなにかを求めている。求めている……。
>
> (中略)
>
> その青ざめた窶れた彼女の顔には、十二年間のすべての思いがこめられていました。キリストは衣におずおずと触れた彼女の指先きにそれを感じとったのです。

キリストはやわらかな視線を女にむけました。女は治ったのです。

（「病める女」、三四頁、傍線は引用者、以下同）

『聖書』の原文では、キリストの衣に触れれば病気が治ると考えた女性の信仰心ある行動、そしてキリストが自分の内から力が出て行ったことに気づいたことしか書かれていない。(12) それに対して、右の引用で作者の視線は、キリストがなした力ある業や奇蹟的な癒しよりも、病める女がおずおずキリストの衣にふれた指さきにフォーカスされている。そして、その指を通して彼女の苦しみを感じとり、分かち合ったキリストの「共感共苦性」をリアルに描出している。次に引用するシーンでも、一人の娼婦に接したキリストの姿が、同じような筆致で創作が加えられている。

荒々しく追いかけてきた下男たちの声にキリストは背後をふりかえり、自分の前に悲しげにたっている女の顔を見ました。突然女の顔から大粒の泪があふれ、真珠の粒のように一滴一滴、彼の足をぬらしたのです。この熱い泪からキリストは女の悲しかった過去、みじめだった人生を理解したのです。

「安心するがいい」彼の唇から力強いその一言が洩れました。

（「一人の娼婦の話」、十九頁）

『聖書』において娼婦は「罪の女」と呼ばれ、旧約時代の予言者たちから裁きと呪いの言葉をかけられ、人々から後指をさされるような存在である。一方で、キリストは律法を基準にするような義人／罪人、もしくは浄／不浄といった二項対立に亀裂を入れ、すべての人が神の前では罪人だと主張する。右記のシーンを記した『聖書』原文では、「泣きながらイエスの足を涙でぬら」したこの女性は、信仰と愛によって罪を赦されたと語られている。(13)

遠藤は、『聖書』の簡潔な表現に基づきながら、娼婦であるゆえに受けねばならなかった哀しみ、人々の辱しめ、それを怺えた毎日の辛さを行間から読みとり、キリストがこの女性と一緒に悲しみ、苦しんだと捉え直している。つまり、「自分がいつも善人だと思っている信仰者、他人を裁くことのできる女、恥しさにも自己嫌悪にも捉えられたことのない人よりも淫売婦の悲しみや苦しさのほうが、はるかに真の信仰に近い」（同、二〇頁）ことをキリストが教えたと解釈している。

このことは、「カヤパの女中」の章からも窺える。そこでは、弟子のペテロの離反を予告するキリストの言葉「今夜、夜があけるまで、お前は私の弟子であることをかくすだろう」[14]が紹介されている。この言葉を遠藤は、自分の強さ、正しさに自信を持つ弟子が、「弱い人の弱さ、くるしみ、泪を理解しえない」ことに対する戒めと解釈している。一方で、師を見捨て、罪の恥しさと良心の苦しさ、孤独さを抱えるペテロにも、キリストは理解と許しの眼差しを向け、やさしく囁く。「（ごらん。ペトロ（ペテロのこと、引用者注）、私はお前を責めているのではない。お前だけではなく、すべての人間はこのように弱いのだ。弱い故に罪を犯すことを私はよく知っている。だから私はその罪をお前たちのかわりに背負いたいのだ……）」（「カヤパの女中」、四一頁）。キリストの心中を捉えたこれらの表現も『聖書』にはない。作者独自の理解に基づく創作である。

「大事なことは自分も他人も同じように弱い人間であることを知り、そして他人の苦悩や哀しみにいつも共感すること」であり、キリストは『聖書』の中で「女性を通して」これを教えていると作者は結論づけている（「聖母マリアⅣ」、九五頁）。このように、遠藤がくりかえし浮かび上がらせようとしたのは、裁きよりも赦しを、神の無条件の〈愛〉・アガペーを唱えるキリストの姿である。そのアガペーとしての愛は、女性たちに対する共感共苦の形で具現化されている。加えて、キリストの女性たちとの関わり方を、「苦しみや孤独を自分に引きうけようとする連帯感」（「秋の日記」、一三三頁）として表現している。あるいは、これら女性たちの間に生まれた友情も、「互いの哀しみを背負いあい、わかちあう」（「聖母マリアⅣ」、九五頁）ような「苦しみの連帯」だと主張している。いうまでもなく、こうした「共感共苦」を通して結ばれる「苦しみの連帯」こそ、遠藤の描くキリストと女性たちの劇の核心である。

しかしここで、なぜ遠藤は人間と共苦する神の姿にそこまで拘るのか、そもそも人間が苦しむことを許容する神をどう考えるべきか、という問題が浮上する。後述するように、人々の苦しみについて、古典神学では神の罰、精神的成長の糧、信仰の試練[15]として解釈されてきた。しかし、そのような神学的理論では説明のつかないような、例えばアウシュビッツのような悲劇が起こって以来、神の〈全能〉や〈愛〉と〈善〉をめぐる「神義論」的な問題が一層切実な課題となっている。そこで次節では、〈アウシュビッツ以降[16]〉という同時代の歴史文脈に焦点を当ててみる。神と人間の「苦しみの連帯」というモチーフについて、ほかの神学者や哲学者の言説と比較しながら、遠藤のキリスト観を相対化してみる。

二　「苦しみの連帯」

古典神学では、苦しみの体験は、神を語るのに不適切なものとされる[17]。なぜなら、苦しみは罪の罰、あるいは被造物の有限性（暫時性）の印であり、痛みは存在の欠乏に由来する不完全さの現れだと見なされるからである。万物の創造主である永遠の神は、無限性と完全性をもってすべてを超越しており、苦しみとは無縁の存在と考えられてきた。加えて神の本質は、形而上学的にいえば運動の第一因であり、他のものに動かされることのない純粋な作用（action）とされる。そのため、外部の力に影響される受動的な状態や、ある状態から別の状態への変化を意味する苦しみは、無限で不変の神にとってはあり得ないこととされる。この論理に従うならば、苦しみはもっぱら人間側のものであり、神自身に影響を及ぼすことは許されていない。神は「苦しみに無感動」あるいは「受苦不能」(ギリシア語apátheia、英語impassible)という性質によって、パトスや被造物への依存、脆弱性といった限界から自由であり、全能であるというのが、古典神学の結論である。

しかし二十世紀以来、さまざまな苦しみを前に、「受苦不能」で全能な神という古典的な神観が、知的にも宗教的にも反感や否定の対象となった。ことにアウシュビッツを代表とする悲劇が起こり、神はなぜそれを食い止めなかったか、あるいは食い止められなかったかが問われるようになる。歴史が破壊的な〈悪〉によって中断されている間、神の不在や沈黙といった恐怖と格闘しながら、多くの神学者、思想家や文学者は、無神論を超克すべく、神について語ることの新たな可能性を切り開いていかねばならなくなった。

ホロコーストを生き残った、米ユダヤ系作家エリ・ヴィーゼル(Elie Wiesel, 1928―2016)は、収容所生活の回想において、あるエピソードを書いている。無実の少年が見せしめのために絞首刑になり、囚人たちがみなそれを強制的に見せられた時、「いったい、神はどこにおられるのだ」と、彼のうしろで、ある男が尋ねるのが聞こえた。そして彼は心のなかで、ある声がその男にこう答えているのを感じた。「どこだって。ここにおられる――ここに、この絞首台に吊されておられる…」[18]。ヴィーゼルは神がともに苦しんでいることに慰めを見出し、「〈神〉もまた苦しみ、〈彼〉はわれわれと共に、したがってわれわれゆえに苦しむ」[19]とも書いている。

同じくユダヤ人の哲学者エマニュエル・レヴィナス(Emmanuel Levinas, 1906―1995)は、同時代の倫理学の再定式化のなかで、「他者への責任」の概念を提示しながら、「顔」に関する倫理神学を展開している。レヴィナスによれば、「神の次元は人間の顔から開かれる」[20]ので、関係性において神を知ることができる。神の「痕跡」を持つ他者の「顔」、つまり、「あなたを必要としている人、あなたを頼りにしている人の脆弱さ」[21]は、「私を召喚し、私を呼び、私を求め、私を懇願し、そうすることで、私に責任を想起させ、疑問を抱かせる」[22]。「すべてを奪われた」裸形の「顔」は、権威的でありながら強制的ではない神の自己顕示のモードを捉えた殺人禁止命令であり、神の

「顔」を見ることは、隣り合う他者の必要を受け取り、歓迎するという具現化された経験である。レヴィナスにとってアウシュビッツは神の苦しみの「顔」を映す鏡であり、神は苦しんでいる他者の「顔」を通して語り、権威を持つのである。[23]

プロテスタント神学では、神の苦しみはキリストの十字架に見出され、歴史の苦難における三位一体の神の真の参与が語られていく。ルターの唱えた「十字架の神学」では、十字架にかけられるキリストの受苦(passion)に神自身の共苦(compassion)を見、神は人間の苦しみを共に苦しむと考える。こうした考えは、二十世紀の神学の大きな潮流として復興する。その嚆矢は、ドイツの牧師・神学者ディートリッヒ・ボンヘッファー(Dietrich Bonhoeffer, 1906—1945)とされる。彼は獄中において、「キリスト教とは今日のわれわれにとって何であるのか、また、キリストとは誰であるか」という問題意識を執拗に追求した。[24]『聖書』の神は、「遠いもの・恐ろしいもの」ではなく、また「絶対的なもの・形而上的なもの・無限なもの等々といった概念の形をとるのでもなく」、「人間の形をとった神」、即ち、「他者のために存在する」キリストである。[25]「神はご自身をこの世から十字架へと追いやられるにまかせる。神はこの世においては無力で弱い。(中略)神の助けは彼の全能によってではなく、彼の弱さと苦難による」。「苦しむ神だけが助けを与えることができる」[26]というのが、彼の結論である。

ボンヘッファーの問題意識を引き継いだアメリカの神学者ダグラス・ホール(Douglas John Hall, 1928—)は、〈アウシュビッツ以降〉の世界では、「あまりに多くの理論的勝利が来たり、去って行ったのを見てきた人類には、勝ち誇るキリストはもはや語りかける力がない」と批評し、「新しいイメージのキリスト」の重要性をアピールしている。[27]「勝ち誇るキリスト」の代替案を見極めようとしたホールが、「最も感動的であり、本物だと思われる」ものとして、遠藤周作の作品を挙げている。

「十字架の神学」は主としてプロテスタントの立場から主張されてきたが、カトリック思想家の場合、「受苦不能」な神のイメージと決別するために、「受肉」という要素を手掛かりとする傾向がある。つまり、「言葉（ロゴス）は肉となった」という『聖書』の言葉で表される人間界におけるキリストの誕生とその自己無化（ケノーシス）という側面から「苦しむ神」を容認するのである。コンスタンチノープル第二公会議[28]（五五三年）で表明された「communicatio idiomatum」（神性と人性の属性の交流）という教義に基づき、十字架は人間格であるイエスだけではなく、神格であるロゴスにも属するということが主張される。そしてキリストの完全な人間性と完全な神性という両方の性質（神人二性）を擁護するために確立した、「神の母」（テオトコス）であるマリアに関する教義も改めて注目される。スイスのカトリック神学者ハンス・キュング（Hans Küing, 1928—）が論じているように、「communicatio idiomatum」を通して、マリアを「神の母」（テオトコス）と呼ぶことは意味論的だけでなく、存在論的な現実を意味するように、受肉の観点から神が苦しむと言うことは、神についての存在論的な性質を表している。[29]

以上、「苦しむ神」について、遠藤と同時代の言説を中心に見てきた。それを踏まえて遠藤の分析に戻りたい。戦中体験そして終戦直後の留学体験を通して、遠藤は戦争の悲惨さや人間の〈悪〉の問題に直面させられた。〈アウシュビッツ以降〉、神または神の存在、神の〈正義〉、神の〈善〉、神の〈愛〉を語ることは可能だろうか、という同時代的な問いかけに、文学者はどう答えるべきかが、彼にとっても重要な課題となっていた。[30]

その彼が「苦しみの連帯」について実感を得たのは、留学中である。『聖書のなかの女性たち』の中でも、遠藤はフランスで（肺結核で）入院していた頃を振り返り、「我々を他人に結びつけるものは幸福や悦びを共にすることだけではない。苦しみを分かちあう時にも、人間は手を握りあうのです」（「病める女」、三五頁）と、「苦しみの連帯」への確信を吐露している。ここで連想されるのは、次に引用する留仏中の遠藤が詩人の島朝生宛に書き送った書簡（「一九五二年一月」消印[31]）の中の言葉である。

日本の事を考へ、この世代、この世界の中で、くるしんでいる人、みじめな人を考へると、実に泣きたい気がいたします。（中略）ぼくはこの文学を人々と共に苦しみ、人々と共に生きる領域に拡げたくなりました。（中略）ぼくがもし強い人間なら文学をやる必要はなかつたでしやう。弱い人間なれば文学をやり、誠実にいきるやう努めるつもりです。

『聖書のなかの女性たち』には、文学を「人々と共に苦しみ、人々と共に生きる領域に拡げた」いという初志を貫こうとする作者の意志が見られる。読者がこれを手がかりに『聖書』を読み、キリストと人間の「苦しみの連帯」に交わることへの期待が読み取れるのである。一方で、本多峰子[32]が指摘しているように、遠藤の独自性は、キリストを「母性」的に創り上げているところにある。実際に、本作におけるキリストの「母性」は、聖母マリアとの関係性でより明らかになる。聖母マリアは「聖書の女をすべて綜合した一人の女性」として最後に取り上げられている。そこで以下、テキストに描かれる女性たちに共通する特徴を補助線にしながら、聖母マリアのイメージを抽出し、マリアとキリストが交差する点を導き出す。

三　聖母マリア

まず、聖書の女性たち、ひいては現代の女性たちを繋げる共通要素として「平凡さ」が付与されている。これらの女性たちの姿をベースにしている聖母マリアも、遠藤によれば、西洋の画家が描くブルジョア的な聖母（「貴婦人」としてのマドンナ）ではなく、「世界のどこにでもいる、目だたぬ家の、目だたぬ」、「平凡な庶民の娘」だった。

今までに幾度も書きましたように、キリストがその生涯に好んで出会った女はことごとくみじめで、孤独で、憐れで、ぼくたちと同じような弱さをもった女たちだった。（中略）

そうです、聖母マリアもまた、彼女たちと同じような、あなたたちと同じような一人の平凡な女性として生れたのです。（「聖母マリアⅠ」、七三～七四頁）

これは後代の美化や伝説化による仮面をはぎとった、歴史的な人間としてのマリアの現実の姿といえる。この点について歴史的な文脈に目を向けながら検証してみたい。

一八四七～一九五〇年の間はカトリックにおいて、「マリアの世紀[33]」とも言われるほど、マリアに関する教義的な発展がエスカレートしていった時期である。これは、「無原罪の御宿り」（一八五四年）の教義から始まり、マリアの「被昇天」（一九五〇年）の宣言でクライマックスを迎えたとされる。しかし、このように教義的に神話化され、現実からかけ離れていった聖母マリアの姿は、さまざまな議論や反対の声を招く[34]。ことにマリア崇拝に対するプロテスタントの論理的な挑戦により、第二バチカン公会議（一九六二～六五年）では、マリアへの崇敬と献身を正典とより強く結びつけるようなキリスト学が、論理的な考察の中心に据えられるようになった。逆にいえばナザレのマリアという歴史的な人間に注目することで、マリア像を脱神話化しようとする動きが、すでに公会議の前からあったと考えられる。このことを考慮に入れれば、『聖書』の原典に戻り、平凡で貧しく、非常に人間的な女性としてのマリアを再発見するという遠藤のスタンスは、歴史的な文脈にかなったものであるといえる。

再び作品の分析に戻ろう。第一節では「聖書のなかの女性たち」を繋げる「苦しみの連帯」について考察したが、そのような連帯に聖母マリアも入っていることはいうまでもない。「神の母」だからといって、マリアに「人間的苦悩から逃れられる特権」があるわけではなく、彼女の人生も苦しみの連続として語られる。受胎告知を受けた時から、純潔のままキリストを身ごもるという運命を背負い、「天使をみた驚愕と怖れ、婚約者ヨゼフの苦しみを思って動揺する」「不安」（「聖母マリアⅠ」、七七頁）、戸籍調査のための「長いくるしい道程」（「聖母マリアⅡ」、八二頁）、「馬や牛の糞や、吐き気のする臭いがこもった洞窟」での出産（同、八二頁）、さらにエジプトへの「あわただしい放浪の旅」（同、八三頁）……その苦しみは、キリストの受難に頂点を迎え、遂に彼女は「女性として母親として一番つらい人間的苦悩」、「我が子を失う」苦しみを与えられた（「聖母マリアⅣ」、九六頁）。

なぜなら、この言葉のあと、キリストは、

「これ、汝らの母なり」

弟子たちにもかすかな声で呟いているからです。

キリストの母だけではなく、汝らの母、人々の母――つまり、すべての母親がわが子の苦しみを自分の背に引きうけるように、聖母マリアはこの時、キリストから一人の息子の母だけではなく、すべての人間の母になることを要求された。

（同、一〇〇頁、傍点原文）


二重傍線部は十字架上のキリストからマリアと弟子への最後の呼びかけである。この部分に相当する『聖書』の箇所（「見なさい、あなたの母です」）は、教会の訓戒としては、キリストが愛した弟子のすべて、即ち教会全体を母なるマリアの手に預ける「託宣」として受け取られている。(35) 作者はその託宣の内容を、「母親がわが子の苦しみを自分の背に引きうけるように」、「すべての人間の母」として、人々と共感共苦することと解釈している。

「人々のくるしみや哀しみを共にわかち合うこと、そうしたくるしみや哀しみに共に泪をながす」母。これは、まさにカトリック信者に親しまれる「悲しみの聖母」（マーテル・ドロローサ、嘆きの聖母とも言われる）のイメージだと思われる。「悲しみの聖母」というモチーフは、中世を通じて音楽や詩、美術によってのみ表現されてきただけでなく、大衆のマリア崇敬の最も感傷的な対象として共感され、現在に至る。[36]カトリック教会において一般的に行われている「マリアの信心業」の一つに「七つの悲しみ」があり、ロザリオを繰りながらキリストの母マリアが遭遇した悲しみや苦しみを一つずつ黙想し、追体験するという祈りの行為である。

このような観点からみても、遠藤の描くマリアは、女性たちを含めた庶民の素朴なマリア崇敬と隔たることなく繋がっていることがわかる。そして、第二節で言及したように、カトリックでは「受苦」する神の存在論的意味をキリストの受肉とそれを可能にする処女・母であるマリアの人間性と結びつける傾向がある。したがって、遠藤が描くマリアの「平凡性」や、「我々と同じように人生の苦しさ、惨めさを味わねばならぬ」庶民性、それゆえに人間の苦悩と苦しみに共感する性質は、同時にキリスト自身が人間の苦しみに参与し、「苦しみの連帯」をなすことを意味することにもなる。さらにいえば作者は明らかに、キリストと人々の関係性に現れる神の「共感共苦」性を「母性」と結びつけようとしている。まさにこの点において、宗教とジェンダーの交錯が見られるのである。

これまで、遠藤による「母なる神」は、キリスト教が日本人の風土に土着化するための「仕立て直し」と評価されたり、または「変質」と否定されたりしてきた。[37]しかし一方で、「母なる神」という宗教的感性自体は、西洋のキリスト教にもあり、先に触れた大衆のマリア崇敬がその最も顕著な例である。ドイツの社会心理学者エーリヒ・フロム（Erich Fromm, 1900—1980）は『正気の社会』[38]において、子供への関わり方・愛の仕方による父像と母像の相違を、道徳的な原理に敷衍して、「義務の原理」と「愛情の原理」という対立した形で提示している。良心の発達において、内なる父親の声がわれわれと他者の間違いを叱り、是正し、義務を果たせと命令するのに対し、自分自身と同様に他人に愛情を感じ、どんな罪でも許せと告げる母親的な良心の声があるということである。フロムはさらにこの論点を宗教へと拡げ、ユダヤ教とキリスト教における神の概念が、父親的な原理と母親的な原理のそれぞれに重きを置いていることを指摘している。

このフロムの考え方は、のちに遠藤によって援用され、「父の宗教」は、「神が人間にとっておそるべきもの」であり、「人間の悪を裁き、罰し、怒るような」ものであるのに対し、「母の宗教」は、神が人間の罪をゆるし、「人間と一緒に苦しむ」ような宗教であるという論理に発展していく。(39) 遠藤が意識的にこれを主張するのは、『沈黙』についての江藤淳の批評(40)を受けた後になる。しかし、五〇年代の遠藤にもこの問題意識はすでに見られる。エッセイ「基督教と日本文学」(『東京新聞』一九五五年四月十三〜十四日)で、遠藤は、日本の近代文学者(透谷、独歩、藤村、白鳥など)がキリスト教を文学に消化することが難しかったことの一例として、「彼らの神が愛の神ではなく、自己の肉欲や邪心をたえず責める怒りの神」であったことを挙げ、その後の文学者たち(例えば太宰治)が考えるキリスト教的神も、「罰する絶対者の影像」であったと述べている。遠藤によれば、問題は、「これら日本近代文学の先達者たちが、まがりなりにも一応、帰依した基督教が常にプロテスタンティズムであり、西欧精神の地下水ともいうべきカトリシスムでは決してなかった」ということにあるのである。ここでいうプロテスタントとカトリックの違いは、マリア崇敬に関わっていると考えられる。

フロムは、(キリスト教がローマ帝国の公認宗教となって)カトリック教会が制度化されていく過程で、(「父なる神」の権力に基づく)比較的純粋な家長的なものから、女家長的な要素と父家長的な要素の混合に、重点が移っていったことについて、次のように論じている。

旧約聖書のユダヤの神は正しく家長的な神であった。旧教が発展するとともに、すべてを愛し、すべてを許す母親という考えが、またはいってきた。すべてを擁護する母親であるマリア・カトリック教会じしんと処女母マリアは寛容と愛情という母性的な精神を象徴しているのにたいして、父なる神は人間が不平や反抗なしに服従を強要される家長的原理における権威をあらわしていた。このように父親的な要素と母親的な要素とが混合していたことは、たしかに教会が恐るべき魅力と影響をひとびとの心におよぼした主な要素のひとつであった。家父長的なもろもろの権威に威圧されていた大衆は、かれらを慰め、かれらのためにとりなしてくれる愛情ある母親に頼ることができる。（『正気の社会』前出、七五頁）

しかし、宗教改革が起こり、プロテスタンティズム、とりわけカルヴィニズムが「純粋に家長的な旧約聖書の精神に復帰し、宗教の概念から、母親的な要素を追放した」。そのため、人間は「教会と処女マリヤ《ママ》の母性的愛情で抱かれて」おらず、「きびしく厳格な神に直面し、完全な服従という行為によってはじめて神の慈悲をうることができ」るようになったとフロムは分析している（同、七六頁）。

カトリックにおける聖母マリアの重要な役割は、『聖書のなかの女性たち』においても強調されている。遠藤は、西欧人が聖母マリアを「母性」の象徴と考える理由を、先に引用した十字架刑に遭うキリストの最期の言葉に見い出している。そしてキリストの「共感共苦」性をマリアの「母性」と結びつけることによって、キリストにも「母性」的な顔があるということを説いているのである。上記の分析に基づけば、ここでいう「母性」は、「母の宗教」という意味で理解されるべきであろう。さらにこれは、西洋のキリスト教、とりわけプロテスタントが「父性」的な神のイメージを過分に強調していることへの遠藤の抵抗であり、「修正作業」ともいえる。

ところで、神に女性的な側面があるという主張は、フェミニスト神学者たちにも見られる。次節では、フェミニスト神学における神の「男性性」と「女性性」についての議論を簡単に紹介した上で、遠藤のスタンスと比較しながら両者の共通点を探ってみる。

四　神の「男性性」と「女性性」

イギリスのフェミニスト組織神学者・宗教哲学者であるサラ・コークリー（Sarah Coakley, 1951―）は、古典キリスト教の基本的な教義をジェンダーの視点から問い直している神学者の一人である。コークリーによれば、「受肉の神学」において神と世界との間に明確な「差異」があり、その差異は、神と人間の間における存在論的な区別を表す根本的な境界線であるとしている。そしてそれは、キリストの受肉によって越えられ、克服されたが、消し去られたわけではない。キリスト教の伝統は、ジェンダーの差異をこの差異にストレートに結びつけるように常に誘惑されてきた。つまり、「男らしさ」を神に、「女らしさ」を世界に合わせるために（そして女性を男性に従属させるために、完全に贖われた者としての女性の地位を暗黙のうちに貶めるために）、神と人間の「差異」が借用されてきたということである。[41]

確かに、西洋のキリスト教の伝統における「父なる神」という呼称が典型的に示しているように、神は「男性」的な言語で表現されることが多い。これはユダヤ教の伝統的な、「男性」化された聖性の概念と直結している。[42] ただし、『聖書』には、神を「女性」的なイメージで表現する伝統もあった。例えば、「ソフィア」（知恵）、「シェキーナー」（臨在）をはじめとする「女性形」の神の呼び名に加え、妊娠・出産・授乳・養育など「母性」を想起させる象徴やメタファーが少なからずある。「女が自分の乳飲み子を忘れるだろうか。自分の胎内の子を憐れまずにいられようか。たとえ、女たちが忘れても／私はあなたを忘れない」、「母がその子を慰めるように／私はあなたを慰める」（『旧約聖書・イザヤ書』四九・五、同六六・一三）というのが典型的な例である。しかし、キリスト教が制度化され、家父長的な社会秩序の構造に取り込まれる過程で、こうした「女性」・「母性」的なイメージは、圧倒的に多い「父性」・「男性」的な言語によって排除され、埋もれていった。「父」・「子」・「聖霊」という「三位一体」の教義を見ても、「女性」的なイメージは完全に影を潜めている。

このように、神を「彼」(He)でうける用語法に象徴されるような、男性中心の言語を根本的に見直し、神をめぐる包括的な言語を提唱する運動は、いわゆる「第一世代」(一九六〇年代後半〜一九八〇年代半ば)のフェミニスト神学者を中心に行われてきた。一九七三年に、アメリカのラディカル・フェミニストの代表と言えるメアリー・デイリー(Mary Daly, 1928—2010)は、神学と社会学のつながりを引き出し、「もし神が男性であるならば、男性は神である」という有名な言葉を残している。実際、ピーター・ベルガーや他の人々の宗教論を用いて、デイリーは、ある集団において、最も理想的で最高とされる属性をその神に帰属させることを示した。家父長制では、それはまず第一に男性性である。つまり、彼女は、神学的な考えがいかに社会学上の要因に依存し、かつそれに帰結するかを主張したのである。[43] デイリー以降、父権的な力の象徴として構築された父なる神のイメージは、大きな疑問を持たれるようになる。それまでは、男性の「聖性」における優位性を根拠に女性抑圧が正当化され、キリスト教の福音の原点にある平等、愛と正義を歪曲してきたということである。

デイリーと同様、「第一世代」フェミニスト神学者であるローズメアリ・ラドフォード・リューサー(Rosemary Radford Ruether, 1936—2022)は、男性ジェンダー化されたキリスト像の問題性を次のように説明している。[44]

家父長的キリスト教は、キリストの支配をカエサルのそれと融合する。神聖な「ロゴス」としてのキリストは、キリスト教国として清められた、階層性を持つ社会的・政治的秩序の頂点に立つ。天にある父の代理人として、キリストは宇宙を支配し、教会、国、そして家庭における教会的・政治的・社会的ヒエラルキーの源となっている。それは即ち、聖職者／平信徒、王／臣下、夫／妻である。女性は、あらゆる支配と統治のシステムにおいて、男性キリスト論的な原理に支配される領域の象徴的実体を代表している。

リューサーはこのような家父長としての神・キリストのモデルは、究極的には男女の創造的秩序と結びつき、「神は女性ではなく男性であり、女性に代表されることはなく、男性のみに代表される」という意味ですでに「偶像」となってしまったと主張している。そしてエリザベス・ジョンソン(Elizabeth A. Johnson, 1947—)は、「過去の神学的考察からほとんど完全に締め出されてきた女性の経験(45)」を用いてフェミニスト神学を構築しようとした。このビジョンはリューサーと共有するものである。彼女は、前節で触れた古典神学における神の全能性という属性は、家父長的な支配と権力行使的な力の象徴であり、絶対的な君主をモデルにしていると批判している。人間の苦しみに直面しても動じず、「無感動」で自己完結した神は、真の関係性を否定する覇権的な男性の支配者の価値観に基づいているということである。そのような男性中心的な神観に抵抗し、「女性の経験」と密接に関わり、「ソフィア」、「母なる神」、「受苦する神」といった神のイメージを新たに発見しなければならないと彼女は主張する。(46)

同じような議論は、ホロコースト神学に対する批判においても見られる。メリッサ・ラファエル(Melissa Raphael, 生年不詳)は、『アウシュビッツにおける神の女性の顔』で、これまでのホロコースト神学で無視されてきた、死の収容所での女性の経験を取り上げている。また、アウシュビッツで神が死んだという神学的主張にも抵抗している。ラファエルは、アウシュヴィッツにおける神の沈黙は、全能の神の沈黙と失敗、神の特定のモデルの変位であると主張し、家父長制によって消された神の顔、すなわち養い、服を着せ、救う存在としての神を、「女性同士の連帯(シスター・フッド)」によって築かれた共同体に見出している。(47)

以上のことを踏まえ、キリストには「母性」的な一面があるという遠藤の考えは、フェミニスト神学の主張と重なりあう部分があることが改めて確認できる。もちろん、遠藤は自覚的なフェミニストではない。第二節で見てきた通り、彼は、主として〈アウシュビッツ以降〉の〈悪〉の問題、いわば「神義論」的な問題意識から、「共に苦しむ」「愛の神」のイメージを模索してきたのである。また、フロムの宗教心理の理論を用いてキリスト教が（日本人の感性に合う）「母性宗教」でありうるという主張を根拠づけようとしている。それに対し、フェミニスト神学では、家父長的なキリスト教の制度による女性の抑圧と差別という立場から、「女性」的・「母性」的な神のイメージが主張されている。しかし、既成の制度としてのキリスト教、ひいては西洋社会を支える「象徴的秩序」に対する批判・反省の一環として、両者はパラレルに位置づけられると本稿では考えている。

おわりに

以上、本稿では、初期遠藤文学における宗教とジェンダーの交差点を明らかにした。最後に、文学研究において宗教とジェンダーの視点を入れることの意味について触れてみたい。宗教研究とジェンダー研究の両分野における相互的な「盲目」[48]は長い間、知的生産における実りや進歩を妨げてきた。日本文学における宗教研究、もしくはジェンダー研究も、それぞれ蓄積はされてきたものの、両者を結びつけて「宗教とジェンダー」という視点から日本文学を論じる試みはあまりなされてこなかった。一方で一九八〇年代以降、宗教（神聖）／ジェンダー（世俗）という従来の二元論的な捉え方が打破され、両者の交差点や相関関係が広く注目されるようになってきた。現状では、少なくとも欧米では、宗教とジェンダーの視点を結合させた研究が宗教（社会学）研究において主流となりつつある[49]。日本における宗教とジェンダーの研究も、九〇年代以来、大きな発展を遂げてきた[50]。文学研究の視点をも加味した学際的なアプローチによって、「宗教とジェンダー」研究の新しい可能性を模索するとともに、文学というメディアの橋渡し的な役割や、文学でしか語れない宗教とジェンダーの知見など、文学の働きへの再評価に繋がることが論者のねらいである。

注1　遠藤周作ほか（座談会）「神の沈黙と人間の証言」（『福音と世界』二一（九）、一九六六年九月）。
2　山根道公『遠藤周作と井上洋治――日本に根づくキリスト教を求めた同志』（日本キリスト教団出版局、二〇一九年七月）、一〇八～一〇九頁参照。
3　管見の限り、単独の作品論は加藤憲子「遠藤周作『聖書のなかの女性たち』試論―描かれた女性の諸相から」（『遠藤周作研究』一、二〇〇八年九月）のみである。
4　アシェンソ・アデリノ（川鍋襄訳、田村脩監訳）『遠藤周作―その文学と神学の世界』（教友社、二〇一三年十二月、原著二〇〇九年）。
5　三木サニア「遠藤文芸の中の女性たち―聖書との関わりの下に―」（『キリスト教文学』一八、一九九九年七月）。
6　論者はこれまで、遠藤の中・後期作品を論じ、〈宗教〉と〈ジェンダー〉という複合的な視点で遠藤文学を捉え直すことを試みてきた。例えば、拙稿「遠藤周作『深い河』に見る宗教とジェンダーの交錯―美津子の〈真似事〉と〈母〉の問題を中心に」（『キリスト教文学研究』三六、二〇一九年三月）、並びに「遠藤周作『死海のほとり』論―〈巡礼〉にみる宗教・国家・ジェンダー」（『近代文学試論』五七、二〇一九年十二月）、「遠藤周作『死海のほとり』論―イエス像と男性ジェンダー、そして〈痕跡〉」（『遠藤周作研究』十六、二〇二三年九月）等。
7　遠藤は、取り巻きの弟子の視点でキリストの姿を描くという聖書の手法を踏襲している。『死海のほとり』〈群像〉の部も、取り巻きの人たちの視点でイエス・キリストを描いている。
8　「あとがき」に遠藤は「小説『哀歌』や『沈黙』を読まれた読者には、私の考えの母胎が既にこの本にあることに気づかれたと思う」（一四三頁）と書いている。
9　片山はるひ「遠藤周作の文学におけるキリスト教の「東」と「西」―『深い河』の女神チャームンダーと聖母マリアの比較を通して」（『キリスト教文化研究所紀要』二十八、二〇〇九年三月）。
10　フェミニスト神学は、一九六〇年代後半にアメリカに登場した神学運動の一つであり、その後世界各地の多様な文脈の中で展開していった。遠藤とフェミニスト神学者たちは、出発点は異なるものの、結果として極めて近似的な方向に向かっていたと論者は考えている。

11 すべての本文引用は『聖書のなかの女性たち』講談社文庫、一九七二年十一月による。

12 『新約聖書・マルコによる福音書』五章二八～三〇節、『同・ルカによる福音書』八章四六～四八節、『同・マタイによる福音書』九章二一～二二節。

13 『新約聖書・ルカによる福音書』七章三八節及び四七～五〇節。

14 『新約聖書・マルコによる福音書』十四章三〇節、『同・マタイによる福音書』二六章・三四節、『同・ルカによる福音書』二二章六一節。

15 本多峰子「遠藤周作試論〈母なる神―西洋キリスト教と日本人の宗教観の相克と、宗教多元論的解決〉」(『二松学舎大学東洋学研究所集刊』三十一、二〇〇一年三月)。

16 〈アウシュビッツ以降〉というテーマは遠藤文学では非常に重要である。遠藤は、一九七六年一二月にアウシュヴィッツの収容所を訪れている。そして色々な作品で〈アウシュビッツ以降〉の〈悪〉の問題を追及してきたと述べている。佐藤泰正・遠藤周作『人生の同伴者』(講談社文芸文庫、二〇〇六年七月)、二〇八頁参照。

17 Elizabeth A. Johnson, "12 Suffering God : Compassion Poured Out", *She Who is*, Crossroad, 1992, pp.259-261.

18 エリ・ヴィーゼル(村上光彦訳)『夜・夜明け・昼』(みすず書房、一九八四年七月、原著一九六〇年)、一一〇頁。

19 エリ・ヴィーゼル(村上光彦訳)『そしてすべての川は海へ』(上)(朝日新聞社、一九九五年十二月、原著一九九四年)、二二二頁。

20 Emmanuel Levinas, "6 The Metaphysical and the Human", "Section 1, B. Separation and Discourse", *Totality and Infinity*, Duquesne University Press, 1969, p.78..

21 Andrew Benjamin and Tamra Wright, "The Paradox of Morality: An Interview with Emmanuel Levinas", in Robert Bernasconi and David Wood (eds.), *The Provocation of Levinas: Rethinking the Other*, Tamra Wright et al. trans, Routledge, 1988, p.171.

22 Séan Hand (ed.), *The Levinas Reader*, Blackwell,1989, p.83.

23 Melissa Raphael, *The Female Face of God in Auschwitz*, Routledge, 2003, p.105.

24 村上伸『ボンヘッファー　人と思想』（清水書院、一九九一年二月）参照。

25 ディートリッヒ・ボンヘッファー（村上伸訳）『ボンヘッファー獄中書簡集』（新教出版社、一九八八年五月、原著一九五一年）「Ⅳ 挫折以降」、「ある書物の草案」、四三八頁。

26 同右、「Ⅲ クーデターまでの長い時」、「エバハルト・ベートゲへ」、四一七～四一八頁。

27 John Hall Douglas, "Rethinking Christ: Theological Reflections on Shusaku Endo's Silence", *Interpretation* 33, July 1979. ホールは、戦後の日本のプロテスタント神学者北森嘉蔵（一九一六～一九九八）にも注目している。北森は『神の痛みの神学』（新教出版社、一九四六年九月）において、「愛の神は痛みを受け、その痛みは怒りと愛の一致である」と述べている。『われわれの文脈における十字架』においてホールは、遠藤が北森から受けている影響について指摘している。*The Cross in Our Context : Jesus and the Suffering World*, Fortress Press, 2003, p.239.

28 J. Neuner and J. Dupuis (eds.), *The Christian Faith: In the Doctrinal Documents of the Catholic Church*, Alba House, 1981, p.162.

29 Hans Küng, "Excursus 2 Can God Suffer?", in *The Incarnation of God: An Introduction to Hegel's Theological Thought as Prolegomena to a Future Christology*, trans. J. R. Stephens, Crossroad, 1981, pp. 518-25.

30 『人生の同伴者』、注16に同じ。

31 世田谷文学館所蔵。引用は、山根道公『遠藤周作――人生と『沈黙』の真実』（朝文社、二〇〇五年三月）、八二～八三頁による。

32 注15に同じ。

33 Elisabeth Schüssler Fiorenza, *Transforming Vision*, Fortress Press, 2011.

34 Elisabeth Schüssler Fiorenza, *Jesus: Miriam's Child, Sophia's Prophet*, Bloomsbury, 2015, p.190.

35　ヤロスラフ・ペリカン（関口篤訳）『聖母マリア』（青土社、一九九八年八月、原著一九九六年）、三四頁参照。
36　同右、二七七頁。
37　「仕立て直し」については、「異邦人の苦悩」初出は「別冊新評」一九七三年十二月。「変質」については、北森嘉蔵「『沈黙』の神学―何処への踏み石か―」『遠藤周作『沈黙』作品論集』（石内徹編、クレス出版、二〇〇二年六月）所収、七七頁参照。
38　社会思想社、一九五八年四月、「第三章　人間の状況」、六五～六八頁参照。
39　「異邦人の苦悩」、注37に同じ、全集十三巻、一七五～一七六頁。
40　『成熟と喪失―〝母〟の崩壊』（河出書房新社、一九六七年六月）。
41　Sarah Coakley, "1 Recasting 'Systematic Theology'", *God, Sexuality, and the Self: An Essay On the Trinity*, Cambridge University Press, 2013, pp.57-58.
42　『旧約聖書・雅歌』では、神ヤハウェとイスラエルの民の関係は花婿と花嫁の愛を表現する婚姻的な用語によって表象されている。神（男）／イスラエルの民（女）というアナロジーは、キリスト教の『新約聖書』においても引き継がれ、キリストと教会の婚礼のイメージによって再現されている。
43　*Beyond God the Father: Toward a Philosophy of Woman's Liberation*, Beacon Press, 1973, p.13.
44　*Introducing Redemption in Christian Feminism*, Pilgrim Press, 1998, p.90.
45　R・R・リューサー（小檜山ルイ訳）『性差別と神の語りかけ』（新教出版社、一九九六年二月、原著一九八三年）、三六頁。
46　注17に同じ。
47　注23に同じ。
48　ジェンダー研究者が宗教に対して目を閉ざし、無関心であったのと同様、ほとんどの宗教研究者もジェンダーを度外視していた。Ursula King, "General Introduction", in Ursula King & Tina Beattie (eds.), *Gender, Religion*

and Diversity - Cross-Cultural Perspectives, Continuum, 2004, p.1.

49 "15 Afterword", in Lena Gemzöe & Marja-Liisa Keinänen (eds.), *Contemporary Encounters in Gender and Religion*, 2016, p.335.

50 川橋範子『宗教とジェンダーのポリティクス』（昭和堂、二〇一六年十一月）。

〈エッセイ〉
ジェンダー・南国・日本文学

レオン　ユット　モイ（LEONG YUT MOY）

広島大学に在籍中、指導教官のご教示で書き上げた修士論文や博士論文で主に扱ったのは、漱石の前期作品やドイツ人作家E.T.A.ホフマン（1776–1822）、英作家ジョージ・メレディス（1828–1909）及びスコットランド人作家ロバート・ルイス・スティーブンソン（1850–1894）との比較だった。漱石はメレディスとスティーブンソンを愛読していることが諸作、日記、書簡やノート等で散見される。

ジェンダーの視点から見れば、特にメレディスの「エゴイスト」（1820–1822）とスティーブンソンの「ファレサアの浜」（1892）の女主人公の描写は両極端の様相を見せる。「虞美人草」の藤尾と同じように、「エゴイスト」の女性登場人物たちは、自主性を求める女性として描かれており、十九世紀後半イギリスのビクトリア朝や当時の日本においては前衛的な存在だといえよう。しかし、メレディスが自主性を追求する女性の擁護者であるのに対して、漱石は一九〇七年七月十九日付小宮豊隆宛の書簡にて「藤尾といふ女にそんな同情をもつてはいけない。あれは嫌な女だ。詩的であるが大人しくない。徳義心が欠乏した女である。あいつを仕舞に殺すのが一篇の主意である。（中略）小夜子といふ女の方がいくら可憐だか分りやしない。」というように、藤尾への不快感をあらわにしている。

「エゴイスト」においては、小夜子のような貧しく弱い存在の女主人公もいるが、結局のところ小夜子と真逆の人物で、愛情を捨て、「私は冷酷で物質的な女です。ロマンスへの信仰は捨てました。（中略）それに健康もすぐれません。ただお金が欲しいのです。結婚するとすればお金のためです。あなたを崇拝など致しません。私は重荷に成りますよ。」と堂々と、生きることに欠かせないお金を選んだ。一方、「ファレサアの浜」の舞台は未開の南洋の島で、典型的な献身的、従属的立場の「土民」の女性登場人物が描かれている。イギリスに占領された歴史を持つ南洋からの出身である私は、「ファレサアの浜」と「坊つちゃん」を植民地主義や人種差別主義などの視点で分析した。

ところで、二〇一五年に『サラバ！』をもって第百五十二回直木賞を受賞した小説家の西加奈子さんは、ある旅行会社の企画でマレーシアのペナン島を訪ねた。ファッション誌のサイトで、「作家・西加奈子を刺激する〝共生社会〟のあり方【エクスペディアで行く旅 Vol.2／マレーシア・ペナン編】」（ヴォーグ・ジャパン・二〇二四年六月二十五日）の中で、西さんはペナンについて次のように語っている。「何かを受け入れるとき、何かと混ざり合うとき、自分を完全になくす必要などないのだと、この街にいると思うことができる。私は、まるっきり私のままで、新しい景色に、新しい経験に足を踏み入れることができるのだ。」西さんいわく「強い輪郭を保ったまま、他者と出会う」というのは、まさに一人ひとりが持って生まれてきたものを大切にし、強いて言えばジェンダーの固定概念や余剰な社会規範にとらわれることなく、自分にとって大事な物事を追求できる、恐れなく意見を述べる自由なのではなかろうか。社会的・文化的性差などへの差別や偏見をなくすことを始め、多様性を尊重できる「共生社会」のあり方や変容も、これからも様々な文学において反映されていくのだろう。

そして、ペナンといえば、百二十四年前に二年間の英国留学を文部省に命じられた三十三歳の漱石が一九〇〇（明治三十三）年九月八日に横浜港を出発し、九月二十七日に当時イギリス領マラヤ（現・マレーシア）のペナンに寄港した。日記に次のような記述がある。「二十七日（木）朝ペナン着　午前九時ノ出帆故上陸スルヲ得ズ雨フル十時頃晴ル。」また、妻宛の書簡にも次のように述べられている。「今日ハ九月二十七日ニテ吾等ガ乗レル船ハ昧爽英領「ペナン」ト申ス港ニ着キ申候未明ヨリノ小雨ニ加フルニ出帆時刻ハ午前九時ナレバ遺憾ナガラ上陸ヲ得ズ（後略）」もし漱石がペナンに上陸していたら、この南洋の島について、どのような感想を持つのかと興味深く想像した。

二〇二一年にあるインタビューで地元の新聞記者に「夏目漱石のどこが好きですか？」と聞かれた。短い作家生活で国民作家になった漱石が、博士号を辞退するエピソードをふと思い出した。権威主義を恐れない漱石もある意味、我を生きる人だと思われる。もし藤尾が我を生きる自由を与えられたら、今まで多岐にわたる漱石研究にて行われてきた「虞美人草」の分析、特にジェンダー論の視点を取る分析はきっと書き換えられるに違いないだろう。また、根拠のないことかもしれないが、もし漱石がもう少し徹底的に我を貫いていれば、持病の「精神衰弱」の体への蝕みが軽減でき、もっと長生きできたのではないかと勝手に想像した。まだ少し実現にはほど遠いが、ひとりの人間としての自由・権利・責任を平等に扱われ、かつ真に尊重される「共生社会」に漱石が生きなければならないとしたら、男女にかかわらず登場人物にどのような光を当てるのか、ジェンダーに対して、どういった持論を有するのか、そして読者にどんなメッセージを伝えようとするのか、個人としては実に興味深いことだ。

余談だが、勤務校であり、マレーシアに設立されているイギリス系の大学で、こだわりつつ日本文学を教えること自体はハードルの高いことだとしみじみ感じている。大半の学生がまだ日本語を十分に習得していない、日本語を習っているが文学にあまり興味がない、日本文学の蔵書がほとんどないことや、英文学を専攻している学生がいるが「日本文学」という四文字を見てもピンとこないことなどを、どのように解消していくべきか、実に何年も悩み続けた。もし日本文学を日本語で教えたいということに執着しなければ、いくつかの問題がクリアできるかもしれない。心の中で描かれている理想と現実とのあいだでずっと葛藤していた。日本語がある程度わかるという履修条件があり、また必修科目ではないため、今も履修人数が少ないままである。そういえば「文化の砂漠」と呼ばれてきたマレーシアで生きる私も、我を生きる人で、何年もわがままで（あまりマーケットがないが）好きな文学をやり続けられるのは、実に幸せだったと思う。

留学を終え、帰国したばかりのころ、岩波書店の『漱石全集』（全二十九冊）をマレーシアの大学で探したのだがどこにも見つからず、仕方なく日本の知人に頼んで、古書店から買い取って、箱いっぱいに詰めて郵送してもらった。おぼろげな記憶でははっきりと覚えていないが、関税が本体より高かった気がした。広島大学の図書館や研究室で作家の全集や雑誌論文をたやすく入手できることは、本当にありがたかった。

昨年、東芝国際交流財団に助成金をいただき、日本文学関連の本（英訳を含む）を数百冊購入することができた。さらに、日本語がわからない学生でも参加できる、英語で行われたワークショップを通じて、日本文学を広めようと試みた。マレーシア人の院生が太宰治の『人間失格』の英訳本を見せてくれながら、満面の笑みで「これを買いましたよ」といい、インド人の留学生から「図書館で村田沙耶香の本を借りました」という連絡をもらって非常に感動した。まさにこの原稿の締切日に、キャンパスオープンデーの個別ブースを担当していた際、英文学を専攻している、アニメなどで日本語を習っていたスリランカ人留学生が、「日本昔話の日英バイリンガル本を借りましたが、中の日本語がそんなに読めない。だけど、単語リストがあるから大丈夫です」と興味津々に話してくれた。たとえ一人でも日本文学が好きになってくれる学生がいれば、ずっとやっていきたいと思う。人生の潤いとしての日本文学の養分を私にたくさん与えてくれて、見守りつつ成長を促してくださった日本の皆様に感謝を申し上げる。

（二〇二四年八月二十四日）

III

文学×ジェンダー×身体

谷崎潤一郎「細雪」における妙子像の検討

――「純潔」規範の受容をめぐって――

熊尾　紗耶

はじめに

「細雪」の中心人物である蒔岡家の四女、「こいさん」こと妙子は、活動的な近代娘として描かれており、古典的な姉の雪子とは好対照を成す人物である。「モダーンガール」（下二）を自称し、姉妹の中で最も「西洋趣味」（上七）と語られるが、舞の会で「雪」を披露する場面は、花見や蛍狩りなどの歳時と並んで、この物語に託された伝統的な美や生活様式を象徴する場面となっている。その溌溂とした社交的な性格や、芸術の才能を発揮して、蒔岡家の外界へと踏み出してゆく開放性を持ち、自らの判断で恋人を選び、職業婦人として自立を志す。それゆえ妙子は波乱に満ちた運命を辿ることになり、物語を導く役割を負わされているといえるかもしれない。

しかし、妙子に対するこれまでの評価は、ややもすれば否定的なものに陥りがちであった。たとえば、折口信夫「『細雪』の女」では、妙子への印象を次のように述べているが、そこには失望や落胆がはっきりと示されている。[1]

> 中巻・下巻と読み進んで、こいさんの妙子が近代婦人の自由な美しさを発揮すると思つてゐる間に、何時かいろ〳〵な歪んだ人生を見せて来る。（中略）板倉の出現以来急に、性格の偏向が甚しくなつたやうな遺憾は、ついて廻つて為方がなかつた。此女にこそ、私どもが教《ヲソ》はつてよい近代時世粧が、窺はれるのだらうと

思つてゐたものである。

伊藤整の「解説」は、それまで評価の定まらなかった「細雪」を不動の名作とした論考である。ただ、雪子をかぐや姫にも通う存在であるとして、賛辞を与える一方で、妙子については、あくまで「従の立場」にあると位置づけ、その損な役回りを指摘している。[2]

妙子という現代風で、同時に不幸な生活に落ちてゆく女性は、この作品では主として、他の人物の美しさを引き立てるように使われている。

菊池弘はもっと厳しく、赤痢の発病によって顕在化する妙子の「不健康さ」に、潔癖な雪子のあり方とは対比的に描かれる、「近代娘の妙子の頽廃」をみる。[3] 野口武彦もまた、妙子が赤痢となる場面を取り上げ、「妙子の悪女ぶり」「自堕落な姿態」と評しつつも、「妙子の全身に漂っている一種の魔性の翳り」に美学的な価値を認め、幸子の意識にある中流階級の道徳には反する、「谷崎の陰翳の美学」によるものと解く。[4] 冨山都志は谷崎作品における女性形象を、妖婦像、人形像、上臈像に三分別した上で、雪子を「人形像から上臈像へ至る過渡的存在」、妙子を谷崎の初期作品の系譜にある「「男」を肥料にした「妖婦」の一つのなれのはての姿」であるとする。[5] また、笠原伸夫は「雪子の非行動的な内向性に対して、妙子はつねに溌溂とした行動性を示し」、「運命を自分の手で截りひらいてゆくのである」と、その個性を肯定的にみなしながらも、同時にそれが「悪女」という評価を負わされるものであり、「まちがいなく定式の埒外にある」としている。[6]

こうした先行論には、物語冒頭から提示されてきた、活動的な近代娘としての妙子像と、物語が進むにつれて現出する「妖婦」「悪女」というイメージの二面性に対する読者の戸惑いが示されており、「妖婦」「悪女」としての姿を妙子の堕落、あるいは本質とみなす論考も多い。事実、妙子は蒔岡家の人々を顧みず自己実現を求め、自由恋愛を繰り返すだけにとどまらず、板倉や三好といった男性と交際する傍ら、かつての恋人である奥畑の経済的な支援を得ていた。姉たちに誇示した衣裳や宝石の数々も、奥畑から贈られたものであり、華やかに見えた生活が虚飾に満ちたものであったことが明らかになる。だが、妙子は奔放な生き方を選ぶ代償に、水害や恋人の死、赤痢や死産といった、様々な受難に遭い、十分過ぎるほどの「罰」（下二十二）を受けている。幸子や雪子が、紫の上やかぐや姫になぞらえられ、その欠点も含めた上で、好意的な評価を与えられてきたことと比較すると、妙子に向けられるまなざしは、不当なほどに厳しさを帯びているように思われてならない。

論者は以前、それまで「人形的」「類型的」な女性とみなされてきた、蒔岡家の三女雪子の読み換えを試みた。従来の「細雪」研究では、谷崎作品の女性の特徴である「型」「タイプ」を重んじるあまり、雪子＝「上臈」「人形」型の女性、もしくは「日本趣味」、妙子＝「妖婦」「悪女」型の女性、もしくは「西洋趣味」といった図式に則った考察がなされる傾向にあり、その内面の問題については、取りこぼされてきた部分も多い。

本論では、妙子が「妖婦」「悪女」と評される要因ともなった、三人の男性との恋愛問題や、蒔岡家との関係に目を向け、妙子がいかに生きようとしていたのか考察を行う。さらに、当時の未婚女性の規範であった「純潔」をめぐる言説を整理し、妙子と照らし合わせて分析することで、その生き方のもつ意義を問い直したい。こうした手続きを通して、性規範・性役割の背後にある「国家」や「家」、時代との関わりから、妙子の人物像を捉えていくことが研究のねらいである。

一　蒔岡家と妙子

はじめに、蒔岡家の末娘として育ってきた、妙子の境遇について考えてみたい。

四人のうちで末つ児の彼女一人だけは、亡き父親の全盛時代の恩恵を、十分には受けてゐないのであつた。姉妹達の母親は、妙子が漸く小学校へ上つた頃亡くなつたので、彼女はその人の面影について、朧ろげな記憶しか持つてゐない。そして父親と云ふ人は、派手好みの豪奢な人であつたから、娘達にもあらゆる贅沢をさせてくれたらしいのだけれども、彼女は自分がどれだけのことをして貰つたか、身に沁みて覚えてゐることはないと云つてもよいくらゐである。僅かな年齢の相違でも、雪子となると父親についていろ〳〵な思ひ出があり、あの時にあゝもして貰つた、かうもして貰つたと、よくそんな話をするのであるが、妙子は余りに幼な過ぎて、して貰つたことがあつたとしても、それが本当に身に着いてはゐなかつた。（中略）彼女は寧ろ、妙子の奴は真つ黒な顔をしてゐて一番汚いと、父親に云はれ〳〵したことを覚えてゐるのであるが、それはその筈で、父親の晩年時代には、まだ女学校在学中であつたから、紅お白粉も着けず、男の児だか女の児だか分らないやうな服装をした、薄汚い少女であつたに違ひない。（中二十四）

母を早くに亡くし、父から愛情を受けたという実感にも乏しい妙子は、旧い家柄を誇る蒔岡家に生まれながら、孤児性をたたえて成長し、翳を背負わされた存在である。また、姉たちが共有する、「花やかなりし昔」（下八）の記憶を持たず、「お金の有難さをしみ〴〵知つてゐること」や、「家の没落した時のみじめさが一番骨身にこたへてゐる」（中二十四）点でも、姉妹の中では異質であるといえる。姉夫婦の庇護下にあり続ける雪子に対して、妙子は人形製作や洋裁で身を立てようとするのだが、そこには本人の性格や資質だけでなく、蒔岡家との関係もかかわっている。妙子は奥畑と駆け落ち騒動を起こして以後、本家の家長である辰雄から一門の異端とみなされるようになり、「いつの間にかその差別観が、月々の小遣ひとか、衣裳持ち物の末にまで、はつきりと現れるやうになつた」（中二十四）。さらに、「日頃の不品行」（下二十）によって、姉の鶴子や幸子の夫の貞之助との間にも隔りが生じる。

妙子は姉たちとは異なり、その出自にふさわしい振る舞い（＝ハビトゥス）を身に着けておらず、「言語動作の上の品の悪さ」（中二十四）がたびたび指摘される。それは、出入りの商人や来客のあった際にも変わらず、蒔岡家の人々を悩ませ、「姉妹たちの中で一人飛び離れて品の悪い」（下二十）とまで評される。

こうした妙子のあり方の持つ、物語上の意味について、東郷克美は「蒔岡家の美的秩序に、つねに暗影を投げかけ、混乱をもたらす存在」と述べており、(7) 永栄啓伸は「蒔岡家のなかで当初から〈個〉の意識に目覚め、自分の生き方を模索し痛切に悩んでいた唯一の人物」であると論じている。(8) また、秦恒平はこの物語における父の力に目を向け、妙子の身の上について、次のように指摘している。(9)

よくもあしくも「細雪」は、亡父の娘たちにかけた執愛によって運命の呪縛を受けている。妙子は幸か不幸かそのような呪力の洗礼を、いちばん遅く生まれたというだけで、受けていない。どうあってもこの世界から脱落していくしかない定めを、身に負うて生まれている。

このように、妙子は蒔岡家の秩序を揺るがし、伝統的な生活から離脱していく存在として位置づけられる。傾きつつある蒔岡家において、姉たちは「花やかなりし昔」の体験を自己規定の核として、身に備わったハビトゥスを示すことで、自尊心を保とうとする。一方、末娘の妙子は「亡き父親の全盛時代の恩恵を、十分には受けてゐない」(中二十四)がゆえに、自己を規定するものを持たず、階層的な規範から逸脱するような生き方を選択する。そのために、妙子は「家」において疎外され、排除される存在として扱われてきた。

雪子の見合いをかねた蛍狩りに向かう途中、姪の悦子は雪子の晴れ着姿の理由をそれとなく察して問い質すが、妙子は蛍狩りの絵を例に、雪子を「お姫様」、自身を「腰元」に見立てて説明する。冗談交じりではあるが、「こいちやんは今時分に着る余所行きのべべがないねんもん。今日は姉ちやんがお姫様で、こいちやんはモダーンガールの腰元や」(下二)という言葉には、「いつ何時お嫁に行つてもよいやうに、箪笥に一杯支度して貰つてゐる」(中二十四)雪子とは異なる、蒔岡家における自身の位置を、妙子がどのように捉えていたかが如実に表されている。

ただ、その一方で妙子は、蒔岡家の人々に対して、美しい洋服や宝石の数々を「得意さうな様子」で「さも自分の働きで買つた品物のやうに云つて自慢」して見せていた(下二十四)。しかし、後に奥畑家の婆やの話によって、それらが恋人の奥畑から贈られたものであったことが明らかになる。このことで幸子は、「親兄弟の力も借らず、まして他人の支持などには頼らず、女の腕一つで独立独行してゐると云ふ妙子の言葉」が事実と異なるものであったことに動揺し、それは「世間や姉たちを欺く方便」であったのかと失望する(下二十四)。こうした妙子の振る舞いは、幸子のみならず読者からも批判的にまなざされ、細谷博は「金欲しさと惰性とによるもの」と解き[10]、三田村雅子は「豪華な洋装で虚勢を張り、姉たちを圧倒しようとした」、「無軌道な贅沢」であるとする[11]。

たしかに、ここで浮かび上がる妙子の「暗黒面」(下二十四)は、それまで示されてきた妙子像とは乖離したものであり、健全なあり方とは言い難い。だが、奔放にも見えるその暮らしは、妙子自身が本心から望んだものであったのだろうか。妙子は「女の腕一つで独立独行してゐる」、「職業婦人」という理想を抱きながらも、それに届かぬ現実の自己への否定から、理想化された自己を演じようとしていたとも捉えられる。

洋装を好み、洋裁で身を立てようとする妙子だが、女学校時代に抱いた「望み」は、蒔岡家の娘として美しい着物を父から与えられたいというものであった。

当時彼女は、早く卒業して姉ちやん達のやうに着飾つて出歩ける年頃になりたい、そしたら自分も綺麗な衣裳を拵へて貰へるであらうと思つてゐたが、その望みが叶はないうちに父が亡くなり、それと同時に蒔岡家の栄華も終りを告げた。（中二十四）

また、物語開始頃から、妙子は自らの意志で、上方の郷土芸術である山村舞の稽古に通い始める。妙子はかつて、船場に暮らしていた子どもの時分にも舞を習わされ、正月には一家の人々を前に「万歳」などの演目を披露していた（上十五）。このことを踏まえると、舞を再開した動機には、古典的な美への憧れだけでなく、父母から愛情を受け、それに応えることのできていた、少女時代を懐かしむ気持ちもあったかもしれない。さらに、一九三八年の舞の会では、姉の鶴子の花嫁衣裳を借りて「雪」を披露する。この鶴子の衣裳は、蒔岡家の全盛の頃に、亡き父が贅を尽くして作らせた、一門の栄華を表すものである。

阪神間が水害に見舞われた際、幸子は妙子の身を案じ、板倉が撮影した舞の会の写真を眺める。

幸子は、どう云ふ訳でこゝのところがそんなに好きなのだか自分にもよく分らないのだけれども、恐らくそれは、いつものハイカラな妙子には全然見られないしをらしいものが、此の恰好の中には出てゐるからであるかも知れない。（中略）此の舞姿を見てゐると、矢張妙子にも昔の日本娘らしいしとやかさがあることが分つて、今迄とは違つた意味で可愛らしくもいとほしくもなつて来るのである。（中七）

妙子が山村舞で「雪」を演じる時、姉妹の中では異端とされる「ハイカラ」な「近代娘」らしさは隠れ、「しをらしいもの」「日本娘らしいしとやかさ」が表される。幸子は板倉の写真を通して、妙子の舞姿のもつ美しさを改めて認識し、いとおしく思うのである。

この写真について、清水良典は、「「板倉の傑作」とは、つまり妙子の美しさを写真によって支配し私有した結果」にほかならず、「板倉が妙子に引き寄せられるのは、じつは妙子自身がみられることへの欲望を発散し、写真家を限りなく誘惑している」ためであるという。また、一九三九年の舞の会で、奥畑が嫉妬から、板倉のライカを壊したことについても、「カメラもしくは写真というものが、板倉と妙子の性的な結びつきを象徴していることを、これほどに明瞭に表した場面はない」と言及している(12)。

事実、妙子はライカが壊れた後、舞姿をもう一度撮影するために板倉のもとへ出かけて行っており、写真に撮られることを欲している様子が窺える。ただ、妙子がほかの姉妹たちと同様に、伝統的な日本女性として生きることを自らの理想としていたならば、「みられることへの欲望」は、清水氏の論じるような性的なものではなく、ハイカラな洋装に隠された、妙子のもつ伝統的な美しさが、「板倉の傑作」(中七)によって発見されたことで芽生えたものと捉えられる。

ここまで、蒔岡家との関わりから、妙子像について検討してきた。妙子が蒔岡家の人々に示して見せる、職業婦人という選択や豪華な洋装姿は、姉たちのように蒔岡家の階層にふさわしい生き方ができなかったことへの後悔や負い目の裏返しとも読み取れる。妙子は姉の衣裳を身に着けて「雪」を舞うことで、一家の人々やかつての自身が望んだ伝統的な「日本娘」の姿を演じたかったのではないだろうか。妙子はまた、人形制作においても、西洋人形だけでなく、しとやかな年増の日本人形を作り幸子を感心させるが(上二十)、これらの人形もまた、分裂した理想を持たざるを得ない、妙子の内にある小さな自己を象徴するものといえよう。妙子は職業婦人として自立することを理想としながらも、階層的な価値観や、蒔岡家の伝統や格式、家父長制の論理に拘束されており、自らの主体性を確立できずにいたのである。

二　妙子の「純潔」のゆくえ

続いて、妙子の生き方が当時の社会においてどのような意味を持つものであったのか、同時代の未婚女性に求められた「純潔」規範を踏まえた上で検討していく。まず、留意しておきたいのが、同時代の「純潔」への意識には階層や地域によって差異があり、特に都市部の中流階級以上の人々の間で尊重されたということだ(13)。「純潔」規範は「階級道徳(14)」として、「ブルジョア教育(15)」の中でもとりわけ重視され、人々が自らの階層を規定するためのものとして機能を果たした(16)。当然、蒔岡家の人々は「純潔」規範を受容しており、雪子や妙子の「純潔」について言及する場面が何度かみられる(下十四、下二十)。また、作中では妙子が婦人雑誌を姉たちに見せ、未婚女性の身体上の悩みが書かれた記事を話題にする場面もある(上十二)。これらの点から、婦人雑誌を中心に展開された「純潔」をめぐる言説は、妙子の恋愛や妊娠といった選択について分析する上で、有効な手がかりとなると考えられる。このような見通しに立ち、大正から昭和にかけての出版物をもとに、未婚女性の「純潔」がどのように扱われてきたのかを確かめておきたい。

同時代において女性のセクシュアリティは、結婚と出産を通して「国家」や「家」を支えるため、家長である父や夫に管理され、家父長制の論理の中で価値づけられてきた。未婚女性の「純潔」は、家族国家観にもとづき社会から監視され、生理学・優生学を根拠とする血統意識とも結びついて、結婚における身体的条件として強化されていく。女性のセクシュアリティは、女性自身の意志から切り離され、男性によって所有される、性的物象化した存在であった。

たとえば、一九二六年四月、『婦人公論』に掲載された特集記事「処女尊重の根拠」の中で、谷崎の旧友で作中人物の杉浦博士のモデルとしても知られる杉田直樹[17]は、「処女を尊ぶ理由は、「種の混淆」を防ぎ、「家系の純潔」を保つことにある」と述べている。[18]また、同記事では心理学者の上野陽一も「女性が処女性を失つた後に、結婚したとすれば、父系は無意味なものとなる」としている。[19]一九三七年八月の『主婦之友』の附録である『娘と妻と母の衛生読本』でも、「なぜ処女を要求されるかといへば、婦人は異性に接した場合(中略)純粋だつた血液がそのために混濁し、汚れることになる」とある。[20]一九三五年六月の『婦人倶楽部』では、「婚期の青年が『妻にしたい女性』を語る座談会」の中で、「先づ第一貞操観念の強い女」「これには皆さん御異議はないでせう」というやり取りが交わされており、[21]「純潔」や「貞操」を求める価値観が当時の男性たちの共通認識とされていたことが窺える。

一方、女性たちの中には、男性社会の要請とは無関係な女性自身の問題として、「純潔」の価値を論じる者もいた。

安田皐月は一九一四年から一九一五年にかけて交わされた貞操論争において、「純潔」は「女の全般であるべき筈の懸換へのない尊い宝」、「かけが《マ》へ《マ》のない尊い自己」であり、その「費消」が「淡い乍らも御都合次第乍らも愛のあると云ふ事には他人の立入る権利はない」が、「愛もない結婚」や「生活難」によって「浪費」されるべきではないと主張する。[22]平塚らいてうもまた、貞操論争に加わる形で、『新公論』に「処女の真価」を執筆し、「自己の所有であるべき処女」は、霊肉一致の恋愛を経て、「最もよき時に処女を捨てる」ために保たれねばならないとする。[23]同じ頃、与謝野晶子もらいてうの主張に呼応するように、『婦女新聞』に「貞操に就いて」を執筆し、「貞操」は「自分が自分のために持つもの」であり、「男から取り返へしても宜い時期」にあると呼びかけている。[24]「新しい女」たちが論じる「純潔」の価値は、家父長制の利益とは無関係な「個人的な問題[25]」として語られながら、あくまで男性との関係において「費消」することや「性的生活[26]」を送ることを前提としており、女性の生を異性愛の枠組みに回収するものであった。

こうした「新しい女」たちが説く「純潔」「貞操」の価値について、牟田和恵は「女性の自我全体を意味するもの、旧慣や因習にとらわれない愛の理想の象徴」であると同時に、「女性の外部にあって女性の運命を決し、女性の生全体を支配するもの」となり、「女性の自我・自己の確立手段として、拠って立つ最重要のすべてであるとまでに観念され」たと分析している[27]。

また、女性たちの間では、異性愛のためではなく、自らの誇りや尊厳のために、「純潔」を保つべきとする価値観も、階層的な規範と結びつき、共有されていった。しかし、女性たちの言説によって、「清浄[28]」で「貴い[29]」ものとして価値づけられた「純潔」は、それを失うことによる恥や堕落と対比的に捉えられ、女性たちの生を拘束するものとなる。歌人の原阿佐緒は一九二五年七月の『婦人倶楽部』において、異性との接触を「罪悪」、生活のための結婚を「屈辱」と捉える、「処女主義」について述べ、女性たちのために論じられた「純潔」の価値の受容が、ときに女性たちの考えを「余裕のない」「つきつめたもの」へと追い詰めることを指摘している[30]。

「新しい女」たちによってもたらされた、「純潔」を自己の所有とする考えは、女性の生を方向づける新たなイデオロギーとして機能した。女性たちは、それまで男性の管理下にあった「純潔」に、家父長制の利益とは無関係な価値を見出すことで、個人としての自己を確立していった。こうして取り戻されたセクシュアリティは、女性が自己を規定するよりどころとなり、女性の生を支配あるいは拘束するほどの大きな意味を帯びることもあった。

それでは、このような時代背景の中で、妙子の恋愛はどのような意味をもつのだろうか。妙子は「家」の許しを得ない奥畑との恋愛が、過去に新聞で取り沙汰されたために、縁談が持ち込まれることもなく、「雪子以上に縁遠い」（上三）と語られる境遇にある。そのことを理由に人形製作の仕事を許されており、さらには女洋裁師となるために洋行を望むが、本家の家長辰雄は鶴子の手紙を通して反対の意を示す。

何もこいさんはあの新聞の事件についてそんなにいつ迄も引け目を感じるには及ばない。（中略）そのためにお嫁の口がないとか職業婦人にならうなどゝ考へるなら、それはこいさんが僻み過ぎる。身内の者をさう云つては可笑しいけれども、器量と云ひ、教養と云ひ、才能と云ひ、こいさんなら立派なお嫁さんになれることは請け合ひだから、何卒くれ〴〵もひねくれた考を持たないやうにと云ふのです。（中略）兄さんはこいさんが職業婦人めいて来ることには絶対に不賛成で、将来良縁を求めて正式に結婚し、良妻賢母となることを何処迄も理想としてほしいのです。（中二十三）

ここでは、同時代の多くの女性たちと同様に、妙子もまた「良妻賢母」となることを要請される立場にあることが、改めて突きつけられる。本家に代表される家父長制の論理から眺めた時、妙子の「教養」や「才能」は、「立派なお嫁さん」になるためのものとしてのみ意味づけられ、それ以上の目的を見出すことは許されない。こうした状況の中で、妙子が起こす恋愛事件は、「良妻賢母」の規範から逃避する手段として機能する。

さて、この新聞の事件の際、家長である辰雄は、「世間に合はす顔がない」（上三）と言って辞職願を出している。また、ある時幸子は、「お宅のこいさんが奥畑の啓坊《けいぼん》と夙川の土手を歩いてはつたのを見た」と人から忠告を受けるが、監督者として妙子の世話をする立場上、「本家に対しても責任がある」（上三）と考える。他にも、雪子の縁談の橋渡しのために身元を調べた人が、妙子と板倉の交際を知り、本家へと知らせている。このように、妙子のセクシュアリティは、「家」の管理下にあるべきものとして地域や社会から監視されており、それを所有し社会から責任を問われるのは、蒔岡家であり、家長の辰雄であった。妙子自身もまた、未婚女性に求められる「純潔」規範を踏まえ、「清い交際」を主張する（上三）。

ところが、妙子が姉たちの前で「口癖のやうに」語って聞かせてきた「清い交際」は（下二十）、虚構であったことが明らかになる。辰雄は妙子と奥畑の交際を止めるため、自身の目が届く東京に妙子を住まわせるよう、鶴子の手紙を通して幸子に命じるが、妙子は絶縁を覚悟の上でそれを拒み、アパート暮らしを始める。しかし、妙子は奥畑とともに福原の遊郭で食べた鯖鮨が原因で赤痢となり、奥畑が住む文化住宅で病臥するようになる。

この時、見舞いに訪れた幸子は、妙子の肉体に「日頃の不品行な行為の結果」である、「或る種の不潔な感じ」、「淫猥とも云へば云へるやうな陰翳」を見出す（下二十）。幸子は「妙子ぐらゐの年齢の女が長の患ひで寝付いた際、「少女のやうに可憐」で「清浄な、神々しいやうな姿」になるものと考えるが（下二十）、それはあり得たかもしれない妙子のもう一つの姿ともいえる。しかし、こうした幻想を打ち消すように、妙子の「若々しさを失つた姿が立て続けに語られ（下二十）、「清浄」とは対照的な肉体の不浄が強調される。

「純潔」規範が「階級道徳」とされていたことは先にも述べたが、幸子のまなざしにもそれは反映されている。幸子の目に映る妙子は、以前の「お嬢さんらしさ」を失い、「行路病者」「茶屋か料理屋の、――――而も余り上等でない曖昧茶屋か何かの仲居」「堕落した階級の女」に重ねられる（下二十）。未婚女性である妙子の「純潔」の喪失は、「階級道徳」からの脱落を意味していた。

幸子はさらに、以前から雪子だけは妙子の「不健康さ」に警戒を示しており、奥畑が花柳病に罹っていると耳にして以来、妙子との身体的な接触を避けていたことを思い出す。

ありていに云ふと、幸子は妙子が口癖のやうに板倉や奥畑との肉体的関係を否定して「清い交際」をしてゐるだけだと云つてゐたのを、そのまゝ信じてゐたのでもないけれども、努めて深くその疑問を突き止めないやうにして来たのであつたが、雪子はじつと黙つてゐながら、余程前から妙子に対して無言の批難と軽蔑とを示してゐたのであつた。（下二十）

雪子や幸子は、処女のもつ「純潔」の清らかさとは相対するものとして、異性との関係を「不潔」で「不健康」なものとみなしており、この価値観は妙子にも共有されている。妙子は「口癖のやうに」「清い交際」を語り、理想化された自己を演じるが、その振る舞いからは、処女として生きることのできなかった妙子の自己批判が浮かび上がってくる。

妙子は奥畑の文化住宅で衰弱し、命さえも危ぶまれる状況となるが、蒔岡家とは古い付き合いである櫛田医師を招くことを拒み、「こんな所《とこ》にゐること、櫛田さんに知れたら耻かしいわ」と涙ぐむ。ここでも、蒔岡家の娘としてふさわしくありたいと願う、妙子の内なる理想が示される。しかし、それは抵抗的な生き方とは両立し得ないものである。妙子の抵抗的な生き方は、家父長制のもとで自己実現を求めるがゆえに選び取らされたものであり、そこに追い込んだのは「国家」や「家」であった。

奥畑は「船場の旧家の生れであり、同じ人種のやうなもの」（中二十六）として、幸子や雪子から妙子との交際を容認され、双方の身内からも結婚を望まれる間柄となる。しかし、妙子が結婚相手として選んだのは、「出所がわからず、「全然経歴が明瞭でない」」、身分違いの相手とされる「バアテンダア」の三好である（下三十三）。妙子は三好の子を妊娠するが、幸子は結婚を認めさせるための妙子の「策」と解釈し（下三十二）、貞之助も三好の口占から妙子の「誘惑」の結果であると察する（下三十三）。

妙子は「純潔」を守るべきものと捉えながらも、自らの意志で進んで男性と関係を持つ。妙子は同時代の多くの女性と同様に、「良妻賢母」となることを求められる、家父長制に繋ぎ止められた存在であり、こうした状況の中で抵抗の手段として用いたのが恋愛と妊娠であった。妙子は「家」によって所有されてきたセクシュアリティを自らの手中に置くことで、家父長制の論理から脱し、主体性を確立しようとしていたのである。

結びに

一九四一年の春、妙子は難産の末に女児を産むが、分娩の際に亡くなってしまう[31]。妙子は陣痛微弱に苦しむが、病院に駆けつけた幸子が貞之助の名刺を示し、「どんなに値段が高うても構ひません」と頼み込んだことで、「特別の患者のため」の薬を得て、陣痛が起こる（下三十七）。ところが、幸子が妙子のために推挙した院長が手を滑らせ、女児は窒息死する。妙子は我が子を救う力を持ち得ず、女児の運命は周囲の人々によって決定されていく。妙子の出産をめぐる悲劇には、「新しい女」たちが説く霊肉一致の愛が成就した後に待ち受ける現実の厳しさ、家父長制の論理から外れた女性の無力さが描き出されている。

妙子が産んだ「市松《いちま》人形のやうな」（下三十七）女児の死は、妙子が内なる理想として抱き続けてきた、「日本娘」の死の暗喩とも受け止められる。舞の会で「雪」を披露した妙子の伝統的な美しさは、蒔岡家の暮らしとともにあり、その庇護下になくては成立しないものである。それは、三好との結婚による階層の下降を選択したことや、戦中戦後の社会の変動によって、失われてしまうことが予感される。

「細雪」では、伝統的な日本の美が、時代の進行の中で衰退し、失われていく様子が繰り返し描かれ、作品を貫く主題を形成している[32]。結末部分においては雪子の「下痢」が語られ（下三十七）、反古原稿ではさらに雪子の結婚による「処女」との決別が予測されているが、それは「日本の美が姿を変え、世俗に侵食されていった、時代の様相とも呼応している」[33]。「市松《いちま》人形のやうな」女児の死も、伝統的な日本の美が、戦時体制とは相いれないものとして途絶えていった時代の様相と呼応しており、雪子の「下痢」や「処女」との決別と同様に、作品の主題を託された場面として位置づけられる。

蒔岡家において妙子は、姉妹の中でただ一人「花やかなりし昔」の恩恵を受けずに育ち、職業婦人として自立することを理想としながらも、蒔岡家の伝統や格式、家父長制の論理に拘束され、自らの主体性を確立できずにいた。妙子の恋愛と妊娠は、それまで「家」によって所有されてきた自らのセクシュアリティを取り戻すことで、男性社会の秩序に対抗し、主体性を獲得する行為といえる。

しかし、こうした抵抗的な生き方は、妙子のもう一つの理想である、蒔岡家の娘としてふさわしい伝統的な日本女性という生き方とは、両立し得ないものである。妙子は二つの理想の間で引き裂かれ、男性の経済的な支援によって、「女の腕一つで独立独行してゐる」職業婦人を装い、姉たちに対して自らの「純潔」を主張しながら妊娠する。このような妙子の振る舞いは、男性の側から眺めた時、当時の女性規範からは逸脱した「悪女」「妖婦」として捉えられるが、女性規範の背後に「国家」や「家」の存在がある以上、強い力を持っていたのは常に男性の側である。妙子は制度に組み敷かれ、抵抗と挫折を繰り返しながら、「国家」や「家」の要請とは異なる、自らの生を歩もうとしていた。

注1　折口信夫「『細雪』の女」(『人間』一九四九年一月)
2　伊藤整「解説」(『谷崎潤一郎文庫七』中央公論社、一九五三年九月)
3　菊池弘「谷崎潤一郎『細雪』」(安川定男編『昭和の長編小説』至文堂、一九九二年七月)
4　野口武彦「『細雪』とその世界」(『谷崎潤一郎論』中央公論社、一九七三年八月)
5　冨山都志「「細雪」の世界(一)」(『日本文藝研究』第二八号、一九七六年八月)

6　笠原伸夫「蒔岡家の四季」（『谷崎潤一郎～宿命のエロス～』冬樹社、一九八〇年六月）
7　東郷克美「「細雪」試論—妙子の物語あるいは病気の意味—」（『日本文学』第三四巻二号、一九八五年二月）
8　永栄啓伸「「細雪」の旋律」（『評伝　谷崎潤一郎』和泉書院、一九九七年七月）
9　秦恒平「谷崎潤一郎論と『細雪』」（『作家の批評』清水書院、一九九七年二月）
10　細谷博「『細雪』大尾——〈持続〉と〈収束〉——」（『昭和文学研究』第二七集、一九九三年七月）
11　三田村雅子「「細雪」試論〈衣〉の提供と流通をめぐって」（『谷崎潤一郎　境界を越えて』笠間書院、二〇〇九年二月）
12　清水良典『虚構の天体　谷崎潤一郎』（講談社、一九九六年三月）
13　与謝野晶子は「純潔」規範の広まりについて、「以前は村に由つて結婚前の若い娘に一人の処女も無いとまで云はれた」が、「近年は都会の家庭にある若い娘達のやうに処女の純貞を保つて居る未婚の若い娘をどの地方の町村にも多く発見できる」と言及している（「女子と貞操観念」『太陽』一九一七年）。また、高良富子は「地方の娘さんには、性的に全く無智なのがあり」、「田舎では十六、七に過ちが起り易い」と述べており、地方では「純潔」規範が浸透しなかったことが窺える（今井邦子、星島二郎、及川常平、久米正雄、山田わか、高良富子、平山信子「貞操・恋愛・結婚問題に就て　女性相談担当者の座談会」『婦人倶楽部』一九三七年一月）。
14　生物学者であり、随筆家としても知られる小泉丹は、「純潔」規範の受容と階層の問題について、「処女尊重」は「明かに階級道徳」であり、「ブルジヨア、プチブル、その雰囲気の及ぶ世界に限られる」ことを指摘している（「結婚と優生」『婦人公論大学　第三　結婚篇』一九三一年四月）。
15　北村小松は「現代、ブルジヨア教育では必要以上に貞操を強調してゐる」、「これからの女は、みさをだけが人間の生命ではないと云ふ事も考へて見ていい」と述べ、男性が結婚相手として「処女」を求める理由についても「小ブルジヨア的だから」と指摘するなど、階級帰属意識に根差した「純潔」規範の受容によって、「処女」や「貞操」が価値づけられ、女性の抑圧に繋がった当時の社会の状況を批判している（「男は何故に処女を妻に求めるか貞操を人間的に考へたい」『婦人画報』一九三〇年一〇月)。

16 牟田和恵は、近代日本において「性的禁欲、貞節の道徳規範」は、欧米や日本の伝統的支配階級の「模倣すべきハイカルチャー」であり、「中産階級にとって自らのものとすべき文化であった」と分析している(「セクシュアリティの編成と近代国家」『セクシュアリティの社会学』岩波書店、一九九六年二月)。

17 千葉俊二「杉田直樹と谷崎潤一郎——全集未収録書簡の紹介を含む」(『日本近代文学館年誌　資料探索十二』二〇一七年三月)

18 杉田直樹「処女尊重の根拠(二)何とはなしの潔癖さ」(『婦人公論』一九二六年四月)

19 上野陽一「処女尊重の根拠(三)性の心理に基くところ」(『婦人公論』一九二六年四月)

20 『娘と妻と母の衛生読本』(『主婦之友』附録、一九三七年八月)

21 今井千秋、石川義夫、田村泰次郎、中尾隆治、長濱顕夫、植松弘教、宮川敏助「婚期の青年が『妻にしたい女性』を語る座談会」(『婦人倶楽部』一九三五年六月)

22 安田皐月「生きる事と貞操と—反響九月号「食べる事と貞操と」を読んで—」(『青鞜』第四巻一一号、一九一四年一二月)

23 平塚らいてう「処女の真価」(『新公論』一九一五年三月)

24 与謝野晶子「貞操に就いて」(『婦女新聞』第七八三号、一九一五年五月二一日)

25 注23に同じ

26 注23に同じ

27 牟田和恵『戦略としての家族—近代日本の国民国家形成と女性』(新曜社、一九九六年七月)

28 画家の埴原久和代は、「純潔」が生殖を前提とした身体的な価値にのみ目を向けられることを批判し、「われ〳〵」、即ち女性自身の立場から「清浄」「精進のこゝろ」といった「純潔」の精神的な価値を強調する(「『処女主義』について　修道女の如く」『婦人倶楽部』一九二五年七月)。

29　吉屋信子は「純潔といふもの」は「世にも美しいもの」、「貴い時期」であるとして、「生殖や子孫の繁殖」よりも尊ぶべき、「永遠の純潔」への憧憬を語り、それを脅かす「執拗なる邪悪本能の支配」を否定している（「純潔の意義に就きて」『処女読本』健文社、一九三六年五月）。
30　原阿佐緒「『処女主義』について　ロマンチックな処女主義者」（『婦人倶楽部』一九二五年七月）
31　妙子の死産について、東郷克美は「痩せても枯れても、蒔岡家の娘がどこの馬の骨ともわからぬ男の子供を生むことは許されないというのであろうか」と言及し、人形の比喩は雪子にしばしば用いられた「蒔岡家の美を象徴するもの」であるとする（注7に同じ）。また、三田村雅子は「妙子という女の胎内に残っていた最後の「こいさん」らしさ、お嬢さんらしさが、この「市松人形のやう」と評された赤子の顔に匂い立っている」と評している（「〈人形〉の家の『細雪』」『近代文学研究』第二三号、二〇〇六年三月）。
32　たとえば、本家を継いだ鶴子が大阪を離れて「旧時代」（上二十一）の生活を手放し、時局に応じた「勤倹貯蓄」生活を送るようになったことや（上二十六）、妙子の山村舞の師である、おさく師匠の逝去（中二十二）、花見とともに春の恒例行事となっていた菊五郎の舞台を観ることが叶わなくなる（下三十七）、等である。
33　拙稿「谷崎潤一郎『細雪』の雪子にみる時代への拒絶」（『国文学攷』第二三六号、二〇一七年十二月）

付記　「細雪」の引用は、『谷崎潤一郎全集第十九巻』（中央公論社、二〇一五年六月）、『谷崎潤一郎全集第二十巻』（中央公論社、二〇一五年七月）に拠る。なお本稿は、東アジアと同時代日本語文学フォーラム台北大会（二〇一九年一〇月二六日於東呉大学）の口頭発表を経て作成した。会場内外でご指導を賜りました方々に、心より御礼申し上げます。

三島由紀夫「鍵のかかる部屋」論
――サディズムをめぐる男と女の攻防――

中元　さおり

はじめに

「鍵のかかる部屋」は、『新潮』一九五四年七月号に発表された短編小説である。終戦直後の占領期を背景に、大学を出て財務省官僚になったばかりの児玉一雄は、インフレーションによる破滅の予感を抱きながら虚無的な日々を過ごすなかで、ダンスホールで魅惑的な人妻東畑桐子と出会う。夫が不在の家に招かれ〈鍵のかかる部屋〉で情事を重ねていくが、桐子は一雄との情事の際に心臓発作によって死ぬ。残された九歳の娘房子の肉体に一雄のサディスティックな欲望は掻き立てられ、桐子の死後も彼女たちの家を訪れる。房子は母親ゆずりの媚態によって一雄を翻弄するが、女中しげやによって房子に初潮が到来したことを知った一雄は房子から離れていく。

三島は「鍵のかかる部屋」が後の長編作「鏡子の家」（一九五九年九月）の「母胎」となったことや、「私の文体破壊の試みでもあつた」[1]ことなどを明かしている。さらに、三島自身が大学を卒業して大蔵省に入省した一九四七年から一九四八年頃の日記を参考にして「当時の政治情勢や経済状況を、その日記を手がかりに作中に織り込んである」こと、「戦争直後の時代へのノスタルジアをからませたものであること」を語っている。[2]

奥野健男は、「実際昭和二十九年にこれほど不気味に現代人の疎外を内的に表現し、政治的人間の本質的頽廃とうらはらな性的人間の本質的頽廃を鋭く指摘し、何の希望も見出せない暗澹たる未来を予兆している作品はない」、「三島由紀夫の隠された内面が本質的に表現された作品」[3]であると評価している。松本徹は占領期という時代背景に注目し「徹底した無秩序」を求める主人公と時代の「退廃ぶり」が作品の眼目になっていること、「当時、この作品は占領問題を正面から扱っていると誰も受け取らなかった」が、「占領下にあるとはどういうことかを、もっぱら精神の在り方においてだが、扱っているのである」[4]と論じた。さらに、大蔵省官僚を辞職し専業作家としての道を歩み出した当時の三島が「辿ってきた今までの、占領下とほぼ重なる期間が、如何なるものであったのか、改めて考えた」のが、「鍵のかかる部屋」と前年に書かれた「江口初女覚書」であるとし、「『鍵のかかる部屋』の主人公は、無秩序に化身しようとしたが、『江口初女覚書』の主人公は、虚偽に化身、この世を押し渡り、占領期が終わっても生きとおそうとしているのである。その点で、この二作は双生児といってよかろう」[5]と、この時期における三島の意識を意味づけている。また、佐藤秀明は「鏡子の家」の母胎となったという三島の言葉を参照し、「鏡子の家」の少女真砂子(九歳)と「鍵のかかる部屋」の房子に訪れる肉体的な変化の共通性を指摘し、「少女たちの「女つぽくなつた」ことや初潮が暗示していたのは、「戦後」の終わり、「無秩序」の時代の終焉であった」[6]と論じ、松山巖は「この作品が、対日平和条約と日米安全保障条約が発効した後に書かれ、しかも占領時代をテーマにしていること」から「アメリカの隷属下にある日本というテーマが隠されている」[7]ことを指摘している。

「鍵のかかる部屋」では、男たちの少女や女たちに対するサディズム的欲望は、幻想として語られることで、かろうじて現実化され得ない欲望とされている。少女や女たちの身体を暴力的に奪う彼らの欲望は、幻想であるがゆえに現実の抑圧から解放され鮮明に語られることで、読者に強い印象を与える。しかし、男たちのサディスティックな欲望の内実についての検討は、これまでの研究ではほぼ論じられてこなかった。そこで、本論では作品発表時における少女や女性に対する暴力事件との関連と、それに呼応して問題視されたサディズム表現をめぐる同時代状況について紹介し、「鍵のかかる部屋」における少女や女たちに向けられた暴力的な欲望の内実と、一雄のサディズムが女たちの連帯によって挫かれていくことを論じていきたい。

一　『新潮』（一九五四年七月号）掲載時の状況について

掲載号の『新潮』は〈小説特集〉で短編小説が十七編掲載され、里見弴、今日出海、幸田文、中野重治、阿部知二、川崎長太郎、阿川弘之ら多彩な作家が名をつらねるなか、目次の表記を見ると、三島の「鍵のかかる部屋」のみが黒枠で囲われて強調されており、今号の注目作として扱われていることがうかがえる。ほぼ同時期に書き下ろしで「潮騒」（一九五四年六月）も刊行され、人気作家として遇されていたことがわかる。

しかしここで注目したいのは、「鍵のかかる部屋」と発表当時の世相が奇妙な相似形をなしていることである。それは、「鍵のかかる部屋」が発表される二ヶ月前に起きた女児殺害事件である。事件の詳細は後述するが、七歳の女児が若い男に殺害された事件は連日報道され、子ども―特に少女や女性をターゲットにした男たちの性欲や暴力の存在がクローズアップされ、市民の不安感が高まっていた。そのような同時代状況のなかで、まさに少女へのサディスティックな欲望を抱く若い男を主人公にした「鍵のかかる部屋」は、『新潮』編集部としては注目作というよりも、問題作として特集の目玉に据えたのではないだろうか。

前出の三島の日記によれば、「鍵のかかる部屋」の執筆は「一九五三年の夏」との記述があるため、一九五四年の女児殺害事件に着想を得た可能性はないだろうが、「鍵のかかる部屋」の同時代の読者にとっては、世間を不安に陥れた事件を想起せずにはいられなかっただろう。『文藝首都』一九五四年八月号の「「鍵のかかる部屋」読後感　特集」で佐々俊之は「無秩序の中で満足する青年、鍵のかかる部屋での遮断された秘事、サデイズム……道具立で揃つている。しかし、所詮、三島の男色がサデイズムに置き換えられたに過ぎないのではないか。（中略）

「鏡子ちゃん事件じゃないか」とののしる評者が現れるのは、畢竟、そうした秀才の軽薄さを問題にしているような気もする[8]」と厳しく評したが、やはり作品発表の二ヶ月前に起こった女児殺害事件を連想する読者がいたことがうかがわれる。そこで、はからずもこの作品がもった同時代性について検討していく。

二　「鍵のかかる部屋」の同時代状況

ここでは、一九五四年四月に起きた少女が犠牲者となった暴行殺害事件と、事件をきっかけに高まった出版物の取り締まりの動向について検討し、「鍵のかかる部屋」が接した同時代状況の一側面を明らかにする。[9]

・文京区小二女児殺害事件について

まず、「鍵のかかる部屋」発表の約二ヶ月前に起こった女児殺害事件（文京区小二女児殺害事件[10]）について紹介する。一九五四年四月十九日、東京都文京区の小学校で授業中にトイレに行った小学二年生の女子児童（七歳）が、学校内のトイレで絞殺、暴行を受け、遺体で発見された。約二週間後にはヒロポンを常習していた男（二十一歳）が逮捕され、のちに死刑判決を受けた。

幼い女児が犠牲になった事件の残虐性にくわえ、被害者の父親が大手新聞社の記者だったこともあり、連日過熱した報道が展開され、広く世間が注目した。事件の第一報では、「犯人は土地に明るいものの犯行と見て付近の変質者を一人残らず調べることになった」という捜査員のコメントや、のぞきなどの被害が多く警察に届けられており「変質者が出没している」こと、女性を狙った「変質者の仕業とみられる凶行が続出[11]」していることなどが報じられている。また、授業中に起きた事件であったことから、学校の管理体制に厳しい非難が集中し、市民の不安はかなり大きなものだった。

犯人像をめぐって新聞紙上では、「考えてみれば、この犯人のようなアブノーマルな痴漢や気違いが都会には満ちあふれているようなもの」であり、「狂犬的人間を近寄らせないように学園の周りを風教的に清掃することが先決」[12]というような論調が展開された。事件をめぐる言説で特徴的なのは、「変質者」「アブノーマル」「気違い」「狂犬的人間」という過激な表現で犯人像が語られていることだ。事件がなかなか解決されないことへの苛立ちと、幼い女児が犠牲になったショックから、報道の言葉も激しさを増している。また、都会には危険人物が「あふれている」といった表現で、市民の不安感をあおり、類似事件が再び起きかねないと危険を呼びかける声も高まっていた。五月一日に犯人の男が逮捕された後も不安はおさまることがなく、犯人が無職でヒロポンに依存していたことや、乱れた家庭環境が報じられた。また、子どもや女性に向けられた性暴力が「最近しり上りにふえている」こと、こうした犯罪の要因として「ワイセツ文書、映画、悪い友達、ヒロポンなどの影響」[13]が近年多くの青年にみられることへの懸念が精神科医によって精神病理や犯罪心理の枠組みで語られている。また、「鍵のかかる部屋」と同じ月に刊行された『婦人朝日』(一九五四年七月号)では、事件をきっかけに「痴漢はあなたのそばにもいる」という特集記事が組まれ、子どもや女性が常に性的な欲望にさらされている危険を呼びかけ、社会問題化している。

やはり、少女や女性に対する性犯罪や暴力への危機感が高まった状況のなかで「鍵のかかる部屋」が発表されたことは見過ごせない。「鍵のかかる部屋」では、主人公の一雄が九歳の少女に性的欲望とサディスティックな欲望を抱き、さらに他の男たちも女性に対するサディズム幻想を陶然と語る。一雄の夢のなかとはいえ、「誓約の酒場」という男たちの世界では加虐欲が共有され、「政府がサーディズムに法令の保護を加へてゐる」という異常な事態が描かれたこの作品は、作者の意図からはなれ、当時の社会問題と関連づけながら読む同時代の読者も多かっただろう。

・サディズム表現(エロ・グロ表現)の規制について

また、過激な表現を含む出版物は、犯罪を誘発するものとして以前から取り締まりの対象となっていたが、先に紹介した女児殺害事件をきっかけにして、いわゆるエロ・グロ表現への規制がより強く求められるようになった。当時の風俗雑誌を対象にした摘発状況については、一九五四年三月から取り締まりが目立つようになっていたことに加え、「同年四月には、大きく社会を騒がせた「鏡子ちゃん事件」が起こり、「エロ・グロ」出版物に対する風当たりは一層激しくなった[14]」ことを河原梓水が指摘している。

例えば、一九五四年四月二十六日『読売新聞・夕刊』の「犯罪を生むエロ・グロ出版物」という記事では、この時点ですでに二万部が押収され戦後最高の記録となっていることが伝えられている。「最近続出する婦女子に対する凶悪犯の原因」がこれらの出版物であり、とくに「し(嗜)虐性を帯びたエロ・グロは目をおゝう悪どさを見せている」と糾弾している。同月の女児殺害事件をきっかけに警視庁が「最近の悪質犯罪横行に対し〝風紀浄化〟に乗出した」という動きを紹介し、出版物の取り締まりが「この種の犯罪の絶滅を期すことになった」と伝える。近年になって過激な表現が増加した背景について、「これまでエロもので十分売れ行きのよかった性雑誌がマンネリズムの編集方針から一般読者層にあきられ、ガタ落ちとなり、あわてたこの種の出版業者は女体にナワをしばりつけるというし虐性の強い記事を盛り沢山にした編集方針をとったのが原因」と解説する。この取り締まりの強化によって、『夫婦生活』や『りべらる』、『デカメロン』などが〈不良出版物〉として押収され、多くの風俗雑誌が廃刊した。

以上みてきたように、女児殺害事件をきっかけにエロ・グロ表現への規制が一層厳しくなり、特にサディズム的な表現への反発は強いものとなった。表現をめぐるこのような状況のなかに「鍵のかかる部屋」を配置してみると、この作品における男たちの欲望が孕む問題性が鮮明になる。女児への性的欲望が描かれていること、女性に対する加虐場面が詳細に描かれていることから、残虐事件に触発され大規模なエロ・グロ表現規制が求められていた状況とあわせて、同時代の読者にとっては強い衝撃と反感を抱く作品であったはずである。その一例が、前出の『文藝首都』での批判でもあろう。女性の身体を切り裂き、流血を夢見るような男たちのサディスティックな欲望が細かに描写されているだけでなく、少女の体を「引き裂いてしまう」妄想にとりつかれた男の欲望は、エロ・グロ表現の規制対象になってもおかしくなかっただろうが、欲情を煽るようなポルノグラフィーとしては見做されなかったことと、文芸誌である『新潮』に掲載されたことによって、風俗雑誌を対象としていた規制の網から逃れたのかもしれない。

「鍵のかかる部屋」では、作品内の時代は一九四八年に設定され、占領下という状況のなかで政治や経済をめぐる混乱がおさまることはなく、社会全体を「無秩序」という空気が支配していたことを語る。「誰も彼もあくせくして生き、子供のやうに「悪いこと」に夢中になり、賭博やヒロポンや自殺にむかつて傾斜してゐた」と語られる時代の空気感は、占領から解放された作品発表時の一九五四年にもしぶとく澱のように人々の心に潜み続けていた。さらに、作品内では一九四八年一月に立て続けに世間を騒がせた寿産院事件や帝銀事件を引き合いに出し「どちらの事件にも、彼は別に関係がなかつた。当り前のことだ。一雄はそれを新聞で読んだだけだ。しかし舞台上の事件と観客とが絶対に関係がないと言い切れるだらうか」という言葉は、「鍵のかかる部屋」発表時の時代状況にも重なっていく。女児殺害事件をめぐるサディスティックな欲望への糾弾や、それをきっかけに盛り上がっていくエロ・グロ出版物のさらなる規制を求める市民の声は、サディスティックな欲望を抱く者を排斥し、安全な社会を実現するかのように思えるが、「鍵のかかる部屋」で語られた残虐な欲望が、人々にとって「絶対に関係がないと言い切れるだらうか」という問題を突きつけている。

三　サディスティックな欲望と美的観念

ここでは、「鍵のかかる部屋」における男たちのサディスティックな欲望とその語られ方について考察していく。まず一雄の性欲は、出勤で乗るバスの揺れに反応したり、仕事中の眠気に抵抗して勃起する性器を通して語られるが、そこには「別に快感はなかつた」というように、厳密には性欲というよりも生理的な反応として登場する。しかしその直後に語られるのは、向かい合わせの机の女事務員が毛糸の人形を鋭く尖った鉛筆の先で突き刺す様子である。それをきっかけに一雄は、かつて軍事教練の際に剣附鉄砲で藁人形を突き刺し、破壊した体験を思い起こす。「人形の縛られた杭の根本には、土埃のなかに鮮かな色をした藁の粉がいつぱい落ちてゐた……」という光景は、後の九歳の少女房子への加虐的な欲望に接続していく。一雄の勃起した性器は、剣附鉄砲や女事務員が手にする鋭く尖った鉛筆の先と重ねられ、それを突き刺す対象を求めているのだ。一雄にとってまだはっきりと自覚されていないサディスティックな欲望は、東畑桐子との情事を経てはっきりとした輪郭を持ち始める。

一雄はダンスホールで出会った人妻桐子の家に招かれ、〈鍵のかかる部屋〉で情事を重ねるが、ある時桐子が情事の最中に心臓発作を起こした。

「早くかへつて頂戴。あたしに構はずに。……医者が来るから……医者をすぐ呼ぶから……医者にあなたを見られたくないの」

俺が鍵をあけると、女中が傲然と入つて来た。女中がちつともあわててゐないので、医者がすぐ来るといふ返事をきいてから、俺はかへつた。その晩のあけ方に桐子は死んだ。

一雄は女たちの手馴れた段取りによって部屋から締め出され、死の現場に立ち会うことはなかった。性行為の最中に桐子が心臓発作を起こすという点では、性器を突き刺すことで相手の身体を破壊したいという密かに抱き続けたサディスティックな欲望は、間接的ではあるが達成されたと言えるだろう。ただし、桐子の死の現場から遠ざけられたこと、あくまでも偶発的な死であったこと、そして何よりも肉体を引き裂き流血させることなく死に至らせてしまったことによって、一雄のサディズムは不発段階にとどめられてしまったが、そのことでかえってサディズムへの欲望をより一層加速させていくこととなった。桐子の死以降、一雄のなかでサディズムはくっきりとした輪郭を持ち始める。九歳の少女房子の「肉の実感」「肉の温度と重み」に触れることによって、一雄の加虐への欲望は強まっていく。

一雄が現実ではかろうじて抑えているサディスティックな欲望は、夢の世界では「誓約の酒場」という秘密クラブの場に立ち現れてくる。一度目に見た夢では、誰もいない「誓約の酒場」に「一つの酒罎が、踏みつぶされたやうな形に壊れ、酒が黒い血のやうに流れ出てゐた」という情景が現れ、自らの内面に抱えてきた加虐性─肉体の破壊と流血への嗜好が具現化したものと読みとれるが、まだ暗示的なイメージにとどめられている。その後、実際に〈鍵のかかる部屋〉を訪れた際に房子からいきなり接吻され、一雄は「おそろしく混乱」するが、この体験をきっかけに一雄の欲望ははっきりと自覚されることとなる。

一雄は妄想にとりつかれた。房子のからだ。房子のからだ。少女の体は、どうして妙に冒瀆的ないたづらをしてみたい気を起させるのだらう。一雄はあばずれの三十女の体に対しては、敬虔な男なのだ。
しばらく房子を訪ねるのは差控へよう。彼は「引裂く」といふ言葉を怖れた。彼はこのままでゐたら、きつと房子の体を、その小さな綻びでは足りずに、引裂いてしまふだらう。
房子に対する彼の感情は持続してゐた。憐憫や残酷さやいろんなものがまざり合ひ、さうしていつも房子の肉について考へた。この未熟で、桃いろで、ふはふはしたもの。完全に技巧的な無邪気さ。彼は手のなかにしばらく置いて、じつと眺めて、それから握りつぶしたかつた。果汁が流れ出るだらう。

このようにはっきりと自覚された少女の小さくて柔らかい肉体を破壊することへの欲望は、「誓約の酒場」の夢に具体性を与えることとなる。二度目に見た「誓約の酒場」の夢では、少女の血が飲み物として振る舞われる「サーディストの会合の場所」となり、そこに集った男たちは女に対するサディスティックな欲望を熱心に語り合う。男たちは女の身体に向けた暴力性によって、ひそかに連帯を築いているのだ。

一人目の男は「人体の断面図にひどく美を感じるのです。勿論、女のですね」と語り始め、女の血や腸から採取した色素を染料にしたゆかたを作ることへの夢を語り、「最低せめて二千人分」が必要だと主張する。もう一人の男は「女の死刑の方法をいろいろ考案しました」と語り、「全身に刺青でスーツを著せ」、最後には胸や横腹に小刀でポケットを切り込み、そこにハンカチやコンパクトを深く差し込むことで女を死に至らしめるというサディズム願望を披露する。一雄は皆に請われて、「僕ですか？　僕は少女を凌辱しました。少女を『引裂いた』のです。少女は血を流して死にました。九つの子ですよ」と自分のサディスティックな願望を明かすが、「それだけですか」「あなたはまだ既成観念にとらはれてゐますね」と冷たくあしらわれる。ここに集ったサディストたちにとっては、一雄の欲望は物足りないものだったのだ。つまり、「誓約の酒場」では、サディズムは単に女の身体を破壊するものではなく、美的世界を創造する行為として語られることが求められている。この愛好家たちの空間では「人間愛と残虐への嗜好とが、ぴつたり一つのもの」となる美的想像力が求められるが、一雄の欲望には美を生み出すような想像力が決定的に欠けており、平凡で短絡的な残虐行為として退けられ、「誓約の酒場」を構成するサディズムには加えられないのだ。

「誓約の酒場」で展開されるサディズムと美の創造性との関係についての論調は、戦後の代表的な風俗雑誌『奇譚クラブ』の特徴と重なる。三島も愛読し関わりをもっていた『奇譚クラブ』は読者の告白手記を多く掲載したが、「暗く陰惨なサディズム、残虐なだけのサディズム、犯罪と結び付いた欲望」は「発禁に結び付くだけでなく、「奇譚クラブ」編集部の認識としても、反社会的かつ有害ととらえ」、「単に暴力的で残虐な作品は掲載できない」という編集方針をとっていたことが河原によって指摘されている。[15]「鍵のかかる部屋」の「誓約の酒場」で男たちに共有されているサディズムと美の関係を求める姿勢は、『奇譚クラブ』で展開されていたサディズム表象をめぐる価値観と重なるものであると言えるだろう。そのような価値基準のなかで、一雄のサディズムは少女に向けた残虐性のみの「反社会的」な欲望として「誓約の酒場」では見做され、批判的に語られているのだ。

四　サディズムを正当化するホモソーシャル空間の男たち

「鍵のかかる部屋」で語られる男たちのサディズムは、美の創造に寄与することが価値基準とされており、女性の身体への加虐性は美的世界の構築のために必要不可欠な要因とされている。このようなサディストたちの論理は、世間一般では精神病理や犯罪心理の枠組みで意味づけられてきたサディズムを、美的観念に結びつけることで、残虐性を美的観念に昇華させ、サディズムに正当性を付与しようとするものである。さらに、「政府がサーディズムに法令の保護を加へてゐる」ことにより、「誓約の酒場」においては残虐な暴力は正当性が保証され、ここでは自分たちのサディズムを安心して自在に語り、共有することができるホモソーシャルな空間が成立している。

内藤千珠子はナショナリズムと性暴力について「ナショナリズムや戦争の論理が、攻撃性を帯びた主体として男性身体を積極的に構築する一方で、女性身体を暴力の宛先として消費し、有効活用しようとする構図は、遍在する権力として反復され、ジェンダーをめぐる規範的なメッセージとなる」[16]と指摘しているが、「鍵のかかる部屋」においても、たとえ夢の中であれ、男たちがサディズムに彩られた欲望を語るには、「政府」という権威による保証を持ち出す必要があるのだ。戦争における暴力は国家から要請されたものとして正当性を有していたが、いまだに一雄が軍事教練の体験を思い起こすように、戦後もまだ男たちには暴力への欲望がくすぶりつづけている。占領下という状況で、去勢されたかのような抑圧を感じている男たちは、剥奪された〈男らしさ〉を取り戻すための暴力を必要とし、そのサディスティックな欲望は、夢の世界でより一層色濃く展開される。戦争の暴力を、戦後は美的観念のための暴力へと巧妙にすり替えることで、その正当性を保証しようとしている。彼らの暴力は占領国の米国には向かわず、より非力な自国の女性や少女に向けられているのだ。また、「われわれは空想を話してゐるだけなんです。内心の自由はわれわれのものだし、今のところ、言論の自由もわれわれのものです。政府はわれわれに味方してゐます」という「誓約の酒場」を支配する論理は、戦後の民主主義によってもたらされた「自由」によって暴力が肯定されてもいる。一雄の夢の世界では、男たちは暴力の欲望を共有することによって戦後も連帯を続けている。

このホモソーシャルな空間で語られるサディズムに満ちた妄想では、男たちの美的世界を構築するために、女の身体は生贄として捧げられる。男たちが語る妄想の世界の女たちは、美的世界に寄与するために、自分たちに向けられた暴力に抵抗を示すことはない。むしろ、美のために自ら進んで痛苦を受け止めようとしているかのように男たちによって語られる。あたかも谷崎潤一郎の「刺青」(一九一〇年)を彷彿とさせるような世界である。「誓約の酒場」で二人の男が語る妄想では、ゆかたを美しく色付ける染料や美しいスーツを顕現させるために、女の身体が切り刻まれ血が流される。

ここで加虐性を正当化する美的世界が、いずれも装いに関することであるのは興味深い。美しい装いに対する女性の欲望を利用することで、自分たちの加虐性に正当性を加えようとしているのだ。つまり、ここで語られているサディズムは、女は美しい装いを求めるためには苦痛と犠牲を惜しまないというジェンダー観に基づいている。それは、美しいもののためには女たちが身体を差し出すはずだという男たちの身勝手な理屈を成立させ、加虐に正当性を与えようとするものである。加虐／被虐という関係性が、男女の間にある力関係をもとにしつつ、女の側が抵抗できないような条件を創り出すという巧妙な仕掛けは、「誓約の酒場」というホモソーシャルな空間でサディズムの妄想を共有するためのルールとなっているのだ。

しかし、一雄はこのホモソーシャル空間におけるサディズムの条件を理解できていない。房子の肉体に向けた一雄の欲望には美的観念が欠落しているため、その暴力は正当性を獲得することができないのだ。暴力を美的世界に結びつけることができない一雄のサディズムは、男たちに笑われ、否定される。日常生活のなかで一雄が常に感じている何ものにもつながっていない「一人ぼっち」の孤独は、自身の夢の中でも解消することはできていないのだ。

五　一雄による性欲とサディズムの正当化――〈誘惑する女〉たち

男たちが語るサディスティックな欲望において、男／女の関係性は、加虐／被虐、主体／客体と位置付けることができる。房子の体を引き裂きたいという一雄の欲望もこれにのっとったものだが、桐子、房子、女中のしげやとの実際の関係性では、一雄は主体的な立場に必ずしも身を置いてはいない。桐子が自ら部屋の鍵をかけたことが二人の情事のきっかけだが、一雄にとっては「そのとき女のはうが鍵をかけたといふことはたしかに重要だつた」ようで、桐子に主導権が握られたまま関係が進んでいく。桐子によって一雄を取り巻いていた「外界が手ぎはよく、遮断され」、「彼の外界は、その鍵の音で、命令され、強圧され、料理されてしまつた」、「無限につながつた現実の連鎖が、小気味よく絶たれてしまつた」（傍点はすべて引用者による）と、受け身表現を重ねることによって、桐子が主導した関係性であったことが強調される。「桐子は自分の意志で、勝手に、彼の聯関を絶ち切ったのだ」と、何度も桐子の主導で関係が進められていったことが繰り返され、一雄の意志によって関係をもったわけではないという言い訳が形成されている。

また、桐子がこうした情事に慣れた〈誘惑する女〉であったことも、一雄が自分自身を正当化するための理由として好適であった。「桐子に対しては性的な虚栄心といふやつを完全に免れてゐる自分が面白かつた。まるで自分が白痴の童貞みたいな気がした」「彼は自分を限りなく無力な可愛い玩具と考えることに熱中」し、桐子に身をまかせることで、一雄は主体性を放棄している。このようなジェンダー規範からの逸脱が可能だったのは、女のみで構成された〈家庭の領域内〉での出来事であったことと、外界から遮断され、他者の視線が介在しない密室だったことによる。いずれにせよ、東畑家の〈鍵のかかる部屋〉という空間は、一雄にとって社会から要請されるジェンダー規範を放棄させる場であるとともに、〈誘惑する女〉によって客体化されたことによって、自らの欲望を弁護し正当化する理由となっているのだ。

桐子以外の女たち―娘の房子と女中のしげやとの関係においては、彼女たちから〈見られる〉存在であることを一雄は意識している。はじめて東畑家を訪れた際、玄関に出てきた怪物のような女中しげやの視線は一雄に衝撃を与えるような強いものだった。

女中が出てくる。肥つた、まつ白な、毛の薄い、蛆のやうな女である。この女が無表情に一雄を見た。擲られた、斬られた、などといふことは大したことだが、一雄はそれとほとんど同じ重みで、『見られた』と思つた。こんな風にして人間を見たら、人間はみんな怪物になつてしまふ。しかし一雄は別に怪物ではない。だから逆にこの女中を怪物だと感じる理由があつた。

このように、東畑家ではははじめから一雄は「見られる」客体的な立場におかれていることが強制されている。女から視線を直接向けられることは、一雄にとって「擲られた、斬られた」と同じくらい暴力的な体験とされており、その点において東畑家の女たちは、見ることをめぐるジェンダー規範を撹乱する存在なのだ。

一雄への強い視線は房子からも向けられる。房子は初対面の一雄に対して「片手でスカートをまくりあげて、そのはうへ体を曲げて、赤い靴下留をその片手の指先でピチッピチッと云はせながら、しきりに一雄を見て笑つた」という九歳の少女らしからぬ媚態を演じる。その後も房子は一雄に会うたびにしきりに媚態を示し、一雄に視線を向ける。桐子の死後に一雄が訪れた際には、「男の膝に馬乗りになり、男の両肩へ手をさしのべ、男の目を憚らずにじつと見た。「をぢちやまの目に房子が映つてる。房子の目にもをぢちやまが映つてる？」映つてゐる、と一雄は答へた。房子は執念ぶかく睨めつこをつづけた」と房子が一雄を見つめる視線は強く、そのふるまいは〈誘惑する女〉としての桐子を受け継いでいる。九歳の少女の肉体に向かう一雄の欲望は、母親を模倣した房子の媚態によって引きだされたものだという言い訳を成立させ、少女に対する性的でサディスティックな欲望になんとか正当性を付与しようとしている。

「男の欲望の対象となった女は真に無垢ではいられないという考えで、欲望を喚起する何かが彼女の内にある以上、その責任を負わねばならない。いかに女が従順で、「純潔」であろうとも、男の不法な欲望の対象となれば、罪は女にある。女の方がもっと注意し、もっと身を隠すべきだった、というわけだ[17]」とアンケ・ベルナウが指摘しているように、欲望の対象となった女たちは〈誘惑する女〉としての罪を背負わされ、その一方で男の欲望は仕方がないものとして免責される。たとえ「不法な欲望」であっても、それを正当化するような身勝手な論理が男たちによって作りだされてきたように、〈誘惑する女〉としての房子の媚態が繰り返し語られることで、九歳という年齢の少女に対する「不法な欲望」は免責され、自分の立場を客体に据えることで主体的に行動する女たちによって欲望が引き出されたにすぎないという正当化の論理をでっち上げようとしている一雄の姿が浮かび上がるのだ。

おわりに

最後に、作品の結末で房子が初潮を迎えることについて考えておきたい。九歳で初潮を迎えることは、医学的には僅少な事例[18]と言え、些か唐突な展開であるが、いずれにせよ、九歳の少女にとって、自分の身体に起きた変化には、不安と動揺が大きいはずである。特に桐子の死亡により母親不在になった房子が感じた戸惑いは計り知れないが、桐子に変わってケアする者として女中しげやの存在は大きい。『初潮という切り札〈少女〉批評・序説』で横川寿美子は、物語において少女に訪れる初潮とは「こと女同士の人間関係においては、個々人の好き嫌いや理屈を越えた最も基本的な共通点として提示される」とし、「女たちがそれぞれに同じメカニズムを体内に抱えていることを確認しあい、相槌を打ち合うことで、互いに同化していく世界」が出現し、「女同士の、女にだけしか通用しない閉ざされた連帯の中に取り込まれて」いき、「そもそも初潮というものが、少年の精通と違って、性欲の芽生え・性交能力の獲得を意味するものではないからでもあるが、この女同士の固い連帯が少女の周辺に異性の介入することを拒む[19]」世界を築くことを指摘している。「鍵のかかる部屋」においても、初潮を迎えた房子のケアを通して、房子としげやの間には女同士の固い連帯が新たに生じたと考えられる。しげやが一雄に告げた「今まで申上げませんでしたけど、あの子は実は私の子なんです」という告白は、母娘という肉体的な結びつきがいかに強固かを一雄にしらしめることでもあった。不安な少女をケアするだけでなく、実母として名乗り出ることは、桐子が不在となった東畑家において自分の役割を拡大していこうとするしげやの生存政略でもあるだろう。もちろんしげやの告白の真偽は確かめようがないが、秘密を告げられた一雄にとっては、遺影の写真となって〈鍵のかかる部屋〉に存在し続ける桐子と、常に扉の向こうに控えているしげやという二人の母親によって作り出された奇妙な〈複合体〉の少女として房子の存在は変貌したのではないだろうか。媚態という女としてのふるまいは桐子から受け継ぎ、肉の実感を湛えた肉体はしげやから遺伝したものである。一雄が欲望の対象とした〈誘惑する女〉としての房子の肉体は、これまで恐怖と嫌悪感を抱いてきたしげやの肉体と重なっていき、怪物性を帯びた肉体として、あれほど用意周到に何重もの正当性を付与してきた一雄のサディスティックな欲望をくじくのだ。

房子の初潮と出生の秘密を告げられた一雄は、妊娠、出産という再生産のサイクルが女たちのなかに途切れることなく強固に受け継がれていることを思い知り恐怖する。途切れることのない連続性のなかに生きる女たちの存在は、破滅の予感に甘くひたった一雄の無秩序への傾倒に亀裂を生じさせることとなった。一雄の欲望とは無関係に血を流す房子の肉体は、成熟と再生産のサイクルに向けて動き始め、一雄から向けられた加虐に満ちた欲望を女たちの領域から締め出すことに成功したのである。

注1　三島由紀夫「裸体と衣裳――日記」(『新潮』一九五八年四月～一九五九年九月)。一九五九年六月二十九日の記述による。

2　三島由紀夫「あとがき」(『三島由紀夫短篇全集五』講談社、一九六五年七月)
3　奥野健男「『潮騒』と『鍵のかかる部屋』の矛盾」(『三島由紀夫伝説』新潮社、一九九三年二月)。引用は『三島由紀夫伝説』(新潮文庫、二〇〇〇年十一月、三一一頁、三一六頁)による。
4　松本徹「戦争、そして占領の下で」(松本徹・佐藤秀明・井上隆史編『三島由紀夫論集一　三島由紀夫の時代』勉誠出版、二〇〇一年三月、二八頁)
5　松本徹「占領下の無秩序への化身―『鍵のかかる部屋』―」(『三島由紀夫研究』十五、二〇一五年三月、一〇九頁、一一〇頁)
6　佐藤秀明「移りゆく時代の表現―『鏡子の家』論―」(前掲『三島由紀夫論集一　三島由紀夫の時代』、五三頁)
7　松山巖「聖地ディズニーランド」(『都市という廃墟　二つの戦後と三島由紀夫』ちくま文庫、一九九三年六月、一六七頁、一六八頁)、初出は『新潮』一九八四年七月号。
8　佐々俊之「三島由紀夫の正体」(『文藝首都』二十二巻八号、一九五四年八月、七九頁)。「「鍵のかかる部屋」読後感　特集」では他に、「作者の態度と名付けられるものがなかつた」(小野津幸子)、「鍵のかかる部屋の中に彼が見出したものは、残念なことにたゞのサディズムでしかなかつたわけだ」(田畑麦彦)という批評が掲載されており、同記事では全般的に厳しく論じられている。
9　「鍵のかかる部屋」と現実の事件との関連について、奥野健男は、ある資産家令嬢がトイレで監禁された事件に「触発され、発想されたものと思う」(前掲『三島由紀夫伝説』新潮文庫、三二二頁)と述べているが、この事件については管見の限り該当するものが見当たらなかったため、本稿では奥野が述べている事件については取り上げない。
10　当時の報道では、被害者の名前から「鏡子ちゃん事件」と報道されていた。
11　「女生徒　便所で絞殺さる」(『朝日新聞』一九五四年四月二十日)
12　「天声人語」(『朝日新聞』一九五四年四月二十三日)

13　「まだいる〝第二の坂巻〟「鏡子ちゃん事件」は教える」（『朝日新聞』一九五四年五月七日）
14　河原梓水『ＳＭの思想史　戦後日本における支配と暴力をめぐる夢と欲望』（青弓社、二〇二四年五月）、「第二章　第二世代雑誌と弾圧」、一一二頁。
15　注14と同じ。一四五〜一四六頁。
16　内藤千珠子「十二　暴力」（飯田祐子・小平麻衣子編『ジェンダー×小説　ガイドブック　日本近現代小説の読み方』ひつじ書房、二〇二三年五月、一七一頁）
17　アンケ・ベルナウ、（訳）夏目幸子『処女の文化史』（新潮社、二〇〇八年六月）、「第三章　処女の多様性（文学的視点）」、一二三頁。
18　松本清一『日本性科学体系３　日本女性の月経』（フリープレス、一九九九年七月）によると、早発月経は「十歳未満の初経初来をいう」とあり、稀な事例とされている。「全学年別既潮率と平均初経年齢の推移」によると、一九六一年の調査では、平均初経年齢は十三歳二・六カ月である。
19　横川寿美子『初潮という切り札　〈少女〉批評・序説』（ＪＩＣＣ出版局、一九九一年三月）、「第三章　初潮という切り札　日本児童文学の場合」、一一二頁、一一三頁。
※三島由紀夫作品の引用はすべて『決定版三島由紀夫全集　一九』（新潮社、二〇〇二年六月）による。

三島由紀夫「宴のあと」にみる〈老い《エイジング》〉とジェンダー

九内　悠水子

はじめに

一九六〇（昭和三五）年一月から一〇月にかけて雑誌『中央公論』で連載された三島由紀夫「宴のあと」の同時代評価は、そう悪いものではなかった。例えば中村光夫[1]は、「宴のあと」は一種のモデル小説ではあるものの「たんにモデル的興味で読まれるべき作品かというと、そうでは」なく、自分のように「素材になった人物に何の興味を持たぬ者がよんでも面白いし、おそらく都知事選挙のいきさつなど、全く知らぬ十年後の読者にも、やはり感銘をあたえるだろう」として、「内容はかなり読みごたえがあり、今年の小説の一収穫」だという賛辞を送っている。また平野謙[2]は、「私の読後感をいえば、やはりこれはまぎれもないモデル小説であり、モデル小説ではあるけれど、モデルにした実在の人物に迷惑をかけないだけの芸術的自信がある、と書き改むべきと思われる。おそらくここに作者の責任と決意をよむべき」だという見解を示し、河上徹太郎[3]は「私のようにゴシップ的興味のないものは、主人公がX氏だろうとY氏だろうとかかわりなく、一つの創作として読んでゆける」というコメントを出した。臼井吉見[4]も、「宴のあと」はモデルの「ナマの宣伝性によりかかって、読者の低劣な好奇心にこびようとする」ような作品とはまるで違っており、そこに、「おおかたが顔負けするほどすさまじ」い「小説家としての作者の野心と自信」が感じられると述べている。

このように同時代では概ね、ゴシップ的なモデル小説の枠に留まらない芸術作品として「宴のあと」を評価することができるという見解が主流だったが、連載の約半年後に起こったいわゆる「プライバシー裁判」以後は、風向きが変わっていく。作品の評価も、そしてまた研究の焦点も、「プライバシー権利の保護と芸術の問題」へと集中していった(5)のである。このような状況を踏まえながら、中元さおり(6)は、「宴のあと」が持つ「魅力と問題性は、モデル問題のみに終始するものではな」く、「政治という現実を前に強さとしなやかさをもつ福沢かづというキャラクター」についてさらに検討していくべきであると指摘しているが、この点については稿者も全く同感である。

ドナルド・キーンとのあいだに交わされた、「宴のあと」の翻訳をめぐる書簡や対談のやりとりを見ても、三島自身「宴のあと」に対し、モデルと切り離したところで成立しうる芸術作品と自負していた(7)ことがうかがえ、また実際に、一九六四年度の「フォルメントール国際文学賞」では次点となり、海外においては三島の期待通りの受け止められ方をした。

さて、本論では、「プライバシー裁判」というバイアスをひとまず外した上で、あらためて「宴のあと」という作品を読み解いていくが、その際の軸足は〈老い《エイジング》〉に置くことにした。三島自身は、本作について、「政治と恋愛」の物語を描こうとした(8)と述べている。しかし、政治はともかく「恋愛」をテーマの一つに据えたとき、主人公たちの年齢は些か高すぎるのではないかという疑問が湧く。「政治と恋愛」という点で言えば、「憂国」の武山夫妻や、「奔馬」の勲と槇子などはいかにも三島好みで理解もしやすい。しかし「宴のあと」のかづと野口は、五〇過ぎと六〇過ぎの老齢カップルである。三島が〈老い《エイジング》〉を激しく嫌悪していたことは周知の事実であるが、その彼がなぜ中高年の「恋愛」を描こうとしたのか、理解に苦しむところもある。川嶋至(9)は、「現実的野心と功名心に燃えた行動的な中年女と、誇りだけ高い偏屈で卑小な老人が、互いに噛み合うことなく、ちぐはぐに動いているだけ」であり、「恋愛は、政治と、「と」という助詞で対置されるほどには、この作中で重要な意味を持っていない」と手厳しく批判したが、主人公たちをめぐる〈老い《エイジング》〉の問題が、「政治と恋愛」というテーマ以上に色濃く表れているのが「宴のあと」という作品なのではあるまいか。

　ところで近年、〈老い《エイジング》〉と文学をめぐる研究がさかんに進んでいる。金澤哲[10]が「「老い」はジェンダー同様、肉体的なものであると同時に社会的なものであり、当然、政治的なものである」と言うように、また、倉田容子[11]がエイジングとジェンダーには相互作用があるとみなすように、〈老い《エイジング》〉とジェンダーは不可分な関係性にある。本論は、「宴のあと」を〈老い《エイジング》〉という視点から読み直すという試みであるが、それは同時に、本作、あるいは三島文学におけるジェンダーの問題を考えていくことにも繋がるだろう。

一　三島文学と〈老い《エイジング》〉

　決定版『三島由紀夫全集』[12]に長編として収められた三一作品のうち、いわゆる純文学とされる一五作の主要登場人物の年齢を左に挙げる。

「盗賊」藤村明秀（24）、清子（19）
「仮面の告白」私（22）、園子（21）
「愛の渇き」杉浦悦子（30前後）、弥吉（60代）、三郎（18）
「青の時代」川崎誠（26）、耀子（21）
「禁色」檜俊輔（65）、悠一（22）、康子（19）
「潮騒」久保新治（18）、初江（16前後）
「沈める滝」城所昇（27）、顕子（24前後）

「金閣寺」溝口(21)、柏木(21)
「美徳のよろめき」倉越節子(28)、土屋(28)
「鏡子の家」友永鏡子(30)、杉本清一郎(27)
「宴のあと」福沢かづ(50あまり)、野口(60過ぎ)
「美しい星」大杉重一郎(52)、一雄・暁子(大学生)
「午後の曳航」房子(33前後)、登(13)、竜二(33)
「絹と明察」駒沢善次郎(55)、大槻(20前後)
『豊饒の海』本多繁邦(81)、清顕・勲・ジンジャン(20没)、透(21)

これを見ると、主人公が五〇歳を超えている作品は「禁色」、「宴のあと」、「美しい星」、「絹と明察」の四作のみ、『豊饒の海』の本多を主人公としてカウントしてもわずか五作に過ぎないことが分かる。先述したように、三島は若い時分より〈老い《エイジング》〉を嫌い、作中でもその醜さを露骨に描いてきたこと(13)は良く知られている。執筆時の三島の年齢がそもそも若いということを差し引いても、基本的に彼は二〇～三〇代の若者を主軸に据えることを好んでいたし、また、中高年が主人公となっている作品であっても、その傍らには必ずと言っていいほど二〇歳前後の若者たちが配置されていた。

対して「宴のあと」にはそのような青年たちは登場せず、基本的にはかづと野口の二人を中心とする老齢者たちの間だけで物語が進んでいく(14)。つまり二重の意味で「宴のあと」は、三島作品の中では、イレギュラーと言えるだろう。福沢かづが五〇あまり、野口が六〇過ぎというところから始まり、恋愛、結婚、政治への参加という流れを辿る本作は、「政治と恋愛」に〈老い《エイジング》〉の問題が絡んでくるという異色の物語なのであるが、〈老い《エイジング》〉と「恋愛」に関して言えば、「宴のあと」から遡ること一〇年あまり前の、川田順・俊子の「老いらくの恋」がまずは頭に浮かぶ。佐々木信綱門下の歌人で、古典研究にも造詣が深く、戦後は東宮の作歌指導、歌会始の選者を務めるなどしていた川田は、弟子であり京都大学教授中川与之助夫人であった俊子と恋に落ち、悩んだ末、一九四八（昭和二三）年一二月一日、亡き妻の墓前で自殺未遂を図った。当時の新聞には、「〝老いらくの恋は怖れず〟相手は元教授夫人・歌にも悩み」といったような見出し[15]が付けられ、このとき川田が詠んだ「墓場に近き、老いらくの恋は怖るる何ものもなし」という歌から「老いらくの恋」という言葉は一躍流行語となる。なおこの三年後の一九五一（昭和二六）年には、漢学者塩谷温の夫人で元芸者菊乃が自殺するという事件[16]が起こったが、この二人の関係もまた、「老いらくの恋」として世間を賑わせた。ただし、男女の年齢は川田の場合六二歳と三五歳、塩谷の場合七一歳と三五歳、いずれも男性の方が積極的であったようで、世間では老人が娘ほどの年の差の女に恋をしたというような見方が大方であった。これらのケースは、後述する谷崎潤一郎や川端康成の作品に近いものがある。一方、かづと野口の場合は一〇以上の年齢差があるものの、年の差恋愛というよりも、老年同士の恋というほうがしっくりくる。そしてまた、このようなテーマは、「宴のあと」以前の日本近代文学においてほとんど例をみない。

二　「宴のあと」が描いた〈老い《エイジング》〉

次に、「宴のあと」がメインテーマとして据えた「政治と恋」に、〈老い《エイジング》〉の問題がどう絡んでくるのかについて検討してみたい。まずは、かづと野口の〈老い《エイジング》〉に対する受容のさまから見ていく。「宴のあと」の冒頭部分では、五〇歳を超えているかづがまだ美しい肌を持ち、身ぎれいにしている、すなわち、まだ現役の女であることが示される一方で、彼女の意識はすでに老境の域に近づきつつあり、「物語は終り、詩は死んだ」、「恋はもう私の生活を擾さない」し、老後は十分保証され、「何不足のない余生をすごす」ことができることを確信しているさまが描かれている。現代の感覚からすると五〇すぎにしては些か早い気もするが、男子六五、女子七〇歳という一九六〇年当時の平均寿命や、一九九八年に施行された「高年齢者雇用安定法」によって六〇未満の定年が禁止されるまでは五五歳定年が一般的であったこと、また一九五八（昭和三三）年に新聞紙上で「老人」として認定されたのは五三歳から、「老女」として認定されたのは五八歳からという遠藤織枝の調査[17]などを考慮に入れれば、さほど不自然な心境とも言えないだろう。ここでのかづには焦りや忌避は見られず、ごく自然に〈老い〉《エイジング》を受容していこうとする姿勢が感じられる。しかし、このようなかづの将来展望は、野口雄賢への「恋」によって道筋が変わっていく。野口の言動に一喜一憂しながらも、結婚にこぎつけたかづは、野口家の墓に入ることで、自分が「身ぎれいな誇り高い一族」に連なることができたという達成感で胸が一杯になる。ただ、彼女は、「生活の熱情をいつも持してゐなければ生きてゆけない」厄介な性格の持ち主だった。図らずも野口が再び政治の世界へ身を投じる中で、かづの「恋」は「生」を実感するための「熱情」の維持、すなわち「政治」への参入にすり替わっていく。[18]

一方、野口は、すでに終わった過去の栄光を何度も反芻することで肉体的にも社会的にも近づきつつある「死」から目を背けようとする元同僚たちの中でただ一人、「過去の話はよしにしようよ。われわれはまだ若いんだから」と言い放ち、それがかづの心を強く打つことになった。しかし、彼がまだ〈老い〉《エイジング》を意識することなく、若者のように積極的に生きているかと言えばそうでもないだろう。環の葬儀の件を知らせなかったことを詰るかづに向かって、「面倒臭かつただけ」と老人の言葉を返す野口は、選挙戦においては聴衆からも敵方からも「年寄り」であることを揶揄され、また自身も、「あんたがた若いもんにはわからん」と口走ってしまっている。彼は今も昔も変わらず、自分の「原理」を信奉・保持し、またそれを蒙昧な他者へ授けようとする「教育的熱情」に満ちた人物であり続けた。変わらない、ブレないと言えば聞こえはいいが、旧弊的な価値観をアップデートすることなく年齢を重ねてしまった人の悲劇が、彼の描写から垣間見られるのである。

次に、〈老い《エイジング》〉と性愛を巡る描写を見ていきたい。二人が性的な接近を果たしたのは出会ってから約二ヶ月ほど経過した正月のことだった。

かづは紋付を着た野口の姿に目を取られながらも、それを着せたのが女中であることを知って不機嫌になる。学のある女中にかねてより嫉妬していたかづは、野口に彼女を解雇するよう迫るが、野口は応じようとしない。そこでかづは、彼の膝に泣き崩れ、「抜いた襟からのぞかれるつややかな背中」をさりげなく野口の目に触れさせるという作戦に出た。自分の「女」としての魅力をそれとなくアピールし、彼の気を引くという目論見は半ば成功し、二人はそのあと、最初の接吻を交わすに至る。またその約二ヶ月後には、奈良への旅行も果たし、東大寺の御水取の夜についに「一つ寝床に寐」むに至った。ただし二人がホテルに帰ったのは明け方近かったこともあり、この時、性行為が行われたかどうかは不明である。なお、結婚してからの二人は、野口家の寝室に新しく据えられた「トゥイン・ベット」で一緒に寝るようになるが、「同じやうな寝る前の一トしきりの咳、同じやうな中途半端な愛撫や不透明な接近の仕方、同じやうな断念」という描写から推測するに、二人の間に性生活はほぼなかったものと考えられる。ちなみに「蛹めいた寝方」をする野口は寝つきがいいが、「情欲よりも空想で体が熱して」いるかづはなかなか眠りにつけずにいた。このことは、野口が「眠り」、すなわち「死」に近いことを、そしてかづはまだ「生」＝「性」の側にいることを暗示していると捉えることができるだろう。雪後庵に泥棒が入った後、かづは、「賊が自分の寝てゐるところを窺つてそのまま入るのを止めてしまつた」ことに対して、自分の「体を検分」した結果、襲うに値しない老女であるからと「思ひ直し」て何もしなかったのではないかという勝手な想像を抱いてみたりする。また、現実のこととして、自分の肌に対する自信と、「弛みを見せてきたやうに思はれる」肉体への不安を感じたりもしている。これらの描写は、彼女がまだ「現役」の女でありながらも、やがてそこから「引退」する日も遠くはないと自覚していることを意味している。

そもそも、肉体に関する両者の状況と意識も対照的に描かれている。かづは、前の晩どんなに呑み過ごしても、翌朝煙草を美味しく喫むことのできる健康体の持ち主である。他方、自分のあずかり知らぬところでパンフレットを作成しバラまこうとしていたかづに激怒し、暴力を振るう野口の肉体は「非力」であったと語られているのである。また、「声帯が強くて、いくら演説をしてまわつても枯れることがない」かづに対し、朝晩、「永い含嗽」をせねばならない野口の疲弊ぶりは、痛々しいほどであった。

そして二人に、もっとも強烈に〈老い《エイジング》〉の問題を突き付けたのが、選挙の敗北だった。老境に差し掛かっていた二人は、恋、そして政治によって、一旦は激烈な「生」の世界に引き戻されはしたものの、選挙後、野口は「一刻も早く、残り少ない自分の人生を不動なものに確定」しようとし、またそこへかづも一緒に引きずり込もうとする。潔く引退し、〈老い《エイジング》〉を静かに受け入れようとする野口だったが、雪後庵に未練があったかづは、裏切られたはずの「政治」を、今度は違う形で利用してやろうと目論み、彼に背く。「孤独な傾いた無縁塚」へ自分を導くであろうことは百も承知で、彼女は「自分の活力の命ずるままに、そこへ向つて駈けて行」こうとした。理想的で安定した老後を捨て、更に苛烈な「生」へと身を投じる決心をしたのである。

三　〈老い《エイジング》〉とジェンダー

ここまで見てきたかづと野口の〈老い《エイジング》〉について、どちらが幸福でどちらが不幸かということは一概には言えない。しかし、読者としては、かづがその後たくましくも雪後庵を再開し、その生きがいによって物心共に不幸ではない〈老い《エイジング》〉を全うしていくのだろうということ、そして反対に、政治という生きがいも、人生を共に歩むはずだった妻も同時に失った野口の〈老い《エイジング》〉が決して安らかなるものではないだろうことは、容易に想像がつく。

二人のこのような〈老い《エイジング》〉の差はどこから来たのかと考えたとき、思い当たるのがそれぞれのジェンダー観だ。「宴のあと」の二人のそれを比べてみると、伝統的で旧弊的なジェンダー観に固執しようとする野口と、そういったものに縛られない柔軟なかづという対照的な姿が見えてくる。その一例として、背広を新調する際の次のようなエピソードを挙げておきたい。かづは、良いものだからと昔買った服や小物をいまでも後生大事に使い続ける野口の「時代おくれを誇張するやうなダンディスム」が理解できず、「自分の収入で良人の洋服を作」ってやろうと何度か試みる。しかし野口は、女(妻)が男(良人)に、自分の金で物を買ってやるという行為は、己のジェンダー規範から外れていると認識し、かつまたそれによって世間に後ろ指さされるだろうことを怖れ、かたくなに拒否する。一方、かづはそれがどうして悪いのかが分からない。彼女にとってみれば、家事や介護をすることと、自分で稼いだ金で服を新調してやることは、どちらも良人に尽くす行為であり、違いはないという考えなのだろう。同じ水商売出身ではあっても、今では沢村尹の内妻として、家婢の立場に甘んじ、裏方に徹している柳橋のうめ女とは対照的に造型されている。

このようにかづが旧弊的なジェンダー規範に縛られていないことは、それまで彼女が幾度となく男を変えながらも最終的に結婚はしてこなかったこと、野口と結婚したのちも、雪後庵をやめることはせず、週末婚のような形で彼との生活を送ろうとしたことなどからもうかがえる。「男性的な果断と女性的な盲ら滅法の情熱とを一身に兼ねそなへたかういふ女は、男よりももつと遠くまで行くことができる」と語り手によって評されるかづは、ある意味「両性具有的なジェンダー特性」を身に付けた人物と言えるだろう。

一方、野口は、仕事はやめず週末婚にするというかづの希望を受け入れてやる度量の深さを見せたように思われたが、その実、自分が必要とあらば、雪後庵やかづの予定を聞き入れることもなく、無理やりにでも従わせようとしている。このような旧弊的なジェンダー観に基づく野口の言動に、かづは表面では従いつつも、不快感を示していた。このことは、作中で印象的な洋蘭を巡るエピソードにも表れている。先に、野口は、自らの「原理」や「知識」を「蒙昧な他者へ授けようとする「教育的熱情」に満ちた人物」であったと述べたが、かづはこのような野口の「教育的熱情」については、最初から快く思っていない。環の見舞いの後で訪れた精養軒で、洋蘭に関する蘊蓄を語る野口に対し、かづは「目の前の老人が少年のやうに自分の無益な知識を誇るのを、だまつて傾聴してゐなければならなかつた」と語り手はアイロニーめいて語る。野口のやっていることは、「女は男よりモノを知らない」というジェンダー的偏見にもとづいたある種のマンスプレイニングと言えよう。なお、その時のかづの目に洋蘭は、「嘲笑的」で「いやらしいもの」として映るのだが、彼女のこのような不快感は、選挙敗北後に野口がデンドロビウムを買ってきた際にも呼び戻されている。思い出の花を買ってきた良人の好意を、かづは「煩はしい」と感じ、「枯れた老人の手」は自分を引き込もうとする「詐術」のようだと思いなすのである。

但し、このような二人のジェンダー観の差異は三島の造型というよりは、モデルとなった畔上輝井と有田八郎そもそもの特性によるものだという批判も当然あるだろう。確かに、背広新調のエピソードなどは取材によってモデルらから得たものであることが「創作ノート」にうかがえるし、輝井が相当に男勝りな性格であったのも雑誌記事や手記、暴露本等の各種の資料により明らかである。一方で、モデルの伝記的事実から改変した部分も少なくない。例えば、輝井自身の手記[19]や、選挙中に書かれた暴露本『般若庵マダム物語』[20]により、彼女が高等実科女学校に進学したことが分かっている。大正期の高等女学校進学率は五%に満たないほど[21]であったというから、当時としては、エリートの部類に入ると言えるが、そういった経歴は「宴のあと」には全くうかがえない。逆に、デンドロビウムやツインベッドのエピソードなどはおそらく三島の創造した部分だろう。これらの相違は、かづのこれまでの苛烈な「生活」が、彼女に「男」としてのジェンダー特性をも身に付けさせたのだろうことを物語るのに十分なオリジナル設定と言える。

ところで、かような両性的で柔軟なジェンダー特性を有しているかづと、旧弊的なジェンダー観に固執する野口の差は、彼らが〈老い《エイジング》〉と直面した時、より一層顕著な影響をもたらす。かづは野口家の立派な墓に入ることを強く望んでいたが、それは昔ながらのジェンダー規範に従うというより、それまでの泥水を啜るようなみじめな人生をロンダリングするという意味において固執していたためである。[22]また、最終的にはそれさえ諦め、代わりに山崎が言うところの、「温かい血と人間らしい活力」を再び手に入れる。一方の野口は、おそらく、凝結した世界で死んだような「生」を送るほかはない。

四　日本文学と〈老い《エイジング》〉

さて、〈老い《エイジング》〉は、日本近代文学においてはどのように描かれてきたのだろうか。その前に、日本の古代社会は、〈老い《エイジング》〉をどのように捉えてきたのかについてまずは簡単に整理しておきたい。

〈老い《エイジング》〉の捉え方は、西洋と東洋とで差異があることは多くの研究者によってすでに指摘されている。例えば、ティム・パーキン[23]は、ギリシャ・ローマの「古典時代には高齢者はいわゆる人生の黄金時代を享受し、多大な尊敬を集め、政治、宗教、社会領域においてゆるぎない権威を有していたとする見方が今日でも根強くある」が、これは神話であり、西洋においては古くから〈老い《エイジング》〉は「衰退」であると見なされていたという見解を示している。このような考え方は、アリストテレスらの古代ギリシャ哲学に始まり、西洋哲学全体に広がっていった。[24]

一方、「若さ」が推奨され、〈老い《エイジング》〉が忌避された西洋に対し、年長者に尊敬の念を抱く東洋の文化では、これがかならずしもマイナスとは見なされず、時には「神」にも近い存在として崇められてきた。例えば折口信夫[25]は、古代社会において「老人（オキナ）」は、「彼岸に生きる老人を以て、他界の尊いものと見なして言う尊称であった」と書き記している。また、山折哲雄[26]は、上代から中世にかけて「神」としての「翁」の原型が模索され、「理想化された老人という「翁」のイメージが生みおとされることになった」とみなしている。なお、倉田容子[27]は、「前近代社会において男性に「翁」という老年期の理想的なアイデンティティ・モデルが用意されていたとしても、女性にはそうした理想形が存在しなかった可能性が高い」として、〈老い〉《エイジング》の描かれ方にジェンダー差があることを指摘している。

ただ、以上のような〈老い〉《エイジング》を巡る東西の差異は、産業革命によって成立していった近代社会においては、すこしずつ消えていく。中村律子[28]は、「産業化や都市化」によって、「働ける」（能力）と「社会的有用性」（資質）が重要視されるようになり、老人は「老廃した」（無能力）、「古くさい知恵者」として社会の周縁に追いやられてきたと指摘するが、このような変化は、文学上においても顕著で、かつては尊敬に値するものとして肯定的に受け止められてきた〈老い〉《エイジング》が、一転して忌避されるものとして描かれるようになる。綾目広治[29]は、「明治以降の日本の近代社会においては長らく、老いということ、あるいは老人というものは肯定的に扱われてこなかった」としているが、鈴木斌[30]が言うように、「老年」を正面から扱った日本近代文学作品は数少なかったし、描かれているとしてもそれは「絶望的な老人像」に過ぎなかった。

さて、数は少ないながら、日本の近代文学の中で〈老い〉《エイジング》を扱った作品としてまず挙げられるのが、谷崎潤一郎の「鍵」（一九五六）や「瘋癲老人日記」（一九六一～六二）、川端康成の「山の音」（一九四九～五四）や「眠れる美女」（一九六〇～六一）などだろう。これらの作品は、老人の、それも「性」を描いたという点では先駆的と言えるが、いずれも老人男性が年若の女に性的欲望を抱くという内容となっており、同時代的には、普遍的な問題提起というより、綾目が言うところの「いかにも谷崎的川端的な、あくまで特殊な世界[31]」が展開された作品として受け止められてきた。

このほか、岡本かの子「老妓抄」（一九三八）、林芙美子「晩菊」（一九四八）などは、花柳界出身の老女を描いた作品だが、彼女たちの描く、老いた「女性」は、決して「絶望的」などではなく、むしろ安定的で理想的なものであったことは多くの論者が指摘するところである。倉田[32]は、近代家族の成立と展開のプロセスにおいて「女性」の〈老い〉《エイジング》が「家庭の中に囲い込まれ、同時に〈若さ〉との対比において周縁的な位置へと追いやられてきた」こと、一方で、芸妓、すなわち「家」の外部に置かれた女性たちのそれが比較的安定的なものとして描かれていたことを指摘する。また、米村みゆき・佐々木亜紀子[33]は、「夫の権威に依存する／せざるを得なかった女性にとって、夫の逝去は自らの処遇が危うくなること」を意味するが、岡本かの子の「老妓抄」や、林芙美子の「晩菊」では、「血縁関係を持たない女性たちが金銭を自力で稼ぎ確実な老後を保証してゆこうとする」姿が描かれているとみる。

大鹿貴子[34]よると、医療分野を除いて、日本の社会において〈老い〉《エイジング》が問題化されるようになったのは一九五五年以降のことであるという。しかも、当初は社会学分野において主に関心が示されていたこの問題が、文学へ波及するまでには時間がかかった。近年は関心も広がり研究も進んだが、〈老い〉《エイジング》を日本近代文学が本格的に描き始めたのは、有吉佐和子の「恍惚の人」（一九七二）や、円地文子のいわゆる「老女もの」――「遊魂」（一九七一）、「彩霧」（一九七六）などが出てきた一九七〇年代からである。そして、田辺聖子の「姥ざかり」（一九八一）や、瀬戸内寂聴の「いよよ華やぐ」（一九九九）らがこれに続いていくが、このような状況に対する、綾目の「老人を主人公にした小説に登場する女性たちは、いずれも老いてなお人生に対して前向きで積極的であり、老いの境涯を十分に楽しんでいて、彼女たちは理想的な老いを生きている」、「老いの理想像を描いたのは女性作家であり、主人公たちも女性たちであった」という指摘[35]は非常に興味深い。

「宴のあと」のかづも「老妓抄」の小そのや「晩菊」のきんのように、「家」の外部に置かれた女性である。彼女も、拠り所となる血縁関係を持たず、自力で金銭を稼ぎ、老後を確実なものとして保証するところまで一旦は、もっていった。しかし彼女の場合、恋によってそれをいったんは捨て、そして再びつかみ取ろうとする更なる逞しさがあった。かづの老後が理想的であったか否かは別にしても、老境に差し掛かってなお、人生に対して前向きで積極的であったことは間違いないだろう。また、何といっても、着目すべきは、これを書いたのが「男性」作家の三島だったという点である。しかも、三島が「宴のあと」を書いた一九六〇年時点では、社会問題として少しずつ顕在化しながらも、〈老い《エイジング》〉はまだ文学上では積極的に取り上げられるべきテーマとして定着はしていなかった。

おわりに

アメリカでは、社会問題としても、文学上のテーマとしても、〈老い《エイジング》〉とジェンダーの問題を日本より先取りしていた。例えば、池田啓子[36]は、アメリカ社会において〈老い《エイジング》〉が社会問題として位置付けられるようになるのは二〇世紀に入ってからだとし、また山田裕子[37]は、一九世紀後半から二〇世紀前半のアメリカ文学や、大衆雑誌における高齢者像に偏見がみられるという研究成果を紹介しながら、その背景には急速に進んだ近代化があると指摘する。

三島は、四五年の生涯の中でアメリカを何度も訪れており、当然のことながらアメリカ社会で年を追うごとに顕著になっていく〈老い《エイジング》〉の問題を、実際に見聞きしていた。その様子はエッセイ等に繰り返し記されているのだが、その一つ、「旅の絵本[38]」には、次のような一節がある。「たとへば年金制度が発達して、隠退後の老人は働かないでいい、といへば結構なやうだが、さういふ老人はどうやつて余生をおくるだらう」。これは、ニューヨークのセントラル・パークにある、六角堂のような建物に集う無気力な老人たちの様子とともに記された三島の感想なのだが、この時見た光景がよほど記憶に残ったのか、「鏡子の家[39]」においても再びこの様子が描写されている。

三島の中で、アメリカの高齢化社会が、来る日本の未来図として意識されただろうことは想像に難くない。

ところで、アメリカで一九八〇年代後半から盛んに使われるようになった、サクセスフル・エイジングという言葉がある。多用な意味を含むため、日本語に訳することは難しいが、「理想の生き方」、「理想の老い方」という意味を持つ。医学者 Rowe, J.W.と社会学者 Kahn, R.L.(40)は、サクセスフル・エイジングのモデルとして「病気や障害が少ない」、「人生への積極的関与」、「高い身体・認知機能を維持」の三つの要素を提唱した。彼らはその中でも最も重要なのが「人生への積極的関与」だと言うが、先に見てきたかづと野口の比較で言えば、結果は一目瞭然だろう。雪後庵を取り戻し、人生への積極的関与を維持しつづけるかづがこの先、サクセスフル・エイジングを手に入れる可能性は高く、生きる意味を半ば失い「無気力」になってしまった野口の先行きは、三島がニューヨークで見た老人の姿に重なっていく。

なお、「人間の寿命が著しく伸びた現代」では、定年後や子育て後の長い余生において、「男は仕事・女は家庭」というような古典的で伝統的ジェンダー理論は何も提供できない、むしろ、「伝統的なジェンダー規範に固執せず、柔軟な意識や特性を身に付けてきた人」のほうが、老年期におけるサクセスフル・エイジングを得ることができるのではないかという仮説を提唱した湯浅隆子(41)は、これを検証するための調査・研究を続け、ジェンダー特性に「両性性」が見られる人のほうがサクセスフル・エイジングを果たしつつあることをいくつかの論考において明らかにしてきた。伝統的で旧弊的なジェンダー観を脱しえない野口に対し、かづは柔軟で両性的なジェンダー特性を有していることはこれまでに見てきたとおりである。

三島が「宴のあと」を書いた一九六〇年の時点では、〈老い〉《エイジング》とジェンダーに潜む問題性も、サクセスフル・エイジングという概念もまだ明らかにはなっていなかった。本作は、モデルである畔上輝井と有田八郎の伝記的事実によるところが大きいが、それに加え、自らが有していた〈老い〉《エイジング》に対する嫌悪や恐怖、ニューヨークで予感した日本の未来図（＝高齢化社会）、あるいはこれまでの作品でたびたび描いてきた、旧弊的ジェンダー観から逃れられない男性と、柔軟的にそれを躱しながら生きていく女性[42]といった様々なピースが合わさって初めて成立した作品と言えよう。そしてまた、このことは結果的に、一九七〇年代以降に量産されていく、〈老い〉《エイジング》とそこに潜むジェンダーの問題を描き出していった女流作家たちの作品群の先鞭をつけるきっかけとなった。

最後に、三島文学における〈老い〉《エイジング》とジェンダーの問題について少し私見を述べてから、稿を閉じたい。例えば、『豊饒の海』では本多の老醜が容赦なく描かれていく一方で、久松慶子、綾倉聡子、あるいは月修寺門跡や、鬼頭槙子といった〈老い〉《エイジング》が必ずしも否定的な文脈で語られない老女たちが登場する。本多や転生者たちだけではなく、〈副次的人物〉《サバルタン》[43]とみなされる彼女らの生の在り様を〈老い〉《エイジング》とジェンダーの観点から捉えてみることは、『豊饒の海』研究に新たな切り口と視点をもたらすと考えられるのだが、この問題についてはまた改めて論じることにしたい。

注
1　中村光夫「文芸時評 上 今年の一収穫 完結した三島由紀夫の「宴のあと」」（『朝日新聞』一九六〇年九月一九日）
2　平野謙「今月の小説 上 政治の文学化ということ」（『毎日新聞』一九六〇年九月二七日）
3　河上徹太郎「文芸時評 下 世俗的な題材だが手ごたえは感じる 完結した長編「宴のあと」」（『読売新聞（夕刊）』一九六〇年九月二九日）
4　臼井吉見「文学上のモデルとは 上「宴のあと」の投げた問題」（『朝日新聞』一九六〇年一〇月三一日）
5　プライバシー裁判以後の先行研究の動向については、中元さおり「主要作品事典『宴のあと』」（井上隆史ほか編『三島由紀夫小百科』〈水声社、二〇二一年一一月〉）に詳しい。
6　中元さおり（前掲書）
7　ドナルド・キーンとの対談（「三島文学と国際性」〈『日本の文学69三島由紀夫（月報）』中央公論社、一九六五年一月〉）において三島は、「日本の文学がどの程度風土性を超えて生きられるだろうか」、「異国趣味を超えて、どの程度迎えられるだろうか」ということを問い、キーンは「「宴のあと」を異国趣味たっぷりの小説として読んだものはいないでしょう。それは小説そのもの、つまり小説の構造や人物の描写や、その時代の様々な情景がよく描かれているという理由で感心したのではないかとおもうのです」と返している。

8　斎藤直一「「宴のあと」訴訟事件を想い三島君を偲ぶ」（『三島由紀夫全集13（月報）』〈新潮社、一九七三年一〇月〉）に拠れば、「訴訟の第一審での本人尋問に際し、昭和三十一年に戯曲「鹿鳴館」を発表した頃から政治と恋愛とのからみあいというような主題につき書いてみたいという希望があったことを供述して」いたという。

9　川嶋至「事実は復讐する・7―「宴のあと」―」（『季刊芸術39』一九七六年一〇月）。但し引用は、佐藤秀明編『日本文学研究資料新集30 三島由紀夫 美とエロスの論理』（有精堂、一九九一年五月）に拠る。

10　金澤哲編『ウィリアム・フォークナーと老いの表象』（松籟社、二〇一六年二月）

11　倉田容子『語られる老女　騙られる老女　日本近現代文学に見る女の老い』（学藝書林、二〇一〇年二月）

12　年齢は作品冒頭時のものを記載しているが、作中時間が長期に渡る「仮面の告白」、「禁色」、『豊饒の海』に関しては作品末尾時点のものを記載した。

13　三島は、「林房雄論」（『新潮』一九六三年二月）において、「しぶとく生き永らへるものは、私にとつて、俗悪さの象徴をなしてゐた」と述べている。また「禁色」においては、「奴隷のやうにへりくだつた哀れな手」といったような表現で俊輔の老いの醜さを露骨に描写している。

14　作中では、選挙戦を挟んだ一年余りのこととして、二人の出会いと別れを描いているが、モデルとなる有田八郎と畔上輝井の関係は、一九四三（昭和一八）年の出会いに始まって、一九五九（昭和三四）年に二度目の都知事選敗北後、離婚に至るまでの約一六年にも及んでいる。

15　一九四八（昭和二三）年一二月四日の『朝日新聞』には「〝老いらくの恋は怖れず〟相手は元教授夫人・歌にも悩み」との見出しで川田の自殺未遂に関する記事が掲載された。

16　実話系雑誌の先駆的存在とも言える『真相実話』において、医学博士の中川芳夫が「老いらくの恋の破綻は肉体の敗北か」（一九五一年一〇月）という論考を寄せている。
17　遠藤織枝「老いをあらわすことば（2）─新聞にみる戦後40年の推移」（『ことば9』一九八八年一二月）
18　山崎と共に、選挙運動を兼ねた盆踊り大会に参加する際のかづは、久々の遠出を「心たのしく」感じ、「良人と一緒でないことの寂しさが少しも感じられないのは、この仕事がまぎれもない良人のためのものであり、精神的紐帯は一緒にゐるときよりも却つて強まつてゐるからだ」と考えるが、それは「かづ自身の幻想、かづ自身の解釈」に過ぎないと、語り手は手厳しく語っている。
19　畔上輝井「有田八郎と別れた私」（『婦人倶楽部』一九五九年一〇月）では、小学校卒業後高等科二年まで行き、中野実科女学校へ一年間通学したこと、先生に勧められ長野師範学校付属の第三種講習をうけ、小学校の準教員の免状を取得したことなどが語られている。
20　和田ゆたか『元外務大臣有田八郎夫人　割烹料亭般若庵マダム物語』（太陽出版社、一九五八年三月）には、輝井の両親は貧しかったが、彼女に対し溺愛に近い愛情を注いでいたため、中野実科高等女学校に進学させたとある。
21　文部省『日本の教育統計：明治─昭和』（文部省、一九七一年）
22　かづは、野口との結婚により「身ぎれいな誇り高い一族」に自分が連なり、やがてはその菩提所に葬られることによって「純粋な瞞着」が完成すると考えている。
23　ティム・パーキン「第二章　古代ギリシャ・ローマ世界」（パット・セイン編〈木下康仁訳〉『老人の歴史』〈東洋書林、二〇〇九年一二月〉）
24　大森一三「西洋哲学はなぜ「老い」を問えなかったのか？─「『老い』のイドラ」と目的論─」（『政策文化総合研究所年報26』二〇二三年九月）
25　折口信夫『古典の新研究』（角川書店、一九五二年一〇月）所収の論文「民俗史観における他界観念」。但し引用は『折口信夫全集20』（中央公論社、一九九六年一〇月）に拠る。

26　山折哲雄「「神」から「翁」へ―基層信仰に関する一考察―」(『国立歴史民族博物館研究報告2』二〇一六年四月)
27　倉田容子(前掲書)
28　中村律子「老いの文化論序説―老いの制度化過程―」(『現代福祉研究2』二〇〇二年三月)
29　綾目広治「老いの中の光と影―日本現代文学から見る―」(『ノートルダム清心女子大学紀要38(1)』二〇一四年三月)
30　鈴木斌「〈老い〉の発見」(尾形明子・長谷川啓編『老いの愉楽―「老人文学」の魅力』(東京堂出版、二〇〇八年九月)
31　綾目広治(前掲論)
32　倉田容子(前掲書)
33　米村みゆき・佐々木亜紀子『〈介護小説〉の風景 高齢社会と文学』(森話社、二〇〇八年一一月)
34　大鹿貴子「研究動向　老いと文学」(『昭和文学研究58』二〇〇九年三月)
35　綾目広治(前掲論)
36　池田啓子「反エイジズムのエイジズム―『老い』の意味についてのアメリカ史的アプローチ―」(『社会科学67』二〇〇一年八月)
37　山田裕子「20世紀アメリカ合衆国における高齢者の社会経済的地位の変遷―エイジズムの克服と公民権運動―」(『社会科学70』二〇〇三年三月)
38　三島由紀夫「旅の絵本(ニューヨークの炎)」(『読売新聞』一九五八年一月三日)
39　三島由紀夫「鏡子の家」(新潮社、一九五九年九月)では、「老人の匂ひ」の充満する六角堂の様子がより克明に描写されている。
40　John W. Rowe, Robert L. Kahn (1997). Successful aging. The Gerontologist, 37(4)

41　湯川隆子・石田勢津子「高齢者のジェンダー特性とサクセスフル・エイジング」(『奈良大学紀要42』二〇一四年三月)

42　拙稿「三島由紀夫「『沈める滝』論―占領終了後の日本と、アメリカ―」(『近代文学試論60』二〇二二年一二月)、「三島由紀夫『青の時代』論―語られない耀子が語るもの―」(『国文学攷255』二〇二三年一二月)

43　有元伸子(「綾倉聡子とは何ものか―『春の雪』における女の時間」〈『金城学院大学論集　国文学編36』一九九四年三月〉)では、『豊饒の海』においてそれまで〈副次的人物《サバルタン》〉とみなされてきた聡子を、ジェンダーコードで捉え直すことによって、自ら意思をもって男社会に対抗する女性像として読み解くことに成功している。

トランスジェンダーという交点
――寺山修司「毛皮のマリー」読解――

矢吹　文乃

はじめに

「毛皮のマリー」は、寺山修司（一九三五―一九八三年）が主宰した劇団「演劇実験室◉天井桟敷」（以下、天井桟敷）の三作目である。寺山の制作した演劇のなかで最も有名な作品と言っても過言ではない。初演は一九六七年九月一日～七日（於：アートシアター新宿文化）で、好評につき十月十二日～十四日まで上演が延長された[1]。また、寺山の生前には西ドイツ、アメリカ、フランスでの公演も果たされた。日本の現代演劇が海外で評価されるのは当時としては異例のことであった。

《花咲ける四十歳の男娼《おかま》》のマリーは、〈美少年〉・欣也を監禁し、自らを「お母さん」と呼ばせて育てている。〈美少女〉・紋白は欣也を誘惑し、外の世界に連れ出そうとする。しかし、マリーは欣也を手放そうとしない。あるとき、欣也はマリーが〈名もない水夫〉に語った身の上話を盗み聞きする。それは壮絶な復讐譚であった。マリーは自身を裏切った友人・金城かつ子に復讐するために、かつ子の児である欣也を引きとって〈女性〉として育て、ゆくゆくは〝セックスの汚物を捨てる肉の屑籠〟に作りかえるつもりだったのである。衝撃を受けた欣也は自暴自棄になり、紋白を殺害する。その後〝ほんとのお母さん〟を探しに旅立つが、マリーに帰宅を命じられるとふらふらと戻ってくる。マリーは欣也を〈女装〉させ、人形のように愛でるのであった。

九條今日子はエッセイで、海外公演の演目に「毛皮のマリー」が選ばれた理由を次のように回想している。

演劇祭は二週間にわたって行われるが、どのグループも一日一回公演というのが通例である。ところが寺山は困難を承知のうえで、一日に二作品を上演したいと言い出し、とうとう博士を説得してしまったのだ。

その二本は日本の土着的な要素を含んだ呪術的な『犬神』と、まだヨーロッパでもタブー視されていたホモセクシャルな世界をテーマとした諧謔的な『毛皮のマリー』だった。いわば主題も方法も両極端ともいえる二本を選んだのである。(2)

《まだヨーロッパでもタブー視されていたホモセクシャルな世界》は、当時の日本社会においても受け入れられづらい状況にあった。そうした時代に、オールメールキャストで〈女装〉劇をおこない、内八名をゲイバーに勤める一般人に演じさせたことの意義は計り知れない。上演時には多くのセクシュアル・マイノリティ当事者が観劇に訪れたのみならず、一部の観客たちが俳優とともに街を練り歩くという予定外の事態も発生し、(3)プライド・パレードのような意味も持たされた。マイノリティを可視化するという〈見世物の復権〉(4)の試みは、舞台上だけでなく劇場内外においても達成されていたのである。

しかし、原仁司によると、(5)本作は《当時の大多数の識者により際物視されていたか、もしくは特異な社会風俗現象としての認知を受けていた》。そうした評価を下された原因は、当時の識者に根深い差別意識があったためばかりでなく、《戯曲それ自体の構造やその思想という点について言えば脆弱の感がぬぐえず、俳優の演技力も主役の丸山(美輪)明宏を除けばみな素人同然》だったせいもある。

本作について語るとき、マリー役を務めた丸山(美輪)明宏(以下、美輪)の身体性は避けてとおれない。熊井絵理は「毛皮のマリー」が評価を得た理由について、同性愛者として差別されつつも歌手としては評価を受けていた美輪の身体の固有性が、マリーの人物像と重なっていたためだと考察している。(6)

美輪と天井桟敷の関係は、旗揚げ公演「青森県のせむし男」にはじまる。美輪は大正マツ役を演じた。マツという〝父親的母親〟像を表現するために、美輪の両性具有的な身体性は都合がよかったのであろう。「青森県のせむし男」のマツ同様、マリーも息子を激しく束縛する〝父親的母親〟である。しかし、マリーはシスヘテロ女性であるマツとは異なり《男娼《おかま》》である。「毛皮のマリー」の特徴は、〝父親的母親〟であるマリーが、セクシュアリティにおいても〈男性〉的〈女性〉（または〈女性〉的〈男性〉）である点にある。

美輪は初演から現在に至るまでマリー役を継続して務めている。再演の劇評では《この俳優の存在なくしては成立しない。そう思わせるほどの美輪マリーである(7)》と評価されている。この評価には一定の説得力があるが、このような言説が現れることは「美輪でなければマリーではない」という先入観が生まれはじめていることの証左でもある。(8)

そのようなイメージの固定化を避けるため、本稿では美輪の身体性を一旦脇に置き、マリーのジェンダーとセクシュアリティに注目して「毛皮のマリー」を読解する。そのうえで、マリーのトランスジェンダー性を要とし、ジェンダーとクィアの観点を結びあわせてみたい。

一　非生産的な〈女性性〉

寺山没後から現在までに最も多く再演されているのが「毛皮のマリー」であるという事実は、《ホモセクシャルな世界》を描き出すことが現代においてもいまだ有意義であることを証明している。(9)そこで、本節ではマリー役を演じることの意味を捉えるために、先行研究を概観するとともに、戯曲に描き込まれたマリーの人物像を読み解いていく。

久保陽子は、マリーというキャラクターの役割について次のように考察している。

おかまという特殊な存在＝畸形を契機として、「普通の形なるもの」または「『等身大』の概念」といった可視的な表面や画一化された概念がいかにまがい物＝ウソであるかということをあぶりだしている。（中略）テーマ性が色濃い戯曲とスキャンダラスな舞台表象に支えられ、この作品の最大の特徴であるおかまを徹底的に利用したラジカルな方法で既成の概念にゆさぶりをかけた寺山の「異議申し立て」の作品であるといえる。[10]

久保によると、「毛皮のマリー」での寺山のねらいは《おかまという特殊な存在＝畸形》を使って《既成の概念にゆさぶりをかけ》ることであった。マリーはジェンダー規範やジェンダー二元論への《異議申し立て》を象徴するキャラクターなのである。

本作の内容面に関する研究は、管見の限り、ジェンダーの観点に立ったもので占められている。これらの研究は主にマリーと欣也の母子関係に注目している。また、美輪による再演でも、マリーと欣也の親子愛が強調される傾向にある。[11]

母子関係を論じた先行研究には、森岡稔「戯曲『毛皮のマリー』をユング心理学で読み解く――「グレートマザー」と「永遠の少年」――」（国際寺山修司学会編『寺山修司研究11』文化書房博文社、二〇一九年三月）と、菅原一希「寺山修司「毛皮のマリー」における「母」と「性」」（『熊本県立大学国文研究』六十六号、二〇二一年十月）がある。森岡はマリーのアニムス（男性性）が息子・欣也のアニムスを刈り込めることのグロテスクさを批判的に読解している。一方、菅原はマリーが欣也に〈女装〉を強いる動機について、《マリーにとって自己表現を可能にした女装は決して悪いものではな》いことから、《やはりここには復讐だけではなく、親心のようなもの、「母親」としての家族愛が存在し》ていると読んでいる。

このように、母子関係に注目する論ではマリーが欣也の母親として適切か否かが議論の的になっている。評価がわかれる原因は、マリーが欣也を〈女性〉として育てる目的が復讐か愛かという点に議論の余地があるからであろう。

しかし、マリーの目的をいずれかに定めることはテクストの幅を狭めるだけである。《表面はウソ、だけど中はホント》を体現した人物であるマリーの魅力は、どちらがウソかホントかわからない点にある。マリーの子育ての目的は復讐であると同時に愛でもあるのだ。ならば、注目しなければならないのはマリーが復讐する／愛するという目的を果たすために欣也を〈女性〉として育てるという方法を採っていることのほうではないだろうか。

マリーは欣也を〈女性〉として育て、自らも〈女性〉であろうとしている。では、マリーが目指す〈女性〉はどのような〈女性〉なのか。マリーが〈名もない水夫〉に過去を語る場面に次のような台詞がある。

マリー　（中略）ところが、お店に一人金城かつ子という店員がいて、その子がとってもかわいい子だったの。その子が一人だけあたしに親切で、あたしにブラジャーだのセーターだの、いろんなもの借《ママ》してくれたので、あたし、いつの間にか女になりました。あたし、しんけんに、生理のときにはタンポンとナフキンとどっちがいいのかしら、とかお鼻少し高くした方が似合うかしらそれともこのままでいいのかしら、とか……サツマイモが好きになれないのは女としての修養が足りないんじゃないかしら……と考えたわ。たった一冊の「女学生の友」を二人でまわしよみして、お風呂まで一緒。ようやく一人前の女の子になれかかったのが、あたしとしては十六の秋、ね。

（寺山修司「毛皮のマリー」p.146）

マリーはここで、衣服、月経、容貌、食嗜好、趣味といった観点から〈女性性〉を定義している。こうした〈女性性〉観は欣也を育てるようになった後も保たれている。マリーはコロンを身に纏い、美容院でヘアセットをし、クラシック音楽を聴いて、銀座のレストランで高級ワインを嗜む生活を送っている。

マリー　（気がついて手を下ろし）やっときれいになった……コロンをとって頂戴、（と手をのばし、それをペタペタと腋の下にたたきつけながら）（中略）ああ、さっぱりした。あたし、午後から美容院に行ってきますわね。それから、東京文化会館へ行ってモーツァルトの交響曲四十一「ジュピタア」のアレグロ・ヴィヴァーチェー、アレグロ・ヴィヴァーヴァーチェッ！　をきいて……アレグロ・ヴィヴァーヴァーチェッですよ。それから帰りに、マキシムへ寄ってオックス・シュモールの……オックス・シュモールの、
下男　お耳に入れておこうと思ったのですが……
マリー　（うっとりとしたポーズのまま）何よ、シュモール。
下男　御家賃のことで。
マリー　オックス・シュモールの？
下男　この部屋のでございます。
もう、七ヶ月たまっているそうで……

（寺山修司「毛皮のマリー」p.125-126）

マリーの絢爛な暮らしぶりは、下男が家賃の話題を出すことで急に色褪せる。ここで提示されているのは、マリーが目指す高踏的な暮らしと、現実の質素な生活の対比である。

マリーは下男の話に耳を貸さず、はぐらかしてその場を去る。このことから、マリーの理想とする〈女性〉とは、限りなく消費するがなにものをも生産しない存在であると言える。こうした〈女性〉観は欣也の生活態度にも反映されている。欣也はマリーに囲われて、一日中蝶を追いかけ回すという無為な生活を送っている。下男がそれを《ひどく無駄なこと》だと指摘すると、マリーは《教育やしつけってのは、無駄なものにきまっているのですよ》と開き直る。ここでマリーが《教育やしつけ》を非生産的なものと語っている点は注目に値する。非生産的な《教育やしつけ》を内面化した〈女性〉は必然非生産的な生活を送るようになるというのが、マリーの見解なのである。

マリーが〈女性性〉を称揚し〈男性性〉を否定するキャラクターであることは、先行研究の指摘する通りである。しかし、マリーが否定している〈男性性〉の内実にまで目を向けてみると、そこで真に否定されているのは社会が〈男性〉に認める市場価値、つまりは労働力としての生産性なのだと気づかされる。

二　内面化された男性中心社会

〈女性〉の生活＝非生産的という見方を教える《教育やしつけ》は、近代産業社会の構造が生み出したものである。社会学者の上野千鶴子は、近代社会における〈市場〉と〈家族〉の分割と相互関係のありかたが、〈女性〉を〈市場〉から排除してきたと解説している。

「家族」という領域から「市場」は、ヒトという資源を労働力としてインプットし、逆に労働力として使い物にならなくなった老人、病人、障害者を「産業廃棄物」としてアウトプットする。ヒトが、「市場」にとって労働力資源としか見なされないところでは、「市場」にとって意味のあるヒトとは、健康で一人前の成人男子のことだけとなる。（中略）そして女は、これら「ヒトでないヒト」たちを世話する補佐役、二流市民として、彼らと共に「市場」の外、「家族」という領域に置き去りにされる。[12]

上野によると、男性中心の近代社会は市場での生産性を〈男性〉に占有させる。排除された〈女性〉たちが生きていくためには、〈市場〉にいる〈男性〉の労働と生産に依存せざるをえない。これが、〈男性〉によって生産されたものを〈女性〉がひたすら消費しているかのように見えるからくりである。〈女性〉が非生産的なのではなく、〈家族〉の領域でおこなわれる労働が（れっきとした生産であるにもかかわらず）生産として認められていないのだ。

男性中心の社会構造のなかで〈女性性〉を獲得するために、マリーは〈男性〉の領域である〈市場〉から遠ざかる必要があった。下男の忠告に対するマリーの反応は〈女性〉的でいるための戦略的な逃避なのである。家賃未納で生活が立ちゆかなくなったとしても、生産的＝〈男性〉的とみなされるよりはよっぽどましなのであろう。

マリーが内面化している構造はそれだけではない。欣也を誘惑しようとする紋白を追い払う際、マリーは次のように罵倒している。

マリーの声　「出てお行き、淫売！　売女！　あたしの坊やに、ヘンなモーションをしかけると、ただじゃおかないよ。」

美少女　おや、マリーさんの声だ！

マリーの声　「いかにもあたしはマリーだよ。（中略）そのマリーさんが、おまえに命令してるんだ、さあ、出てお行き！　淫売！」

美少女　あたしは、淫売なんかじゃありません。
マリーの声　「出ていけったら、このすべた、おかま！　空っぽの牛乳壜！」
（寺山修司「毛皮のマリー」p.134）

ここでのマリーの台詞は同性愛嫌悪と女性蔑視を含んでいる。しかし、だからといってすぐさまマリーが自分自身を嫌悪しているという意味にはならない。紋白を最大限に侮辱するために、かつて自身が受けた差別的な言葉を復唱しているだけの可能性もあろう。ト書きにおいて、この場面のマリーの台詞はテープレコーダーに録音した音声を流すように指示されていることからも、そうした解釈には一定の効力がある。

また、マリーの罵倒には《すべた》などの容姿を貶める言葉がある。こうした言葉は、金城かつ子について語る際にも登場している。

でも、あの女金城かつ子は、だんだん、あたしの方が女の子として魅力が出てきたことに、嫉きもちをやくようになってきた……そう、あの子ときたら、顔の印刷が少しずれていて、ことばはひどいズーズー弁。一目で「奥の細道」とわかる野暮ったい子だったので、あたしの美貌が気になりだした訳なのよ。これはとんだ「白雪姫」の物語で、その子――いままではあたしにやさしかったのが、だんだんあたしを邪魔にするようになってきた。
（寺山修司「毛皮のマリー」p.146）

マリーはかつ子の《顔の印刷》と《ひどいズーズー弁》を指して《野暮ったい》と評し、自身の容貌のほうが優れていたために嫉妬を買ったと語っている。しかし、これは《もう何べんもはなしたんですっかり要領よくまとまっている》身の上話においてマリーが加えた後づけの解釈であり、かつ子の視点では違った動機があったと考えることもできる。

この場面からわかる確実なことは、マリーが己の美貌に絶対の自信を持っているということである。マリーの基準ではマリーはかつ子や紋白よりも美しい。それゆえに《野暮ったい》《すべた》などと罵倒する権利を持っている、というわけだ。

マリーがルッキズムを内面化していることと〈女性性〉を称揚していることは無関係ではない。上野は『女ぎらい　ニッポンのミソジニー』（紀伊国屋書店、二〇一〇年十月）で、「女子校文化」を例に挙げて《男が女に与える価値を女がコントロールすることはできないから、男から見て「いい女」は、女のあいだでは怨嗟と羨望の的になる》[13]と述べている。男性中心の社会構造では、〈男性〉を性的に魅了できる美貌は〈女性性〉の証になり得るのである。マリーは美貌＝〈女性性〉という見方を内面化することで、ついにはかつ子から受けた性暴力すらも自らの卓越した美貌＝〈女性性〉の勲章として語り直してしまう。

〈男性〉＝生産的、〈女性〉＝非生産的という男性中心の社会構造を、マリーは強固に内面化している。マリーというキャラクターの特徴は、旧来のジェンダー構造に対する《異議申し立て》のキャラクターでありながら、構造に無批判だという点にある。

マリーは構造や制度を積極的に再生産することで〈女性〉をパフォーマンスしている。しかし、内面化された男性中心社会に女性蔑視や同性愛嫌悪といった歪みがあることは言うまでもない。そうした歪みがマリーの言動において矛盾として露わになるとき、キャラクターの存在そのものが読者、あるいは観客に問いを投げかけるのである。

三　ペニスという原罪

マリーの身の上話を聞いた〈名もない水夫〉は、《あんたはそのかつ子という女を強姦して、妊娠させた。そして産んだ子をひきとった》という推理を披露する。すると、マリーは長い沈黙ののちに、《あたしがじぶんでかつ子の体にさわったりなんかするもんですか。食堂の常連のニコヨンに金をつかませて強姦させたんですよ》(p.148)と答える。饒舌な語りと沈黙のコントラストが特徴的な場面である。

かつ子を《常連のニコヨン》に強姦させたというマリーの語りは、《ウソ》とも《ホント》とも解釈できる。真偽の検証はやはりここでも大して意味をなさない。むしろ複雑な問題をはらんでいるのは、マリーの台詞が《ウソ》とも《ホント》とも解釈できてしまうことのほうである。

マリーがペニスを持っていないのであれば、〈名もない水夫〉は(あるいは、読者や観客は)マリーの話が《ホント》である可能性のみを考えるであろう。だが、マリーは勃起可能なペニスを持っている。それゆえ、マリーの話が《ウソ》である可能性は拭い去れない。ペニスの有無はあくまで状況証拠にすぎないのにもかかわらず、マリーの語りを疑わしくしている。ペニスに与えられている説得力は、マリーの性的指向が〈男性〉を対象としていることの説得力と同等かそれ以上なのである。

ペニスを持つことの原罪性を、マリーは次のように語っている。

マリー　あたしは、片隅の大衆食堂の娘なんですよ。(中略)そこであたしは、お店手伝っていたけど、ほかの店員さんが、みんな女でしょ。いつのまにか、一人だけ差別されるのが、やになってきたのね。お風呂も一ばんあと、寝るところも一人だけべつべつ。みにくいあひるの子じゃあるまいし、おちんちんがくっついているというだけのむごい仕打！　ああ、こんなマルハのウィンナソーセージみたいなものが、なかったらどんなにいいだろうと、鋏片手に泣きあかした夜も一夜ならず、二夜三夜。

（寺山修司「毛皮のマリー」p.146）

ここでマリーは、ペニスがあるがために〈女性〉というカテゴリーから追放された経験を語っている。ペニスは《マルハのウィンナソーセージ》という語で形容されることによって、死肉の塊であることが強調され、性器としてのイメージからは遠ざけられている。また、企業名が冠されることで製品としてのイメージが押し出されている。〈男性〉＝生産的というマリーのジェンダー観は、この語りからも読み取れる。

ところが、食堂の店員たちのジェンダー観はマリーのものと同一ではない。彼女らはペニスの有無を基準として、マリーが〈女性〉であることを認めていない。これは〈名もなき水夫〉がペニスを証拠として先の推理を展開したのと同様の態度だと言える。

マリーを《お母さん》と呼ぶ欣也にむかって、紋白が《ウミの母より、育ての母ね》（p.129）と言ってからかう場面がある。この紋白の台詞は、作中のもう一つのジェンダー観を端的に表している。すなわち、「ペニスのある者は〈女性〉ではない」、そして「〈女性〉は〈産む性〉である」という見方である。

この〈女性〉＝〈産む性〉というジェンダー観はマリーを二重に否定する。マリーの長い沈黙は、まずは〈名もない水夫〉の推理を無効化しきらない己の肉体に向けた嫌悪感として解釈できる。本作の冒頭にはマリーが脛毛を剃る場面が置かれ、〈女性性〉がパフォーマンスされるさまが象徴的に示されている。しかし、店員たちや紋白が掲げるジェンダー観はペニスを切り落とすことまでをもパフォーマンスとして強要する。《痛いのは、いや》（p.121）でそれができないマリーには、「ペニスのある者は〈女性〉ではない」という否定が常につきまとっている。

さらに、〈女性〉であるかつ子が労働力となる〈男性〉（欣也）を〝生産〟したという事実は、マリーの持つ〈男性〉＝生産的、〈女性〉＝非生産的というジェンダー観への反証として機能している。〈名もない水夫〉の推理を否定する際に、マリーはわざわざ《ニコヨン》に《金をつかませ》たと言っている。かつ子の妊娠・出産を、経済的な生産の結果として語ろうとしているのである。しかし、マリーの理屈はかなり苦しい。たとえ胤が金で買われたとしても、欣也を胎内で養い、生かして産んだのはかつ子のほうである。かつ子の出産は「〈女性〉は〈産む性〉である」というテーゼとなって、息子・欣也を産まなかったマリーを否定する。マリーが「お母さん」という代名詞にこだわるのは、出産の問題を〈母性〉の問題とすり替えることで〈産む性〉＝〈女性〉たろうとしているからであろう。

かつ子の妊娠と出産というエピソードが挿入されたことにより、本作の主題はマリーのジェンダーからセクシュアリティへとゆるやかに展開している。かつ子が強姦される様子を語るときのマリーの台詞には、復讐の達成感よりも〈産む性〉への羨望のほうが色濃く滲んでいる。

> 夏の日ざかりで、かつ子はずい分出血がひどかったけどだんだん、よくなってきて、その労働者の背中に爪を立てて、身ぶるいしていたわ——あたしはそれを、草のしげみのあいだから、じっと覗いていた。あの子の表情、というよりは、女そのものの表情を、そっくり盗んでやるために。（やわらかく笑う）やがて、かつ子は妊娠しました——そして子を産んで、難産で死にました、まだ体がすっかりできていなかったのね。
>
> （寺山修司「毛皮のマリー」p.148）

かつ子に《もっとも女ならではの恥辱》を与えるために、マリーは《ニコヨン》にかつ子を強姦させた（または、

〈名もない水夫〉の推理に従うなら、自ら強姦した)。ところが、この復讐の方法はかえってかつ子とマリーの違い——〈産む性〉であるか否か——を顕著にする結果となった。

マリーはかつ子から《女そのものの表情を、そっくり盗んでや》ろうとしたが、その果てに手に入れたのは、ペニスを持った存在=欣也である。欣也というキャラクターは、マリーが背負うペニスという原罪を象徴しているのである。

おわりに

本稿では、「毛皮のマリー」の戯曲について、マリーのキャラクターに焦点を当てて読解をおこなった。本作は従来、マリーの存在が〈男性〉—〈女性〉という二項対立を撹乱していると解釈されてきた。しかし、マリーのジェンダー観の内実を検討すると、そこでは〈男性〉=生産的/〈女性〉=非生産的という二項対立化がなされていた。

マリーの価値観は、男性中心社会におけるジェンダー規範に対して極めて保守的である。また、ジェンダー二元論も温存されている。マリーにとって〈女性〉でない者はすべからく〈男性〉であり、〈男性〉でない者はすべからく〈女性〉なのだ。「毛皮のマリー」の限界は、そこでなされている撹乱が旧来のジェンダー規範の反転にすぎないという点にある。

このことは本作が抱える問題というよりも、トランスジェンダーをめぐる表象全体に横たわる課題のようである。

マリーは作中では《ゲイ》と呼ばれているが、現在一般に流通している語を用いて表現するのであれば「トランスジェンダー」と呼ぶべきであろう。トランスジェンダーとは出生時に割り当てられた性別と自認している性別が非同調状態の人を指す語である。トランスジェンダーの人々は、古くは「性同一性障害[14]」という語で否定的に語られてきた。

社会学者の石井由香理は、トランスジェンダー当事者を「性同一性障害」という概念によって捉えることには、二元論的なジェンダー観を強化する側面があることを指摘している。

> しかし、「性同一性障害」概念は、これまでの二元論的なジェンダー規範を無効化するのではなく、むしろ、2つの点でこれを維持、再生産している。第一に、この概念は、人は「女」あるいは「男」であり、いずれかのカテゴリーにおいて一貫していなければならないという規範を前提としている。（中略）第二に、この概念は、身体的な性別と性自認のずれは、「病理」であり、その一貫性を回復することが「治療」であるという前提を持っている。当事者たちの身体の形状は、性自認の性別の身体イメージに合わせられるべきであるという考え方は、身体と性自認の性は一致しているべきであるという規範を再生産している。[15]

ただし、《人は「女」あるいは「男」であり、いずれかのカテゴリーにおいて一貫していなければなら》ず、《身体と性自認の性は一致しているべきである》という規範は、必ずしもマジョリティのみが内面化しているわけではない。トランスジェンダー当事者のなかにも、ジェンダー規範やジェンダー二元論を積極的に再生産している者は多い。そのような一見矛盾した事態が起こるわけは、当事者たちが自認している性別をうまくパフォーマンスするためには、大なり小なり既存のジェンダー構造に寄りかからざるをえない事情があるためであろう。

マリーというキャラクターをトランスジェンダー当事者として捉えてみると、本作には、構造を徹底的に内面化してもなお構造から排除される当事者の境遇が描き込まれていることが見えてくる。マリーは〈女性〉をパフォーマンスするために構造を再生産している。しかし、ペニスの存在によって、周囲からは〈女性〉であることを否定されるのである。馴致と排除の渦中で翻弄される当事者の姿を一九六〇年代の時点で描いたことは、本作の達成であると言えよう。

トランスジェンダー表象は、ジェンダー論とクィア批評の交点である。そして、ジェンダー論とクィア批評のはざまで、「毛皮のマリー」の《異議申し立て》は《ウソ》とも《ホント》ともなる可能性を秘めている。

付記　引用文中の略、傍線はすべて筆者による。「毛皮のマリー」の本文引用は、寺山修司『寺山修司の戯曲1』（思潮社、一九八三年八月）によった。

本稿には、現在の用語基準に照らして不適切な表現がみとめられる。これらは分析対象作品の、執筆当時の時代・文化的背景に基づいた表現である。そのため、修正・変更すると分析に影響すると判断し、原文ママとした。論者個人の価値観を反映したものではないことに留意いただきたい。

本稿は、博士論文「寺山修司演劇の再演に関する研究――アダプテーションの視座から」（広島大学、二〇二三年度）に収録した「毛皮纏う記号の肉体――「毛皮のマリー」再演分析」を大幅に加筆修正したものである。執筆に際して多くのご教示を賜った方々に感謝申し上げる。

本研究はＪＳＴ次世代研究者挑戦的プログラムJPMJSP2132の支援を受けている。

注1　演出・音楽・照明：寺山修司／衣装：コシノジュンコ／制作：九條映子／出演：丸山（美輪）明宏、萩原朔美、山谷初男、西田二郎、ジミイ　他

2　九條今日子『回想・寺山修司　百年たったら帰っておいで』角川文庫、二〇一三年四月（初刊：デーリー東北

新聞社、二〇〇五年十月)p.121
3　安藤紘平「演劇実験室天井桟敷はじめての海外公演と『毛皮のマリー』」(国際寺山修司学会編『寺山修司研究11』文化書房博文社、二〇一九年三月)p.28
4　〈見世物の復権〉は天井桟敷が旗揚げ当初に掲げていた主題である。市街劇に関心が向き始める一九七〇年ごろまでに制作された作品が、この主題に立脚していると考えられる。〈見世物の復権〉を主題としなくなった理由について、寺山は《奇形の人たちを舞台にのせる》だけでは《観客が自分自身の私性を単に強く確認するという役割しか果たさないのではないか》と感じたことを挙げている。(寺山修司・山口昌男「I　身体を読む」(寺山修司『身体を読む　寺山修司対談集』国文社、一九八三年十月)p.22)
5　原仁司「寺山修司「毛皮のマリー」」(日本演劇学会・日本近代演劇史研究会編『20世紀の戯曲――現代戯曲の展開』社会評論社、二〇〇二年七月)p.380
6　熊井絵理「寺山修司『毛皮のマリー』論――欣也の変容をめぐって――」(『演劇映像』五十二巻、二〇一一年三月)p.157
7　杉山弘「「毛皮のマリー」＝パルコ　妖しい男娼を美輪が妙演」(『読売新聞』一九九四年十月八日)六面
8　寺山生前の「毛皮のマリー」の公演において、マリーの配役は美輪を中心としながらも多様性を失ってはいない。海外公演の際には、下馬二五七(一九四五―二〇〇九年)や、現地の俳優などマリー役に起用された。また、黒人俳優がマリー役を演じたという記録もある(田中「国産前衛劇も米で好評　寺山修司・演出「毛皮のマリー」」(『朝日新聞』一九七〇年七月十三日夕刊、六面))。寺山没後の再演でも、美輪以外の俳優がマリー役を演じたものは枚挙に暇がない。
9　山根由起子「広がる、性的少数者描く演劇　告白する姿勢が与える勇気」(『朝日新聞』二〇〇八年三月十五日朝刊、三十五面)では、《性的少数者を描いた劇は、古くは1967年に寺山修司主宰の「演劇実験室◎天井桟敷」で初演され、美輪明宏が演じ続けている「毛皮のマリー」が有名だ。(中略)「ファン・ホーム」などを観劇してきた「虹色ダイバーシティ」の村木真紀代表は「タブーとされてきたことをカミングアウトし、人生に向き合う姿勢が、人に言えない様々な悩みを抱える現代人に勇気を与えるきっかけになっているのでは」と見る》と紹介されている。

10 久保陽子「寺山修司の女装劇『毛皮のマリー』論」(国際寺山修司学会編『寺山修司研究1 たね』文化書房博文社、二〇〇七年五月)p.157

11 五十嵐綾野「寺山修司・戯曲「毛皮のマリー」について――見世物というメディア――」(『藝文攷』十五巻、二〇一〇年二月、p.23)で《二〇〇九年版「毛皮のマリー」は親子愛を全面に出している》と紹介されている他、執筆者不明「美輪「毛皮のマリー」再演 家族みつめて」(『読売新聞』二〇一九年三月二十六日、八面)では、美輪自身が《昨今は家族殺しがあまりに多い。デジタル社会の弊害にも感じ、再演を決めました》と語っている。

12 上野千鶴子『家父長制と資本制』岩波書店、一九九〇年十月、p.8-9

13 上野千鶴子『女ぎらい ニッポンのミソジニー』朝日文庫、二〇一八年十月(初刊:紀伊国屋書店、二〇一〇年十月)、p.202

14 石井由香理『トランスジェンダーと現代社会 多様化する性とあいまいな自己像を持つ人たちの生活世界』(明石書店、二〇一八年三月、p.17-21)は、「性同一性障害」は精神障害分野における疾患概念であるのに対し、「トランスジェンダー」は当事者が《自らのアイデンティティを「病い」に同一化することを避けるために》用いた語であるとしている。

15 石井由香理『トランスジェンダーと現代社会 多様化する性とあいまいな自己像を持つ人たちの生活世界』前掲、p.60

村上春樹「眠り」とその漫画アダプテーションにおける女性の身体表象

——「不気味なもの」と性の越境を中心に——

ダルミ・カタリン（DALMI Katalin）

はじめに

村上春樹の「眠り」は、一九八九年十一号の『文学界』に掲載され、後に短編集『ＴＶピープル』（文芸春秋、一九九〇年）に収録された短編小説である。村上が初めて女性一人称語りを採用した本作品は主に一九八〇年代における主婦の「フェミニズム的目覚め[1]」の寓話として読まれてきた。しかし、読者に恐怖を与える要素が数多く登場し、女性の生きづらさという問題を扱いながらも、ホラー小説に近い一面を持っていることは看過できない。

短編集『ＴＶピープル』を「村上春樹による怪談集」として捉えた松岡和子は、各作品の怖さについて、「怪談につきものの妖怪変化」ではなく、「一見「すべて事もない」日常の中で人の内側に生まれてくる[2]」と的確に指摘している。いうまでもなく、「眠り」ではこういった怖さを生み出しているのは語り手を突然襲ってくる不眠である。村上は一九八〇年代に「モダンホラーの旗手[3]」と呼ばれていたスティーヴン・キングの小説を愛読しており、その影響は『羊をめぐる冒険』（講談社、一九八二年）などの初期作品において顕著である[4]。そして、「眠り」もまた、ホラー小説の手法を積極的に取り入れている作品である。

ホラー小説のような一面は、「眠り」が複数のアダプテーション作品を生み出したこととは無関係ではないだろう。本稿で着目したいのは、二〇二〇年に『HARUKI MURAKAMI 9 STORIES』（以下ＨＭ９Ｓと記す）の第八作品目として刊行された、フランス人の脚本家Jean-Christophe Deveney（Ｊｃ　ドゥヴニ、以下ＪＣＤと記す）と漫画家のPierre-Marie Grille-Liou（ＰＭＧＬ、以下ＰＭＧＬと記す）による漫画《バンドデシネ》『眠り』である。拙稿では、リンダ・ハッチオンによるアダプテーションの理論を踏まえ、ＨＭ９Ｓの刊行のきっかけとなった漫画『かえるくん、東京を救う』（『MONKEY』Vol.4. 二〇一四年十月）を取り上げ、原作からの逸脱について日本語～フランス語間の翻訳及び短編小説からバンドデシネ＝フランス語圏におけるカラー漫画（以下ＢＤと記す）への翻案という二つの観点から考察を行い、物語の移動における言葉・文化・時間と空間の影響について論じた。(6)

本稿では、短編小説「眠り」及び漫画『眠り』における語り手の描写に着目し、アダプテーションによる女性表象の変容について分析を行う。本稿の前半では、短編小説に着目し、テクストにおける語り手の描写についてフロイトによる「不気味なもの」（Das Unheimliche, 一九一九年）の概念と、ホラーにおける性の越境という二つの観点から論じる。本稿の後半では、漫画『眠り』を取り上げ、語り手の描写に見られる変容について、トランスメディア・アダプテーションの視点から考察を行う。

一　短編小説「眠り」における女性の身体表象

「眠り」は次のような物語である。小学二年生の息子と開業した歯科医の夫を持つ専業主婦の「私」はある夜、見知らぬ老人から足に水を注ぎかけられるという悪夢をきっかけに眠れなくなってしまう。大学生の時も「不眠症のようなもの」を経験している「私」は病院に行かず、主婦としての義務を以前同様完璧にこなしているため、周りも彼女の異変に気付かない。「人生を拡大している」（傍点原文）と感じ、読書などを楽しんでいる「私」は、最初に不眠を肯定的に捉えているが、ある日「覚醒した暗闇」である不眠状態から死を連想し、眠れないことに対して恐怖を抱き始める。そして、以前ドライブで訪れた港の公園でレイプと殺人事件が起こったことを知りながらも、一七日目の夜に男の恰好をして車でそこに向かう。公園で車を停めると、男に見える二つの影に車が激しく左右に揺さぶられ、強い恐怖に襲われた「私」は、「**何かが間違っている**」（太字原文）と感じる。

村上は川上未映子との対談で「眠り」について、「たまたま主人公が女の人だったということであって、僕としてはとくに女の人の心理を書こうと意識して書いたというのでもないですね」と述べつつ、車を揺さぶられる最後のシーンを書く時だけ「主人公が女性であることをかなり強く意識し」「真っ暗な中で、何人かの男たちに囲まれて車をぐいぐい揺さぶられたら、女の人はきっとすごく怖いだろうな、という感覚」はあったという。[7]つまり、本作品では、主人公の性別は人間が抱える恐怖を伝播するための道具として用いられていることが分かる。一方で、その直後に、「あの奥さんから見た、夫に対する嫌悪感。それは女の人にしかない嫌悪感なのかもしれない」[8]と語るように、「眠り」のテーマの一つに男性から見た女性の理解不可能な本質と、それが引き起こす恐怖というのがある。本節では、「私」の描写に着目し、女性の身体が如何に恐怖の対象として描かれているのかについて考察を行う。

一―一　不気味さを引き起こす女性の身体

ジークムント・フロイトによれば、「不気味なもの」（Unheimlich）とは見慣れたものや馴染みなもの「Heimlich」が抑圧の過程を経て回帰するものであり、[9]「多くの人々にとってこの上なく不気味に思われるものとは、死、死体、死者の回帰、そして霊魂や幽霊と関わりのあるものである」[10]と述べている。「眠り」における不気味なものとしてまず思い浮かぶのは、「私」の悪夢に登場する老人だろう。

「私」の二回目の不眠状態を引き起こした悪夢は、次のとおりである。「嫌な夢」から目が覚めたはずの「私」は金縛りを体験し、新たな悪夢を見る。それは前述したように、見知らぬ老人が足に水を注ぎ続けるという変わった内容の夢である。「髪は灰色で、短く、頬はこけて」おり、「黒い服を着た、痩せた老人」はまるで幽霊のような存在であり、「私」に恐怖を与える。しかし、不気味なのは老人だけではない。悪夢を見ながら「自分の足が腐って溶けてしまう」と感じた「私」は、「目を閉じて、これ以上はあげられないくらいの大きな悲鳴をあげ」るが、その悲鳴が彼女の体の外には出ない。「私の中で何かが死に、何かが溶けてしま」い、「私の存在に関わっている多くのもの」が焼き払われたと感じる「私」は、疑似的な死を体験し、幽霊のような老人と同様に、生と死の境界を彷徨うようになる。興味深いことに、「私」は学生時代にも似たような経験をしたと語っている。

「私」は大学生の頃にも一ヶ月に及ぶ睡眠障害を経験するが、「何の役にも立たないだろう」という直感的な理由から病院に行くことも家族と相談することも拒否する。「眠ろうと意識すればするほど、逆に目が覚めてくる」彼女は、「酒や睡眠薬」を試すが、効果はない。そして、明け方になると、まどろみながら幽体離脱に似たような経験をする。「私は眠ろうとする肉体であり、それと同時に覚醒しようとする意識である」と語る彼女は、意識が「薄い壁に隔てられた隣の部屋で」覚醒しており、肉体が「ふらふらと薄明の中を流離《ただよ》いながら」その「視線と息づかいをすぐそこに感じつづけている」。彼女はこうした不眠状態を「風に吹かれて遠くからやってくる」「不吉なものがたっぷりと詰まっている」「分厚い黒い雲のようなもの」に例えており、医学的説明を超えた不気味なものとして描写しているのは印象的である。この体験をきっかけに彼女は、精神と身体を分けて考え、自分の体に対して強いこだわりを持つようになる。

「眠り」において印象的なのは、「私」が鏡の前に立つ場面に顕著であるように、「私」の身体は神秘的で理解不能なものとして描かれていることである。「私」の身体は自然法則に反する眠らない身体であり、そこには得体の知れない重要な「何か」が含まれていることが繰り返し語られている。「私は思いきり体を動かすことで、体の中から何かを追い出してしまいたいように感じたのだ」と「私」が語るように、その「何か」とは必ずしも善意なものではない。フロイトは、「生きている人間を不気味と呼ぶこともある。その人間に邪悪な意図が隠されていると思われるような場合である」と指摘し、その条件としては「人を傷つけようとするかれの意図が特殊な力の助けを借りて実現されること」を挙げている。(11)「眠り」の主人公の場合その特殊の力は、原因不明な不眠状態という、論理的な説明を超えた現象を引き起こすものであると同時に、夫と息子に向けられた邪悪なものとして描かれている。

三十歳になろうとしている「私」は、子供を産んでいるにも関わらず、若い時の体のラインを維持することに強いこだわりを持っている。「裸で鏡の前に立つのが好き」だと言う彼女は、自分の身体には「何かはわからないが」「何かしら私にとって非常に重要なものが含まれている」とさえ感じている。鏡に映る自分の身体を眺めている「私」は、「かつてはすらりとした美しい女性だった」が「残念ながら今ではそうではない」自分の母を思い出し、「母のようにはなりたくない」と語っている。この文章から分かるように、「私」の身体に含まれている「非常に重要なもの」とはつまり、母の身体とは対照的で非母性的なものである。

悪夢を見てから「私」はトルストイの『アンナ・カレーニナ』を読み始め、夫の保護と社会からの圧力に苦しんでいるアンナの姿に自分を投影させている。アンナと「私」の間の重要な類似性としては「「母」の否定」(12)が挙げられる。それは以上で引用した鏡の前の場面からも読み取られるが、更に顕著に表れるのは、「私」が眠っている息子の顔を眺めている箇所である。「私が息子を愛していることには間違いない。でも将来、この息子のことを自分はそんなに真剣に愛せないようになるだろうという予感がした。母親らしくない考えだ。世間の母親はそんなこと考えもしないだろう」と語っており、自分は「世間の母親」とは違うと認識している。彼女が抱いている不安、つまり、子供が大きくなったら可愛くなくなるということはおそらく、子供を育てている人なら誰でも共感できるものだが、テクストでは世間の常識に反する恐ろしいものとして印象づけられている。

一—二　抑圧された不満と暴力

村上は『アンナ・カレーニナ』の「眠り」との類似性について、「あれ（引用者注：『アンナ・カレーニナ』）もたしかに夫に対する嫌悪感を描いた小説ですね[13]」と川上に述べていることから分かるように、「私」がアンナに最も似ているのは、夫に対して嫌悪感を抱いている点である。しかし、「私」の嫌悪は夫だけではなく、息子にまで及んでいるのが「眠り」のオリジナルな設定である。「私」は「二人（引用者注：夫と息子）は奇妙なほどよく似た手の振り方をする。同じような角度に顔を傾け、同じように手のひらをこちらに向け、それを小さく左右に降《ママ》る。まるで誰かにきちんと振り付けられたみたいに」と語っており、息子を夫の分身として見なしているのは明らかである。「同じ事態の反復[14]」が不気味な効果を生み出すと述べたフロイトが、その一例として挙げているのはドッペルゲンガー（分身）である。「私」にとって、夫にそっくりな息子は、夫への抑圧されてきた不満と嫌悪感を自覚させる不気味な存在である。

一見すると、「私」は夫と息子の世話や家事の繰り返しから成る生活に対して不満を抱えていないようである。昔はもっと幸せだったと認めつつも、彼女は敢えて「今でももちろん私たちは幸せだと思う。家庭にはトラブルの影ひとつない。私は夫のことが好きだし、信頼している。そう思う」と語っているが、その自信のない言い方はむしろ、彼女の不満を物語っている。そして、その抑圧されてきた不満はある日、悪夢の形で彼女の無意識から浮上し、彼女に覚醒をもたらす。

「（前略）私の人生というものはいったい何なのだ？　私は傾向的に消費され、それを治療するために眠る。私の人生はそれの繰り返しに過ぎないんじゃないか？　どこにも行かないんじゃないか？」と語る「私」は、家事・育児に「傾向的に消費され」ていることに対して違和感を覚えるようになる。そして、そうした無限のループから逃れるために、「自分の行動・思考の傾向」の「かたより」を「中和する」ための眠りを拒否するようになる。彼女が眠る代わりにやっているのはお菓子を食べながら本を読むことだけだが、読書というのは彼女が抱えている不満を理解するための鍵となっている。

夫について「私」は「文句のつけようがない」と思っている一方、姑を始め、夫の家族の「血統的なかたくなさ、自己充足性―私は夫の家族のそういうある種の傲慢さが嫌いだった」と認めており、夫と同じ表情を浮かべている息子に対しても違和感を覚える。ここでポイントになるのは、「自己充足性」という言葉である。「小学生の時から図書館中の本を読み漁ってきた」「私」にとって本を読むことは結婚するまでの「生活の中心」だったと語られている。彼女は大学では英文科に進み、大学院に進学することも勧められたが、「学究的な人間ではなかった」ことを理由に教授のオファーを断ったという。しかし、それは彼女の本心ではない。彼女が自分の夢を諦めざるを得なかった本当の理由は、家には彼女を「大学院にやるような経済的余裕」がなく、早めに社会に出て自立せざるを得なかったという家庭環境によるものだったと考えられる。従って、家族のために本来の自分を抑圧してきた「私」は、家庭内で権力を持っている姑を始め、社会的自己実現が可能である夫と息子に対して嫌悪感を覚えており、自分にとっては不可能である「自己充足性」に対して嫉妬心を抱いているのは想像に難くない。彼女はそれを認めることはしないが、物語の終盤で男の恰好をして家を出る展開は示唆的である。

佐伯順子が述べたように、「衣装とは、当該の社会がそれによって女性、男性を区別する社会的、文化的な記号であり、その場合、身につけられた衣装は社会的、文化的な性別(gender)の表現となる」[15]。また、異性装とは、「異なる性になろうとする営み」[16]であるため、男装を身にまとって家を出るという「私」の行為はつまり、レイプを防ぐための自衛であると同時に、性を越境しようとする試みでもある。男装し、敢えて女性にとって危険な場所に足を運ぶという彼女の自虐的行為は、彼女を抑圧してきた「彼ら」に対する復讐であり、「自己充足性」を手に入れようとする試みとして評価できる。

夜中の三時に横浜に向かっている彼女は、長距離輸送トラックのドライバーたちを見ると、彼らは自分と同様に眠らないことに気づくと同時に、昼間に眠っている彼らと自分との差を認識する。「私なら昼夜働けるのに、と私は思う。私には眠る必要がないのだから」と彼女は考えているが、ここで重要なのは、「私なら昼夜働けるのに」という、彼女の不満を曝露する台詞である。つまり、進学を諦め、専業主婦として家庭を中心に生活してきた彼女はこの時に、「彼ら」＝社会に出て働いている者たち（＝男たち）を超えるような可能性を自分の中に見出す。だが、興味深いのは、彼女はこうした自分のことを自然法則に反する「進化の先験的サンプル」として認識し、彼女の試みは最終的に、男性たちによって暴力的に阻止されるという結末である。このように見ていくと、「眠り」は作者のミソジニーを曝露する物語に見えるが、忘れてならないのは、「私」はそもそも性を越境する存在として設定されていることである。

一―三　性の越境とホラー

一九八九年十二月号の『群像』に掲載された「眠り」の創作合評で文芸評論家の秋山駿は、語り手の「私」が「男でも女でもない記号的存在」だと指摘し、井口時男もまた、「これは、女性としてのリアリティーというふうに読む必要は全くな」く、語り手は「「僕」であってもいいですね」と批判的な感想を述べている。[17] 確かに、「私」の語りは以前の作品に登場する「僕」の語り方を反復する箇所が多く、[18] 現代社会における女性の覚醒という寓話的な解釈には留意が必要である。続いては、「眠り」における性の越境の意義について、ホラーと関連付けて考えてみたい。

歴史学者・性科学者のトマス・ラカーの著書『セックスの発明』[19] を踏まえ、武田悠一は、男女を対立的なものとして捉える「二つのセックス」観は十八世紀に構築されたものであると述べている。つまり、それ以前は、セックス（性）は基本的には一つ（＝男）だという「1《ママ》セックス」の考え方が主流であり、女は「反転した、より不完全な男」だと考えられてきたという。[20] なお、これは十八世紀以降「二つのセックス」観、つまり「女性というセックスが男性の「対立物」」だという考え方に変わっていくのだが、「1セックス」観が完全に淘汰されず、「抑圧された無意識として存在し続け、ときに回帰して」くるのである。[21] そして、それが未だに顕著に表れているのはゴシック・ホラーである。

ホラーにおけるジェンダーについてはキャロル・クローヴァーの著書『男、女、そしてチェーンソー――現代ホラー映画におけるジェンダー』（武田訳）が詳しいが、日本語訳がないため、本稿では武田の翻訳及び解説を手がかりにする。さて、クローヴァーは、狼男、吸血鬼などの不死者の物語は「1セックス」の時代に由来する物語だと指摘した上で、次のように述べている。

> 「（前略）ホラーは、実際、われわれの時代の〈1セックス〉的思考の貯蔵庫である（サイエンス・フィクションがそのすぐ後に続く）。ホラーの世界は、とにかく、男と女は根本的に違っている（そして前者は後者よりもはるかに優れている）ことを十分承知している世界だが、しかし同時に、女が男のように見えて来たり（スラッシャー・フィルム）、男が女のようになることを強いられたり（憑依映画）、また、ある人物たちはどちらか見分けることが不可能であったりすることによって（……）性差の転覆や横すべりを繰り返し描く世界でもある。〈1セックス〉モデルは、ホラーの身体構築に反映しているだけではない。それはまた、そのジェンダー表象に、セックスがその一つの効果として生み出されるカテゴリーとしてのジェンダーの表象にも反響している――ホラーはそのような「生成」に深い関心を抱いているのだ。こうした幻想は、精神分析の観点からいえ

ば退行的であるとしても、長く際立った系譜をもっている」(Carol Clover. *Men, Women and Chain Saws: Gender in the Modern Horror Film.* Princeton: Princeton UP, 1995, 15-16)[22]。

そして、クローヴァーによれば、典型的なミソジニストのジャンルとして考えられてきたホラーは、実は男の観客と女の犠牲者との間に同一化を強いており、「ホラー映画における恐怖は、虐待される女性のポジションと観客を同化させることによってもたらされ」るのだという[23]。クローヴァーの論は映画を対象に展開されているが、同様なことは、女性を主人公にしたホラー小説にも当てはまると考えられる。村上が、ホラー映画や小説から直接影響を受けて「眠り」の主人公を女性に設定したとは断言できないが、「眠り」はクローヴァーが述べた「1セックス」モデルを再現しており、ホラーとの共通点が見られるのは確かである。村上は、「自分自身から少しでも遠くに離れたいという気持ち」[24]があって「眠り」の主人公を女性に設定したと語っている。しかし、無意識であろうが、「眠り」の主人公は複数のレベルにおいて性を越境する存在であり、そのような設定は書き手、そして男性読者との距離を縮め、同化を促す手法として機能していると考えられる。

フロイトによれば、「多くの人々は、仮死状態のまま埋葬されてしまうというイメージに、不気味さの極致を見る」というが、その「ぞっとする空想」は、「母体のなかの生命という空想」が変容したものに他ならないと述べている[25]。彼によれば、「神経症の男性は女性の性器を自分にとって何かしら不気味なものだと断言する」が、女性の性器とはつまり、「人の子にとっての古き故郷[Heimat]」であり、それが抑圧を経て回帰することによって不気味な効果を呼び起こすという[26]。さて、「永遠に覚醒して、こうしてじっと暗闇を見つめていること」に対して恐怖を感じている「私」が、死ぬことよりむしろ完全に死ねないこと＝仮死状態を恐れているようである。車の中に閉じ込められ、外から暴力的に揺さぶられるという物語の最後の場面は、仮死状態で埋葬されてしまうという「不気味さの極致」を連想させており、フロイト的に言えば、それは母体の中の状態と重なっているがゆえに不気味さを生み出しているのである。従って、「私」のレイプと殺害を予期させる物語の結末にはつまり、男性の抑圧された恐怖が投影されていると考えられる。そして、一見すると一九八〇年代の日本の典型的な主婦[27]に見える「私」は、実は性を越境した人物であり、男性のあらゆる恐怖が投影された記号的存在に他ならないことが分かる。

二　漫画『眠り』における女性の身体表象

アダプテーションを「ひとつのコミュニケーションの体系から別の体系へコードが変換されるひとつの形態」と定義づけたハッチオンは、「ある物語がメディアだけでなく文化や言語を越え翻案される、すなわち新たな文化的環境へと「順化」され、それゆえ新たな、また必然的に異なる意味を与えられるときに生じる「通文化的な」移動の様式」として捉えた[28]。従って、拙稿で述べたように、メディアを横断する物語や表象の移動（トランスメディア・アダプテーション）においては、短編小説から漫画へという、媒体の置き換えの他、作者たちの文化的背景、物語の個人的な解釈が大きな影響を与えている[29]。九十六ページに及ぶカラー漫画『眠り』は非常に興味深い作品であり、分析すべき点がたくさんあるが、本稿では主人公の描写に焦点を当て、女性表象の変容とその背景について述べる。

二―一　イラストによる不気味さと滑稽さ

漫画批評家の夏目房之介は、「ＨＭ９Ｓを読んだときにすごく意外だったのは、キャラクターがどうしてこんなにカッコ悪く描かれているのか、ということです（笑）[30]」と感想を述べているように、ＨＭ９Ｓは独自の雰囲気を醸し出している漫画である。それは、夏目が指摘したように、ＰＭＧＬとＪＣＤが原作をコメディとして読んで

図① 村上春樹(原作)・Jc ドゥヴニ(翻案)・PMGL(漫画)
『HARUKI MURAKAMI 9 STORIES 眠り』
スイッチ・パブリッシング、2020年12月 第1刷発行

[31]いることに由来していると考えられる。

漫画では、夫の歯科医院が直接描かれており、その名称は「ギニョール」となっていることが興味深い。「ギニョール」(Guignol)とは、十八世紀末のフランスで誕生した指人形劇の主人公の名であり、増谷篤子によれば、「ギニョールの大きな二つの目は、社会に対して見開かれ、微笑みを絶やさぬ口元には、素朴さと優しさが感じられるが、人間の愚かさや滑稽さを暴き、揶揄する皮肉な精神は、カトガン(引用者注:リボンで束ねた髪型)の跳ねる様な動きによって表現される」[32]という。ギニョールのイメージが与えられていることによって、「私」の夫が滑稽な者として印象づけられており、彼の真面目な性格は、皮肉を込めた笑いの対象として描かれている。

同様に、人形の表象は「私」の描写にも活用されている。漫画に登場する「私」は、ラフな線で描かれており、ゲイシャガールのような、日本人女性に対する典型的なステレオタイプ・イメージから遠く離れた女性である。漫画における「私」は、夫のコートを脱がせたり、お皿を運んだりする献身的な女性として描かれており、その点では日本人女性に対する典型的なステレオタイプ・イメージを反映しているが、エキゾティックな美人よりむしろグロテスクな人物として描かれているのは特徴的である(図①)。さて、彼女の描写に人形の表象が用いられて

いるのは、物語の終盤で、彼女が車で横浜に向かっている場面である。

　この時に「私」はクラッシック音楽を聴きたがっている設定になっているが、放送局では「つまらない日本語のロック・ミュージック」「歯の浮くようなべたべたとしたラブ・ソング」しか流れていない。「ハイドンとかモーツァルトの違いを識別することができない」「私」に対して夫はクラッシック音楽を好んでおり、クラッシック音楽は二人の距離を強調する記号として機能している。そして、「歯の浮くようなべたべたとしたラブ・ソング」とは対照的であるクラッシック音楽は男性性の象徴で、ラブ・ソングはそれと相反する女性性の象徴だとすれば、ラブ・ソングに対する「私」の否定的な言い方は、自分がこれまで演じてきたステレオタイプ的女性像の拒否に他ならないだろう。さて、この展開は漫画でも同じだが、ラジオから流れてくるラブ・ソングがフランスの曲に置き換えられていることは興味深い。

図② 村上春樹（原作）・Jc ドゥヴニ（翻案）・PMGL（漫画）
『HARUKI MURAKAMI 9 STORIES 眠り』
スイッチ・パブリッシング、2020年12月第1刷発行

　高速道路を走っている「私」の車が描かれているコマ（図②）の背景には、ピンク色で「サロンにいる人形よりも／私のレコードは鏡／こんな風に訳なく歌って」と書かれており、それは、セルジュ・ゲンスブールが作詞作曲し、一九六五年にリリースされたポップソング*Poupée de cire, poupée de son*からの直訳の引用である。「夢見るシャンソン人形」というタイトルで日本でも人気を集めたこの曲は、「男の子一人も知りもしない」「シャンソン人形」（＝蝋人形）は、「すてきな誰かさんとくちづけしたいわ」と想いを込めて「愛の歌」を歌っているものである。[33] 人生経験の少ない、ナ

イーヴなシャンソン人形は、男の恰好をして夜中車を飛ばしている「私」とは対照的な存在であり、その姿は、家事・育児を機械的にこなしてきた「私」の姿と重なっている。「私」がそのような生活から逃避し、自分の可能性に目覚めたこの場面に、「夢見るシャンソン人形」の曲がピンク色の文字で挿入されていることによって、「私」の行動に皮肉なタッチが与えられており、滑稽なものとして印象づけられている。

フロイトは、精神科医のエルンスト・イェンチュを引用し、不気味なものの一例として「一見したところ生きていると思われる存在が本当に生命があるのかどうか疑わしいケースと、それとは逆に、生きていない事物がもしかしたら生命があるのではないかと疑われるケース」、つまり「蠟人形、からくり人形、そして自動人形」のことを挙げている[34]。漫画における「私」(そしてその夫)は、人形のイメージが投影されていることによって、その不気味さが増しているが、描写に皮肉が込められているため、二人とも滑稽な人物となってしまう。ジャン＝リュック・ジリボンが「不気味な笑い」(Le Rire étrange, 二〇〇八年)において論じたように、不気味さは滑稽さと近接した概念であり、「どちらも同じ領域に関係するのだが、ただその領域を異なる光景として見せているのだ」[35]。精神と身体を分けて捉えている主人公の思考を反映し、漫画では登場人物達の身体の一部、例えばロ元や鼻がクローズアップで描かれるこ

図③ 村上春樹(原作)・Jc ドゥヴニ(翻案)・PMGL(漫画)
『HARUKI MURAKAMI 9 STORIES 眠り』
スイッチ・パブリッシング、2020年12月 第1刷発行

とが多く、それは原作に見られないユーモラスな効果を生み出している。また、漫画では結末部分における暴力性が誇張されて描かれており、それは読者に恐怖よりむしろ衝撃を与える。

図は白黒だが、「私」の車が暗い影に襲われるという最後の場面は実際、強烈な真っ赤な色で描かれており、それは「私」が火の海で燃えているような印象を与えている（図③）。車の中で悲鳴を上げている「私」は、ホラー映画の典型的な犠牲者を連想させているが、彼女の表情が誇張されて描かれていることは滑稽な効果をもたらし、彼女の悲劇的な運命はグロテスクな笑いを誘う。このように、漫画ではホラー的な要素が原作より一層色濃くなっているが、それは敢えてコメディのような雰囲気を醸し出しており、原作で問題とされている人間の根本的な恐怖は、漫画ではホラーコメディとして再現されている。

二―二　「不気味なもの」と「魔術的リアリズム」

村上春樹作品における非現実的、または不気味な要素は、欧米ではよく「魔術的リアリズム」／「マジック・リアリズム」と関連づけられるが、同様な傾向は漫画『眠り』においても見られる。

「魔術的リアリズム」は、ドイツ人の美術評論家であるフランツ・ローが一九二五年に提唱した概念であり、当時ドイツの美術界において流行っていた新即物主義の作品を指している。これは後に、スペイン語圏に広まり、文学作品に対して使われるようになっていくが、興味深いことに、それはフロイトが「不気味なもの」の概念を提示した時期と重なっている。そして、ドイツ文学者の種村季弘は著書『魔術的リアリズム―メランコリーの芸術』（ＰＡＲＣＯ出版局、一九八八年）で、フロイトの言う「不気味なもの」を絵にしたのは「魔術的リアリズム」だと主張している。[36] 欧米では、村上作品に登場する幻想的な要素や「不気味なもの」に日本らしさを見出す読者が多く、それは村上文学がエキゾティックな響きを持つ「魔術的リアリズム」と関連づけられる理由にもなっている。

「魔術的リアリズム」とは「現実的な世界を舞台に非現実的な出来事や人物を設定することによって、現実の隠れた側面を照射する手法」[37]であり、作中に登場する非現実的な要素や「不気味なもの」(=魔術的なもの)は、日常的世界を見るための新たな視点(=リアリズム)を提供する機能を果たしている。だが、こうした批判性を別にし、欧米では幻想的な要素や「不気味なもの」が登場する村上のテクストの殆どが「魔術的リアリズム」と見なされており、それは村上文学(とその系統を引き継いでいる日本文学)のセールスポイントとなっている。

このようなエキゾティシズムは、「日本らしい」要素が積極的に取り入れられている漫画『眠り』においても顕著である。それは例えば、BDには馴染みのないオノマトペの挿入に見られる。HM9Sは、日本人読者の好みに合わせ、オノマトペが数多く使用されているが、それはフランス語版では翻訳されておらず、絵の一部になっている。同様に、例えば第一章に挿入されている「あまぞう辛口♡居酒屋」は、物語の内容とは関係がなく、「日本」という舞台を意識させる装置である。或いは、「私」の悪夢に登場する老人は、原作には「黒い服を着た」としか記述はないが、漫画では藁草履を履いており、袴のような服を羽織っている。このような描写は物語の不気味さを増していると同時に、作品にエキゾティックな雰囲気を与えている。

なお、漫画『かえるくん、東京を救う』と同様に、『眠り』の舞台は実際の日本ではなく、作者たちが思い描いた虚構の日本である点も特筆すべきである。『眠り』の場合は、「私」が訪れる図書館は、「甲村図書館」と「ふしぎ図書館」という名称が与えられており、『海辺のカフカ』(新潮社、二〇〇二年)など、村上の他作品との間テクスト的繋がりが強調されている。このように、『眠り』(そしてHM9Sの各漫画)は「村上ワールド」という架空の舞台に設定されており、それは原作以上に現実離れした非日常感を作り出している。それに伴い、登場人物達のキャラクターっぽさが強くなっており、現実味が薄れてしまう。

おわりに

本稿では、短編小説「眠り」における女性の身体表象について、フロイトによる「不気味なもの」の概念とホラーにおける性の越境という観点から分析を行った。その結果、一九八〇年代の日本の主婦を代表する人物として論じられてきた「私」は、ホラーにおける「1セックス」モデルを体現しており、男性の潜在的恐怖が投影された記号的存在であることが明らかになった。

「眠り」における女性表象をホラーと結び付けて考えるためのヒントを与えたのは、漫画『眠り』における誇張された描写である。漫画のグロテスクなイラストは登場人物達の不気味さを際立たせるが、それは読者に恐怖を与えるよりむしろ、滑稽さを生み出している。このような描写はＰＭＧＬの特有のグラフィック・スタイルに由来するものであると同時に、ＢＤというメディアとも関連している。フランスでは「第九の芸術」と呼ばれているＢＤは、絵画のようなものからエンターテインメント作まで、作品の幅は広いが、フランス語圏では特に人気が高いのはユーモア物や子ども向けのものである。[38] 漫画『眠り』、そしてＨＭ９Ｓ全体がこうした状況を反映しており、ＢＤというメディアは、主人公の描写のみならず、作品全体の雰囲気に大きな影響を与えている。そして、原作に潜んでいる「不気味なもの」を際立たせる描写は、原作における女性の身体表象の再評価に繋がるものであり、決して軽視すべき変容ではない。

【テクスト】

テクストは「眠り」（『村上春樹全作品1979～1989 ⑧　短篇集Ⅲ』講談社、一九九一年七月）及び村上春樹（原作）・Ｊｃ　ドゥヴニ（翻案）・ＰＭＧＬ（漫画）『HARUKI MURAKAMI 9 STORIES　眠り』（スイッチ・パブリッシング、二〇二〇年十二月）を使用した。なお、旧字体は新字体に改めた。

【付記】

本稿は、第三十四回村上春樹とアダプテーション研究会（二〇二四年四月二〇日、オンライン開催）における口頭発表「村上春樹「眠り」とそのアダプテーションにおける女性表象について」の一部に基づいたものである。貴重なご意見を下さった皆様に深く感謝申し上げる。なお、本稿は科学研究費補助金（研究課題番号22K00320）による成果の一部である。

注

1　リヴィア・モネ「テレビ画像的《テレヴィジュアル》な退行未来と不眠の肉体―村上春樹の短編小説における視覚性と仮想現実《ヴァーチャル・リアリティー》」（『国文学 解釈と教材の研究』一九九八年二月、二〇頁）

2　松岡和子「村上春樹『TVピープル』―恐怖の中に点在する鮮やかな色」（『文学界』一九九〇年四月、三〇六頁）

3　村上春樹「《同時代としてのアメリカ 1》疲弊の中の恐怖―スティフン・キング」（『海』一九八一年七月、二二七頁）

4　風間賢二「村上春樹とスティーヴン・キング」（『ユリイカ』一九八九年六月、一一八～一二四頁）。また、近年のものとしては井土康仁「村上春樹「《同時代としてのアメリカ 1》疲弊の中の恐怖―スティフン・キング」を読む」（『人文科学論集』第百三号、二〇二四年三月、一～一五頁）がある。

5　二〇一〇年には新潮社からカット・メンシックのイラストが揃えられた絵本『ねむり』（ドイツのデュモン社から二〇〇九年に刊行された*Schlaf*の逆輸入版）が出版され、二〇一七年にはアメリカでレイチェル・ディクスタイン監督と翻案者のナオミ・イイズカによる舞台版*Sleep*（眠り）が上演された。

6　ダルミ・カタリン「アダプテーションとして読む漫画『かえるくん、東京を救う』―原作からの逸脱と物語の再文脈化を中心に」（『早稲田大学国際文学館ジャーナル』第二号、二〇二四年三月、一～一一頁）

7　村上春樹・川上未映子『みみずくは黄昏に飛びたつ―川上未映子訊く／村上春樹語る』「第三章　眠れない夜は、

太った郵便配達人と同じくらい珍しい」（新潮社、二〇一七年四月、二五三頁）

8　注7、二五四頁。

9　ジークムント・フロイト「不気味なもの」（アンリ・ベルクソン／ジークムント・フロイト／ジャン＝リュック・ジリボン（原章二訳）『笑い／不気味なもの　付：ジリボン「不気味な笑い」』平凡社、二〇一六年一月、原著二〇〇八年、二四三頁）

10　注9、二四四頁。

11　注9、二四六頁。

12　山根由美恵『村上春樹〈物語の行方〉―サバルタン・イグザイル・トラウマ』「第三章　マトロフォビア・トラウマからの回復―「サバルタン」への眼差し　第一節　妻の〈自立〉を阻む「母」―「レーダーホーゼン」「眠り」」（ひつじ書房、二〇二二年五月、一〇八頁）。なお、「眠り」と『アンナ・カレーニナ』との間テクスト性について、平野葵「村上春樹『ねむり』と『アンナ・カレーニナ』」（『研究論集』第十四号、二〇一四年十二月、一〇五〜一一六頁）が詳しい。

13　注7、二五四頁。

14　注9、二三六頁。

15　佐伯順子「性の越境―異性装とジェンダー」（『日文研叢書』第三十六集『表現における越境と混淆』二〇一五年十一月、三七頁）

16　注15、三八頁。

17　秋山駿・岡松和夫・井口時男「第百六十八回創作合評「眠り」村上春樹、「影くらべ」古井由吉、「海綿」坂上弘」（『群像』一九八九年十二月、二七二頁）

18　風丸良彦が指摘したように、「眠り」は純粋な女性一人称語りではない。語り手の「私」は、「蕎麦」や「酒」という男性言葉を使う箇所があり、それは読者に書き手が男性であることを意識させるという。『村上春樹短篇

再読』「4 フーコーを読む「私」―「眠り」」(みすず書房、二〇〇七年四月、四五頁)

19 トマス・ラカー(高井宏子・細谷等訳)『セックスの発明―性差の観念史と解剖学のアポリア』(工作舎、一九九八年四月、原著一九九〇年)

20 武田悠一『差異を読む―現代批評理論の展開』「第三章 ジェンダー批評」(彩流社、二〇一八年十二月、八六~八七頁)

21 注20、八七頁。

22 注20、八八頁。

23 注20、八八頁。

24 注7、二五二頁。

25 注9、二四八頁。

26 注9、二四九頁。

27 太田鈴子は「妻・母を演じる専業主婦―村上春樹『TVピープル』の女性たち」(『学苑』二〇〇四年三月、五三~六一頁)において、統計に基づき、「眠り」の主人公は、『TVピープル』に登場する専業主婦たちと共に、「同世代の平均的な女性の道を歩んでいる」(五四頁)と指摘している。

28 リンダ・ハッチオン(片渕悦久、鴨川啓信、武田雅史訳)『アダプテーションの理論』「著者による日本語版への序文―新たな種類のアダプテーション」(晃洋書房、二〇一二年四月、原著二〇〇六年、iii頁。)

29 注6に同じ。なお、村上春樹文学のトランスメディア・アダプテーションについて、Gitte Marianne Hansen & Michael Tsang, "Politics in/of transmediality in Murakami Haruki's bakery attack stories," (*Japan Forum*, 32:3, March 2020, pp.404-431, DOI:10.1080/09555803.2019.1691632)を参照されたい。

30 『漫画批評家・夏目房之介 特別講義第4回 社会や個人による作品解釈の相違』https://www.switch-pub.co.jp/bd-natsume-fusanosuke-4/(二〇一八年六月十九日掲載、二〇二四年五月十五日参照)

31　注30に同じ。

32　増谷篤子「ヨーロッパの人形劇について（第1報）：フランスの指人形劇―ギニョール」（『夙川学院短期大学研究紀要』第十四号、一九八九年十二月、一一七頁）

33　岩谷時子による日本語の歌詞は、次のサイトに拠ったhttps://www.uta-net.com/song/45843/（二〇二四年四月十五日参照）

34　注9、二二二頁。

35　ジャン＝リュック・ジリボン「不気味な笑い」、三三八頁。出典は注9に同じ。

36　「魔術的リアリズム」の概括は、柳原孝敦／小澤英実／マシュー・チョジック「誌上採録 ハルキをめぐる読みの冒険4」（『NHKラジオテキスト　英語で読む村上春樹―世界のなかの日本文学10「眠り」Sleep』二〇一五年九月、一五〇～一五一頁）によるものである。

37　ダルミ・カタリン「村上春樹「タイランド」論―魔術的リアリズムと〈像《イメージ》〉の世界をめぐって」（『国文学攷』第二百三十三号、二〇一七年三月、二頁）

38　原正人「はじめてバンド・デシネを読む人のために」（原正人監修『はじめての人のためのバンド・デシネ徹底ガイド』玄光社MOOK、二〇一三年七月、一五頁）

Ⅳ　文学×ジェンダー×芸術

花田清輝「かげろう紀行」試論

板倉　大貴

一

本稿において考察する「かげろう紀行」は『新日本文学』(一九六八年八月)に発表された花田清輝の小説である。[1]「泥棒論語」(『新劇』一九五八年十一月)を著して以来、日本(あるいは中国)の古典作品や古典的言説を素材とし、評論とみまがうような独特な戯曲や小説を書き継いできた花田であるが、「かげろう紀行」はそのような作品の系譜とはすこし毛色のちがう「想像的旅行記」[2]といった作品となっている。

内容を簡単に紹介しておくと、「十八世紀のラマ僧のなかのアンシクロペディストとも称すべき」「スンパケンポ」の散逸した全集を求めて、中央アジアのラマ寺院を遍歴していた語り手である「わたし」が、ある日の午後、眼前に広がる盆地のなかに「チベットふうのラマ寺院」と、それをのみこもうとする緑の大波を発見する、という話であり、そして、その緑の大波の正体が「かげろうのスクリーン」をとおしてみた一本の巨大な「ニレの木」だったという、たねを明かしてしまえば、なんとも他愛のない小品である。

このように、数多く存在する花田の作品のなかでも、特段、目立つものでもないと思われる「かげろう紀行」だが、すこしたちどまり、花田のさまざまな言説の、その網の目のなかにこれをおいてながめてみるなら、興味深い点がいくつも浮かびあがってくる。たとえば、それは次のような点である。

坂口安吾論としてよく知られている「動物・植物・鉱物――坂口安吾について」（『人間』一九四九年一月）にみられるように、植物について、あるいは植物をモチーフとして数多くの言説を創出してきた花田であるが、評論「草原について(3)」において次のように述べる。

戦後間もないころ、わたしは砂漠についてかいたことがありました。それから、海についてもかきました。どちらにしても同じようなものです。べつだん、ガランとした、人っ子一人いないような大きな空間が好きだったわけではありません。そのときには、ひきつづいて、草原やジャングルといったようなシロモノについてもかくつもりがあったのですが、残念ながら、わたしにとっては植物というやつが苦手らしく、眼にうかんでくるものといえば、いつも砂漠や海といったような不毛の風景ばかりだったのです。

それが真実かどうかは置いておいて、ここで花田は植物が苦手だと自己規定しているのである。だが、「かげろう紀行」は巨大なニレの木が主役だといっていいほどの作品であり、植物を大きなモチーフとした作品である。だとするなら、花田はなぜ苦手だと言及する植物を主要なモチーフとする小説を書いたのか。また、植物のどのような点が苦手なのか。そして、苦手である植物をあえて描きだすことで何を現出させようとしているのか。以上のような疑問を導きとして、「かげろう紀行」を考察していきたい。

二

「かげろう紀行」を細かく検討していくまえに先行論を確認しておく。「かげろう紀行」を主要な考察対象としてとりあげた論考は管見のかぎりみられないが、「かげろう紀行」発表当時の同時代評として久保覚の「展開と展望――埴谷雄高『夢のかたち』、花田清輝『かげろう紀行』他」[4]をあげることができる。久保は「かげろう紀行」について次のように述べる。

花田清輝の『かげろう紀行』を読んで、ぼくはおなじ作者のあのいきいきとした創造的エッセー、一九四七年に書かれた『砂漠』を、はるかな記憶の底から思いおこした。『砂漠』が作者の原砂について語っているとすれば、『かげろう紀行』は原植物を描きだしており、そして、どちらも「確乎不抜の『形』」（『砂漠』）への、はげしい不信と否定につらぬかれている。（中略）文章から察すると、この想像的旅行記はこれからはじまる作者のあたらしいフィクションの部分図であるらしく、全体があらわれてみなければ適確なことはいえないかもしれない。（中略）多分これから展開されるこの想像的旅行記は、辺境への旅を続けながら、歴史が運動する姿をえがきだすのであろう。

ここで久保は「かげろう紀行」に、花田の長年のテーマのひとつでもある「確乎不抜の『形』」への「はげしい不信と否定」を読みとっている。たしかに久保の指摘どおり、物事を形式論理的に容易に割りきることを拒否し、「対立を、対立のまま、統一」しようとする花田の一貫した姿を「かげろう紀行」において読みとることは可能であり、妥当である。しかし、そのような姿勢を示すことが大きな目的ならば、何も苦手と自己規定する植物を描かずとも砂漠を描くことで事足りていたのではないかという疑念も同時に生まれる。この時代にあえて植物をモチーフとし、小品とはいえわざわざ小説を創作した意図がどこかに別にあるのではないか。それを考えるためにも、興味深いのは久保の後のほうの指摘である。久保はこの「かげろう紀行」を「これからはじまる作者のあたらしいフィクションの部分図」だと捉えている。だとするなら、どのようなことが書き継がれるはずであったのか。この疑問も本稿の考察軸として作品の検討に入っていきたい。

三

まず、先にあげた疑問のうち、花田は植物のどのようなところが苦手であったのか、という点を「かげろう紀行」をとおして考えていく。「かげろう紀行」冒頭において語り手である「わたし」は次のように述べる。

わたしには植物的なものが、なんとなく薄気味わるくてたまらないのである。やつらは動く。それもおおっぴらに、ではなく、ひっそりと。植物の生態をとった記録映画をみると、のたうったり、羽ばたきをしたり、身をくねらせたり――どの草も、どの木も、一瞬といえども、じっとしていない。かすかな風さえ吹いていないのに、やつらは動く。そればかりではない。やつらは溶ける。溶けて、くずれて、時として、どろどろのかたまりになってしまうことさえないではない。

ここで「かげろう紀行」の語り手は、花田の特徴的な思考の仕方のひとつである映画的思考によって、あるいは、花田の論争相手であった埴谷雄高の「架空凝視」(5)を想起させる手法によって、植物の「薄気味わる」さを描きだす。これを踏まえて花田が植物を苦手な理由を端的にいってしまうなら「薄気味わるくてたまらない」からである。薄気味悪い植物、気持ち悪い植物といえば、すぐにジャン＝ポール・サルトルの『嘔吐』が思い浮かぶ(6)が、「かげろう紀行」の語り手もサルトルに言及しており、「わたしはサルトルを信用した」とも述べている。しかし、花田が考える植物の薄気味悪さとはサルトルの実存主義的な、いわば存在そのものが含みもつ気持ち悪さとは位相を異にするものであろう。その証拠に「かげろう紀行」冒頭で触れられて以降、サルトルの名は物語内から遠のいてしまう。かわりに語られるのは、語り手が訪れた「カラ・キジルのラマ寺院」についてである。
そもそも、なぜ語り手は中央アジアを訪れたのか、あるいは、なぜ本作の舞台をこのような場所に設定したのか。それは本稿の冒頭でも述べたように「スンパケンポ」の散逸した全集を探すためである。しかし、実は「かげろう紀行」の中盤で、「スンパケンポ」の散逸した全集を探す以外の別の目的もあったことがあきらかになる。ではその目的とはなにか。

その日、わたしは、朝早くから、霊長寺の背後の丘の上にある十三オボの調査に出かけた。柳田国男の『十三塚考』のなかでもふれられている有名な石の塚である。

このように語り手は、柳田国男が日本各地に点在する十三塚と関連していると考えた「内外蒙古の各地」に存在する「十三基の境の塚」を調査しに来たのである。(7) ここで重要と思われるのは「十三オボの調査」それ自体ではなく、柳田国男の名前が出てきていることである。花田は柳田国男から大きな影響を受けているが、本作においてはあきらかに柳田国男の言説がひとつの読解コードとして機能していると考えられる。
そこで柳田国男の言説、とりわけ植物に関係する言説を確認しておきたい。柳田は「塚と森の話」(8) において、森あるいは巨木と人間の関係について次のように述べる。「元来森というものは、言うまでもなく人が植えたものではな」く、「原始時代の日本の状態を想像すれば」、「全島ことごとく今の森と同じような草木の繁茂を見」ていたはずである。人々はそのなかへ入っていき「生活に必要なる地積を切り開いて、土壌を日光に曝し、その上に衣食の種を蒔き付けた」。つまり、新田開発をしたのだが、その「事業は、本来土地を支配する神明から、その部分の割譲を受けて、その許諾の下にこれを経営するという思想に基づ」いていた。

この事実を他の一面から見れば、森というものは、要するに、人民が憚って開き残したる土地の一部ということになる。神聖なる地域においては、一木一草といえども採取を厳禁しておったがゆえに、周囲はことごとく熟田に化してしまった後世においても、その森ばかりは真黒に茂って、単に巨木があり、人家がないというばかりでなく、一種人工の樹林などとは異った光景を呈しておったのである。「タブー」せられた場所、または樹木にいささかにても手を着ける行いがあれば、その人間は国民の罪人であり、社会の罪人であっていかなる刑罰もこれを償うに足らぬものとしてある。

人間の生活のまわりに植物があることは、現在、その事実をわざわざ認識する必要がないほどに当り前のことであるが、柳田の言説を踏まえるなら、人間と植物とは共存共生するというより、ある意味では、より厳しい関係、換言するなら、対峙的な関係にあったのである。「かげろう紀行」には、このような植物をめぐる太古の思考が、その底に伏在しているとみなせるだろう。そう考えるならば、花田の感じている植物の薄気味悪さもすこし明瞭になってくるのではないだろうか。

なぜ、植物は薄気味悪いのか。それは、ただ人知れず、動き、溶けているためではない。一見とまっているように見えて、その実、動いているものは何も植物に限らない。植物の薄気味悪さの根源は、人間と対峙的関係にあるにも関わらず、人がそれを日常において忘却し、不動の客体とみなし、その実、動いているところにある。そのあまりに静かな触手が向かう先は、われわれ人間以外にはありえない。

四

では、次に久保の先行論を通して現出した疑問、つまり、「かげろう紀行」が未完であるなら、何が書き継がれるはずであったのか、を考えていきたい。

そもそも、久保はなぜ「かげろう紀行」を「これからはじまる作者のあたらしいフィクションの部分図」と捉えているのか。その判断の根拠は記されていないので判然としないが、先に言及した花田の評論「草原について」を参照してみると、久保の判断の妥当性がみえてくる。

「草原について」は「かげろう紀行」と多くの共通したモチーフをもつ評論であり、その共通したモチーフとしては、モンゴルが舞台であること、ラマ教の寺院が登場してくること、そして、

『アラビアのロレンス』という映画を監督したデビッド・リーンもまた、だいたい、似たような立場から、ロレンスの正体をつかまえていたではありませんか。あの映画のなかから砂漠の風景を——とりわけ砂漠から立ちのぼる陽炎のため、風景そのものが、ゆらゆらと揺れながら、融けてながれだすなかで、それこそ正体のわからない奇怪な黒点が、ぐんぐん前へ前へと近づいてきて、不意にその黒点が駱駝にのった黒衣のアラビア人に変形する場面などをふりかえってみますと、不毛かもしれませんが、やはり、わたしは、砂漠の魅力には、うしろ髪をひかれないわけにはいきません。

というように「陽炎」のモチーフが使われていることをあげることができる。とりわけ、この「陽炎」の描き方は「かげろう紀行」の最終場面の、

ところが、そのとき、不意にパッと視界がひらけて、眼下に、まるで海の波のように揺れうごいている、緑草でおおわれた、広大な盆地があらわれた。そして、左り手にみえる、台地のなだらかなスロープになっているあたりには、チベットふうのラマ寺院らしいものが、まるで船のように、緑の波のなかを浮きあがったり、沈んだりしているのだ。なんという奇怪な景色であろう。あらゆるものが明瞭な輪郭をうしなって、溶けてながれだし、みわたすかぎりの緑の波が、あちらこちらで、ゆらゆらとたゆたっているのだ。そして、その波は、しばしば、急に大きくふくれあがって、ぐんぐん空中にむかってのびていき、無数のホタル火のように、キラキラとかがやく緑の飛沫をばらまきながら、その下に浮かんでいる白い船に似たラマ寺院らしいものにむかって、一気にくずれかかるのだ。(中略)わたしは、ニレの木の葉の緑の焔を、かげろうのスクリーンをとおしてながめていたのである。

という描写に、変奏されながら、あきらかにひき継がれている。つまり、「かげろう紀行」は『アラビアのロレンス』の一場面を素材、起点として創出されたとみなせるのであり、「かげろう紀行」は「草原について」におけるる思索が小説化されたものと考えることができる。そうであるならば、「草原について」の思索をたどっていくことで「かげろう紀行」以降、書き継がれるはずであったものを窺うことができ、また、「かげろう紀行」において花田が現出させようとしたものを推測することもできるだろう。

五

「草原について」では、吉行淳之介『砂の上の植物群』や映画『アラビアのロレンス』をはじめとする草原や砂漠をモチーフとしたさまざまな作品が論じられ、モンゴルという国やラマ寺院などにも思索が広がっていくが、文章の終わりにむかうにつれて中心的な考察対象となってくるのは「ラマ教の秘仏である歓喜天」である。

　ラマ教における「即身成仏の秘法」、つまり、「男性のラマ」が「女性のダキニ」を「もとめて一体となり」、「精神をはげまして霊肉一致の境地にたっしよう」とする「両性交媾の修法」を「具体的にうつした」ものが「歓喜天」であるが、花田は、木下杢太郎の「跳塔」[9]における歓喜天に関する言説、つまり、「裸身に種々の装飾を施した男女の一雙神が、世の中で最も奇怪な形をして相抱擁している姿」の歓喜天を、「仏教の教義を以てしても排除することの出来なかった原始信仰の雑草が、仏教の国の中で復活し、花を開いた」もの、あるいは、「最も悪い趣味で、人間の宗教的心情の深奥の秘密を形象化した」ものと捉え、また、その歓喜天を「清朝」が「蒙古人」の懐柔に用いたとする言説、を参照しながら次のように述べる。

　歓喜天の像が、木下杢太郎の好みにあわなかったらしいことは、右の一文によっても、ほぼ、想像できます。しかし、かれは、北京のラマ廟で、歓喜天をみて、そのあまりの醜怪さに、手をもって顔をおおい、のちにこれをとりさらせた元の成宗のような繊細な神経の所有者でもなかったらしく、ゆっくり点検したあとで、そこに原始信仰の名残りやモンゴル人を骨抜きにするための支配階級のたくらみをみいだしてることは、当然のこととはいいながら、やはり、終生にわたって、知的な好奇心の虜になっていた、ディレッタントの名に恥じないものがあるといわなければなりません。もっとも、かれに、『砂の上の植物群』という映画を監督させたなら、中平康と同様、かんじんのところで、スクリーンいっぱいに、わけのわからないクレーの絵をうつしだしてみせるであろうことは確実であります。それは、むろん、かれが、ＰＴＡ的なセンスによって支配されてるためではなく、歓喜天の像をすこしも「芸術」だとは考えていないからです。しかし、わたしには、本能的なものと知的なものとのからみあいを――ヨリ正確にいうならば、自然的要素と社会的要素との対立を、対立のまま、統一してみせたものだけが、いまのところ、「芸術」の名に値いするような気がしてなりません。それは、わたしにとって、つねに背中の二つある怪物のかたちをしているのです。

ここからわかるように、花田は「醜怪」な「歓喜天」を「芸術」のありかたを象徴するものとして描き出しているのであり、その芸術のありかたとは「本能的なものと知的なものとのからみあい」や「自然的要素と社会的要素との対立」を「対立のまま、統一」するという弁証法的なものである。

このように考えるならば、「かげろう紀行」以降に書かれるはずであったものはこの「歓喜天」（に関する事柄）ではないのかという推測が成り立つだろう。「かげろう紀行」最終場面において「緑の波」に浮かぶ「白い船に似たラマ寺院」のなかには「歓喜天」が人知れず眠っているのである。

しかし、ここまできてさらに新たな疑問が浮かんでくる。おそらく、その疑問は「かげろう紀行」を創出することによって花田は何を描き出したかったのか、という疑問にもつながってくる疑問である。その新たな疑問とは、「草原について」においてすでに綿密に描き出せていた「歓喜天」を、なぜ「かげろう紀行」においては描き出さなかったのか、というものである。おそらく、それは十分に可能であった。もちろん、発表媒体の編集方針など外的な事情もあったとは考えられるが、ここにおいて、むしろ、逆に、あえて描かなかったのでないか、つまり、描かないことに意味があったのではないか、ということも考えられる。

六

「かげろう紀行」は「想像的旅行記」、つまり、旅をモチーフとしている小説であるが、花田は代表的な旅人といえるコロンブスに関して次のように述べる[10]。

コロンブスは、ユートピア物語の作者に奇妙に似ている。それは、かれが、澱み腐った古い世界に愛想をつかし、新しい世界の誕生を、同様に夢みていたためばかりではない。その夢が、空間にたいする愛情、時間にたいする憎悪をもって、はげしくつらぬかれているようにみえるからだ。焦燥にみちた眼は、絶えず時間のない空間を――「知られざる海」の唯中の、水また水にとりかこまれた、前人未踏の陸地をもとめてさまよい、そこに、まったく新しい、幸福な世界の姿を垣間みようとつとめるのだ。しかし、時間とは何か。空間とは何か。時間から空間への脱出とは何か。

時間と絶縁した空間が抽象にすぎず、とうてい実在し得ないものである以上、そういう脱出の試みは、むろん、雄図むなしく挫折してしまう。幸福をみいだしたと思った瞬間、人は発見した世界と捨て去った世界とが、実は瓜二つであったことに気づくのだ。時間の亡霊は追いすがる。かくて、発見した世界は、ふたたび惜し気もなく放棄される。これが、つねに出発し、永遠に行きつくところのない、船乗りというものの運命だが、また、すべてのユートピアンの運命である。

ここで考察されている「時間」と「空間」の関係については、紙数の都合上、詳細に検討することはしないが、ともあれ、花田には、このように目的地に到達し得ない旅というイメージがたしかにある。また、目的地に到達し得ない旅、彷徨といったものに関しては、フランツ・カフカの『城』が思い浮かぶが、カフカの短編小説の翻訳も行っている花田はカフカに関して、カフカの「神学に興味をいだいている」と言及しており、次のように述

べる。(11)

循環論法のように、はてもなく論理的にどうどうめぐりをする大兄の悪夢の世界！　ジャングルのなかで道をふみ迷った連中がよくやるように、悪夢の世界のなかをいつまでも円を描きながら歩き続けついに疲れきって死んでしまう大兄の小説の不幸な主人公たち！　それは、われわれ読者にとって、なんという新鮮な魅力でしょう！

ここにも目的地に到達し得ない彷徨のイメージが表れており、また、カフカに関しては次のような注目すべき言説も残されている。(12)

たとえばフランツ・カフカは、孤独と絶望の作家としてわが国に紹介された。しかしマックス・ブロートのようなカフカの友人は、カフカとトルストイとを比較しながら、両者の類似点を強調している。(中略)そして、カフカのニヒリズムから未来の福音を読みとっている。ブロートの説は、かれの宗教的偏見にわざわいされてカフカをゆがめているといわれるが、ニヒリズムとヒューマニズムの関係について、あざやかな照明をあたえている点は注目に値いする。

カフカの『審判』の主人公は、ある朝突然、身におぼえのない罪で逮捕される。ブロートはカフカが、その身におぼえのないところに、主人公の罪をみているのだという。達見である。なんとわれわれの周囲には、自己批判の精神をうしなった『審判』の主人公のようなヒューマニストのむれがたくさんいることであろう。

カフカの作品の主人公たちは目的地にたどり着くことなく彷徨する。あるいは、いわれのない罪で捕まり、その罪の原因や理由に到達することなく殺されてしまう。ここにおいて不可能性とその無自覚自体に批評性が込められている。このような言説を「かげろう紀行」のかたわらに置いたとき、秘められた「歓喜天」への未到達は、未到達それ自体に意味をもっており、そして、そこに何かしらの批評性を含んでいるのではないかと想定することができる。

七

先にも述べたとおり「歓喜天」は、「本能的なものと知的なものとのからみあい」や「自然的要素と社会的要素との対立」を「対立のまま、統一」するという弁証法的な芸術のあり方を象徴するものであり、そのような両義性の形象化である。つまり、芸術の創出や芸術的思考にはそのような両義的なまなざしが必要だということである。

では、「かげろう紀行」における「歓喜天」への未到達は、このような両義的なまなざしへの不可能性を意味しているのだろうか。しかし、「弁証法的」「歓喜天」といった言葉が安易かつ頻繁に用いられるように、ある事物を両義的にまなざすことなどさして難しいことではないと考えられているのではないだろうか。だが、そこにもし、困難があるとするなら、それはどのようなものだろうか。

ここでおそらく留意すべきなのは、そのような「歓喜天」の象徴する両義的なものが「本能的なもの」と「知的なもの」、あるいは、「自然的要素」と「社会的要素」だということである。つまり、芸術的思考としての両義的なまなざしはたんなる知的な操作ではないということである。花田は次にように述べる(13)。

理知と本能との火花が散るようなはげしい対立――そういう熱っぽい対立を、つねにかれ自身の内部に感じているような生きのいい連中でなければ、精神だとか、肉体だとか口走ってみたところで、全然無意味ではあるまいか。情熱的に考えることと、理知的に感じること――これが芸術の極意である。

芸術的思考には「理知」だけでなく「本能」を同時に機能させる必要がある。そして、また、花田は自身がおこなっている批評という営みに関しても次のように述べている。[14]批評家たるもの「没価値的でなければならず」、「あらゆる先入見を排し、あくまで対象に即して冷静に観察を進めてゆき」、「まず対象のあるがままの姿を」「はっきり把握してゆかなければならないと考えるが」、しかし、「冷静な観察というものが、批評家のさまざまな感情を殺し切る」ことで生まれてくるのか「すこぶる疑問であり」、むしろ、没価値的であるためには、「批評家のなかのさまざまな感情を殺し切ることによってではなく、逆にそのさまざまな感情を生かし切ること」しか方法がないのではないか。このように、一見、きわめて知的な操作に思われる批評においても花田は「本能的なもの」「自然的要素」つまり感情や感覚を重視しているのである。

おそらく、ここにある困難が伏在している。評論「コンモン・センス論」(『映画芸術』一九五八年三月)において、花田もその言説を参照している深瀬基寛は感覚について次のように述べる。「近代の如何なるイデオロギーよりも古く、また如何なるイデオロギーも未練なく振り捨てて、時代とともに新しい結合体を形づくって進んでゆくものが」感覚であり、芸術に関しても多くの人は「イデオロギーを第一の問題」とするが、芸術作品に向かい、第一に問うべきは「その作品にどれだけの感覚の重層化が実現されているか」である。[15]しかし、「近代人」とりわけ「日本の青年」は「感覚の喪失者」であり、「思想上の確実な立場を捉えようとして哲学に走」りがちである。そして、現代の日本においては「思想とかイデオロギーとかいうと血眼になるが、感覚とか感情とかいうものが一寸も尊重され」ていない[16]。

芸術的思考のなかに感情や感覚を機能させること、それは簡単なようにみえて困難さを抱えており、時代的な課題ともなっていたのである。深瀬基寛の言説が現れたのは戦後まもなくのことであったが、「かげろう紀行」発表時には、そういった事態は改善することなく、さらに進展していた。いわば高度経済成長が感覚の損耗に拍車をかけたのである。高度経済成長期の日本の問題点を鋭く剔抉し、また、「「飢譜」讃——主義とは何かについての徹底的考察」（『東京新聞』一九七四年一〇月二二日）をはじめとするすぐれた花田清輝論を複数著している藤田省三は「松に聞け——現代文明へのレクイエム——」[17]において次のよう述べる。

昭和三十八年（一九六三）に乗鞍岳に上って行く自動車道路が作られた。いうまでもなく「観光施設」として「開発」されたのである。嘗ての「山」は恐れを以て仰がれ、敬意を以て尊ばれる存在であった。近づくことの困難、その中に生ずる様々な不測の事態、そして水源地として、又材木や燃料や木の子の宝庫として私たちの生存を保証してくれることの有難さ。墓場であり他界であると同時に社会の保護者であり発生の源泉でもある、その両義性の持つ不思議さは私たちの畏敬の念を駆り立てずには措かなかった。

しかし、その「山」（中略）すらもが一個の「施設」と化したのである。（中略）「山」の歴史はかくて終った。そして「山の前史」の終焉は、山を経験の相手として持つことによって形造られて来た私たち人間の感覚の世界に構造的な終焉をもたらしている。そのことの一つの現れが、厳しい存在に対する感受性の欠落であり、さらに正確に言えば厳しさと優しさの両義的共在に対する感得能力の全き消滅である。

この言説からも窺われるように、芸術的思考に感覚を機能させることには、社会的あるいは時代的な困難さ、課題が潜在している。それゆえ、「かげろう紀行」において「歓喜天」は未到達のまま秘められたのである。その未到達には、一見、容易に思われる両義的なまなざしへの不可能性が示唆されている。

八

先に引用しておいた「かげろう紀行」の最終場面もこの両義的なまなざしの不可能性を示唆しているだろう。「かげろう紀行」の語り手「わたし」はニレの大木が溶け、「緑の波」となり、「白い船に似たラマ寺院」にくずれかかるのを発見する。ここにおいてこのニレの大木は両義的なまなざしで描き出されているとみなせるだろう。なぜなら、本稿前半において考察したように、不動と思われていた植物が、そのイメージを裏切って溶けだすことで、本来、人間と対峙的存在であるという普段は浮かびあがることのない植物についての太古の思考が示されているからである。

しかし、この光景は、語り手自身によって、その認識的努力によって、ひきおこされたものでないことがあきらかとなる。それをひきおこしていたのは「かげろうのスクリーン」であり、そのかげろうがやんでしまうと景色はもとの明瞭な輪郭をとりもどす。両義的なまなざしは、かげろうという偶発的な自然現象によって、瞬間的にたまたま達成されたにすぎない。それゆえ、ニレの大木は、植物は、語り手にとってただ薄気味悪いものとしてとどまる。ここには、植物のもつ薄気味悪さだけでなく、それをただ薄気味悪さとしてしか認識できない人間に対する薄気味悪さも示唆されているだろう。「弁証法的」や「両義性」といった言葉や概念が奥ゆきを欠いたまままあふれかえるなかで、「歓喜天」はいまだに到達されないまま秘められており、秘められることによって、延命されつづけている。

注1　引用：『花田清輝全集』第十四巻（講談社、一九七八年九月）
2　久保覚「展開と展望――埴谷雄高『夢のかたち』、花田清輝『かげろう紀行』他」（『新日本文学』一九六八年九月）
3　初出：『展望』（一九六五年二月、同年四月）引用：『花田清輝全集』第十二巻（講談社、一九七八年七月）
4　注2に同じ
5　初出：「観念の自己増殖――十九世紀的方法――」（『文学界』一九五二年一〇月）引用：立石伯編『埴谷雄高評論選書3　埴谷雄高文学論集』（講談社、二〇〇四年四月一〇日）埴谷は「架空凝視」について次のように述べる。「さて、彼は、眼前にピンで留められた一匹の蝶を凝視めつづけている裡に、その背後の空間にぼんやりと焦点を結んでいた何かが次第にせりあがってきて、死骸に重なったあたりに、なさがら硝子板に重ねられた各種の押絵のような幾つかの澄明な像がつぎつぎに現われてくるのに気づく。その一つは、まがいもなく、ピンでとめられた蝶とそっくり同じな生きている蝶であって、さながら高速度撮影の一齣のようにゆっくりと、羽のつけねを顫わせながらしきりに力をこめていたと見るまもなく、ついに、あたりの大気を強く敲って、眼前の空間に飛びあがってくる。」
6　ジャン＝ポール・サルトル『嘔吐』に関して、花田は次のように述べている。「ことに日本の作家たちは、昔から、「自然」にたいしては、ほとんど嫌悪の念をもっていない。花が笑ったり、鳥が歌ったりすると、どうやらかれらは、お義理にでも随喜の涙をこぼさなければならないものとおもいこんでいるらしい。そこでかれらには、サルトルの小説の主人公が、マロニエの木をみて反吐を催したり、クレーグ・ライスの小説の主人公が、小鳥の声で神経衰弱になったりすると、おそろしく「不自然」な気がするらしいのである。／つまりところ、かれらは、世界の田舎者にすぎないのだ。徹頭徹尾、反自然的で、人工的な、都会人のセンスというやつを欠いているのだ」。「反自然的」（初出：『信濃毎日新聞』（一九五三年七月一〇日）引用：『花田清輝全集』第五巻（講談社、一九七七年一二月））

7 「豊前と伝説」（小倉郷土会講演（一九三六年四月一七日）引用：『柳田國男全集7』（筑摩書房、一九九〇年一月））
8 初出：『斯民』（一九一二年一月〜同年五月）引用：『柳田國男全集15』（筑摩書房、一九九〇年五月）
9 初出：『大觀』（一九二〇年一〇月）引用：『木下杢太郎全集』第十巻（岩波書店、一九八一年一一月）
10 「架空の世界――コロンブス」（初出：『文化組織』（一九四一年一一月、原題「修辞学的なコロンブス」）引用：『花田清輝全集』第二巻（講談社、一九七七年九月））
11 「カフカ大兄へ」（初出：『北海道新聞』（一九五三年六月三〇日）引用：『花田清輝全集』第四巻（講談社、一九七七年一一月））
12 「カフカの教訓」（初出：『京都新聞』（一九五五年二月一一日）引用：『花田清輝全集』第五巻（講談社、一九七七年一二月））
13 「理知と本能の対立」（初出：『読売新聞』（一九四九年三月二八日）引用：『花田清輝全集』第三巻（講談社、一九七七年一〇月））
14 （「愛と憎しみの戯れ」（初出：『風雪』（一九四八年二月）引用：『花田清輝全集』第三巻（講談社、一九七七年一〇月））
15 「共通感覚について」（『人はみな草のごとく』（養徳社、一九四九年五月）引用：『深瀬基寛集』第二巻（筑摩書房、一九六八年一〇月））
16 「乖離の感覚」（『共通感覚』（筑摩書房、一九五四年二月）引用：『深瀬基寛集』第二巻（筑摩書房、一九六八年一〇月））
17 引用：『藤田省三著作集7』（みすず書房、一九九八年五月）

失われた唄を求めて
——村上春樹「世界の終りとハードボイルド・ワンダーランド」論——

阿部 翔太

はじめに

村上春樹『世界の終りとハードボイルド・ワンダーランド』（新潮社、一九八五、以下「世界の終りと…」と略記）は、情報化の進んだ近未来社会としての東京を舞台に、脳内でデータ解析を行なう「計算士」として「組織《システム》」と呼ばれる企業に従事する「私」を主人公とする〈ハードボイルド・ワンダーランド〉パート（奇数章）と、「心」をもたない人々が暮らす街にやってきた「僕」を主人公とする〈世界の終り〉パート（偶数章）の二つの物語が交互に配置された作品である。本作の醍醐味は、一見すると世界観が全く異なる二つの物語が次第に相関性を帯び、〈世界の終り〉が、〈ハードボイルド・ワンダーランド〉の「私」の「内的世界」であることが明らかにされていく過程に認められる。

「１９７３年のピンボール」（一九八〇）にその萌芽が認められるこうした作品構造は、「音楽の父」と称されるバッハがしばしば用いていた「対位法」（２つ以上の独立した旋律線を複音楽的に同時に組み合わせる作曲技術[1]）に由来する。村上の長編小説にはこの「対位法」が用いられた作品が多く、例えば「ノルウェイの森」（一九八七）ではバッハの「フーガ」が作品構造の面で重要な役割を果たしており、「海辺のカフカ」（二〇〇二）もまた、「世界の終りと…」同様に二つの異なる物語が交互に配置された構成となっている。そして「１Ｑ８４」（二〇〇九、二〇一〇)では、バッハの「平均律クラヴィーア曲集」が作品のフォーマットに用いられている。[2] BOOK1~BOOK3の三巻からなる「1Q84」では、「青豆」と「天吾」という二人の主人公の物語がやはり交互に配置されているが、BOOK3においてさらに「牛河」という登場人物の物語が加わることで、より多声的な小説となっている。[3]

「世界の終りと…」もまた同様であり、村上は二〇〇三年に刊行されたロシア語版『世界の終りと…』の序文において、「これらのまったく異なった世界をかわりばんこに書いていくというのは、僕にとって(僕の意識の運営にとって)きわめて心地よいこと」であり、「僕は気分がもやもやしているときに、ピアノの前に向かってバッハのインヴェンションを練習することがある(下手だけど)。左右の手の指の筋肉を均等に動かすことで、純粋にフィジカルに、とてもすっきりした健全な気分になれるからだ。この「世界の終り」と「ハードボイルド・ワンダーランド」を書き分けているときの心地よさは、どことなくそのときの感じに似ていたように思う。[4]」と述べている。

このように音楽的に構成された「世界の終りと…」をめぐっては、やはり二つの物語の関係性が発表当時から問われ続けてきた。例えば谷崎潤一郎賞の選評において遠藤周作は、「二つの並行した物語の作品人物(たとえば女性)がまったく同型であって、対比もしくは対立がない、したがって二つの物語をなぜ並行させたのか、私にはまったくわからない」と述べ、吉行淳之介は「交互に置かれた二つの話のそれぞれの主人公「私」と「僕」が、やがて交叉しはじめ、「私」イコール「僕」と分り、二つの世界の物語は同時進行して、最後に「私」も「僕」も消えてしまう、という構成は面白い」が、「この二つの世界は、描かれている文体は違うが味わいは似通っている。そのためか、作品が必要以上の長さに感じられた。」と述べている。[5] いずれも、二つの物語が対立したものであることを読みの前提とした消極的評価となっている。

しかし、細かい時間を提示しつつ展開する〈ハードボイルド・ワンダーランド〉と、ユークロニア(日付のない時間〉を特徴とするユートピア的世界の〈世界の終り〉とでは、そもそも時間の流れが異なっており、二つの物語を「同時進行」（吉行淳之介）的な並行構造と捉えることは論理的誤謬であろう。(6)こうした問題意識から、二つの物語の関係性があらためて見直されてきた。例えば、山根由美恵は「実際の構成から見ると二つの世界は展開するにつれて性質が刻々と変化して」いき、「二つの世界は物語の最後までパラレルの位置のままという一貫した構造であるとは言い切れない」と述べ、本作の構造を〈ウロボロス〉（無限円環）として捉え直している。(7)また、柴田勝二は〈ハードボイルド・ワンダーランド〉の後の物語が〈世界の終り〉であるという時間的連続性を指摘する。(8)そして、木村友彦は「当初は、動的世界と静謐な世界、現実と思念の世界という異質な性格を与えられていた二つの物語は、世界認識の変容についての博士の見解の提示を境に、その物語内容の性質を相互に入れ替えて相互の関係を相対化すると同時に、不可分であることを読者に印象付けるという複雑な流れ」があると指摘する。(9)いずれにせよ、この二つの物語の関係をどのように捉えるかは、本作を論じるにあたって避けることのできない問題となっている。

そうした複雑な流れを持つ本作においては、「唄」（「ダニー・ボーイ」）が〈ハードボイルド・ワンダーランド〉と〈世界の終り〉の蝶番となっている。物語の後半、〈世界の終り〉では、楽器の捜索＝「唄」を思い出すことがその主題となり、〈世界の終り〉の「僕」が「唄」を思い出す場面［36］（［］内は章数、以下同）と、〈ハードボイルド・ワンダーランド〉の「私」が「ダニー・ボーイ」を唄ったのち、一角獣の頭骨のレプリカが発光しだす場面［37］が呼応することによって、二つの物語は一つの物語として結び付けられていく。従来の研究においては、失われた「心」や「記憶」を取り戻すトリガーになるという、〈世界の終り〉の物語における「唄」の役割については言及されてきたものの、それが〈ハードボイルド・ワンダーランド〉の「私」の物語においてどのように意味づけされるのかについては言及されてこなかった。

こうした「世界の終りと…」研究の流れをふまえつつ、本稿では、「世界の終りと…」における〈世界の終り〉と〈ハードボイルド・ワンダーランド〉の二つの物語の関係性について、従来指摘されてこなかったH・G・ウェルズとの関わりに注目し再検討するとともに、本作で提示された〈唄(=音楽)を思い出す〉という主題が、他の村上文学との蝶番ともなっている点について考察を試みたい。

一　〈世界の終り〉の街―ユートピアと終末

〈世界の終り〉の街は長大な壁に囲まれており、西の門が唯一の出入り口となっている。そして、街へ入る人間は門番によって自身の「影」と切り離される。この「影」とは「記憶」や「心」、「自我の母胎」であり、街に住む一角獣が「人々の心を吸収し回収し」ている。「心」を持たない人々が暮らす〈世界の終り〉の街は、それゆえ「誰も傷つけあわないし、争い」もない、一見「完全」な世界として描かれている。徐忍宇は、こうした街の性質について、「一般的な意味における〈ユートピア〉像として描かれている」と指摘する。(10)「ユートピア」という言葉は、元来ギリシャ語の「ou(否定)+topos(場所)」に由来し、「どこにもない場所」を意味する。現在では「理想郷」などと訳され、「桃源郷」や「楽園」のイメージをもたれるが、原義の「ユートピア」とは「法によってしばられた共同体」を指す。反自然的な人工都市であり、「規則性」や「反復性」、「合理性」によって成立し、「歴史」の生じない世界である。(11)

こうした「ユートピア」の特質について、澁澤龍彦は「ユートピアとは、社会階級の反動であり、計画化された未来を保証するヴィジョンであって、伝統的な都市の厳格な構造に回帰したいという無意識の欲求を、夢の古典的な象徴によって表現したものにほかならない。(中略)ユートピアは、ユートピアの外の世界に対しては完全に無知であり、無関心である。これを要するに、ユートピアの時間は夢の時間と等価のものであり、それはもっぱら過去へのノスタルジーだけで、未来の変化を忌避しようという願望の表われにほかならないのである。[12]」と指摘する。ここで澁澤が、ユートピアが生み出される欲望を「伝統的な都市の厳格な構造に回帰したいという無意識の欲求」や「過去へのノスタルジー」に見出している点には注意しておきたい。これは〈世界の終り〉の街がどことなく中世ヨーロッパの都市を思わせ、「僕」が〈ハードボイルド・ワンダーランド〉の「私」よりも若い人物として設定されていることに関わる。また、〈ハードボイルド・ワンダーランド〉の図書館の「レファレンス係の女の子」が一角獣について「私」に説明する場面［9］において、〈世界の終り〉が完全に幻想の世界というわけではなく、過去において実際に存在していた土地と類似していることが暗示されている点も見逃せない。「レファレンス係の女の子」によれば、歴史上「一九一七年のロシア戦線」において「一角獣の頭骨が発見」されている。発見された場所は、ウクライナにある「ヴルタフィル台地」という土地であり、そこはかつて「外輪山のような格好をしていて」、「周りを険しい壁に囲まれた円形の台地」であったという。この場面は、一角獣を媒介として〈ハードボイルド・ワンダーランド〉と〈世界の終り〉の間になんらかの繋がりがあることが示唆される場面であるが、ここではひとまず〈世界の終り〉の世界が全くの架空の世界ではなく、〈ハードボイルド・ワンダーランド〉＝現実の世界において、かつて実際に存在していた土地とも重なっていく(「過去」のイメージを纏っている)点を押さえておきたい。

また、〈世界の終り〉の街は完全な人工都市というわけではなく、「湿地」や「森」など自然的な場所も存在している。そして、壁に囲まれた土地であるという特徴は、本来「ユートピア」とは相反する「楽園」(Paradise)をも意味し[13]、壁の外ではあるものの「りんご林」があることからも、「楽園」のイメージが想起される。[14]つまり、〈世界の終り〉には「ユートピア」のみならず、キリスト教的なイメージも付与されているのである。[15]とりわけ、世界の「終り」という言葉に注目するならば、キリスト教的な終末の思想を見て取ることもできるだろう。柏原啓一によれば、「終末論の告げる本来の意図は、破滅よりもむしろ救済という点」にあり、「その内容の意味するものは、この世が終わることによって始まる新しい救いの世界の到来への讃美」である。(16)〈世界の終り〉においては、街に住む一角獣が、そうした死による救済と再生のモチーフを担っている。(17)

このように、〈世界の終り〉は、「終り」でありながら、救済と再生——すなわち「始まり」をも想起させる両義的な世界なのである。

二　〈ハードボイルド・ワンダーランド〉—SF的世界

一方、〈ハードボイルド・ワンダーランド〉は情報化の進んだ近未来を思わせる東京が舞台となる。本節では、これまで注目されてこなかったSFの金字塔、H・G・ウェルズ(一八六一—一九四六)の代表作「タイムマシン」(一八九五)を手がかりに、〈ハードボイルド・ワンダーランド〉の舞台設定を確認していく。

「タイムマシン」は、「私」という語り手によって物語が進行し、「タイム・トラヴェラー」の未来へのタイムトラベルが、「タイム・トラヴェラー」による一人称語りとして間に挿入される枠構造の作品である。「タイム・トラヴェラー」がタイムトラベルした「紀元八〇万二七〇一年」の未来世界では、人類が「幼児にも劣る知性しかないひ弱な人種に退化した」地上で生活する「イーロイ人」と、「機械仕掛けのハタラキアリ」のように地下で生活する「モーロック人」とに分かれていた。人類社会の進歩に期待していた「タイム・トラヴェラー」は、未来世界が「地上は「持てる者」ばかりが暇に任せて快楽と耽美に明け暮れる世界」になり、「「持たざる者」である労働者は地下に埋もれて」、「悲惨な境遇」に適応しながら暮らしている世界になっているという、資本主義社会の行く末を目の当たりにし、深く失望する。さらに、楽園のように思われた地上世界のイーロイ人が、いつしかモーロック人たちの食料として捕食されていることを知り、「人類の知性が描いた夢はいかにも儚かった」と嘆く。

イーロイ人の「ウィーナ」という女性と恋愛関係になるも、不慮の事故で彼女が亡くなると、モーロック人の襲撃を恐れた「タイム・トラヴェラー」はさらに三千万年先の、生物が棲むことさえできない荒廃した世界を見届け、現在へ戻ってくる。そして、二度目のタイムトラベルに向かった「タイム・トラヴェラー」が、その後三年もの間、消息を絶っていることが「私」によって語られ物語は幕を閉じる。[18]

「世界の終りと…」については、川本三郎や畑中佳樹らによってフィリップ・K・ディック「時は乱れて」（一九五九）やクリストファー・プリースト「逆転世界」（一九七四）などのSF作品の影響を受けていることが指摘されてきたが、[19]ウェルズ「タイムマシン」の影響についてはこれまで言及されてこなかった。作中、「ウェルズ」の名は、「私」が一角獣について調べるため図書館に赴いた際に、「レファレンス係の女の子」と初めて会う場面に唯一登場する（「デスクの上には彼女の読みかけの文庫本が眠りこんだウサギみたいな格好でつっぷしていた。『時の旅人』というH・G・ウェルズの伝記の(下)の方だった。」《上・[7]・一五三頁》）。その後は特に触れられることのないウェルズの名が、なぜ登場しているのだろうか。この問題を解く鍵は、ウェルズ同様、名前のみの登場となるマルセル・プルースト（一八七一―一九二二）にある。[20]「プルースト」の名は、「私」がはじめて「老博士」の研究施設を訪れ長い廊下を「老博士の孫娘」と歩いている途中、音抜きによって声を消されてしまった「老博士の孫娘」が話している内容を「私」が読唇術で読み取ろうとする場面に登場する（「彼女は私の顔を見ながら「プルースト」と言った。とはいっても正確に「プルースト」と発音したわけではなく、ただ単に〈プルースト〉というかたちに唇が動いたような気がしただけだった。」《上・[1]・二七頁》）。ここでは「老博士の孫娘」が「長い廊下の暗喩としてマルセル・プルーストを引用した」と「私」が解釈するだけにとどまり、以後プルーストについても触れられることはない。

ヴェルヌとプルーストは同時代の作家であるが、この二人についてジェイムズ・グリッグが興味深い指摘をしている。曰く、「マルセル・プルーストとH・G・ウェルズは同時代の人だ。ウェルズが機械によるタイムトラベルを発想したのに対して、プルーストは機械を使わないタイムトラベルを試みた。それは「心のタイムトラベル」とでも呼ぶべきものだろう[21]」というのである。プルーストが試みた「機械を使わないタイムトラベル」とは、「失われた時を求めて」（一九一三―二七）において主人公が紅茶に浸したマドレーヌを口にした途端、過去の記憶をよみがえらせる、かの有名な場面を指している。そして、時間旅行を描いたウェルズ「タイムマシン」に関しても「過去の出来事を思い浮かべることによる、内なる過去への時空旅行の隠喩」として描かれた作品であることが指摘されており[22]、両作家の代表作が「心のタイムトラベル」（過去の記憶の想起）を描いているという点で共通していることは、「世界の終りと…」を読み解くうえで大変示唆に富む。

　この「心のタイムトラベル」という用語は、「エピソード記憶」を提唱した心理学者エンデル・タルヴィングの著書『タルヴィングの記憶理論―エピソード記憶の要素―』（一九八三）にみられるものである。「エピソード記憶」とは、「過去の事象を再現するような記憶[23]」、「時間的・空間的に定位された経験の記憶」で、「小学生のときに遠足で箱根へ行ったとかいう、ある個人が過去に経験したことに対する記憶[24]」を指し、「1＋1は2であるとか、名古屋は東京と大阪の間にある」といった「知識の記憶」である「意味記憶」とは区別される[25]。そして、タルヴィングは同書の中で、「再現者にとって、以前に起きたことを思い出すことは、それに再び気づく（感知する）ことであり、また〝記憶〟として直ちに認知できる特定の精神的経験を〝もつ〟ことでもある。（中略）再現された経験は、一定の〝内容〟をもっているものであり、再現者は、その内容に既知感をもっている。（中略）再現をする場合の再現者の意識の特徴は、その記憶は元の事象の何らかの複写である、ということを信じていることである。（中略）もちろん再現者は、その事象は彼自身の過去の一部であることも信じている。要するに再現者としての再現は、過去に起きた何かを再生するような、精神的な過去への旅である。」と述べている[26]。

　以上をふまえ結論を先んじて述べておけば、〈世界の終り〉は〈ハードボイルド・ワンダーランド〉の「私」が過去に経験したことの記憶、すなわちタルヴィングのいう「エピソード記憶」を物語化した世界であると考えられる。〔ハードボイルド・ワンダーランド〕に登場するウェルズとプルーストの名は、「世界の終りと…」が〔ハードボイルド・ワンダーランド〕の「私」の「心のタイムトラベル」—過去の記憶を想起すること—を描いた物語であることを暗示しているのである。

三　「私」のタイムトラベル

〔ハードボイルド・ワンダーランド〕の後半、「組織」と敵対する「工場」に襲撃された「老博士」を救出するべく「私」が東京の地下世界を探検する場面が、いわば「心のタイムトラベル」（精神的な過去への旅）のメタファーとして描かれていると考えられるため、本節で詳しくみていくことにしたい。

「老博士」を救出するべく、「私」と「老博士の孫娘」は地下世界へと降り立つ。この地下世界では、「やみくろ」と呼ばれる正体不明の生物が跋扈しているが、この「やみくろ」のモデルは、「タイムマシン」に登場する「モーロック人」であろう。地上に住む「イーロイ人」を捕食している「モーロック人」は、「白い魚」のような皮膚をしており、地下生活が長いため陽の光を忌避する。[27]「やみくろ」も同様に地下に棲む生物であり、「光のある世界とそこに住む者」を憎み、時折、地下鉄工事の作業員を襲って食べることがある。また、「やみくろ」については、彼らの最初の祖先が魚に導かれて地下世界にやってきたという伝説があり、[28]「モーロック人」と同様に「魚」のイメージを纏っている。なお、『世界の終りと…』下巻の巻末には、「参考文献」として、ホルヘ・ルイス・ボルヘス『幻獣辞典』（柳瀬尚紀訳、晶文社）が挙げられており、この『幻獣辞典』には「エロイとモーロック」という項目が設けられている。

さらに、探検の道中に「老博士の孫娘」が披露する「自転車の唄」にも「タイムマシン」の影響がみられる。

「タイムマシン」に登場するタイムマシンは自転車の形を模しており、(29)この唄は「私」をタイムトラベルへと誘う仕掛けとして登場しているといえる。そしてその後、タイムトラベルの感覚が、実際に「私」の身体感覚として描かれていくことになる。

次に――というより正確に表現するならそれにオーバーラップするようにということになるが――私が感じたのは圧倒的とでもいうべき側頭部の痛みだった。私の目の前で暗闇がはじけるように飛び散り、時間が歩みをとめ、その時空の歪みに私の体がねじこまれてしまったような気がした。それほどの激しい痛みだった。

《下・[23]三二頁》

（傍線引用者、以下同）

こうした感覚を味わった「私」はふと、「九歳か十歳の無力な少年だった」頃の記憶をよみがえらせる。それは、「私」が「ニュース映画」を観ていた時、「ダムの開通式の場面」で「湾曲したダムの壁の上」で踊りながら「何かしらのメッセージ」を伝えようとしていた「私自身の影」が、やがて「闇」のなかにのみこまれてしまうという「影」をなくした記憶であった。これは、「世界の終り」において「僕」が自身の「影」と切り離されたことに対応している。そして、今まで「何らかの力によって意識の奥に封じ込められ」ていた「過去の記憶」がよみがえってきた「私」は、次のように怒りを露わにする。

それはおそらく私のシャフリング能力をつけるための脳手術に起因しているに違いない。彼らが私の記憶を、意識の壁の中に押しこんでしまったのだ。彼らは長いあいだ私の記憶を私の手から奪い去っていたのだ。／そう考えると、私はだんだん腹が立ちはじめた。（中略）私は生きのびてこの気違いじみた暗闇の世界を脱出し、私の奪われた記憶を洗いざらいとり戻すのだ。世界が終ろうがどうなろうが、そんなことはどうでもい い。私は完全な私自身として再生しなければならないのだ。《下・〔23〕・五七頁》

ここで、失われた過去の記憶を取り戻すことが、「私」のアイデンティティーに関わることは、やがて地下世界で発見した「老博士」から、〔世界の終り〕が「私」の「深層心理」をヴィジュアル化したものであると明かされる場面において確認できる。

「そう、そのとおり。さらに説明させて下さい。こういうことです。人間ひとりひとりはそれぞれの原理に基づいて行動をしておるです。誰一人として同じ人間はおらん。なんというか、要するにアイデンティティーの問題ですな。アイデンティティーとは何か？　一人ひとりの人間の過去の体験の記憶の集積によってもたらされた思考システムの独自性のことです。もっと簡単に心と呼んでもよろしい。人それぞれ同じ心というのはひとつとしてない。しかし人間はその自分の思考システムの殆んどを把握してはおらんです。私もそうだし、あんたもしかり。（後略）」《下・〔25〕・九三頁》

「老博士」の説明によれば、「アイデンティティー」＝「過去の体験の記憶の集積」＝「心」である。それゆえに、これまで「組織」によって「記憶」を奪われてきた「私」は、それとともに「心」をも失っていたのである。ところで、山根由美恵はこの東京の地下世界と〔世界の終り〕の街の地理的構造が類似していることを指摘し、「これまでに《混沌》の暗黒世界として考えられてきたこの空間は、『世界の終り』と同じ空間なのである。暗黒世界と『世界の終り』の「街」という二つの空間は同じ「私」の内的世界」であると述べている。[30]この指摘をふまえつつ、ここまでの分析をまとめよう。第一節で確認したように、〈世界の終り〉は「過去へのノスタルジー」を志向し、「救済」と「再生」を想起させる世界であった。そして、本節で確認してきた「私」の東京の地下世界探検が、いわば「精神的な過去への旅」であり、そこでは「過去の記憶」＝「エピソード記憶」を取り戻すことにより「完全な私自身として再生」することが企図されていたことを踏まえれば、〈東京の地下世界＝〈世界の終り〉の街＝「私」の過去世界〉という図式が完成する。すなわち、〈世界の終り〉とは、「私」のエピソード記憶を物語化した世界と捉えられるのである。

四 「唄」の記憶

では、果たして〈世界の終り〉とは「私」のいかなるエピソード記憶の世界なのか。そしてその記憶は、「私」にとっていかなる意味を持つのだろうか。〈世界の終り〉の物語の終盤は、失われた「心」を取り戻す手段であるという「唄」を思い出すこと（楽器の探索）が主題となる。〈世界の終り〉の街にある「発電所」を訪ねた「僕」と「図書館の女の子」は「手風琴」を手に入れ、その「手風琴」が「唄」に結びつき、さらに「唄」が「心」に結びついていることに気付いた「僕」は、ついに「唄」（「ダニー・ボーイ」）を思い出す。[31] そして、〈世界の終り〉における「唄」の想起と連動して、〈ハードボイルド・ワンダーランド〉における「私」もまた、かつて楽器を演奏していたという記憶を思い出す。地下世界探検の前の場面において、「老博士の孫娘」から「何か楽器はできる？」と尋ねられた「私」は、「何もできない」と語っていた（上・［17］・三六一頁）が、地下世界の探検を終え、記憶を徐々に取り戻し地上に帰還してきた「私」は、図書館の「レファレンス係の女の子」との会話の場面で次のように語るのである。

私はビング・クロスビーの唄にあわせて『ダニー・ボーイ』を唄った。

「その唄が好きなの？」

「好きだよ」と私は言った。

「小学校のときハーモニカ・コンクールでこの曲を吹いて優勝して鉛筆を一ダースもらったんだ。昔はハーモニカが上手くてね」

《下・[35]・三三二頁》

楽器を演奏していた記憶を思い出すというモチーフは、次作「ノルウェイの森」においてもやはり重要なモチーフとして描かれているが、[32] 振り返れば、村上文学にはこうした「音楽の探求」というテーマが、デビュー作「風の歌を聴け」（一九七九）から今日の作品に至るまで脈々と描かれている。「風の歌を聴け」では、かつてビーチ・ボーイズ「カリフォルニア・ガールズ」のレコードを貸してくれた女の子を探すエピソードが描かれ、「世界の終りと…」と同年に発表された「羊男のクリスマス」（一九八五）は、主人公の「羊男」がクリスマスにむけ「作曲」をするという点で、やはり音楽を探す物語といえる。「スプートニクの恋人」（一九九九）は、主人公の「ぼく」が片想いをしている、ギリシャで神隠しのように姿を消した「すみれ」という女性を探し出す物語であるが、この「すみれ」という名前は、モーツァルトが作曲した歌曲「すみれ」に由来する。「海辺のカフカ」は作中人物の「佐伯」が作詞作曲した架空の曲名が小説タイトルになっているが、この楽曲「海辺のカフカ」を手がかりに主人公の「田村カフカ」が生き別れた母親（≒佐伯）を探し出す物語と要約することもできる。そして、フランツ・リストのピアノ独奏曲集『巡礼の年』を小説に借用した「色彩を持たない多崎つくると、彼の巡礼の年」（二〇一三）は、高校時代に仲の良かったグループから突如追放されてしまった「多崎つくる」が、そのわけを聞きに友人たちを訪ねていく物語であるが、彼の巡礼の旅は、次第にグループの友人のひとりで、つくるの知らぬ間に自殺した「シロ」という女性が、なぜ自殺したのかを探る旅ともなっていく。このシロはピアノの才能に恵まれていた人物であり、つくるはシロの記憶を、彼女が高校時代によく演奏していたリスト『巡礼の年』「ル・マル・デュ・ペイ」とともに思い起こす。村上文学には、何かを探し求める「シーク・アンド・ファインド」型の物語構造が多々みられるが、その対象となるのは、かくのごとく音楽にまつわるもの（そしてそれは、しばしば女性キャラクターと結びついている）が多いのである。

そうした村上文学の特徴を考慮すると、「世界の終りと…」は、「唄」（音楽）が人の「心」を生み出し揺り動かすものであるということ、あるいは他者とコミットメントするものであるということを、きわめて素朴に描いた小説でもあるといえる。〔ハードボイルド・ワンダーランド〕の「私」は、八年前に妻と離婚しており、ひとり強固な「感情的な殻」に閉じこもった生活を送っていた。しかし、「リファレンス係の女の子」と出会い、次第にその内閉的な心を開き始める。そして、かつてハーモニカを吹いていたという、音楽にまつわる記憶を思い出すことによって、「私」もまた「心」をよみがえらせ「完全な私自身として再生」を果たす。

ここで、「私」が思い出した過去の記憶が「音楽」にまつわる記憶であることはきわめて重要な意味を持つだろう。なぜなら、音楽とは「時間芸術」だからである。[33]「唄」（音楽）を思い出したこと。それは、時を刻むことのないユークロニアな世界に、未来へと向かう時間を生みだしたということでもある。物語の終局において、「再生」を果たした「私」と「僕」の世界は、「終り」から「始まり」へと逆転していくのである。

おわりに

本稿では、〔世界の終り〕と〔ハードボイルド・ワンダーランド〕という二つの物語の関係性について、従来触れられることのなかったH・G・ウェルズ「タイムマシン」の影響を考慮しつつ分析を行なってきた。[34]そして、

〈世界の終り〉の世界が、〈ハードボイルド・ワンダーランド〉の「私」の、「かつて楽器を演奏していた」という過去の記憶（エピソード記憶）の寓意的世界として描かれていると結論づけた。

過去を想起することは、過去の出来事（記憶）の意味付けを変えることによって、現在の意味付けをも変え得るという点において、タイムトラベルと類似している。過去の改変によって、現在の世界が変化してしまうという筋書きは、「タイムトラベルもの」の典型的な展開であろう（折しも、「世界の終りと…」が刊行された同年、映画「バック・トゥ・ザ・フューチャー」が公開されている）。「現在」の語り手が、自身の「過去」を語るという枠物語の構造は村上文学に顕著にみられる特徴であるが、「世界の終りと…」では、そうした回想の物語が音楽の技法とSF的な趣向を組み合わせることによって巧みに描かれているのである。

また、「世界の終りと…」の結末では〈世界の終り〉において手風琴を手に入れた「僕」が、「図書館の女の子」とともに「森」の中へ入っていくことが暗示されているが、この結末は「ノルウェイの森」へと接続されていく。失われた「唄」（＝心）を取り戻し「森」の中へ入っていく「僕」と「図書館の女の子」のその後はどうなるのか。音楽が人の心を生み出し揺り動かすものであること、そして、音楽の探究というテーマを「世界の終りと…」で明確に提示した村上は、「１００パーセントの恋愛小説」と銘打たれた「ノルウェイの森」において、音楽が登場人物たちの人間関係にいかに深く関わるのかを描き出していくことになるのである。

＊本文引用は、村上春樹『世界の終りとハードボイルド・ワンダーランド』（上・下、文庫版、新潮社、二〇一〇年四月）に拠った。

注1　角倉一朗「対位法」『音楽大事典』（平凡社、一九八二年四月）一三九九頁。

2　「村上春樹氏「1Q84」を語る　「来夏めどに第3部」」『毎日新聞』二〇〇九年九月一七日

3　「村上春樹ロングインタビュー」『考える人』No.33（二〇一〇年八月、四一頁、聞き手：松家仁之）において村上は「BOOK3は三人のボイスで進行していく話で、これはバッハで言えば三声のインベンションみたいな感じですね。」と述べている。

4　村上春樹「自分の物語と、自分の文体」『雑文集』（新潮社、二〇一一年一月）三九三―三九四頁。

5　「谷崎賞選後評」『中央公論』第一〇〇巻第一二号（一九八五年一一月）参照。

6　遠藤伸治は、「例えば、この作品の中に、「完全性」と「不完全性」、「静止空間」と「速度の空間」といった意味を見出してしまうのは読者自身の意識の問題」でしかなく、「二つの世界に対立はなく、逆にそれらは似通っているのではないだろうか」と指摘している（「村上春樹「世界の終りとハードボイルド・ワンダーランド」論―〈世界〉の再編のために―」『近代文学試論』第二八号、一九九〇年一二月）。

7　山根由美恵「村上春樹『世界の終りとハードボイルド・ワンダーランド』論―〈ウロボロス〉の世界―」（『日本文学』第五〇巻、二〇〇一年九月）四〇頁。

8　柴田勝二「〈終わりの後〉の物語―『世界の終りとハードボイルド・ワンダーランド』とポストモダン批判」『東京外国語大学論集』第七七号（二〇〇八年一二月）三四三頁。同様の指摘は、浅利文子「自己回復へ向かう身体―『世界の終りとハードボイルド・ワンダーランド』―」『法政大学大学院紀要』第六八号（二〇一二年一二月）、任潔「『世界の終りとハードボイルド・ワンダーランド』論―文学倫理学批評を視座に―」『九大日文』第三〇巻（二〇一七年一〇月）にもみられる。ただし、村上自身はこうした時間的連続性を否定している（「インタビュー「物語」のための冒険」『文學界』第三九巻第八号、一九八五年八月。聴き手：川本三郎）。

9　木村友彦「『世界の終りとハードボイルド・ワンダーランド』論―反リアリズムの系譜」宇佐美毅・千田洋幸編『村上春樹と一九八〇年代』（おうふう、二〇〇八年一一月）二六〇頁。

10　徐忍宇「〈ユートピア〉という場所―村上春樹の小説における「あちら側」―」『国際日本文学研究集会会議録』

三五号（二〇一二年三月）一一八頁。

11　「ユートピア」については、巖谷國士『シュルレアリスムとは何か』（メタローグ、一九九六年六月）を参照。

12　澁澤龍彦「ユートピアと千年王国の逆襲」『澁澤龍彦全集』第一〇巻（河出書房新社、一九九四年三月、二〇頁。初出は、『伝統と現代』一九六九年一二月）

13　ジョーゼフ・キャンベル「第二章　人類の出現」『生きるよすがとしての神話』（飛田茂雄、古川奈々子、武舎るみ訳、角川書店、一九九六年九月）三五頁。「エデンとはヘブライ語で「喜び、歓喜の地」という意味です。私たちの言語、英語においてParadiseという単語は、ペルシャ語のpairi-（まわり）とdaeza（壁）という語からできており、正しくは「壁で囲われた土地」という意味です。」

14　今井清人は〔世界の終り〕の性質について「たしかに壁に囲まれていることは外界から遮断されているという意味で、ユダヤ・キリスト教の「楽園」ばかりではなく、桃源郷のような始原のイメージとも連関する。」と述べている（「『世界の終りとハードボイルド・ワンダーランド』―〈ねじれ〉の組織化―」『村上春樹スタディーズ02』若草書房、一九九九年七月、六六頁。初出は、『現点』一九八九年七月）

15　〔世界の終り〕の街が、「ユダヤ＝キリスト教的」なヨーロッパ都市を連想させることは、例えば「図書館の女の子」が「水のたまり」について説明する場面に看取される。「想像もつかないくらいよ。渦が錐のようになって底をえぐりつづけているの。だからどんどん深くなっていくの。言いつたえでは昔は異教徒や罪人をここに投げこんだそうだけれど……」《上・〔12〕・二四一頁》

16　柏原啓一「終末論と救済―歴史の生気回復を求めて」『岩波　新・哲学講義8　歴史と終末論』（岩波書店、一九九八年八月）八八頁。

17　「獣たちはまるで進んで苦痛や死を求めているように聞こえますね」と僕は言った。／「ある意味ではたしかにそうかもしれん。しかし彼らにとっちゃそれが自然なんだ。寒さや苦しさがな。彼らにとってはあるいはそれが救済なのかもしれん」／（中略）／「しかしあなたの言う救済というのはどういう意味なんですか？」／「死によって彼らは救われておるかもしれんということさ。獣たちはたしかに死ぬが、春になればまた生きかえるんだ。新しい子供としてな」《下・[22]・一二頁》

18 H・G・ウェルズ『タイムマシン』(池央耿訳、光文社、二〇一二年四月)参照。

19 川本三郎「村上春樹のパラレル・ワールド」『波』第一九巻第六号(一九八五年六月)、畑中佳樹「世界と反世界の夢—村上春樹『世界の終りとハードボイルド・ワンダーランド』をめぐって—」『文學界』第三九巻第八号(一九八五年八月)参照。

20 プルーストと「世界の終りと…」の関係については、土田知則「《交通》、あるいは《物語》の場—M・プルースト、村上春樹、J・クリステヴァ」『人文研究』(一九九九・三)において、「失われた時を求めて」との比較から、「空間」に注目し論じられている。

21 ジェイムズ・グリック「第一三章 唯一の船」『タイムトラベル 「時間」の歴史を物語る』(夏目大訳、柏書房、二〇一八年九月)三八〇頁。

22 金井嘉彦「内なる旅—ウェルズの『タイム・マシーン』再考—」『一橋論叢』120(一九九八年九月)四二二頁。

23 エンデル・タルヴィング「第1章 記憶研究」『タルヴィングの記憶理論—エピソード記憶の要素—』(太田信夫訳、教育出版、一九八五年二月)一頁。

24 太田信夫「第1章 エピソード記憶」『エピソード記憶論』(誠信書房、一九八八年五月)一頁。

25 注24。

26 注23、一五二頁。「第7章 概念的枠組み」

27 注18、八五頁。「地下生活が長いために、めったに姿を見せないのだと判断する根拠は大きく言って三つある。何よりもまず、あの漂白したような皮膚。光が差さないところに棲む生き物に共通の特徴で、例えば、ケンタッキーの洞窟にいる白い魚などもこの類だね。それから、よく光るまん丸の目。これも夜行性動物の特徴で、フクロウや、ネコを見ればわかる。もう一つ最後は、日当たりへでるとたちまち目が眩むことだ。」

28　「やみくろ」は独自の宗教をもっており、「気味のわるい爪のはえた魚」を「暗黒の神」として崇めている。「彼らの神は魚なの。巨大な目のない魚」《上・〔21〕・四三二頁》

29　小野俊太郎「第1章　歴史の改変と『タイムマシン』」『未来を覗く　H・G・ウェルズ　ディストピアの現代はいつ始まったか』（勉誠出版、二〇一六年七月）一四―一五頁。「タイムトラベラーは、理論の話を聞いていた人々の前に、「小型の置時計くらい」のコンパクトな実験装置を持ちだすと、それが目の前で消えるのを見せつける。そして、すでにタイムマシンの実物が完成寸前だとして公開する。自転車を応用してサドルにまたがるタイプだった。（中略）ウェルズは自分が親しんでいる自転車を原型としたのだ。こうして時間を移動するための理論と道具とが揃ったので、タイムトラベラーは時間軸上の別世界へと旅をするのだ。」

30　山根由美恵「村上春樹『世界の終りとハードボイルド・ワンダーランド』論―二つの地図の示すもの―」『近代文学試論』第三七号（一九九九年一二月）五六頁。

31　「僕」が思い出した「唄」が「ダニー・ボーイ」であることの意味については、今井清人（注14）や、高木徹「村上春樹『世界の終りとハードボイルド・ワンダーランド』論―音楽が担う役割―」『名古屋近代文学研究』第一三号（一九九六年四月）、林秀炫「村上春樹作品に見られる近代科学と自我の喪失―『世界の終りとハードボイルド・ワンダーランド』における音楽」『日本語文學』78（二〇一七年八月）等で論じられている。例えば、「ダニー・ボーイ」の成立背景に注目した林秀炫は、「ダニー・ボーイ」の原点が「アイルランド民謡の「若者の夢」」であり、「この曲名は「世界の終り」の「僕」を連想」させ、「記憶の再生の装置として大きな役割を果たしている」と述べている。

32　この点については、拙稿「村上春樹『ノルウェイの森』論―反復《リプリーズ》する物語と音楽―」『近代文学試論』（第五六号、二〇一八年一二月）で論じている。

33　ロマン・インガルデン「第一章　音楽作品とその演奏」『音楽作品とその同一性の問題』（安川昱訳、関西大学出版部、二〇〇〇年三月、一〇頁）「ひとつの音楽作品のそれぞれの演奏は、時間の中で展開し、時間の中に一義的に位置づけられる個別的な出来事(プロセス)である。」

34　なお、「タイムマシン」の影響は、村上のデビュー作「風の歌を聴け」にもみられることを併せて述べておきたい。「風の歌を聴け」では、架空の冒険小説家デレク・ハートフィールドの『火星の井戸』という短編が登場する。それは火星の地表に無数に掘られた底なしの井戸に潜った青年の話である。ある日、青年が井戸に潜り込み、横穴を通って別の井戸から再び地表に出ると、彼が井戸を抜ける間に約一五億年という歳月が流れおり、太陽があと二五万年後に爆発すると「風」が青年に告げる。それを聞いた青年は「ポケットから拳銃を取り出し、銃口をこめかみにつけ、そっと引き金を」引く。ウェルズ「タイムマシン」では、「タイム・トラヴェラー」が初めにタイムトラベルした世界の地表にも無数の井戸があり、井戸が地下世界の通路になっている。また、モーロック人から逃れるためにタイムトラベラーがやってきたさらなる未来の世界では、太陽が肥大化していた。すなわち、「時空移動」や「井戸」いうモチーフ、そして荒廃した未来世界像(太陽の死)といった点で、「タイムマシン」の影響がうかがえる。そして、「風の歌を聴け」の「僕」は、学生時代に生物学を専攻しているが、これもまた、一七歳になると、国からの奨学金を得てサウスケンジントンの理科師範学校へ通い、T・H・ハックスリーのもとで生物学を学んでいたウェルズの経歴と重なっていて興味深い。

戯曲の言葉とジェンダー――永井愛「萩家の三姉妹」論――

有元　伸子

はじめに

永井愛（一九五一年～）は、現代日本を代表する劇作家である。最初は俳優として演劇に関わり、劇作を始めたのは三十歳近く。同じ干支のウサギ年生れの大石静とともに劇団「二兎社」を旗上げして、自分たちが出演するための戯曲を二人で交互に執筆し始めた。早熟の異才の多い演劇界にあっては遅い出発である。十年後に大石がテレビドラマの脚本家として認められて退団すると、永井は劇作と演出に専念し、外部の俳優を招いて自作を上演するプロデュース劇団として二兎社を運営した。大きな転機であり試練であったが、日常語を用いて庶民の生活を描く「戦後生活史劇三部作」（一九九四～九六年、「時の物置」「パパのデモクラシー」「僕の東京日記」）が高評を得、その後は発表した作品がことごとく各種の演劇賞を受賞するほどの躍進をとげる。さらに女性初の日本劇作家協会の会長も務めるなど、現在にいたるまで目ざましい活躍を続けている。

内田洋一は、永井の転機となった戦後生活史劇について、「戯曲には大衆への批判的意識と共感が混在し、通俗的な笑いとそれに反するような残酷な批評が舞台にもたらされる。日本社会の生きがたさ、女であることの困難さの問題を照らしだすのである」と解説する。(1) 内田は、さらに生活史劇以降の永井の作品を、①現代の家族喪失の喜劇、②アクチュアルな社会戯評に取り組む喜劇、③近代史劇・評伝劇の三つに大別して妥当である。むろんこれら三種は相互にからみあいながら展開するが、ことに核になるのは②であろう。永井の作品は一般に「社会派コメディ」と目されており、人が生きる限り逃れられることのない社会や内なる倫理意識との対立葛藤を剔出し、巧みに笑いにくるみながら、観客・読者に自分だったらどうするのか考えさせる。たおやかで強い力を永井の作品は持つのだ。

扇田昭彦も、二兎社を単独主宰して以降の永井の劇作が「プロフェッショナルなうまさに深みと凄みが加わるようになった」と述べたうえで、戦後生活史劇以降の快進撃について、「永井愛のフェミニスト作家としての面が鮮明になった時期でもあった」と述べる。(2) 斎藤偕子は、永井が自称する「普通の演劇」を検討して、フェミニズムや家父長制をテーマとする演劇が人物や場面設定の類型性と日本的なドラマ構造をとることを指摘する。(3) 永井の作品にフェミニズム／ジェンダーの問題系が通底していることは衆目が一致するところだ。

本稿では、初めに永井の劇作におけるフェミニズム／ジェンダーについて概観したうえで、代表作の一つである「萩家の三姉妹」(二〇〇〇年)を取り上げる。戯曲の言葉にジェンダーの問題系がどのように組み込まれているのか検討するとともに、永井愛の戯曲が演劇界に及ぼした影響についても考察していきたい。

一　永井愛とフェミニズム／ジェンダー

永井愛は文学作品の翻案や作家の評伝を扱った戯曲を断続的に書いている。夏目漱石の未完作を現代に移しかえた「新・明暗」(二〇〇二年)、樋口一葉の評伝劇「書く女」(二〇〇六年)、官僚と文学者という二つの世界を生きる森鷗外を描いた「鷗外の怪談」(二〇一四年)、『青鞜』に集う女性たちを描いた群像劇「私たちは何も知らない」(二〇一九年)などだ。こうした作品群においてもジェンダーの問題系は伏流している。「私たちは何も知らない」では、『青鞜』に集まる女性たちが、家父長制や良妻賢母教育が当然とされていた世間に揶揄され、家事や生活に追われながらも、女性の問題を真摯に活発に議論する様を描いている。永井自身による演出では、平塚らいてう・伊藤野枝らは現代日本女性の衣装で登場し、百年前の女性たちの活動を昔のものとさせず、例えばセクハラや性被害を告発する#MeToo運動を進める現代の女性たちと接続させる意図が明示される。

さらに永井には、卒業式での「国家斉唱」をめぐる「歌わせたい男たち」（二〇〇五年）、一人で子どもを育てる女性たちの窮状と連帯を描く「シングル・マザーズ」（二〇一一年）、メディアの同調圧力や記者クラブ制度を描いた「ザ・空気」（二〇一七年）のシリーズなど、社会問題に鋭く切り込む作品が多い。夫の会社の倒産によりスーパーで働くことになった正義感の強い主婦が、次第に職場ぐるみの不正に巻き込まれていく「パートタイマー・秋子」（二〇〇三年）においても、スーパーにおける男女のジェンダー格差がしっかりと構造化されたうえで、流されやすいメンタリティをもつ「普通」の日本人が過酷な環境のもとで個人の良心を守ることは可能なのかが戯曲に描かれる。

このようなジェンダーの問題系は大石静と活動していた初期にも既に伏流していたと永井は述べる。(4)

私がなぜ大石静と女二人で二兎社を旗揚げしたのか。それは、男のリーダーのもとにつきたくなかったからだったんです。私たち、それを二人で確認してはないんです。でも「他の人が入ってきたら仕切られちゃうから、主体的になるには二人じゃなきゃだめね」と言ったことだけは覚えています。仕切られちゃうって、誰に？　やっぱり男だと思うんです。演劇界は男社会で、その中で自分たちは、つまらない思いもしたし、甘やかされもした。〔…〕／潜在的には、女性として演劇界で生きているある種の違和感が、作品づくりの要素になっていたんだとは思います。

演劇界は長らく座長・劇作家・演出家といった権力をもつポジションを男性たちが占め、女性たちは男性リーダーに気に入られないと役がつかないといった偏頗な状態が続いた。そのひずみが近年ハラスメントという形で顕在化して大きな問題となっている。(5) 永井が大石静とシスターフッドな劇団・二兎社を立ちあげた一九八〇年に前後して、女性六名の集団創作・市堂令による「劇団青い鳥」、如月小春の「劇団綺畸」「NOISE」、渡辺えり子の「劇団三〇〇《さんじゅうまる》」など、女性たちによる集団創作や女性座長の劇団が旗揚げしたのは、男性を主体とする演劇から脱却し別の可能性が希求されたからだろう。

大石と活動していた初期に制作された二人芝居「カズオ」などにも男性中心の社会や演劇界への違和は底流していたが、ジェンダーの問題系に永井が自覚的に取り組んだのは、二兎社を一人で運営して数年たち、「見よ、飛行機の高く飛べるを」（青年座）と「ら抜きの殺意」（テアトル・エコー）の二作を世に問うた一九九七年以降であろう。愛知の女子師範学校を舞台に、永井の祖母・志津と市川房枝をモデルに女学生たちの良妻賢母教育に抵抗するストライキを描いた「見よ、飛行機の高く飛べるを」については別稿で論じた。(6) ここでは「ら抜きの殺意」に描かれたジェンダーについて、簡単に触れておきたい。

「ら抜きの殺意」(7) の舞台は、健康食品やグッズを扱う通信販売会社の倉庫兼事務所。そこで、ら抜き言葉、過剰な敬語、方言、意味の通じない語り、コギャル語など、現代日本語の諸問題が展開される。主軸となるのは、タイトルの由来でもある「ら抜き言葉」である。ローン返済のために本職を隠して夜間の電話番のアルバイトに入った国語教師・海老名俊彦は、年下の上司・伴篤男の使う「ら抜き言葉」が許せず、彼の弱みを握ったことを契機に言葉に「ら」を入れろと脅す。一方で逆に伴に脅されて「ら抜き言葉」を使わざるをえず、二人が互いに慣れない言葉を使うのに悪戦苦闘する様は観客の爆笑を誘う。

「ら抜きの殺意」のもう一つの軸が、日本語独特の男言葉・女言葉の問題だ。(8) 伴の恋人で別会社の事務員をしている遠部その子は、三つの携帯電話を持つ。上司相手に敬語で話す仕事用（通称ウザベル）、伴に向けて媚びて話す恋人用（通称カレベル）、かなり崩したタメ口で話す女友達の宇藤用である。同時にかかった三つの電話に言葉づかいを器用に切り換えながら応じていたものの、ついに間違えて恋人の伴に対して、「ちょっとぉ、ムチャンコカツアゲもんだよ。あいつ、電話切りやがってよぉ、〔…〕どマジでガンギレしたぞっつ〜か〜、ボコるぞテメ〜っつ〜かぁ……」と女友達用の言葉を使ってしまう。驚いて電話を切る伴。傍で聞いていた副社長の堀田八重子は、これだけ言葉を使い分けていれば、「日本の女が多重人格になるのも無理はない」と言う。もはや女は装いの入った女言葉では本音を語ることができないのだ。

その八重子は、女言葉と敬語を一切使わない、ラディカルな言葉遣いの実行者であった。八重子は、女言葉には命令形がないと語る。「日常生活には迫力を必要とする場面がたくさんある」にもかかわらず、「日本の女言葉は人を動かしたいとき、お願いしかできない仕組み」になっている。英語では、ボガートが「出てけ！」と言えばバーグマンも「お前こそ出てけ！」と言えるのに、日本語では、伴が「出てけ！」と言っても、遠部は「あなたこそ出てってよ！」とお願いの形でしか言えない。「命令するヤツにお願いするヤツは勝てない」、「日本人は女に命令してほしくなかった」らしいと。

言葉とジェンダーについて、永井は繰り返し次のように語っている。(9)――永井はかつて、男言葉の練習だと称して自宅では男言葉を使っていたが、男言葉として使っていたのは、実は明治生れの祖母の言葉であった。明治の女たちは「どこで落とした？　拾って来い」といった命令形をごく普通に使っており、女言葉が広まったのはむしろ戦後のアメリカのホームドラマでママたちが話す（翻訳による上品な）女言葉の会話の影響であった。このような「女言葉には命令形がない」という認識を、永井は宇佐美まゆみ『言葉は社会を変えられる』（明石書店、一九九七年六月）を読むことで初めて得た。――

言語社会心理学者の宇佐美は同書の「I　女言葉」において、「何かやり返してやりたいというような状況になったときに、「適当な女言葉」がないということが、結果的にやり返すという行動を抑制している」と述べる。「つまり、いわゆる女らしい言葉を使おうとするということは、女はやり返したりすべきではない、という価値観に沿う行動を強化している」のであり、日本社会が女性に期待・強要してきた「男性中心的価値観」が女言葉の形をとっているという。また、使用人からみた〈雇い主〉と女性からみた〈夫〉の二つの意味をもつ「主人」という語も、女性の従属性を示す。言葉は生き方を主張するものであり、「自分の使う言葉が自分の思考法や行動にまで影響を与えるということ」、「ひいてはそれが社会全体の価値観にまでも影響を与え得るものだということ」に人々が気づき、「言葉を一つ一つ変えていくこと」が重要だと説いている。

「ら抜きの殺意」の副社長・堀田八重子は、まさに宇佐美の「言葉は生き方を主張するもの」だという認識の体現者であり、愚直なまでに生硬に女言葉と敬語を使わないことによって男女の対等の関係を志向する人物である。三つの携帯電話に翻弄されていた遠部は、八重子と話した後、劇の末尾では、恋人である伴に「あんた」と呼びかける。「「あなた」じゃない、「お前」じゃない、「君」でもない。「あんた」もぴったりとは思えないが、とりあえず、近いような気がして……」、「あんたには、飛び切りの言葉でしゃべりたい。あんたとは、飾らないで、うちとけあえて、失礼にもならず、甘えてごまかすこともないような……」、「まだ、調整中で、実験中」だが、「私らしいしゃべり方をしようと努力している」。自身の使うべき言葉を大切に模索する遠部の姿は実にナイーブで、おかしくもいとおしい。堀田八重子や遠部その子の、正しいと思える理念を得たら、社会的な慣習に生真面目に正面から対峙していく姿勢は、次節で検討する「萩家の三姉妹」の長女・鷹子に受け継がれていく。

二　「三人姉妹」から「萩家の三姉妹」へ

「萩家の三姉妹」（二兎社。以下、「萩家」と称する）は二〇〇〇年十一月にシアタートラムに於いて永井愛自身の演出によって初演された。(10) 地方都市にある旧家・萩家の長女・鷹子（た〜ちゃま）は大学でフェミニズムを教えており、旧家に残る家父長制や性差別の打破に辣腕をふるう。かつて大学の同僚で既婚者の本所武雄と関係があったが破局し、心の傷を抱えている。次女・荏田《えだ》仲子は良妻賢母の専業主婦だが、かつてのプリンス・日高聡史が脱サラ農民となって現れると関係をもつ。三女・若子はパラサイト・シングルのフリーター。仕事も関心も定まらず、二人の家具職人と関係する。四十代、三十代、二十代の世代も立場も異なる三姉妹の恋愛を軸に、長年萩家で働く家政婦の韮崎品子や、仲子の夫で歯科医の宏和、聡史の妻でメルヘン童話を書く文絵、鷹子の大学の教え子たちも加わって、それぞれ生きがたさを抱えながら模索する。ただし、決して深刻なだけの劇ではない。鷹子の理念先行で現実とぶつかる様相や、鷹子とジェンダーが専門の武雄とが、「当事者間研究」と称して、「失敗した恋愛におけるフェミニズムとジェンダーの相剋」をテーマに自分たちの過去の性関係を専門用語を用いながら真面目に分析する場面は観客の笑いが止まらない。フェミニズムを基盤に、女性の生と性を模索する人間喜劇なのだ。

永井はインタビューで、本作執筆の動機について、「見よ、飛行機の高く飛べるを」と「ら抜きの殺意」を書くことによって、「女性の抱えている問題をもう一回とらえ直して描きたい」と思ったからだと語る。(11)「フェミニズムに敏感な人も無頓着な人も、歓迎する人も、男も女も、各人各様が「男らしさ」「女らしさ」という社会的性差という枠に縛られて生きている。そんな現代を、恋愛にからめて描いてみたいと思った」と言うのである。

タイトルからすぐに知られるように、「萩家」は、チェーホフの「三人姉妹」（一九〇〇年、初演は一九〇一年）のアダプテーションである。戦後日本の演劇界でチェーホフはことに俳優座によって上演される機会が多かった。俳優座の俳優になることを夢みていた永井は、高校卒業後には俳優座の会員となって全芝居を見ていた。いわば自身の血肉となっていたチェーホフの四大戯曲の一つである「三人姉妹」を、成立のちょうど一〇〇年後にロシアから現代日本に舞台を移して翻案したのだ。チェーホフの「三人姉妹」では、プローゾロフ家のオリガ、マーシャ、イリーナの三人姉妹が、田舎での日常にうんざりし、モスクワへの帰郷を夢見て暮らしている。「萩家」も、「三人姉妹」と同じく、父親の一周忌に幕が開け、長女の「それがわかったなら、それが今、わかったなら……」というセリフで幕が閉じるなど、基本的な演劇構造をチェーホフに依拠する形で進展する。(12)

教師である長女・鷹子、夫との関係に満ち足りず、激情にかられて別の男との恋に走る次女・仲子、仕事がうまくいかない三女の若子、古くから家に仕える品子の存在(乳母・アンフィーサ)など、人物造型の大枠を「三人姉妹」から借りている。だが、鷹子はオリガのように保守的ではないし、学校教師の仕事への倦怠から結婚やモスクワへの脱出を強く夢見ることはない。逆に女性が結婚に逃避することに対して批判的なフェミニストとして作られている。仲子の自己中心的な行動はマーシャに近いものの、ヴェルシーニンとの恋が成就しないマーシャに対して、仲子は新しい男の元に行くのか家庭に戻るのかが宙づりにされる。結婚相手が決闘で命を落とすイリーナに対して、若子は二人の若い男と東京で共同生活を送るという「新しい世代」の「不思議な男女の共同体」の可能性が開かれている。三人姉妹がモスクワに行く夢がかなえられぬままの「三人姉妹」に対して、「萩家の三姉妹」には結論が出ぬまま宙づりではあるものの光明が射している。

人物構造で最も異なるのは、三人姉妹の男兄弟のアンドレイとその許婚者で後に妻となるナターシャに相当する人物を登場させなかったことだ。大学教授になることを期待されながらかなえられなかったアンドレイの代わりに、鷹子が大学教師となっている。現代日本では女性も大学で働くことができる。また結婚後のナターシャは、徐々に変貌をとげて恐ろしいまでの専制ぶりで婚家の人々を圧迫し、三人姉妹は実家での居場所を狭められてしまう。「萩家」では、小姑を登場させぬことによって「女の敵は女」を回避し、男兄弟の要素を排することによって三姉妹＝血縁を同じくしつつも世代や資質の異なる女性の生の問題に集約させていくのである。(13)

「萩家」が「三人姉妹」から受容したもう一つは時代の扱いだ。「萩家」の読売文学賞受賞(戯曲・シナリオ賞)に際して、選考委員の山崎正和は、「永井氏がチェホフに拠って示した主題は、転換期の不安、時代の変化を肯定しながら先が見えない怯えである。チェホフの場合、それは近代の知的洗練にたいして、永井氏の場合はポスト近代のフェミニズムにたいして感じる近親憎悪であった」と述べた。(14) 近親憎悪かはさておき、「萩家の三姉妹」がフェミニズムが一定の認知を得た、時代の転換期の少し後における人々の意識を狙って作劇したのは間違いないだろう。永井自身も、「私が一番欲しいと思うのは、時代の転換期の、大きな波のちょっと後ですね。お祭騒ぎの終わったちょっと後に、本当に普通の人の生活の中に時代の変化がじわーっと入ってきて、人を変えると思う」と述べている。(15)

一九七〇年代に家父長制に基づく性規範や性別役割分業に対する変革を求める「第二波フェミニズム」が生起する。「個人的なことは政治的なこと」という標語のもと、大きなうねりとなった「ウーマン・リブ」に対しては揶揄や反撥も大きかったものの、一九八〇年代には女性差別撤廃条約の批准に基づき、男女雇用機会均等法や家庭科の男女共修などの国内法が整備され、女性の政治参加や男女共同参画社会基本法の制定などが進んでいく。(16) 一九九〇年代以降の「第三波フェミニズム」の定義には幅があり、こうした制度化を支える運動を指すこともあれば、女らしさを肯定的にとらえる(ガーリーな)文化政治的運動の呼称としても用いられる。(17) いずれにせよ、フェミニズムが成熟しジェンダー概念が一般にも浸透した時期であった。一方で、二〇〇〇年前後は、選択的夫婦別姓・専業主婦優遇の見直し・従軍慰安婦問題などに対する激しいバックラッシュも生じた。ことに「それまでの「女らしさ、男らしさ」の固定観念から解放され、男女という性にとらわれないで、その人らしく生きていくこと」(18)としての「ジェンダー・フリー」に対するバッシングは激しいものであった。つまり「萩家」が書かれた二〇〇〇年は、制度改革が進み、フェミニズムの理念が社会のなかに一定程度浸透していた。一方で反動・反発もあり、普通の人々の生活は激変することはなく、しかしゆっくりとではあるが確実に影響も受けた時期だと言えよう。
たとえば「専業主婦」をめぐる問題がある。終幕近くで次女の仲子は、不倫相手のプリンスとの新生活に踏み切るか、夫と子どもとの生活に戻るか迷って鷹子にすがるが、鷹子からは自分の責任と自由のもとに決めるように諭される。

仲子　私が奴隷だといったのはた〜ちゃまよ！　専業主婦は、愛という名目のもとに、ただ働きさせられている奴隷だと！

鷹子　奴隷だなんて言ってないでしょ。仲子は専業主婦なのに、専業主婦を馬鹿にしたから、本当はお金をもらっていい労働なんだと、本当はただ働きじゃないはずなんだと……

仲子　奴隷って言ったのとおんなじよ！　あの日から、私、おかしくなった……〔4〕

かつて、聡史の妻の文絵が童話を書いていることを嫉視した仲子が、童話は趣味にすぎず「ホントは専業主婦のくせに」と悪態をついたのをとがめて、鷹子は、専業主婦の家事労働は「生命の再生産労働」であって、賃金換算すれば相当の金額になると述べた〔1〕。高度経済成長期以降には男性サラリーマン＋専業主婦の世帯が一般的になったが、一九九一年に共働き世帯数が専業主婦世帯を逆転。その後しばらく両者は拮抗するが二〇〇〇年代以降に急激に差が広がって、現在では共働き世帯が専業主婦世帯の二倍以上である。つまり、「萩家」が発表された二〇〇〇年は、既婚女性が働くか否かは拮抗していた。主婦の家事労働に関しては、その経済的価値や生活者としての生の評価をめぐって、一九五五年の石垣綾子「主婦という第二職業論」を皮切りに八〇年代にかけて数次にわたり論争がまきおこった。[19]「専業主婦」は女性の生をめぐる主要なテーマであった。

仲子は、鷹子から「良妻賢母が過ぎないか?」「……少しは自分のことも考えないと」〔1〕と忠告されるほどに、外面のよい夫の活動を実質的に支え、「お受験ママ」もこなすなど、自身の欲望を抑え家族のケアを優先していた。ところが、かつての思い人が現れ、その妻が夫のケアよりも自己表現を優先しているように見えたときに、「専業主婦のくせに」と悪態をつく。鷹子にたしなめられた仲子が「あの日から、私、おかしくなった……」と言うのは、婚姻外の性関係に踏み込んだことへの責任転嫁ではある。だが、鷹子によって専業主婦のシャドウ・ワークの価値を提示された仲子が、主婦を「奴隷」だと再解釈することによって、それまで当然視していた専業主婦としての自身の状況の相対化につなげたのは確実であろう。その結果、仲子は自らの欲望を優先していくことになる。

三　鷹子――長女・中年・フェミニスト

永井は、「萩家」の執筆に関連して、大越愛子『フェミニズム入門』(ちくま新書、一九九六年三月)や伊藤公雄『男性学入門』(作品社、一九九六年八月)などの書名を挙げている。[20]地方都市の旧家を舞台とする「萩家」では、共同体の慣習や個人の認識における固定的なジェンダー認識、ケア、母性神話、リプロダクション(産む性)、大学における女性学・男性学の導入、セクシュアリティ規範の揺れ、装いとしての性、異性装、といった二〇〇〇年現在の性をめぐる種々の課題が具体的に展開される。男らしさの束縛によって男性たちも苦しむが、従来「情けない男」として捉えられがちな男の弱さも、武雄や聡史を通じて丁寧に提示される。むろん大越本の論点のすべてが網羅されるわけではなく、本作には例えば戦時性暴力や人種・民族の問題は登場しない。また、終幕近くに唐突に武雄の異性装が出されるなど、今日的な視点からはＬＧＢＴＱに関する追求は不十分ではある。それでも鷹子の二人の学生を通じて、美容整形や女性性を武器にする是非も現出するなど、登場人物をフルに活用して、幅広い射程で性をめぐる問題を可視化しえているのは確かだ。

その中核を担うのが、三姉妹の長女・鷹子だ。大学で女性学の教師をして最先端のジェンダー意識をもつ一方で、父の残した旧家の相続税を支払うことに象徴されるように家長として妹たちに君臨さざるをえない鷹子は、新旧の意識を跨ぐ矛盾した存在だ。前節の引用の直後に、三女の若子が「た〜ちゃまっていっつもそうよ！　奴隷だとか、寄生虫だとか言って、普通の女をわけわかんなくしゃちうのよ！」〔４〕と、仲子に便乗して鷹子を攻めていた。「ちっちゃいときから、ず〜っと勉強できた人にはわかんないかもしれないけど」、「た〜ちゃまのそばにいると、何にもできなくなっちゃうのよ！　私の邪魔をしてたのは、た〜ちゃまなんだってば！」とも抗弁する。若子は、アルバイトも鷹子の援助を受けて通う専門学校もどれも長続きせず、家に生活費を入れずに「パラサイト・シングル」〔１〕を決め込んでいた。家具職人の男性二人と東京で生活するために家出しようとして鷹子に見つかり、「何にもできないで、タダ飯食ってた寄生虫」に新しい暮らしなどできるはずがないと止められる〔４〕。若子にとって、長姉の鷹子は、甘やかせてくれる一方で枠をはめ、しかし自立を促しつづけて、「普通の女」である自分に相対化を迫る存在であった。

鷹子の存在と言動は、「普通」だと自認する妹たちや他の登場人物を異化する。武雄との「失敗した恋愛におけるフェミニズムとジェンダーの相剋」に関する「当事者間研究」も、鷹子が女性学の教師としてジェンダーやセクシュアリティを言語化することに長けており、しかも種々の体験を経た四十歳代という年齢によってもたらされる。男女がそれぞれポルノによってセックスの方法を学ぶことの問題や、女性の多くが性行為に快感を覚えず演技をしていることなどを二人が率直に語り合う場は観客の驚きと共感や照れが混ざった笑いを招く。「普通」は秘すべきとされる個人的な性事情も教員同士の「学術的」検討だからこそ語られるのだ。「萩家」の演劇の基軸は、鷹子にある。

鷹子を軸に、言葉をめぐるジェンダーの問題も可視化される。

鷹子　急じゃないだろ？　お姉ちゃんは折りにふれ、自立しろと言ってきたはずだ。
品子　た〜ちゃま、急には無理ずら。嫁入り前の娘にそんな……
鷹子　嫁入り前？　どこからそんな言葉が出てくる？　結婚していない女はイコール嫁入り前なんですか？
若子　（鷹子に）行かず後家ってのもあるよ！
仲子　ワコ！　あんまりよ！
鷹子　（仲子に）あんまり？　なぜあんまりと言う？　結婚しない女は気の毒なわけ？
品子　た〜ちゃま、まだ行かず後家と決まったわけじゃありませんよ。
鷹子　そういうことで怒ってんじゃありません！　「行かず後家」や「嫁入り前」という言葉は、女性にどういう役割を押しつけるために生まれたのかということを考えてほしいんです！
仲子　パパ、何とか言ってよ、男なんだから……
鷹子　男なんだからってのもやめなさい！　男性にもまた固定的な役割を押しつけることになる。
宏和　（パソコン画面に見入り）ヴィヴァルディもよさそうだなぁ……
鷹子　あのねえ、私はフェミニズムのセン公やってんですよ。そのセン公の家で、かくも旧態依然たる男女観がまかり通るとは……

若子　みんな、た〜ちゃまみたいになりたくないと思ってるからよ！
鷹子　よぉし、出て行け！　お前の荷物を全部放り出してやる！〔1〕

「「行かず後家」や「嫁入り前」という言葉は、女性にどういう役割を押しつけるために生れたのかということを考えてほしいんです！」と鷹子は語る。言うまでもなく、これらの言葉は女性は結婚するのが当然、ケア役割を果たすのは女だという性別役割分業や性の二重基準《ダブルスタンダード》を示している。男性については「行かずヤモメ」や「婿入り前」といった罵言はないからだ。鷹子を「行かず後家」とからかう若子に対して、仲子が「あんまりよ！」とたしなめ、品子が鷹子に「まだ行かず後家と決まったわけじゃありませんよ」と慰めるのも根は同じで、女性は結婚するのが当然だという意識の現れである。あからさまに差別するのではなく、自覚なく他者を傷つける行為は「マイクロアグレッション」と呼ばれる[21]。人種、ジェンダー、性的指向などに関して、マジョリティにとっては「普通」の感覚で悪気なく発した言動が、マイノリティである他者を疎外する。鷹子は、「あんまり？　なぜあんまりと言う？　結婚しない女は気の毒なわけ？」と、一見「普通」の発言の背後にある人々（女性をも）が内面化している社会的偏見を一つ一つ明らかにしていく。「普通」ならば差別と目くじらをたてるほどではない、だが、確実に「普通」ではない者を傷つける言葉を俎上に載せて、言葉の上でも女性差別が残存することを観客に意識化させていくのである。二節で検討したように、言葉は社会全体の価値観に影響を与えるものである。鷹子の行動は、『ら抜きの殺意』の八重子副社長と同様に「言葉を一つ一つ変えていくこと」の実践なのだ。

だが、鷹子の言葉は正論であるだけに、「普通」の人間にとっては鬱陶しい。「萩家」の初演・再演のキャッチコピーは、「お姉ちゃん　もっとラクして生きようよ」であり、妹たちの辟易する様が見どころの一つとなっている。また、鷹子は正論を口にするが、現実は必ずしも伴なっていない。理念と現実のギャップが本作の喜劇たるゆえんなのだ。「萩家」の劇評でも、「フェミニストのカリカチュア」である長女を作者は「揶揄して否定してはいない」（渾大防一枝）、「揶揄してはいるけども、愛情をもって描いている」（岩佐壮四郎）と捉えられている。[22]また、「萩家」再演のパンフレット上で、永井と対談した上野千鶴子は、「長女の中にあるのは理想主義とロマンチシズム。不器用に愛を求めて、自分のやってることをすべて言語化しないと気が済まないという困ったお方」だとまとめ、それを受けた永井は「アタマで理屈がわかってはいても、古い自分たち自身に絡め取られていて、感情がついていかない」長女の鷹子が世代的にも自分に一番近いと認めている。

フェミニストとして日常の些事にまで潜む差別を取り上げて言語化し、日本社会に現存する家父長制や性の二重基準を観客に示す機能を長女・鷹子は担っている。終幕で、鷹子は、「二十一世紀には、フェミニズムなんてものは、なくなってしまってほしい。〔…〕それでも人間が苦しみ続けることに変わりはない。でも、きっと、男だから、女だからなんて苦しみ方をしなくなる。人間として、自分としての苦しみ方をするときが来る。そういう日が必ず来る……」という。固定的な女らしさ／男らしさの解消の来る日を願って、「萩家の三姉妹」は閉じられる。

おわりに――シスターフッドから、フェミニズムの必要のない世界へ

二兎社による「萩家の三姉妹」の初演は二〇〇〇年十一月であったが、その一ヶ月後に永井と同世代の女性劇作家・如月小春（一九五六～二〇〇〇年）が急逝する。永井は如月を悼むエッセイのなかで、「萩家の三姉妹」上演後に、永井と如月、劇作家で俳優の渡辺えり子（現・渡辺えり、一九五五年～）の三人で行なったトークショーを回想する。[23]

芝居がフェミニズムがらみだったので、女三人で言いたい放題。脱線もたびたびだったけれど、女性劇作家が、作風の違いを越えて仲良く語り合うことには特別の感慨があった。
女性劇作家は、男性劇作家に対してよりも、他の女性劇作家に対して、ずいぶん突っ張ってきたように思う。まるで、男社会の中で女に残されたポストを争うように、連帯よりは、競争意識の方が強かったような気がする。

四十代の女性劇作家三人が語り合ったこのイベントを、渡辺えり子も書き残している。(24)

「萩家」が非常に面白い芝居だったので、話も弾んで、大いに笑った。女三人、本音を語り、愚痴を言い、愉快なシンポジウムになったと同時に、お互いをしっかりと確かめ合う、いい機会になった。オーバーに言えば、ある、歴史の変った瞬間であったと言えなくもない。この歴史とは、私たちにとっての、「女性の演劇」と括られつづけてきた、私たちにしか分からない、他者から見ればささやかな、私たちにとっては命がけの歴史のことである。

如月さんときちんと向き合って話したのは、実はこの時が最初だった。本音を話してくれたというのも、この時が初めてだった。女性としての互いの困難なプロセスを語り合い、かつての、止むに止まれぬ激情をさらに確認しあった時に、演劇という果てのない雲を通して互いの力を合わせられるという道が、まるで、十戒の海の中の道のように目前に現れたのであった。
そして、その仕掛け人が、永井愛、そのひとだったのである。

八〇年代の小劇場ブームの旗手として早くからライバル視されていた如月と渡辺の華々しい活躍を、遅咲きの永井は「コンチキショーと遠くから見ていた」という。本稿冒頭でも記したように、男性中心の演劇制作へのアンチとして八〇年前後に女性による劇団が相次いで作られたが、横のつながりは希薄であった。都市に浮遊する者の孤独をクールに描く如月に対して、土俗的・無意識的な原風景を描く渡辺。ウエルメイドな社会派喜劇によって後から頭角を現した永井。異なる資質や作風の三人の女性劇作家が胸襟をひらいて語り合う、まさに「歴史の変った瞬間」の呼び水となったのが、フェミニズムをテーマとし、三人の姉妹のそれぞれの生を描く永井愛の「萩家の三姉妹」だったのだ。永井は、「如月さんは、「萩家の三姉妹」を見終わったときに、「よくがんばった、えらい」と言ってくれた。その言い方が「感銘した」とか「すぐれていた」とかいうんじゃなくて、「がんばった、えらい」。それは私にとってすごくうれしい褒め言葉でした」とも感慨する。[25]そして亡き如月が実行委員長として企画していた「第三回　アジア女性演劇会議」(二〇〇一年二月)の開催に、永井と渡辺は尽力し、そこでアジアの女性演劇人たちとのつながりとそれによる新たな知見を得ることになる。

「萩家の三姉妹」の長女・鷹子役は、二〇〇三年の再演では渡辺えり子が演じ、初演の余貴美子とはまた異なった鷹子像を表現して好演だった。[26]再演パンフレットにおいて、渡辺は、二十歳で演劇学校を卒業して某劇団に所属したとき、男女差別の数々に自分が女であることを初めて意識させられ、「偏見や差別に覆われているのが演劇の世界かと思うとにゾッとした」という。そして本戯曲のラストシーンにあるように「男とか女ではなく人間として正直に悩める時代を造って行きたい」と書いた(「出演者によるオトコらしさ、オンナらしさ考」)。

それから二十年近くたち、四十代の劇作家・長田育恵は、自分を含めて「いま女性劇作家はたくさんの場を与えてもらって」いるが、それは「えりさんと永井愛さんのお二人が踏ん張って踏ん張って、私たちが出ていける道を拓いてくださった」からだと痛感していると語る。[27]演劇界という男社会に風穴をあけ、シスターフッドな関係を構築し、男性たちをも巻き込みながら、人として生きやすい世界を模索していく。理念をもちながら、人と人を結びつけ、社会問題を戯曲の言葉を通じて笑いを加味しつつ問うていく、愚直でしなやかな力を、永井愛とその作品は持っているのである。

注1　「永井愛」（『日本戯曲大事典』白水社、二〇一六年九月）

2　「二兎社「パパのデモクラシー」1995」（『こんな舞台を観てきた—扇田昭彦の日本現代演劇五〇年史』河出書房新社、二〇一五年十二月）

3　「永井愛の「普通の演劇」—寓意的風俗喜劇—」（『演劇学論集』四三、二〇〇五年十月）

4　インタビュー「永井愛　「普通の演劇」への到達とこだわり」（聞き手・山口宏子、『ジョイン』三七、二〇〇二年六月→日本劇団協議会『旬の演劇をつくる10人　インタビュー集』あづき、二〇〇五年三月）

5　日本劇作家協会のホームページや会報『ト書き』からは、風通しのよい演劇環境をつくるべく男女を問わず構成員がハラスメント問題に精力的に対応しようとする努力が見てとれる。こうした取り組みは永井愛・渡辺えり・瀬戸山美咲といった女性会長を選出してきたことも大きいのではないか。

6　「永井愛「見よ、飛行機の高く飛べるを」論—〈新しい女〉たちの絆と岐路—」（新・フェミニズム批評の会『現代女性文学論』翰林書房、近刊）

7　鶴屋南北戯曲賞受賞。初演は、一九九七年十二月、紀伊國屋サザンシアター。戯曲『ら抜きの殺意』（而立書房、一九九八年二月）

8　扇田昭彦は、「日本語の問題を劇の主題にとりいれた喜劇志向の劇作家」に井上ひさしがいるが、先行する井上作品に対して、永井の『ら抜きの殺意』は、フェミニズムの視点と、あくまで「描いて論ぜず」という押しつけがましさのない作劇術に特徴があると述べる（「解説」『ら抜きの殺意』光文社文庫、二〇〇〇年六月）。

9　座談会「性差と演劇—女が書く男、男が書く女」（『ト書き』四七、二〇一一年三月）など。

10　戯曲の引用は、永井愛『萩家の三姉妹』（白水社、二〇〇〇年十一月）による。
11　「インタビュー　永井愛さん 女性の抱える問題をとらえ直したくて…」（『女性のひろば』二六六、二〇〇一年四月）
12　二作品の比較を、齋藤陽一「『三人姉妹』と『萩家の三姉妹』」（『欧米の言語・社会・文化』一〇、二〇〇四年三月）が行なっている。
13　永井は、「演劇は世界であって、そこに出てくる人は人類の代表として存在するんだって私はまだ信じています」と語る（座談会「三十年、四世代」『ト書き』七〇、二〇二四年三月）。「人類の代表」としての典型性を担保するのに、『三人姉妹』からのアダプテーションが大きく寄与しているだろう。
14　「読売文学賞「萩家の三姉妹」選評」（『読売新聞』二〇〇一年二月一日）
15　インタビュー「永井愛　時代が大転換する、ちょっと後のことを書きたい」（扇田昭彦『劇談　現代演劇の潮流』小学館、二〇〇一年二月）。
16　三浦まり「日本のフェミニズム―女性たちの運動を振り返る」（北原みのり編『日本のフェミニズム』河出書房新社、二〇一七年十二月）
17　高橋幸「第三波フェミニズムとポストフェミニズム」（『フェミニズムはもういらない、と彼女は言うけれど』晃洋書房、二〇二〇年六月）
18　注16に同じ（三浦まり）
19　上野千鶴子編『主婦論争を読む』（Ⅰ・Ⅱ、勁草書房、一九八二年十一〜十二月）
20　「エッチの変容」「女だから、男だから」（永井愛『中年まっさかり』光文社、二〇〇二年三月→光文社文庫）
21　デラルド・ウォン・スー『日常生活に埋め込まれたマイクロアグレッション』（マイクロアグレッション研究会訳、明石書店、二〇二〇年十二月）
22　「演劇時評」（『テアトロ』二〇〇四年一月）

23　「如月さん、さようなら……」（注20に同じ『中年まっさかり』）
24　「銀杏の木」（『悲劇喜劇』特集・永井愛、二〇〇三年六月）
25　注11に同じ（女性の抱える問題をとらえ直したくて）
26　林あまりは、「長女役を渡辺えり子が演じて、素晴らしかった。大胆さや頼もしさと、繊細さや少女性のいりまじった魅力的なヒロインは、多くの女性の共感を得た」と評する（「解説」『中年まっさかり』注20に同じ）
27　「創作の力Ⅱ　長田育恵」（聞き手・渡辺えり、『ト書き』六四、二〇二〇年三月）

ジェンダーはゲーム文学をひらく鍵となりうるか？
──遠野遥「浮遊」試論──

大西　永昭

一　ゲーム文学としての「浮遊」

広い玄関ホールの中央には二階へと続く大きな階段があり、よく見るとその階段とトロフィーなどの置かれた書架の間に不自然な隙間が空いている。近づいてその部分の壁を押してみると、壁はゆっくりと扉のように動く。隠し扉を開いた次の瞬間、ゾンビや幽霊が飛び出してきそうな雰囲気だが、幸いそこには何も待ち伏せてはいなかった。扉の向こうに現れた短い通路の角を曲がった先は、少し広めの物置ほどの部屋になっている。部屋の片隅にある小さなテーブルには蝋燭の配された魔方陣が描かれており、どうにも尋常な雰囲気ではない。雑然とした部屋の中を調べていると段ボール箱の上に置かれた「屋根裏の鍵」を見つけた。これで先ほど二階で見かけた屋根裏部屋に上がるための隠し階段を下ろすことができる。手に入れた鍵を握って再び玄関ホールに戻って階段を上る。建物の中には自分以外、誰もいない。一年ぶりに帰ってきた実家にはなぜか両親と妹の姿は無く、断片的なメッセージの記されたメモや日記の類いが至るところに残されている。外は雷雨である。はたして家族はどこに消えたのか。

ウォーキング・シミュレーターの元祖といわれるこの「gone home」（Fullbright、二〇一三年）というゲームで行えるのは、やや広めの住宅の中を歩き回り、様々なオブジェクトを手に取るというただそれだけのことに尽きる。そうした行動をくり返しながら家族がいなくなってしまった理由を探るのがゲームの目的である。そのゲーム画面の様子からどことなく「バイオハザード」や「サイレント・ヒル」のようなホラー・アドベンチャーを彷彿とさせるが、このゲームにはそれら大作シリーズで味わえるような手に汗握る要素は皆無である。何の危険も無い家の中をただひたすら歩くだけ――つまりゲームオーバーもないこの作品が、ゲームとしておもしろいかと訊かれると少しく返答に窮してしまうのだが、従来のホラーゲームに対する批評的な観点から眺めれば興味深い意欲作としてこれを認めざるをえないだろう。では、このゲームの何が一般的なホラーゲームに対する批評となっているというのか。

結論を急ぐ前に一編の小説を紹介したい。芥川賞作家遠野遥の中編「浮遊」(『文藝』二〇二三年七月)[1]は、主人公が作中全編を通してホラー・アドベンチャーをプレイしているゲーム文学であり、「gone home」が投げかけた問いと遠く響き合っている。この小説を読み解きながら、先に掲げた問題について考えていくこととする。この小説の主人公はふうかという名の女子高生で、彼女はこの小説の表題と同じ「『浮遊』」という架空のゲームをプレイしている。実際には存在しないため、それがどのようなゲームであるかは厳密にはわからない。だが、主人公となるキャラクターを操作して敵から身を隠したりしながら進行させていく様子を見ると、多少なりともプレイヤーの操作技術が要求されるゲームであることが窺われる。

ところで、この小説において奇異に感じられるのはゲームの内容よりも、それをプレイしているふうかをめぐる状況である。女子高生である彼女は親元を離れ、彼女の父親と「ほぼ同い年」の「碧くん」と呼ばれる「アプリを作る会社のCEO」(1)の男性と同棲中である。なぜ彼女がそういった状況にあるのかは作中では一切語られない。離れて暮らす父親も自分の娘がずっと「お友達のおうち」(1)にいることを知ったうえで「気が向いたらたまには帰ってきてね」(1)とLINEでメッセージを寄越すだけで、積極的に彼女を家に連れ戻そうとすることもしない。母親はふうかの回想の中にのみ登場し、物語の現在時においてどうなっているのかは不明である。少なくとも父親と母親が一緒に暮らしている様子は窺えない。父親とふうかの関係は、一見そう悪くないように見える。彼は自分の考えで娘の行動を縛るようなことはせず、娘の意見を尊重し自由にさせている。だが、その態度はまるで家族以外の他人に接する際のような遠慮したものであり、一方のふうかは「父親が作ったものを、私はどうしても口に入れる気にならなかった」（1）と語るほど、生理的な部分で父を嫌悪しているような様子を見せる。この父娘の間に何があったのかは作中では明言されないため、その詳細は杳として知れない。だが、どこか違和感を抱かせるこの家族の姿と、ふうかを取り巻く歪な現状、それらは全て彼女のプレイするゲームとの関わりによって提示されている。ゲームにそのような役割が与えられたこの小説は、ゲームの存在がなくては作品として成り立たない、ゲーム文学と呼ばれるべき作品である。

そんなこの「浮遊」という小説に我々が抱く違和感の淵源に近づこうとするとき、「gone home」が投げかける問いは事態を解き明かすための一つの補助線となるだろう。ホラーゲームをプレイする少女を描いたこの小説は、少女を取り巻く現実もホラーゲームと同質の恐怖が偏在するものであるという事実を我々の前に差し出している。本稿はその様相を作品の読解を通じて提起するものである。そのとき、ジェンダーはこのゲーム文学の読みをひらく鍵となりうるのだろうか。

二　ゲームの〈視点〉

手洗いと着替えを済ませてリビングに戻った。テーブルの上には、私宛の包みがあった。今日届くと伝えておいたから、碧くんが受け取ってくれたのだろう。包みを開けると、注文したゲームソフトが入っていた。母親がまだうちにいたときはリビングでよくホラーゲームをしていたから、それを見ていた私もやるようになった。経験はそれなりにあるから、説明書は脇に置いた。わからないことがあったときに読めばいいだろう。

テレビの電源を入れ、それからゲーム機の電源を入れた。ゲームの音が漏れないように、イヤホンを耳につけた。碧くんの仕事の邪魔をしてはいけないし、イヤホンで音を聴いたほうがゲームの世界に没頭することができる。碧くんが電話しながら立ち上がり、さりげなく部屋の照明を少し落としてくれる。ゲームするとき、私が部屋を暗くしたがるのを知っているからだ。（1）

『ファミ通ゲーム白書2022』[2]によれば、二〇二一年の国内ゲーム人口は約五五三五万人にのぼり、そのうち四二三一万人をスマホなどの携帯端末でプレイするソーシャルゲームが占めている。デジタルゲームが日本では長らく〈テレビゲーム〉と呼ばれてきたように、かつてゲームといえばテレビにゲーム機を接続してプレイすることが前提となっていたが、このデータからは現在ではもっと気軽にちょっとした空き時間を利用していつでもプレイできるソーシャルゲームがジャンルにおける主流となっていることが窺える。一度でもスマホでゲームをプレイした経験があれば誰でも気付くことだが、据え置き型のゲーム機をテレビに繋いでゲームするというのはそれに較べればはるかに面倒な用意が必要となる。つまり、ここでのふうかのようにテレビ画面の前に陣取って、しかもわざわざ部屋の照明まで落としてプレイするというのは、まずその時点でゲームに対する強い熱意を持っていることの証左となる。ふうかは「イヤホンで音を聴いたほうがゲームの世界に没頭することができる」（1）と述べているように、決して何かの片手間にゲームに臨んでいるわけではなく、なるべくゲームに没入しようとしており、そのゲームに対する姿勢がこの小説の文章にも表れている。

エレベーターから降り、ビルの外に出た。外に出てから気付いたが、私は小学生のときにここへ来たことがあった。両親と一緒だったから、まだ低学年の頃だ。スヌーピー展をやっていた。チャーリー・ブラウンとルーシーの大きな人形があって、そこで記念撮影をした。私はチャーリー・ブラウンとルーシーの間に立った。チャーリー・ブラウンの隣に母親が立ち、ルーシーの隣に父親が立った。（1）

奇妙な記述である。一見すると語り手である「私」＝ふうかの行動とそこから派生する彼女の思い出が語られた場面のように映る。だが、最初の一文の「エレベーターから降り、ビルの外に出た」というのは、ふうかがプレイしているゲームのキャラクターの行動であり、「小学生のときにここへ来たことがあった」以下がそのゲーム画面から喚起されたふうかの記憶である。最初の文の主語が省略されたことによって三人称の文と一人称の文が継ぎ目無しに接続されているため、前後の文脈を知らされずにこの段落を読んだ場合、途中から主体となる人物が替わっていることに気付くことはまず不可能だろう。この小説ではしばしばこういった途中で何の断りもなく主体が入れ替わる叙述が行われる。次に掲げる場面もその一つである。

最後にトイレの奥にある掃除用具入れの中に隠れてみたときだけ、状況が変わった。悪霊はすべての個室を端から順にゆっくりと調べていき、最後に彼女が隠れている掃除用具入れの前に立った。そのとき、男性の叫び声のようなものがどこからか聞こえた。何を叫んでいるのかはわからなかったが、悪霊は声に気を取られ、トイレから出ていった。

悪霊が近くにいないのを確かめ、私はトイレから飛び出した。チャンスは今しかないだろう。「ＹＵＫＩ」という文字が縫い付けられたマフラーを使って悪霊から身を隠し、何度もコンティニューするうちに見つけ

た職員用の通用口から外に出た。（3）

これもゲーム画面の中の状況を語った場面である。「悪霊」から逃れるためゲームの主人公は掃除用具入れに隠れており、語り手からは「彼女」と呼ばれている。だが、その後「トイレから飛び出した」人物は「私」と自称しており、すなわちゲームをプレイしているふうかのことである。文脈の途中で「語りの焦点が、一人称と三人称とのあいだを移動し往復する」[3] こうした表現は、渡部直己が「移人称」と名付け、その後、佐々木敦が熱心に論じた[4]二〇一〇年代以降の日本の小説に特徴的に認められる現象である。こうした現象の起こる原因について渡部は、現代の作家たちが「前者（＝描写）の希薄化と引き替えに、後者（＝話者）の複雑化を図ること」（※（ ）内は論者による補記）を指摘し、そこに「柄谷行人のいわゆる「近代文学の終焉」にも通ずる」「描写の終焉」を見据えている。それに対し佐々木は「もっとはるかに重大な、いわば「世界」との対峙の問題」を指摘しているのだが、興味深いのはその議論の中で佐々木が終始「映画の隠喩」を用いながら説明を行っていることである。たとえば、それは次のような論述の中に見いだされる。

> では「越境型」について見てみよう。それは「一人称一元」が「三人称一元」もしくは「三人称多元」に移行することである。視点人物であり語り手でもある誰かの知覚と認識を超えた描写や叙述が為される時、それは「越境型移人称」と呼ばれる。だが、これも「視点」の問題に変換可能である。柴崎の『寝ても覚めても』や山下澄人の『緑のさる』で起こっていたのは、「人称」の移動ではなく「視点」の転移である。それは「一人称」のままなのだ。つまりこれが「一人称多元」である。それは確かに奇異な印象を読む者に与えるが、しかし映画に置き換えればそれほどおかしなことではなくなる。柴崎や山下が映画に影響されたと

か映画と同じことをやろうとしていると言いたいわけではない。「移人称」と呼ばれている現象は、技術や方法の問題ではなく、存在の様態の範疇なのだと言いたいのだ。

〈移人称〉の問題が実は〈視点〉の問題であることを看破する佐々木は、「「一人称一元」が「三人称一元」もしくは「三人称多元」に移行すること」が映画においてはありふれた手法であることを指摘する。たしかに佐々木のいうように映画をはじめとする映像作品においてカメラワークによる〈視点〉の切り替えはごく一般的な手法である。したがって、〈移人称〉の説明に「映画の隠喩」が用いられることも理解できるのだが、それでも数ある映像メディアの中でなぜ映画が指呼されるのか。そもそも佐々木が映画に言及するのは、論駁対象である渡部が柄谷の「近代文学の終り[5]」を援用し、その柄谷が同論において小説に対する映画の問題について言及していたためである。佐々木による引用部分の中で、柄谷が「しかし、小説の相手は映画だけではない。映画そのものを追いつめるものが出てきた。それがテレビであり、ビデオであり、さらに、コンピュータによる映像や音声のデジタル化です[6]」と述べていたことは重要である。柄谷は映画に映像メディアを代表させつつもその背後にはその後継となる諸メディアの存在を想定していたのであり、であるならば今日においてその系譜の突端に位置するデジタルゲームというメディアがその連続性において議論の場に召喚されることはそれほど不自然な帰着とはいえまい。

この小説の語りは、佐々木らの議論を援用すればふうかの現実を描く〈一人称一元〉からゲーム画面の中を描いた〈三人称一元〉に移行するということになり、さらにその〈三人称一元〉の語りの中に〈一人称一元〉の視点が入り込むことによって、操作するキャラクターに乗り移るようにしてフィクションの世界に没頭するプレイヤーの感覚が表されているといえる。その様子は次のような記述の中に典型的に確認できる。

ここで私から操作が離れた。彼女が何かを見つけたみたいだった。歩道橋の向こう側に病院が見えた。彼女はその場所に興味を持ったらしい。自分の帰るべき家が思い出せないのは頭を打ったか何かしたからで、病院で医師の診断を受けたほうがいいというのが彼女の考えのようだった。私はまず警察に行くべきだと思った。が、彼女の意見に従って病院に向かった。(1)

ゲームをプレイするといえば、プレイヤーがキャラクターを自分の意のままに操作する様が想起されがちだが、近年の作品ではプレイヤーの操作を一切受け付けないムービー・シーンをたびたび挿みながら物語を演出するという手法が多く見られる。ムービー・シーンは、通常のゲームプレイだけでは描ききれない物語の側面を表現する役割を持ち、プレイヤーが物語世界に没入するのを助ける役割を持つ反面、あまりにもムービーが頻繁であるとゲームプレイを妨害するものとして非難される原因となることもある。右の引用部ではそうしたムービー・シーンが始まり、ふうかがキャラクターを操作できなくなった状況が描かれている。ここでのふうかもムービー・シーンでのキャラクターが自分の考えとは違った行動を取ることに違和感を覚えながらゲームをプレイしている。そうしたキャラクターへの違和感は時として「このゲームから自分が疎外されている気分になり、どこか鼻白むような思い」(3)を彼女に与えることもある。こうしたキャラクターの「操作」がふうかから「離れ」たり「戻った」りする様子が全編通して十一回繰り返される。あまりに執拗なその切り替えの頻度が示すのは、他者の意志を自らのものとして受け入れねばならないゲームプレイにおけるプレイヤーの「疎外され」た状況であり、その状況を戯画として表現されるふうかの置かれた現実である。

三　ホラーゲームの原風景

ゲームのキャラクターはプレイヤーにとって〈私〉であり、かつ〈他者〉である。それはキャラクターへの憑依と乖離の反復として体験され、さらにそれと交錯するようにして行われる物語世界への没入とそこからの覚醒をも同時に反復しながら、人はゲームにハマっていく。それは単にゲームが遊びとして面白いからハマるのではなく、そのプレイヤーの生きる現実とゲームが描くフィクションとがどこかで噛み合うポイントがあるからこそハマることができるのであり、でなければ生活や人生を犠牲にしてまでたかがゲームに興じられるその理由の説明がつかないだろう。ならば、ふうかがホラーゲームをプレイし続ける理由は何処にあるのだろうか。

彼女がホラーゲームをプレイするようになったきっかけについては「母親がまだうちにいたときはリビングでよくホラーゲームをしていたから、それを見ていた私もやるようになった」（1）と述べられていたように、その始源に物語の現在時にはすでに姿の見えない母の存在のあることがわかる。そのとき、問題となるのがふうかとその母親との関係である。この母子関係がそれほど健全なものでなかったことは、「高学年になる頃には、母親は私のことを無視するようになっていた」（6）という言葉からも垣間見える。そんな母子関係において「不意に、母親が自分を抱きしめてくれたこと」（6）と結び付いているのが、母親のプレイするホラーゲームの思い出である。

あるとき、ゾンビが襲ってくるゲームを母親がプレイする姿を見ていたふうかは、ベッドに入ってから「怖くて眠るどころではな」くなり、「ほとんど駆け込むようにして母親の部屋のドアを開け」、「そのままの勢いで母親に抱き付いた」。このことについてふうかは「母親は、たぶんそんなことをするつもりはなかったと思う」と補記しつつも、母親が「反射的に私のことを受け止め、ほんの少しの間だけ私を抱きしめるような格好になった」ことを印象深く記憶している（6）。当時、「母親にかまってもらいたいという気持ちもあったけれど、それ以上に、母親には子供を無視するような人間でいてほしくないと思っていた」彼女は、「私が話しかけなければ、母親も私を無視せずに済」むと考え、母親に「なるべく話しかけないように努力していた」という(6)。そのような母子関係を続けてきたふうかにとって偶発的とはいえ、母に抱き止められる経験をもたらすきっかけとなったのがホラーゲームなのであり、そのことが今でも彼女がホラーゲームをプレイする理由の一つとなっているだろう。

しかし、このエピソードから窺われるのはふうかの母親に対する屈折した感情である。ふうかを抱き止めた後に母親が「急に入ってくるからゾンビかと思った」と言ったことに対し、「母親も私と同じようなことを考えていたのだと思うと嬉しくなった」という一方で、自分のベッドにふうかを入れてくれた母親の行動について「ゾンビがやってきたとき、私をおとりにすれば逃げることもできる」と解釈せずにいられない(6)ことにもあきらかなように、ふうかは自分に関心を向けない母をそれでも慕いつつ、母からの愛情が自分に向けられることが決してないものと思い込んでいる。だが、この作中で唯一語られるふうかと母親との記憶のすべてが本当に「小学校の高学年」だった当時のものなのかは定かではない。記憶はしばしば事後的に捏造されるものでもある。というのも「ゾンビがやってきたとき、私をおとりにすれば逃げることもできる」という発想は「『浮遊』」をプレイしているときにそのゲームの中のキャラクターの一人が「ひとりでいるよりはいいと彼女は考えたらしい。たしかに、悪霊に襲われたときに僕をおとりにすれば逃げることもできる」(3)と語っていたことのそのまま引き写しであり、小学生だったふうかがその当時すでにそう思っていたのではなく、「『浮遊』」をプレイした現在のふうかが、ゲームの中で遭遇した言葉を引用して過去の場面を再解釈しているようにも考えられるためである。作中ではゲーム以外のことは特に何もしていないようにみえるふうかにとって、ホラーゲームをプレイすることは限られたメディア体験であり、彼女が知らず知らずのうちにそこから身につけてしまったホラーゲームの文法というようなものを仮定するなら、それこそが現在のふうかを形成する不可欠な要素となっているはずである。ゲームによって教育される――そのようなことがあるのだとすれば、彼女がゲームから何を学んでしまっているのか、その本態を見極める必要があるだろう。

四　ホラーゲームとジェンダー

ふうかのプレイする「『浮遊』」というゲームは、彼女と同い年ほどの少女の幽霊が主人公で、「悪霊」と呼ばれる敵キャラクターからの攻撃をかいくぐりながら自身の記憶を取り戻すために街を探索するという内容である。主人公には戦闘能力がなく、基本的には身を隠したりしながら敵から逃れるしかないというルールは、一九九五年にスーパーファミコン用ソフトとして発売された「クロックタワー」（ヒューマン）をはじめとするホラーゲームにまま見られる仕様であり、ふうかは何回もゲームオーバーになり、その度にコンティニューすることになる。敵が人間ではない「悪霊」であるということを鑑みれば主人公の無力さも致し方なしということになるのかも知れないが、途中で登場する協力者の男性キャラクターが「悪霊」と格闘していることから、彼女が「悪霊」に抗えないのは偏に男性よりも力の劣る若い女性であるという特徴に因ることがわかる。向江駿佑が二二五二本のホラーゲームを対象に調査を行った結果「登場人物の属性でもっとも多いのは少女だ(7)」というように、ホラーゲームと少女キャラクターの親和性は高い。もともとホラーゲームがプレイヤーに恐怖の感情を抱かせることを最大の要件とするジャンルである以上、主人公が敵キャラクターに対抗手段を持たないように設計することは、プレイヤーに恐怖を与える効果的なゲームシステムといえるだろう。その際、操作されるキャラクターは必然的にか弱い少女が選定されやすくなる……。

だが、それは本当だろうか。冒頭で話題にした「gone home」の主人公も若い女性である。ゲーム開始直後の雷雨の夜、一人で屋敷への扉を開くために鍵を探す場面は完全にホラーゲームのそれであり、事前情報を何も持たない状況でこのゲームを始めれば、多くのプレイヤーがこの後、彼女が様々な窮地に立たされ、その度に悲鳴を上げ、時には命を落とすことを想像するに違いない。しかし、このゲームにそういった展開は一切ない。その意味でこのゲームは異色の作品なのだろうか。実はそこで何の疑いもなく、若い女性がモンスターに追い回され、無残に殺されてしまう場面を思い描いてしまう我々こそ、むしろジェンダーに根差す偏見を知らず知らずのうちに内面化したミソジニストなのではないか。

先ほど名前の挙がった「クロックタワー」は、ジェニファーと呼ばれる少女を操作しながら大きな鋏を携えた殺人鬼シザーマンから身を隠しつつ、謎解きを行っていくというゲームである。この作品が「イタリアホラー界の巨匠ダリオ・アルジェントが制作したサスペンス映画「フェノミナ」を意識して制作されている」(8)ことは、一部ではよく知られた逸話である。そういわれてみれば、たしかに「クロックタワー」の主人公の少女は、名前や容姿など「フェノミナ」(一九八五年)の主人公とよく似ている。(9) 非力な少女のキャラクターを主人公とした、ホラー・アドベンチャーというジャンルの始祖的な位置づけにある「クロックタワー」が、少女たちの次々と惨殺されていくホラー映画を参考に創られたというのは興味深い事実である。

映画用語に「絶叫クイーン」という言葉がある。ホラー映画などで悲鳴をあげる演技を得意とする女優を指す言葉だが、古くは「キング・コング」(一九三三年)でヒロインを務めたフェイ・レイや「サイコ」(一九六〇年)のジャネット・リーなどがそう呼ばれてきた。そのような用語が存在するということ自体が映画において悲鳴をあげる女性の姿が恐怖演出として消費されてきたことを意味している。しかし、そうした表象は必ずしも「恐怖」を物語る文脈でのみ受容されてきたわけではない。鷲谷花がアメリカにおける「一九七〇年代の反ポルノ派フェミニストは、ポルノとスラッシャーを反女性的ジャンルとして同一視し、若い男性中心の観客に向けて、女性の犠牲者の身体を支配し、恣に暴力を行使する楽しみを教唆し、さらには実践へと駆りたてる危険性をもつものだと主張した」(10)ことを指摘しているように、スクリーンの中で危害を加えられる女性たちの姿には、これまでもしばしばポルノグラフィに注がれるのと同質の欲望が向けられてきた。そして、このような女性表象に対する視線は映画というジャンルに限った話ではなく、ゲームにおいても同様に、あるいはさらに顕著に認められる。

わかりやすい例としてコーエーの人気ゲーム「零」シリーズを挙げることができる。この一連のシリーズは、少女キャラクターを操作して霊からの攻撃を退けつつ探索を行うホラーアドベンチャーである。そうした意味でふうかのプレイしている「『浮遊』」とよく似た作品といえるかもしれない。このゲームではプレイアブル・キャラクターである少女たちに、危険な場所での探索にはどう考えても不適な露出の多い服装をさせることができたり、ポーズやアングルが変更可能な撮影モードが実装されていたりと、ゲームの進行とは関係がなく、恐怖演出とも明らかに別の意図で考案されたであろうシステムが設けられている。このゲームには一応男性キャラクターもおり、彼らにも同様に露出の多い衣装への着せ替えが行えるとはいえ、「零」というホラーゲームにおいて少女キャラクターへ向けられたセクシャルな視線が潜在していることは紛れもない事実だろう。この「零」シリーズを同ジャンルの典型として選出することには、ややもすると恣意的であるとの声が聞かれるかもしれない。だが、ここまで露骨ではないにしても多くのホラーゲームがジャンルとしての構造上そうした要素を抱え込まざるをえないという点は改めて確認されておく必要があるだろう。

ホラーゲームにおいて少女キャラクターがプレイヤーの操作する主人公として設定される場合、ゲームの展開上その少女キャラクターは映画でいうところの「ファイナル・ガール」としての役割を与えられていることが珍しくない。その意味でゲームにおける少女キャラクターは虐待されるばかりではなく、ヴィランを撃退する力強い存在であるともいえる。しかし、ふうかも「『浮遊』」をプレイする中で「難しくて何回も死んでる」（1）と述べているように、ゲームという〈やり直し〉を特徴とするメディアにおいては、ストーリー上では最終的に生還することが約束された存在である少女キャラクターであっても、実際のゲームプレイでは当人が意図するかせざるかを問わずプレイヤーによって幾度となく凄惨な最期を遂げさせられてしまう。少女キャラクターが被虐の対象でありつつセクシャルな視線を向けられるポジションに置かれがちなホラーゲームの構造を前提とすると、そのようなゲームをプレイする少女の姿を描き続けるこの「浮遊」という作品が我々の前に差し出す光景の歪さもようやく把捉可能となるだろう。ホラーゲームを受容し続けてきたふうかは、そこに内包されたジェンダー・バイアスも同時に甘受してきているのであり、そのことによって培われたジェンダー観に照らして自身の置かれた状況についても認識していると考えられる。そのような観点からふうかの姿を捉えたとき、そこにはどのようなジェンダー上の歪みがみいだされるだろうか。

五　ホラーゲームのような現実

最初にも述べたが、ふうかは「碧くん」と呼ばれる成人男性と同棲状態にある。親子ほどに年齢の離れた二人は恋人関係にあり、作中であからさまに語られはしないものの、ある朝目覚めたふうかが「昨夜少し汚してしまった」（4）布団のことを気にする場面があることから、おそらく二人の間に性交渉のあることは言外に示唆されている。「ふうかちゃんはもう子供じゃないよ」（4）と言う「碧くん」は一見するとふうかのことを一人前に扱い、対等の関係で接しようとする紳士的な人物に映る。だが、「一緒に家を出ると変な噂をする人がいるからと」「一緒にでかけるときも出発時間をずらしてどこかで待ち合わせたり」（3）、「私がこの家にいることがわかれば、厄介なことになりかねないから」（4）という理由で人がやって来たときには「寝室にこもって姿を見られないようにした」（4）りと、「碧くん」は世間の目からはふうかの存在を隠そうとしている。そうした点からも彼がふうかとの関係に後ろ暗さを感じていることは明らかだろう。小説の末尾、以前付き合っていた紗季という女性が

Twitterで彼に関する話題を呟いた結果、炎上騒動となる場面がある。ここで彼はふうかに「できればあまりネットも見ないでもらったほうが」（7）と、彼女を情報から遠ざけ何が起こっているかを把握させないようにしている。これは「碧くん」がふうかを一人前とは見ていないことの証左であり、結局ふうかのことを御しやすい未熟な存在として傍に置いているのではないかと邪推させる振る舞いである。

要するにこの「碧くん」という男性は「子供を見て可愛いと思ったことないんだ。汚くてうるさいと思う」（4）という自身が子供嫌いであるという主張を一貫させるために、未成年のふうかのことを〈大人である〉と強弁して性的な関係を結んでいる人物なのだが、ふうかが彼の欺瞞に気づくことはない。なぜなら彼女には自分が性的に搾取されているという自覚がないためである。

ふうかはこの小説の語り手も兼ねており、作中で彼女自身の性的な体験への直接的な言及がないということは、彼女が自らの意志でそうした話題を避ける抑圧的な語りを行っているということになる。だが、その一方で彼女が生きる現実には男性による女性への性暴力のイメージが渦巻いており、そのようなトピックについては包み隠さずに言及している。たとえば、ふうかが小学校の頃には「父親くらいの年齢の男とセックスをしていたらしい」（2）と噂されるクラスメイトがいたり、病院のカフェテリアではジョギング中に男に襲われそうになったという事実とも妄想ともつかない話を一人で延々と語り続ける精神科にかかる女性（2）を見かけたりするが、そういったことについてふうかは何の感想も示さない。ふうか自身による一人称の語りで展開されるこの小説において常に彼女の内言は読者に明示されるかたちをとるが、これら性暴力に絡むエピソードが語られる際、そのことについてどう思うかといった自身の思いを彼女が述べることはない。これは一見すると奇妙に思われる。

ふうかには小学生のときに馬跳びをしていてできた「右膝の傷痕」（2）がある。これが「あれから五年ほど経った今になって、なぜか傷痕が少しずつ大きくなってい」ることに、ふうかは「もしかして、このまま脚全体が少しずつ傷痕に侵蝕されてしまうのだろうか」と「不安」を覚えている(2)。この「右膝の傷痕」は、先ほど挙げた「父親くらいの年齢の男とセックスをしていたらしい」同級生のマコトのせいでできてしまったものであり、それが今、父親と「ほぼ同い年」の男と関係を持つようになったふうかに「不安」を与えているというのはいかにも暗示的である。この「傷痕」に対する周囲の大人たちの態度は「碧くんからも、傷痕について何か言われたことは一度もなかった」(2)、「そんなところに傷なんてあったっけと、父親はよく覚えていないようなことを言った。本当は覚えていて、わざととぼけているような感じだった」(5)といったものであり、それらはふうかの目にはあえて「傷痕」の話題には触れない態度として映っている。マコトによってつけられたこの「傷痕」は、あたかも元々はマコトに担わされていた性質がふうかの身体に継承されたことを示すスティグマのように刻印されているが、周囲の大人たちがその「傷痕」から意識的に目を反らしているという構図はふうかの置かれた状況をそのまま体現している。ふうかは紛れもなく「父親くらいの年齢の男とセックスをしてい」る少女であるにも拘わらず、彼女の現状について論そうとする者もいないため、ふうかは自分がマコトと同じであることに無自覚である。そして、ふうかは自身の周囲にある性暴力そのものに対する判断を停止させるのである。

少女が男性から性的に搾取されるという現実は、ふうかがプレイする「『浮遊』」の中にも生々しいかたちで描かれている。このゲームには主人公の少女に協力するキャラクターとして「黒田さん」と呼ばれる中年男性の幽霊が登場する。眼鏡を掛けた、小太りで常に着ているTシャツを汗で変色させた姿として造形されたこのキャラクターは、終始主人公に対し協力的であるがゲームの終盤において「ずっと君を触りたくてたまらなかった」(5)という言葉と共に主人公に掴みかかってくる。「『浮遊』」では、幽霊たちは時間が経過すると例外なく他の幽霊を殺そうとする「悪霊」になってしまうというルールがある。つまりここではそれまで主人公を助けてくれた黒田も最終的には「悪霊」になってしまったというわけだが、その際彼は生前の自分が満員電車の中で一度だけ「制服の女の子」に痴漢行為を働いてしまったことがあり、そのことで警察に突き出された結果「何もかもおしまいになった」（5）人物だったということを明かす。ゲームの中で唯一友好的だったキャラクターが実は少女への欲望を秘めた人物だったという事実は、ゲームをプレイするふうか自身の置かれた状況への誡めとも辛辣な批評ともとなりうる設定である。

ふうかはゲームプレイを通じて「悪霊というものはなぜか、はじめは彼女の手助けをするようなことを言って近寄ってくるものが多い」（3）ことを学び、ゲーム中で主人公の前に現れる様々なキャラクターたちを警戒するようになるが、そうした警戒心は現実においてこそ彼女が持たねばならない教訓だろう。作中でふうかは「碧くん」に全幅の信頼を寄せているが、彼がいつか『浮遊』の幽霊たちのように「悪霊」になってしまわないともかぎらない。だが、彼女は自分の置かれた状況について一切懐疑の目を向けることはなく、「碧くん」を盲信し続けるだけである。

ふうかは父親や「碧くん」から大人扱いされることで自ら〈大人であろう〉と自己規定していくが、そもそも〈大人である〉こととは何を意味するのだろうか。端的にいえば大人とは、現実と虚構の境界を理解する者である。幼い頃のふうかがホラーゲームのゾンビが実際に襲ってくるという恐怖に駆り立てられて、普段会話の無い母親の胸に飛び込んでしまったように、子供はしばしば現実と虚構の境界を見失う。このことをもって子供を未熟な存在と見なすのはたしかに誤ってはいないだろうが、それと同様に〈虚構は現実とは違う〉と思い込み、虚構の中に描かれたものから何も学ぶことのできない大人も実はそれと選ぶ所がない。「浮遊」の最終場面には「碧くん」の次のような姿が描かれている。

「まずは弁護士に対応を相談したほうがいいね。何か声明を出すにしてもそのほうがいいだろう。連絡先は登録していたんだっけな。以前やりとりをしたことがあるんだ。もう二十年くらい弁護士をやっている人で、安心して任せられる人だよ。それから、そうだ、ふうかちゃんに飲み物がないね。コーヒーでも淹れようか」

　自分で淹れると言いかけたが、何かすることがあったほうが碧くんの気が紛れるかもしれない。お願い、と私は言った。

〔中略〕

コーヒーを淹れると言っていたが、碧くんは立ち上がる気配がない。パソコンを開き、キーを叩き始めた。

「まずは弁護士に対応を相談したほうがいいね。何か声明を出すにしてもそのほうがいいだろう。連絡先は登録していたんだっけな」

　さっきも言ったことを碧くんはもう一度繰り返した。さっきからずっと、碧くんは私と喋っているというよりは一人で喋っているみたいだ。私は急に自分が幽霊にでもなってしまったように感じた。（7）

同じセリフをくり返すだけの「碧くん」の姿を見てふうかは「自分が幽霊になってしまったように感じ」ているが、実際にはここで幽霊のように描かれているのは「碧くん」のほうだろう。それは小説の序盤で描かれた次の場面と照応すれば明らかである。


　部屋の中にはからっぽのベッドが四つ並んでいた。一番奥のベッドの下に隠れると、隙間から足が見え、医師が中に入ってきたことがわかった。

「大丈夫ですよ、痛いことはしませんから」

医師は同じ台詞を繰り返しながら部屋の中をゆっくり歩き回っていたが、しばらくすると出ていった。し

かし、やり過ごしたと思って這い出すと医師がなぜかベッドの上におり、背後から首を絞められた。（1）

これはふうかがプレイする「『浮遊』」のゲーム画面の描写だが、ここに示されるように「同じ台詞を繰り返す」のはゲームのNPCの特徴である。これは「悪霊」から逃げる少女を主人公とした「『浮遊』」というタイトルのゲームをプレイする少女を主人公とした小説「浮遊」における虚構内現実が、作中の虚構内虚構、すなわちゲームの世界と等質であることを象徴的に示した場面であるだろう。ふうかが生きる世界は、少女が被虐対象となるホラーゲームの世界と本質的には変わらない。しかし、ゲームと現実は別物という認識を持ち続ける限り、ふうかが自分の置かれた状況に気づくことはないだろう。彼女が現状を変えるためには「ふうかちゃんはもう子供じゃないよ」という他者の意志による「操作」から「離れ」る必要がある。しかし、ふうかにその自覚が芽生える兆候は作中には見られない。「浮遊」は、ホラーゲームをプレイする少女の日常が、そのジャンルに潜在するイデオロギーと同質のものによって囲繞されていることを描き出した小説である。そして、この小説の提示する恐怖とは、虚構の中のそれが現実に浸潤する恐怖であるがゆえに我々はその事実に戦かねばならないのである。

最後に本論の冒頭でとりあげた「gone home」にもう一度触れておこう。このゲームの中でプレイヤーは屋敷を探索するうちに主人公の妹が残したメモや日記の類いを発見するだろう。それらの情報を繋ぎ合わせていくことで浮かび上がってくるのは、失踪した妹が同性愛者であり、同性愛を抑圧する現在のコミュニティから離れるために恋人と一緒に駆け落ちしたという事実である。この異性愛を基調とした社会に対するアンチテーゼが一見するとホラー・アドベンチャー的な外観のゲームによって提示されることによって、男性中心主義的な枠組みの採用されがちなホラーゲームというジャンルが相対化されている。女性性に向けられる欲望をずらし続ける

「gone home」という作品は、その意味で実にジェンダー論的な観点からデザインされたゲームだということができるだろう。

さて、そういえば「gone home」にはもう一つゲームとしての特徴があった。それはムービー・シーンが無いということである。したがって、プレイ中「操作」がプレイヤーから「離れ」るということがない。アイテムを取得してメッセージが音声で流れている間もプレイヤーは屋敷の中を自由に動き回ることができる。そこでこんな夢想をしてみる。もし、ふうかがこの「gone home」をプレイしたとしたらどんな反応を示すだろうか、と。自分から「操作が離れ」ることのないこのゲームをプレイして、それでもやはり彼女は「『浮遊』」をプレイしたときのように「どこか鼻白むような思い」（3）をするのだろうか。それとも今まで自分がプレイしてきたゲームとの差異に気付き、その違和感が自身を顧みるきっかけとなるだろうか。このゲームは彼女に何を教えるのだろう。

注1　遠野遥『浮遊』（河出書房新社、二〇二三年一月）
2　『ファミ通ゲーム白書2022』（株式会社角川アスキー総合研究所発行・編、二〇二二年八月）
3　渡部直己「今日の「純粋小説」――『日本小説技術史』補遺」（『新潮』二〇一四年十月）→改題「移人称小説論――今日の「純粋小説」について」（『小説技術論』）
4　佐々木敦「新・私小説論」（『新潮』二〇一五年一〇月～二〇一七年七月）→『新しい小説のために』（講談社、二〇一七年十月）
5　柄谷行人「近代文学の終り」（『早稲田文学』二〇〇四年五月）→柄谷行人『近代文学の終り』（インスクリプト、二〇〇五年十一月）
6　注5に同じ。
7　向江駿佑「「Jホラーゲーム」は可能か？　メタ・インターフェースと降霊としてのプレイ」（『ユリイカ』

二〇二二年九月）

8　『甦る至上のアドベンチャーゲーム大全vol.3』（須藤浩章／加藤一・編、メディアパル、二〇二二年九月）

9　それだけではなく実は物語そのものもよく似ているのだが、核心部分に関するネタバレになりうるのでここではその詳細については言及を避ける。

10　鷲谷花「恐怖のフェミニズム　「ポストフェミニズム」ホラー映画論」（『現代思想』二〇二〇年三月

※　本研究はJSPS科研費23K12103の助成を受けたものである。

おわりに

私的な記憶語りをお許しいただきたい。

私が初めて「性」を文学研究に援用できることを知ったのは、今から四十年近く前、日本近代文学会の一九八六年秋季大会(於・明治大学)であった。当時は修士課程の在籍者のほぼ全員が博士課程への進学を希望し、しかし博士の定員は修士の半数しかなく、修士論文の出来によって振り落とされた。その競争に何とか勝ち残り、まだ課程博士の制度もなかったので、在学中の博士論文作成やその前提となる「業績」作りに追われることもなく、私は師と同窓に恵まれた広島の地でのんびりと学んでいた。そんなのんきで貧乏な大学院生が、博士課程後期二年目にして初めて全国学会なるものに参加しようと思い立ち東京まで出かけたのは、一つは先輩の発表の応援のため、もう一つは小特集のタイトルに惹かれたからであった。

「小特集　日本的近代と女性」。初めて参加した大きな学会において、『或る女』・『智恵子抄』・『伸子』の三作品が次々と、「性」を鍵とし、男女の相剋の問題として鮮やかに解読・評価されていく様に驚嘆した。私はそれまでも女性学にかなり関心をもち、当時売り出し中の上野千鶴子本をはじめ、ボーヴォワールから中山千夏『からだノート』(!)に至るまで雑駁に読んではいた。だが、それらを自分の「専門」である日本近現代文学に「使う」ことができるという発想は全く無かったのだ。発表や質疑のさなか、忙しくメモを取りながら、これは『仮面の告白』に活かせるのでは？　これは漱石も同じだ！　などと頭の中はめまぐるしく動き続けていた。

もちろん研究室の先輩の全国学会デビューにも大いに刺激を受け、広島に戻ると知的興奮が冷めやらぬまま、小特集の登壇者の著書や論文、言及された書籍、さらに関連する文献……と芋づる式に読みあさった。当時はまだ「女性原理／男性原理」といった用語が用いられていた時代だったが、こうして自身の研究において「性」を解析の主軸に据え、三島由紀夫の男性性の検討をテーマとするようになった。初めて参加した全国学会が、こんにち日本近現代文学研究におけるフェミニズム批評の嚆矢と目される「小特集　日本的近代と女性」だったことは僥幸としか言いようがない。まさしく私にとって、〈ジェンダー〉は、「文学をひらく鍵」だったのだ。

フェミニズム批評、ジェンダー批評、クィア批評と、性をめぐる文学研究の方法論は多岐に展開している。一九九〇年代に性をめぐる言説は大きな変化をとげ、ジェンダー理論は劇的に進展してきた。一方で理論と現実の乖離や、ジェンダー概念に対する偏見やバックラッシュも根強い。文学研究においても同様だ。だが、にもかかわらず／だからこそ、ジェンダーは、文学をひらく重要な鍵でありつづけるだろう。本書はその試みの一つである。

さて、本書のもう一つの側面は、執筆者が二〇〇四〜二〇二四年度の期間中に広島大学大学院文学研究科（二〇二〇年度からは人間社会科学研究科）の博士課程後期に在籍し、日本近現代文学の有元研究室において共に学んだことにある。マスター／ドクター勉強会で論文作成やプレ発表を行い、「研究会」と称する学部生から院生まで集うゼミで学部生の指導をし、合宿やイベントを企画した。さらに、一九六六年に磯貝英夫先生が当時の大学院生とともに創刊し、藤本千鶴子・槇林滉二の両先生が継続刊行してきた研究誌『近代文学試論』の事務局を引継ぎ、院生たちが編集・会計等の実務を担ってきた。学外の研究組織・広島近代文学研究会の事務局を担当した期間も長い。多士済済、歴代の大学院生たちは共に真摯に学び、面白きことを追究してきた。

本書は有元の定年退職を前に企画が立ち上がり、在籍期が早い二宮智之・九内悠水子・中元さおり・大西永昭の各氏が編集委員を務め、有元も委員に加えてもらった。単なる記念論文集にはしたくない、と会議を重ねて企画し、編集してきた本である。したがって、本書の執筆者はこれまでジェンダーを主要な論点にしてきた者ばかりではない。それぞれが本論集のために改めてジェンダーについて勉強し、夏目漱石から現代のゲーム文学まで、各自の研究対象をその「鍵」によってひらいていこうと取り組んだ成果である。「文学をひらく鍵」として、多くの方々に読んでいただけることを心より願っている。

ゼミの博士課程後期在籍者のうち、残念ながら、吉田敬《たかし》さんのお名前が本書の目次にはない。吉田さんは、小中学校の教員・小学校校長を勤め、定年後に社会人入試（フェニックス入試）の制度を活用して広島大学の大学院に入学した。私が着任したのは吉田さんが修士から博士課程に進学した後だったが、吉田さんは年少の女性教員や院生とともに研究書の輪読をし、論文を書き、時にコンパにも参加して大いに語り合った。柔和な人懐こさに少々の頑固さを併せ持つ吉田さんを、みんな好きだった。二〇〇八年三月、「荒川洋治の現代詩研究―虚構と隠喩―」で博士（文学）の学位を取得、二〇二〇年二月に七十八歳で亡くなった。

吉田さんは大学院に入学する以前から詩を書いており、私が知るかぎり七冊の詩集を刊行している。そのうちの一編、大学院在学中に書かれた「文学の影」をご家族のお許しを得て次にご紹介する。

文学の影

吉田敬

調べものをしていると川端康成『山の音』の尾形信吾に出会った　彼はいつまで経っても六十二歳であり、わたしも今年同じ年齢になってしまった

還暦を過ぎて大学院に通っていることに大概のひとは驚く
いや若い人と過ごしたくてというと頭の角に視線がかすめる
生涯学習とかいおうものなら喉元を刺される
いままで勉強しなかったからというと耳を飛ばされる
小学校の校長を退職して老いさらばえかけているのだ
することもいくところもないものですからと言うと
相手の唇のすみがゆっくりと捲《めく》れる

山の音は竹が裂ける音だとわたしは思っている
裏山でカーンと鋭く鳴る　夏の暑い日のことである
「今は身を水にまかすや秋の鮎」
鮎をアイと読むべきなのだろうかどうだろうか
「この句にはかぐや姫がいますね
竹の音で思いついたが小さな筍を
半分に切った形状は姫人形そのものだ」
「島田清治郎は『地上』を路肩に投げ出して女性を
犯したまま文学史に標本になって張り付いている」
「君の主人　ノーベル賞を受けながら
お手伝いさんと問題を起こして自殺した噂は本当か

　それだって七十二歳だったと思うよ」
突然尾形信吾は浮き上がり裏山の音に吸い込まれてしまった

勉強のかたわら現代詩などを作っているがいまさらどうってこともない
わたしは男だが産卵のために下流に下ったのだろうか
ところで鮎は雄雌あっただろうか　どこかで入れ換わるのだっただろうか
わたしの担当教授は六十五で今年退官する
「とにかくすごい（何の将来もないのに）勉強し直すなんて」
と夕やいだ声で励ましを与えてくれた

「現代文学は　何のためにあるのでしょうか　必要とは思いますが」
若い言語学教授がこともなげに聞いてきた　老人学生だから気安いのだろ
う　将来を約束された学問だから安心しているらしい
学内で専門学科の統合整備の話が持ち上がっている

時代を読みとること　生きる意味を問うこと　とはさすがに言えず
言語学と違ってあまり役に立たないかもしれませんねえと喉裏が掠れた
教授は満足げに微笑んで陰陽逆転して書架の裏におさまっていった
作品の弁証法的解釈技術や世俗的記録がそれほど役に立つとは思えない

楽しみと言えなくない　文学が罪深いものであると言えなくもない
頭にトンボをとまらせたまま想像力が褪せた紫色の手をひらつかせて
細い詩人の影踏みして伝うばかりである

（吉田敬『腹を見せても恥ずかしくない』新風舎、二〇〇四年十二月）

吉田敬さんのご冥福をお祈りするとともに、こうして本書に博士課程後期で共に学んだ全員の書き物が載ることを喜びたい。

装幀は執筆者の一人でもある矢吹文乃さんが担当し、本書の企図をヴィジュアル面から鮮明に表現してくださった。表紙カバーの題字や袖部分には、広島大学のシンボルカラー、フェニックスの緑色が用いられている。

本論集の編集・刊行に際しては、鼎書房の金子堅一郎さんにゆきとどいたご配慮をいただいた。深く感謝申し上げます。

二〇二四年十月

有元伸子

執筆者紹介（掲載順）　＊は編者

二宮智之（にのみや　ともゆき）＊
比治山大学現代文化学部　准教授。「夏目漱石『京に着ける夕』論―《鶴》の表現と正岡子規との関わりを中心に―」（『日本近代文学』第72集、二〇〇五年）、『広島県現代文学事典』（共著、勉誠出版、二〇一〇年）、「梶井基次郎『檸檬』試論―アダプテーションからの視点―」（『近代文学試論』第60号、二〇二二年）

奥村尚大（おくむら　なおひろ）
広島大学大学院人間社会科学研究科　博士課程後期。「『月刊刑政』に描かれた『南方』―高見順『ビルマの牢獄』に見る作家と行刑分野の関わり―」（『国文学攷』第254号、二〇二三年）、「春日鹿二『新坊ちゃん物語』論―行刑制度の中でパロディされる『坊っちゃん』」（『昭和文学研究』第89集、二〇二四年）

秦　光平（はた　こうへい）
山陽女学園高等部、広島女学院大学等　非常勤講師。「〈いじめ〉体験における当事者意識と当事者性―重松清『エビスくん』論―」（『国文学攷』第251号、二〇二一年）、「連帯をめぐる罠としての〈いじめ〉―目取真俊『マーの見た空』」論―」（『跨境　日本語文学研究』第16号、二〇二三年）、「〈いじめ〉と差別の交差／相克―柳美里『潮合い』論―」（『近代文学試論』第61号、二〇二三年）

萬田慶太（まんだ　けいた）
南京大学外国語学院日本語科　常勤語言外国人教師。「在日文学雑誌『ヂンダレ』における『擬態』―中野重治『雨の降る品川駅』のサークル受容の一側面―」（『昭和文学研究』第76集、二〇一八年）、「坂口安吾『日本文化私観』試論―日中比較と複数の『必要』の関数化をめぐって―」（『近代文学試論』第61号、二〇二三年）

島田隆輔　（しまだ　たかすけ）
中村元記念館東洋思想文化研究所　研究員。『宮沢賢治研究／文語詩稿・叙説』（朝文社　二〇〇五年）、『宮沢賢治研究《文語詩稿》未定稿／信仰詩篇の生成』（ハーベスト出版　二〇一五年）

倪楽飛　（にい　らくひ）
浙江師範大学外国語学院　講師。「遠藤周作『スキャンダル』における勝呂の人物像——運命・実存・救いの所在」（『近代文学試論』第59号、二〇二一年）、「遠藤周作『深い河』の成瀬美津子の人物像①——実存分析から見る美津子の〈悪〉と〈空虚感〉」（『遠藤周作研究』第14号、二〇二一年）、『遠藤周作事典』（共著、鼎書房、二〇二一年）

余盼盼　（よ　はんはん）
温州大学外国語学院　講師。「遠藤周作『深い河』に見る宗教とジェンダーの交錯——美津子の〈真似事〉と〈母〉の問題を中心に——」（『キリスト教文学研究』第36号、二〇一九年）、「中国における遠藤文学の評価及び研究動向」（『遠藤周作とのめぐりあい　遠藤周作生誕100周年記念文集』、遠藤周作文学館、二〇二三年）、『遠藤周作事典』（共著、鼎書房、二〇二一年）

レオン　ユット　モイ　（LEONG YUT MOY）
ノッティンガム大学マレーシア校人文社会科学学部　講師。「『坊っちゃん』とスティーブンソン『ファレサアの浜』—『調子を学んだ』ことをめぐって」（『近代文学試論』第44号、二〇〇六年）、「『虞美人草』とメレディスの『エゴイスト』—『作者』の顕在化について—」（『近代文学試論』第45号、二〇〇七年）、「『坊っちゃん』とスティーブンソン『ファレサアの浜』—不完全なヒーロー像と植民地主義的な構造について—」（『国文学攷』第198号、二〇〇八年）

熊尾紗耶　（くまお　さや）
長野保健医療大学　非常勤講師。「『細雪』における雪子の自我」（『かほよとり』第15号、二〇一五年）、「谷崎潤一郎『細雪』の雪子にみる時代への拒絶」（『国文学攷』第236号、二〇一七年）

中元さおり　（なかもと　さおり）＊

山口大学人文学部　大学院担当講師。『三島由紀夫小百科』（共著、水声社、二〇二一年）、「『オール讀物』の三島由紀夫―ショービジネスを題材とした作品群を読む―」（『山口国文』第46号、二〇二三年）、「三島由紀夫「女神」論―『婦人朝日』掲載小説との関係からみえるもの―」（『三島由紀夫研究』第24号、二〇二四年）

九内悠水子　（くない　ゆみこ）＊

比治山大学現代文化学部　教授。『21世紀の三島由紀夫』（共著、翰林書房、二〇一五年）、『三島由紀夫小百科』（共著、水声社、二〇二一年）、「三島由紀夫「純白の夜」論―エンターテインメント小説への挑戦―」（『三島由紀夫研究』第24号、二〇二四年）

矢吹文乃　（やぶき　あやの）

八戸工業高等専門学校総合科学教育科　助教。「クィアな身体が挑発する―寺山修司原作・岸田理生脚本版『身毒丸』上演分析」（『国文学攷』第251号、二〇二一年）、「市街劇の生存戦略―寺山修司『人力飛行機ソロモン』再演からカオス＊ラウンジ、『TRY48』まで」（『近代文学試論』第61号、二〇二三年）、『岡田（永代）美知代著作集』（表紙カバーデザイン、渓水社、二〇二二年）

ダルミ・カタリン　（DALMI　Katalin）

広島大学大学院人間社会科学研究科　元助教。“Japanese Literature in Contemporary Hungary: Trends in Translation and the Influence of Haruki Murakami”（*Archiv orientální*, 89（2）, 2021）、「狗飼恭子による村上春樹アダプテーション―『国境の南、太陽の西ＲＭＸ』における批評性を中心に」（『国文学攷』第254号、二〇二三年）、「アダプテーションとして読む漫画『かえるくん、東京を救う』―原作からの逸脱と物語の再文脈化を中心に」（『早稲田大学国際文学館ジャーナル』第2号、二〇二四年）

板倉大貴　（いたくら　たいき）

崇徳高等学校　常勤講師。「花田清輝『泥棒論語』論―〈逆用〉の概念を中心に―」（『近代文学試論』第53号、二〇一五年）、「花田清輝『私は貝になった』論―風景と状況、そして、パロディ戦略について―」（『国文学攷』第252号、二〇二二年）

阿部翔太　（あべ　しょうた）

流通経済大学経済学部　助教。「音楽は運命を語れるか―村上春樹「イエスタデイ」論―」（『村上春樹における運命』淡江大學出版中心、二〇二一年）、「村上春樹のビートルズ史(1)―六〇年代から『ノルウェイの森』まで―」（『近代文学試論』第60号、二〇二二年）、「小説家からの逸脱―ラジオDJとしての村上春樹―」（『村上春樹における逸脱』淡江大學出版中心、二〇二二年）

有元伸子　（ありもと　のぶこ）＊

広島大学大学院人間社会科学研究科　教授。『三島由紀夫　物語る力とジェンダー　『豊穣の海』の世界』（翰林書房、二〇一〇年）、『21世紀の三島由紀夫』（共編著、翰林書房、二〇一五年）、『岡田（永代）美知代著作集』（共編著、溪水社、二〇二二年）

大西永昭　（おおにし　ひさあき）＊

松江工業高等専門学校　准教授。「ユーモアとメタフィクション―『葱』再論―」（『芥川龍之介研究』第14号、二〇二〇年）、「ゲームの『死』は文学に何をもたらすか？―藤田祥平『手を伸ばせ、そしてコマンドを入力しろ』試論―」（『日本文学』第72巻第10号、二〇二三年）、「反復の中のアタラクシア―金原ひとみ『アタラクシア』試論―」（『ユリイカ　詩と批評』第55巻第15号、二〇二三年）

書　名　**文学をひらく鍵**――ジェンダーから読む日本近現代文学

発行日　　第一刷 2024年12月25日

　　　　　第二刷 2025年 5月30日

編　者　　二宮智之　九内悠水子　中元さおり

　　　　　大西永昭　有元伸子

発行者　　金子堅一郎

発行所　　鼎　書　房

〒134-0083　東京都江戸川区中葛西5-41-17-606

TEL/FAX 03-5878-0122

E-mail info@kanae-shobo.com

URL https://www.kanae-shobo.com/

印刷所　TOP印刷社　製本所　エイワ　カバーデザイン　矢吹文乃

ISBN978-4-911312-02-5 C3095